陳墨品金庸

（下）

陳墨 著

陳墨品金庸（下）

目錄

陳墨品金庸 下

目錄

《俠客行》

《笑傲江湖》

陳墨品金庸（下）

——目錄

《鹿鼎記》

陳墨品金庸（下）

目錄

《越女劍》

《鴛鴦刀》

一、功夫喜劇《鴛鴦刀》

《鴛鴦刀》是金庸的兩部中篇小說之一，原是一部電影小說。如果改編成電影劇本，並且拍攝成電影，那麼香港功夫喜劇片的起點，就不是成龍主演、袁和平導演、吳思遠監製的《蛇形刁手》，歷史就要提前十六七年。

所謂武俠傳奇故事，說到底，不過是一種遊戲而已。既然是遊戲，為何不能用幽默的態度、喜劇的方式，講述喜劇人物的生動故事？中篇小說《鴛鴦刀》就是作者金庸的一次創新實驗，日後《鹿鼎記》成為金庸幽默喜劇的集大成之作，起點正是從這部篇幅短小的《鴛鴦刀》開始。

說《鴛鴦刀》是功夫喜劇，是因為這部小說以生動幽默的喜劇語言，刻畫滑稽可笑的喜劇人物，講述令人忍俊不禁的喜劇情節與細節。

先說喜劇語言。首先，小說作者敘事語言有喜劇性，例如，書中介紹太岳四俠中的老三：「中等身材，白淨面皮，若不是一副牙齒向外凸了一寸，一個鼻頭低陷了半寸，倒算得上是一位相貌英俊的人物。」其次，書中人物的語言，也同樣有喜劇性，例如，威信鏢局的總鏢頭周威信，滿腦子是江湖經驗，但凡開口，就是「江湖上有言道」，這本身或不好笑，但重複了幾十次，就變得好笑了；尤其是當經驗與環境出現明顯的矛盾時就更加好笑。再如太岳四俠的老四蓋一鳴，只要他大哥開口，不管說什麼話，不管他說得對不對，他都要說「我大哥料事如神，言之有理！」即便他大哥胡言亂語，他也照說不誤，一再重複，令人噴飯。

再說喜劇人物。好的喜劇，不僅要有喜劇語言，更要有喜劇人物，即喜劇個性。小說中開頭出場的太岳四俠，看上去威風凜凜，自高自大、自以為是，實際上武功低下、人品也不見得高尚，就是典型的喜劇人物。太岳四俠的發言人，自稱是「八步趕蟬、賽專諸、踏雪無痕，獨腳水上漂、雙刺蓋七省」，這一串外號放在一起，不倫不類，不過是唬人的把戲。說到底，所謂太岳四俠，不過是四個渾人而已。

隨之登場的林玉龍、任飛燕夫婦，同樣是喜劇人物，這對夫妻相互打鬥不休，經常流血負傷，有高僧教他們一套相互配合的鴛鴦刀法，在共同對敵時，非但不能相互配合，夫妻間先就打了起來。這一對寶貝夫妻，居然還有一種理論，說夫妻若不打鬧，就不是正道。而這一理論到最後居然應驗，豈不好笑至極？

接下來登場的人物，是大姑娘蕭中慧，說傻不傻，說精不精，江湖經驗欠奉，卻要獨自行走江湖，心地善良而頭腦簡單，所到之處，自然要鬧笑話。帶著書童行走江湖的袁冠南，則是另一種情況，此人裝傻充愣，扮豬吃老虎，十分逗樂。

11 《鴛鴦刀》

再說喜劇情節與細節。首先是太岳四俠想去給晉陽大俠蕭半和祝壽，卻沒有銀兩買賀禮，不得不做攔路打劫的買賣。不料遇到的都是「硬手」，只能吃不了兜著走，搬起石頭砸自己的腳。更好笑的是，他們遇到了裝傻充愣的袁冠南，打劫不成，反而把身上僅有的幾兩碎銀奉上。

最好笑的是，老大煙霞神龍一生鑽研點穴功夫，實戰時總是偏出一二寸，反而被蕭中慧點中他的穴道，不能動彈。威信鏢局總鏢頭周威信因保鴛鴦刀暗鏢，一路緊張兮兮，不斷提醒自己要保守秘密，卻天天夜裡說夢話，弄得無人不知他保的是鴛鴦刀。

更好笑的是，林玉龍、任飛燕夫婦並不知道他保的是什麼鏢，他過分緊張之下，「鴛鴦刀」三字脫口而出，結果自然是丟了鴛鴦刀。大內侍衛卓天雄，專程從京城趕來接應鴛鴦刀，但這位老兄偏偏喜歡裝瞎子，走在鏢局隊伍後面，將周威信等人嚇唬得夠嗆。袁冠南、蕭中慧本來素不相識，只因要共同對付卓天雄，不得不向林玉龍夫婦學習鴛鴦刀法，兩人含羞學藝，面紅心跳，那過程中有另一種喜劇效果。

最後，從皇帝到武林人，全都覬覦鴛鴦刀，是聽說鴛鴦刀中藏有「無敵於天下的大秘密」，最後謎底揭穿，所謂無敵於天下的大秘密，只不過是「仁者無敵」四個字。

這是作者開的一個大大的玩笑，自然也會有喜劇性效果。若要較真，當然也可以說其中大有深意，仁者確實無敵，孔子學說被冷落了數百年，到漢代以後卻傳承了兩千年之久，能不說是無敵的思想學說？

《鴛鴦刀》最終沒有被拍攝成電影，不僅當時沒有人改編拍攝，後來金庸小說成為改編熱點，這部作品也少有人問津。一部專門為電影而寫作的小說，竟然得不到電影人的關注，其中當然有原因。其原因也值得一說。

原因之一，是這部小說沒有把喜劇進行到底。小說的最後部分，即蕭半和壽宴、袁冠南認母、大內侍衛圍捕反賊蕭義即蕭半和，以及蕭半和講述自己身為太監而救助袁、楊兩位夫人的經歷等等，就不再是喜劇了，而是正劇。正劇當然有意義，卻沒有喜劇那麼好玩；半部喜劇加半部正劇，也不相匹配。

原因之二，是喜劇主人公的分量不足，喜劇性格展現也不夠充分。小說的前半部平均用力，太岳四俠的喜劇性最為突出，但這幾個人只是配角；林玉龍、任飛燕夫婦的喜劇動作最為充分，但這兩人也不能擔當主角重任。只有袁冠南、蕭中慧二人才是理所當然的主角人選，只可惜，前半部分他們被太岳四俠的搞笑分散了注意力，後半部分卻又因蕭半和的俠義光芒所遮掩。作為主角，這兩位主人公的戲分明顯不足，而且，對這兩位主人公的喜劇性格，作者似乎也沒有作深入的發掘和展示。作為喜劇人物，袁冠南、蕭中慧都不大稱職。

二、古怪鴛鴦：林玉龍與任飛燕

《鴛鴦刀》是一個喜劇故事，其中大多是喜劇人物。故事中人之所以成為喜劇性人物，是因為他們心智不全而自我中心、知識貧乏而自以為是。故事中的太岳四俠是這樣的人，那個滿口、滿腦子都是「江湖上有言道」的周威信周總鏢頭也是這樣的人，甚至剛出道的蕭中慧和大內侍衛卓天雄也是這樣的人；林玉龍和任飛燕這對吵鬧不休的古怪鴛鴦，當然更是這樣的人。

這裡專說林玉龍和任飛燕這對古怪夫妻。要討論三個問題，一是，為什麼這對夫妻總是打鬧不休？二是，為什麼鴛鴦刀法也不能讓他們消停？三是：林玉龍為什麼說不打鬧的夫妻定是路道不正？

先說第一個問題，為什麼這對夫妻總是打鬧不休？

先看事實吧。看上去，這兩人不像是夫妻，而像是生死冤家。太岳四俠為了給蕭半和送禮而攔路搶劫，曾遭遇過這對夫妻——這也是他們在小說中第一次露面——當時的情形是，男的在前面罵：「賊婆娘，這麼橫，當真要殺人麼？」女的在後面追，手執彈弓，連珠彈向那漢子打去。太岳四俠命他們快快住手，但他們仍在相互爭執，男的說：「賊婆娘，你這般狠毒，我可要下手無情了！」女的說：「狗賊，今日不打死你，我任飛燕誓不為人。」

弄得太岳四俠莫名其妙地被打敗，卻不知他們到底是什麼人，有的猜測少婦相貌不差，想是那姓林的瞧上了她，意圖非禮；有的猜測，說不定那林、任二人有殺父之仇；有的則說，那姓林的滿臉橫肉，一見便知不是善類。誰也猜不到他們之間的真實關係。

更有甚者，在他們住店時，也是打鬧不休，以至於滿懷俠義之心的蕭中慧姑娘以為林飛龍是採花賊，夜裡強入女子房中，橫施強暴，要打抱不平。後來也真打了抱不平，卻不料好心得不到好報，反而被任飛燕斥責為多管閒事，想不到這二人竟是夫妻。

於是，我們就面對一個問題：這對夫妻為何總是打鬧不休？表層答案是，這是喜劇，他們是喜劇人物，作者如此安排，他們就如此表演，豈有他哉？稍深一層的回答是，這對夫妻脾氣暴躁，因而不打不相識，不打不相愛。更深一層的答案是，這對夫妻在身體上已經成年——有孩子為證；在心理上，兩個人都有些心智不全，也就是說，在心智年齡上講，他們都還是孩子。因為是身體發育成熟，被當作成年，他們結成了夫婦；但因為心智成熟，沒有做好結婚的準備，就成了夫妻，所以他們就成天打鬧。

心理不成熟的特點之一，是自以為是，不能通情，也就是不能感受對方的感受，更不能站在對方的立場考慮問題。心理不成熟的特點之二，是知識貧乏，不能達理，也就是無法理解對方的意願，甚至無法耐心地傾聽對方的言語。心理不成熟的特點之三，是自我中心，只要自己有什麼不愉快，沒有能力查找真實原因，總是本能地歸咎於對方，說對方不好，拿對方撒氣。兩個孩子扮家家酒，若是打鬧，難免不歡而散；而他們是夫妻，無法分離，更無能解決問題，就只好成天打罵動刀子，旁人看起來就像是幾代的冤家。

接下來的問題是，為什麼夫妻刀法也不能解決他們的問題？據這對夫妻說，三年之前，他們新婚不久就開始大吵大鬧，遇到一位高僧瞧不過眼，就教了他們一套「夫妻刀法」。這套刀法男、女的招式不同，要兩人練得純熟，共同對敵，兩人的刀法陰陽開闔，配合得天衣無縫，一個進，另一個便退；一個攻，另一個便守。又說，這套刀法是古代一對恩愛夫妻所創，兩人形影不離，心心相印，雙刀施展之際，也是互相回護。

誰知道林玉龍和任飛燕兩人性情暴躁，雖然都學會了自己的刀法，但不能相輔相成、配合一體，而是格格不入。在實戰中更是引起內訌，原因是，他們都希望對方配合自己，而卻想不到去配合對方。一個使第一招，另一個卻從第二招開始，不但無法配合，而且責怪對方，以至於他們自己就先爭鬥起來。只因配合失誤，僅一招就受制於敵。

為什麼夫妻刀法也無法改變這對夫妻的相處模式？原因很簡單，因為他們無知更無識，根本就不懂得「女貌郎才珠萬斛，天教豔質為眷屬」這些招式的意義。說得簡單些，是因為他們心智不成熟，沒有學會珍惜對方、呵護對方、理解對方、尊重對方。而正因為不能珍惜、呵護、理解、尊重，夫妻刀法就不但沒有絲毫用處，反而增加了一個爭吵的理由。

這就像心智不成熟的人去聽「如何處理好夫妻關係」的講座，對其中任何一條建議都無法真正理解和執行，聽再多的講座或看再多的參考書又有什麼用？小說中給出了一個反證，那就是袁冠南和蕭中慧這對青年，雖然剛剛認識，且剛剛學了十二招夫妻刀法，就能以此把武功高強的卓天雄打得潰敗而逃。這又是為什麼？原因其實很簡單，只因為這對年輕人懂得相互珍惜、相互呵護、相互理解和相互配合。有意思的是，林玉龍、任飛燕的夫妻刀法並不高明，更不能實戰，但卻是極好的師父，同時也是極好的反面教材。

接下來的問題是，林玉龍為什麼說不打鬧的夫妻定是路道不正？

在小說中，蕭中慧曾問林玉龍和任飛燕：「你們既是夫妻，怎地又打又罵，又動刀子？」任飛燕的回答是：「大姑娘，等你嫁了男人，那就明白啦。夫妻若是不打架，那還叫什麼夫妻？有道是床頭打架床尾和，你見過不吵嘴不打架的夫妻沒有？」蕭中慧說：「我爹爹媽媽就從來不吵嘴不打架。」林玉龍說：「他媽的，這算什麼夫妻？定然路道不正……」有意思的是，在後面的故事中，果然發現，從不吵嘴打架的蕭中慧父母，果然不是真夫妻。問題就來了：若按這一點說，莫非作者想說：真夫妻必會打鬧不休，從不打鬧的父親當真路道不正？

當然不是這樣。別忘了，這是個喜劇故事，林玉龍和任飛燕是兩個喜劇性渾人，他們的話如何當得真？即便他們蒙對了蕭中慧父母是假夫妻，也不能由此推理證明不吵不打的夫妻肯定是假夫妻。

這裡有個小小的認知陷阱，即小說中只出現了兩種極端情況，即要麼是成天打鬧不休，要麼是從不吵嘴的假夫妻，而現實生活中的真實夫妻生活，是在這兩個極端之間。林玉龍、任飛燕兩人心智不成熟，既不懂得相互珍惜和關愛、相互理解和尊重，更不懂得他們的相處方式其實是一種糟糕的模式，並不是所有夫妻的共同模式。他們這一生，恐怕永遠也無法體會，什麼是「心心相印」；至於神仙眷侶，那就更是無法想像。

《白馬嘯西風》

一、傷情酸曲《白馬嘯西風》

《白馬嘯西風》是金庸的兩部中篇小說之一，一九六一年在《明報》上連載。如果說《鴛鴦刀》是功夫喜劇，那麼《白馬嘯西風》就是傷情酸曲。

兩部中篇，是兩幅筆墨，不僅說明作者的才華，更說明作者有意嘗試不同的寫法。

莎士比亞曾說過，你愛之人，他不愛你；愛你之人，你不愛他；兩情相悅，卻不長久。這是人間傷感之事，也是《白馬嘯西風》的主題。

討論這部小說，可分為三個話題。其一，為什麼天鈴鳥叫個不停？其二，當你愛的人並不愛你，怎麼辦？其三，書中奪寶故事是要說明什麼？

先說第一個問題，為什麼天鈴鳥叫個不停？

小說故事情節主線，是講漢族女孩李文秀，因父母被人追殺，流落在西域哈薩克鐵延部落，愛上了哈薩克男孩蘇普。開始時兩小無猜，按照哈薩克人的習慣，蘇普把第一次獵到的狼皮送給心上人李文秀，被父親發現並痛打。蘇魯克的妻子和長子都被漢人強盜殺害，從此痛恨所有的漢人。李文秀不忍見蘇普被父親責打，偷偷將狼皮送到哈薩克女孩阿曼家門前，並且拒絕與蘇普見面。後來蘇普真的愛上了阿曼，李文秀雖對蘇普一往情深，卻只能暗自神傷，最後騎著白馬離開。

有意思的是，西域有一種天鈴鳥，叫聲十分淒涼。哈薩克人傳說，天鈴鳥原是一個美麗的哈薩克姑娘，只因心愛的男孩愛上了別人，於是化身天鈴鳥，從生到死都在唱傷情的悲歌。這部小說裡寫了好幾組類似的故事。如天鈴鳥的傷情悲歌，唱了一曲又一曲。其一，呂梁三傑的老二史仲俊暗戀同門師妹上官虹，而上官虹卻愛上了李三。李三和上官虹，就是李文秀的父親母親。其二，哈薩克人瓦爾拉齊暗戀同族美女雅麗仙，而雅麗仙卻愛上並嫁給了車爾庫。瓦爾拉齊是李文秀的師父，有個漢人名字，叫華輝；而雅麗仙則是阿曼的媽媽。其三，漢人馬家駿暗戀李文秀，而李文秀卻摯愛蘇普。這個馬家駿，就是把李文秀撫養成人的「計爺爺」，也是瓦爾拉齊的徒弟，怕師父找他麻煩，一直裝扮成白髮蒼蒼的老者，直到最後才露出真容。

這些故事說明，傷情故事可以發生在任何民族，任何男女之間，並不只是因為民族仇恨，而影響到一對異族男女的愛情。

下一個問題是：你愛之人，他／她不愛你，怎麼辦？

故事中人，做出了各自不同的選擇。

其中最可怕的是瓦爾拉齊，因為雅麗仙嫁給了車爾庫，嫉妒成狂，毒死了雅麗仙還不算，還要徒弟馬家駿在水源投毒，要毒死將他趕出部落的所有族人。更可怕的是，武功恢復的瓦爾拉齊，仍然餘恨未消，竟抓住雅麗仙的女兒阿曼，要她母「債」女還。最可怕的是，當李文秀解救了阿曼，他竟要將曾經救過自己命的徒弟李文秀毒死！幸而李文秀提及雅麗仙，才讓瓦爾拉齊氣餒而亡。

次可怕的是史仲俊，由於對上官虹始終不能忘情，自己終生不娶，對情敵李三的妒恨也就始終不消。小說開頭，呂梁三傑追殺李三夫婦，固然是要搶奪藏寶圖，史仲俊卻是另有圖謀，即射殺李三，奪回上官虹。只可惜這仍只是他一廂情願，射殺李三後，上官虹並沒有與師兄重歸於好，而是與他同歸於盡。

當然也有可敬的選擇。例如馬家駿，因李文秀要去幫助蘇普，也就是要去迷宮對付瓦爾拉齊，明知道見到瓦爾拉齊會難免於一死，但他還是義無反顧地跟進，結果被瓦爾拉齊打死，是為李文秀獻出了生命。此事有個背景，他是瓦爾拉齊的徒弟，當年因為不願意服從投毒水源的師命，又怕師父要他的命，只好先下手為強，在師父背上扎了三枚毒針。如今瓦爾拉齊武功恢復，見他只能是死路一條。

還有比馬家駿更高尚的選擇，那就是主人公李文秀，她不但像馬家駿那樣為心愛的人冒生命風險，且還能跟進一步，那就是為心愛對象的所愛——也就是自己的情敵——冒犧牲的風險。在小說中，李文秀曾不止一次地這樣做。第一次是，當阿曼成了強盜陳達海的女奴，李文秀打敗陳達海，解救出阿曼，說是要讓阿曼做自己的女奴，實際上很快就讓阿曼自由，讓阿曼和蘇普在一起。第二次是，瓦爾拉齊抓了阿曼，李文秀明知師父武功高強，但還是奮不顧身，再次解救阿曼。

最後一個問題：書中奪寶故事是要說明什麼？

作為武俠小說，《白馬嘯西風》有一個情節外套，即奪寶故事。小說開頭，陳達海等人追殺李三夫婦，就是為了爭奪藏寶圖；小說結尾，蘇魯克等哈薩克英雄追蹤陳達海來到沙漠迷宮，終於發現了迷宮寶藏的「秘密」，其中並無金銀財寶，而是唐朝皇帝送給高昌古國的禮物：書籍、衣服、用具、樂器、孔子的雕像，要高昌人遵守漢人的規矩。可是高昌人私下說：「野雞不能學鷹飛，小鼠不能學貓叫，你們中華漢人的東西再好，我們高昌野人也是不喜歡。」迷宮的故事，顯然有寓言意義：一個民族的文化，未必適合於另一個民族；亦即，你之所愛，未必是我之所喜。這個寓言，恰好與書中愛情故事的主題相通。

《白馬嘯西風》的故事淒美動人，而且寓意深刻，發人深思，或許是治療世間失戀傷心症的一劑良藥。只不過，有點「酸」——說它是傷情酸曲，不僅是指它如西北民歌，或天鈴鳥的歌唱；也是說，小說文筆十分優美，若是用之不當，就會有泛出文人酸味。例如計爺爺，也就是馬家駿，勸李文秀和他一起回中原，他說：「回到了中原，咱們去江南住。咱們買一座莊子，四周種滿了楊柳桃花，一株間著一株，一到春天，紅的桃花，綠的楊柳，黑色的燕子在柳枝底下穿來穿去。阿秀，咱們再起一個大魚池，養滿了金魚，金色的，紅色的，白色的，黃色的，你一定非常開心……」此人如此說話，既不符合人物身分個性，也與神秘緊張的迷宮氛圍不搭。所以說，有點酸。更不必說，馬家駿和李文秀相依為命，一起生活了十餘年之久，三十多歲人一直扮作六十歲以上老者，李文秀竟然一直都沒有發現真相，實在是讓人難以置信。

二、迷宮中的瓦爾拉齊

瓦爾拉齊有一個漢人名字，叫華輝；有兩個漢人徒弟，一是馬家駿，一是這部小說的主人公李文秀。但他是道地的哈薩克人，愛上了哈薩克美女雅麗仙，但雅麗仙嫁給了車爾庫，瓦爾拉齊從此忌妒成狂，在迷宮中走完了可悲的一生。

《白馬嘯西風》中講述了多個愛情故事，瓦爾拉齊的故事最為觸目驚心。所以，瓦爾拉齊的故事及其個性心理，值得專門討論分析。

關於瓦爾拉齊，需要討論三個問題。一是，為什麼他失戀之後竟然要毒死整個部落的人？二是，他為什麼要教李文秀武功？三是，他的死說明了什麼？

先說第一個問題，瓦爾拉齊失戀後為何要毒死整個部落的人？

要回答這個問題，必須先瞭解他是怎樣的一個人。書中對他的生活背景及其個性並沒有詳細交代，那怎麼辦？只能針對他的另一行為作研究。即：他愛上了本部落美女雅麗仙，而雅麗仙卻不愛他，而是愛上了車爾庫，如何解決這一問題？瓦爾拉齊的做法是，到漢人那裡去學習高深武功，打敗車爾庫，成為族群的英雄，奪回雅麗仙。

卻沒想到，雅麗仙竟沒等到他學成歸來，就已經嫁給了車爾庫。眼見自己所愛成了他人的妻子，就對雅麗仙恨之入骨，毫不猶豫地殺害了雅麗仙。

這一行為說明了什麼？這說明，他心智不夠成熟，心胸狹窄，而且思維混亂。一個心智成熟的人，對自己追求的對象不愛自己這樣的事，雖有傷感，但不至於因此而痛恨所愛之人。一個心胸寬廣的人面對此事，會理解對象另有所愛，絕對不會因此就殺害對方。心智不成熟加上心胸狹窄，導致瓦爾拉齊心理失常，即過分自尊，過分自以為是，甚至過分自高自大，容不得別人不重視他，更容不得別人不愛他。說瓦爾拉齊自高自大，證據是，他出現在找到迷宮的族人面前時，踩著高蹺，扮演巨人。這樣的角色扮演，實際上是他的自我期許的形象外化。

為什麼他在失戀後，不僅要殺死所愛對象，而且還要毒死整個部落的人？這與他過分自尊導致心理變態有關。過分自尊而心理變態的人，當別人的行為不符合自己的期許時，就會對他人產生強烈的怨恨。這種變態心理，容易產生一種奇特的自我想像，即自己是這個世界上最值得愛的人，雅麗仙居然不愛她，不僅說明雅麗仙瞎了眼，還說明雅麗仙故意貶低他的人格尊嚴。所以，他要殺害雅麗仙。進而，殺了雅麗仙仍然不解氣，就把自己的怨恨向整個部落擴散。

在他變態的意識裡，整個部落的人都看到被雅麗仙拒絕，看到他丟人現眼，他必須改變這一對自己極為不利的狀況，而改變的方式，就是毒死整個部落的人。如果整個部落的人都被毒死了，那麼就沒有人知道他被雅麗仙拒絕這件丟人的事了。這就是瓦爾拉齊在失戀後要毒死整個部落人的原因，關鍵是，他已經心理變態。

接下來要討論的問題是，他為什麼要教李文秀練武功？這個問題的答案，並不那麼簡單。首先，他教李文秀練武，是要報答李文秀的救命之恩。在瓦爾拉齊要當時的徒弟馬家駿毒死整個部落時，馬家駿不願這樣做，怕師父報復，於是先下手為強，打了瓦爾拉齊三根毒針。這些年來，毒針一直在瓦爾拉齊體內，讓他求生不得、求死不能，過著悲慘不堪的生活。而李文秀幫他拔出了三根毒針，等於是救了他的命。進而，李文秀善良溫柔，不僅幫他拔出了毒針，也幫助他重建了人與人之間的信任——在馬家駿打他三根毒針之後，瓦爾拉齊再也不相信任何人，再也不見任何人，生活在與世隔絕的環境中。也就是說，李文秀不僅拯救了他的身體，也拯救了他的生活。所以，他要教李文秀。

瓦爾拉齊教授李文秀武功，還有一個重要理由，那就是經常與李文秀見面，可以排解孤獨生活的寂寞。瓦爾拉齊雖然心理變態，但畢竟還是一個人，無法忍受無邊的寂寞，也就無法拒絕與他人交往。李文秀單純透明，是他可以放心交往的對象，於是就教她武功，使自己的日子不再寂寞。進而，李文秀的出現，不僅解決了他的毒針之痛，排解了他的寂寞，也喚醒了他壓抑多年的情感欲望。怎麼辦呢？他的第一個選擇，是抓住雅麗仙的女兒阿曼，要讓這位年輕的美女，補償他過往人生的損失。

這當然也是變態心理導致的變態行為。當阿曼被人救走，他自己也嚴重受傷時，他就本能地採取第二個措施，那就是殺害李文秀，讓她永遠陪伴自己。這也就是說，他教授李文秀武功，還有一層極其隱秘的無意識動機，那就是希望能夠與李文秀長期相伴，此生永不分離。只不過，這一心理動機過於隱秘，連他自己也未必知道，直到臨死之際才浮上心頭。這一現象，看起來好像不可思議，實際上並不奇怪，心智不成熟者，既不瞭解他人，也不瞭解自己。

最後一個問題是，瓦爾拉齊的死說明了什麼？

小說中最驚心動魄的一幕，是瓦爾拉齊在黑暗中伸出手來，要將李文秀置於死地，而李文秀卻懵懂無知。更驚人的是，當李文秀無意間提及「雅麗仙……」，竟讓瓦爾拉齊突然間精力盡失，猝死於黑暗中。

為什麼說一句「雅麗仙」就會讓瓦爾拉齊死去？表層原因當然是，瓦爾拉齊身受重傷，已經走到了生命的盡頭，隨時都可能死去。還有深層原因，那就是，瓦爾拉齊餘生漫長，始終都沒有想明白：雅麗仙為什麼不愛他？為什麼不等他？為什麼會迫不及待地嫁給車爾庫？在他年輕時都想不明白的問題，到油盡燈枯之際，當然更無法想得通。這是他的傷疤，是他的隱痛，也是他的罩門，所以，當李文秀提及雅麗仙，他就絕望而死。

瓦爾拉齊的一生都在迷宮中。不僅是說他生活在現實的物理迷宮裡，也是指他生活在精神的心理迷宮中，「雅麗仙為什麼不愛他而去愛車爾庫？」這一無法索解的謎題，形成了他一生都無法找到出口的心理迷宮。在人世生活中，瓦爾拉齊找不到問題的答案，又有多少人能夠找到這個問題的答案呢？

《連城訣》

一、《連城訣》：老實人眼裡的人間

《連城訣》寫於一九六三年，在《東南亞週刊》上連載。連載的時候，並不叫《連城訣》，而是叫《素心劍》。這就有一個問題：《素心劍》是個很好的書名，為什麼作者後來要把書名改為《連城訣》？

《素心劍》這一書名，顯然與主人公狄雲有關，狄雲是個素心人有關，也就是戚芳所稱的「空心菜」。

從這一書名看，作者最初的設計，是要寫一個素心人蒙冤的故事，也就是作者在修訂版《後記》中所說，是要把他家老僕和生年輕時的遭遇寫入小說。只不過，小說的主人公狄雲自幼生長在湘西沅陵南郊麻溪鋪，生活中只有師父戚長發、師妹戚芳，除了幹農活，就是練武，心地純樸，頭腦簡單，見少識淺，是道道地地的素心人。師父把唐詩劍法稱為「躺屍劍法」，他一直信以為真。老實人看不懂人間事，鄉下人進城，莫名其妙就蒙冤入獄，而且一待就是好幾年。更冤的是，同囚室的犯人丁典，竟懷疑他是官方臥底，要套取大寶藏的秘密，每次受審歸來，都要把狄雲痛打一頓。直到戚芳嫁給了萬圭，狄雲絕望自殺，情況才有所改觀。

接下來的故事，頗似法國小說《基督山恩仇記》，主人公愛德蒙•鄧蒂斯在監獄中遇到了法利亞神父，獲得了寶藏消息，有了復仇的本錢。在這部小說中，丁典成了狄雲的老師，在獄中教他武功，還告訴他有關寶藏的消息。與《基督山恩仇記》不同的是，狄雲出獄後，並沒打算去報仇，而是繼續蒙冤：因為他穿著血刀門徒寶象的衣服，就被人當作「淫僧」，遭到水笙的毒打，還被水笙的馬踩斷了腿。

事情還不算完，血刀老祖也把狄雲當作自己的徒孫，救了狄雲，抓了水笙。為逃避江南四俠陸、花、劉、水的追擊，一直逃往藏邊雪谷。這樣一來，狄雲就更是有口難辯，俠義道要殺他，血刀老祖救了他，他還不能說自己不是血刀門的徒孫。一直到江南四俠中的陸、劉、水三位死於雪谷，狄雲也殺了血刀老祖，誤會和冤屈非但沒有結束，反而雪上加霜：因為狄雲和水笙在雪谷中一起生活，被花鐵幹故意誣衊他們有不正當關係。這一次不但狄雲蒙冤，清白無辜的水笙也是滿身污水，惡意謠言造成刻板印象，水笙無法為自己辯白。

雪谷故事結束時，狄雲練成了神照功和血刀絕技，武功超群，心智漸漸成熟，素心人蒙冤故事到了盡頭。小說如何繼續？一個選擇，是寫狄雲復仇。只不過，這樣一來，《素心劍》就更像《基督山恩仇記》了。作者顯然不願這樣做。實際情況是，小說的後四章，作者改變了敘事方向，寫起了江湖中人爭奪大寶藏的故事。

很顯然，《素心劍》和《連城訣》這兩個書名，代表著兩條不同的故事線索。連城訣不僅是唐詩劍法的劍訣，大寶藏的秘密藏在一本《唐詩選輯》中，所以，連城訣是奪寶故事。如果說《素心劍》是「素心人蒙冤記」，那麼《連城訣》就是「江湖客爭寶藏」。

作者是什麼時候決定要把《素心劍》改為《連城訣》的？我們不得而知。在連載小說中，作者邊想邊寫，隨時有可能想出新主意。

作者在修訂時把書名改成《連城訣》，原因卻很明顯，素心人蒙冤的故事，包含在江湖客爭寶藏的故事中。狄雲蒙冤下獄，決不僅僅是因為他身邊有個漂亮的師妹戚芳，即所謂匹夫無罪、懷璧其罪，而是因為他早已落入了萬震山、凌退思等江湖客爭奪寶藏的算計之中。若不是萬震山對狄雲的師父戚長發早有算計，決定要置他於死地，萬震山的弟子和兒子怎麼敢如此膽大妄為？若不是荊州知府凌退思別有用心，狄雲又怎麼能從江陵縣監獄送到荊州府監獄中，並與丁典同監？更何況，丁典入獄，也正因為他是世界上唯一知曉大寶藏訊息的人。

而丁典之所以瞭解大寶藏的秘密，則又是因為他救助過武林名宿梅念笙，並獲得梅念笙的信任。梅念笙，正是萬震山、言達平、戚長發三人的師父。也就是說，早在狄雲蒙冤故事開始之前，江湖奪寶的故事早已展開了：戚長發師兄弟為此殺師，師兄弟之間相互提放又相互欺騙；荊州知府凌退思也早已把丁典抓入監獄中。

狄雲一生最大的冤屈，不是萬圭師兄弟陷害他入獄，更不是鈴劍雙俠誤把他當作淫僧，而是從一開始就被師父戚長發矇騙。外號「鐵鎖橫江」的戚長發，明明心智過人且博學多才，卻裝作老實巴拉，目不識丁，固然是要欺騙師兄萬震山和言達平，也是因為不相信自己的徒弟狄雲、也不相信自己的女兒戚芳。

之所以如此，說到底，就是因為覬覦大寶藏，被貪欲改變了人生。萬震山、言達平、荊州知府凌退思等人，也都是被貪欲所綁架，褻瀆友情，泯滅親情，讓人匪夷所思。小說最後，包括花鐵幹、汪嘯風等俠義道在內的江湖人在內，全都中了寶藏之毒，這一幕觸目驚心的場景，正是貪欲扭曲人性的寓言。

如果只寫素心人蒙冤，而後練武復仇，那不過是尋常的武俠傳奇，故事線索也未免單薄。而把蒙冤主人公狄雲，提升為人間觀察者和見證人，讓他瞭解並洞察人間的種種卑污，小說的主題思想自會大大豐富，意義也就不同。這，應該就是作者要把《素心人》改為《連城訣》的真正原因。

看《連城訣》這部小說，讓我們想起法國作家伏爾泰的小說《老實人》；正如看《俠客行》，會想到伏爾泰的《天真漢》。

伏爾泰是偉大的啟蒙主義思想家，《老實人》和《天真漢》是啟蒙主義的文學名著。《連城訣》的故事情節與《老實人》並不相同，也未必以啟蒙作為思想主題，但通過老實人狄雲的遭遇，讓我們瞭解人間現實；通過老實人狄雲的眼睛，讓我們瞭解人性真相。這世界並不只是貪婪、黑暗和卑污，還有凌霜華和丁典的真情和高尚情操，即便是曇花一現，即便只有「丁點」的光芒，也能溫暖狄雲的人生，照亮這個世界。

金庸在完成「射鵰三部曲」之後，就開始醞釀又一次寫作變革，即從歷史傳奇的寫作，轉為人間寓言的寫作。《連城訣》就是一次重要嘗試，《俠客行》是另一次嘗試。真正的集大成之作，當然是與這兩部書同時創作的另一部大作《天龍八部》，這三部書構成了一個寫作單元。

二、財迷心竅的戚長發

戚長發是主人公狄雲的師父，是戚芳的父親；湘中武林名宿梅念笙的徒弟，是萬震山、言達平的師弟。

本書的重要特點，是以傳奇生活素材建構連城訣的寓言，也就是「人性貪婪」主題。書中人物形象，看起來多少有些概念化，那是因為這些人物形象多是由寫實與寫意兩種藝術手法結合而成，其中戚長發最為典型。戚長發只在本書開頭和結尾兩處出現，神龍見首不見尾，他的人生故事和藝術形象，有很大的留白空間，需要讀者適當的藝術想像加以填補。戚長發塑造了狄雲，對狄雲的傷害也最深，此人的重要性及其藝術價值不可忽視。

關於戚長發，有幾個問題值得討論。一是，他為什麼要假裝鄉下人？二是，他為何聽任女兒嫁入仇家？三是，他為什麼要殺忠實徒弟狄雲？

先說第一個話題，戚長發為什麼要假裝鄉下人？

本書開頭，主人公狄雲和他的師父戚長發、師妹戚芳都生活在湘西麻溪鋪鄉下。在狄雲的印象裡，師父是道地的鄉下人，嘴含煙袋，手編草鞋，頭髮花白，滿臉皺紋，平時以種田為生，閒暇時才教授徒弟和女兒武功。既然是鄉下人，當然不識字，所以把「唐詩劍法」說成是「躺屍劍法」，說是聽著叫人害怕，那才威風。於是，「孤鴻海上來，池潢不敢顧」的詩句，成了「哥翁喊上來，是橫不敢過」；而「落日照大旗，馬鳴風蕭蕭」，則成了「老泥招大姐，馬命風小小。」

直到狄雲蒙冤下獄，在監獄中聽丁典說起戚長發，才知道師父竟然與自己的印象截然不同。據丁典說，戚長發有個外號，叫「鐵索橫江」，常常叫人上也上不得，下也下不得。此人不僅能文能武，而且心機深沉，智謀過人。這就出現了一個問題：戚長發為什麼要假扮老實巴拉的鄉下人？

要回答這個問題，必須瞭解戚長發的歷史。其中要點是，他的師父梅念笙有一個大寶藏的秘密，藏在《唐詩選輯》中，但梅念笙卻不把這部書交給自己的徒弟。於是萬震山、言達平、戚長發三人就聯手謀殺了師父，奪得了《唐詩選輯》。三位師兄弟都不想分享寶藏，相互之間也不信任，連睡覺都用鐵鍊相連，一人有異動就會立即驚醒其他二人。但最後，《唐詩選輯》還是不翼而飛。師兄弟相互懷疑，但誰也拿不出確切證據，只能帶著懷疑各奔東西。那本書其實是戚長發偷了，若被兩位師兄發現，必然會被師兄殺害，所以他要到鄉野隱居。

他知道萬震山、言達平兩位師兄都懷疑自己，也都在尋找自己，因而不僅要隱居鄉間，而且要不留偷盜寶書的任何痕跡，此事當然不能對女兒和徒弟說。他故意把唐詩劍法說成是「躺屍劍法」，是為了更像道地的鄉下人，以便更有效地欺騙師兄。只不過，過猶不及，戚長發的這番做作，讓萬震山對他疑心更甚。

再說第二個話題，戚長發為什麼聽任女兒嫁入仇家？

萬震山終於找到了戚長發，並派子弟前來，邀請他去荊州探訪。這就是本書開頭，鄉下人進城。其後發生的一切，讀者目瞪口呆，也匪夷所思；但這些其實都不會出乎戚長發的意料。他雖算不到萬圭覬覦戚芳美貌，從而設計陷害狄雲；但他知道師兄萬震山肯定要算計自己，且還要嫁禍於他。萬震山將他砌入夾牆，沒想到戚長發能夠安全逃脫。這就產生另一個問題：戚長發既然沒死，為什麼從此不再露面？為什麼他居然聽任自己的獨生女兒戚芳嫁入仇家？

按常理說，父親總是愛女兒，更何況戚芳還是戚長發的獨生女？戚長發逃離後，再也沒有與女兒戚芳聯繫，聽任戚芳受萬圭欺騙而嫁入仇家，最直接的原因，是那本《唐詩選輯》在家裡消失了，戚長發懷疑是女兒戚芳故意盜走。

有意思的是，《唐詩選輯》確實是戚芳拿走了，只不過，並不是偷盜，而是順手拿去夾剪紙樣本，隨手丟在附近的山洞中。直到最後才被狄雲發現。但戚長發卻不知道女兒是無意間拿走了這本書，即便知道，他也不會相信女兒當真是無意。

戚長發的心思完全被寶藏所控制，其思想和行為自然就不能依常理常情去理解和推測。戚長發的價值觀，是人為財死、鳥為食亡。戚長發師兄弟為了巨額財寶而不惜殺師，由此推測，女兒為了大寶藏而竊取秘密、背叛父親，也就順理成章。

戚長發一心想要發財，既不瞭解自己的女兒，也不相信人間會有不愛財的人，當然也不會相信所謂無心之舉。所以，在他看來，女兒也是自己的敵手。女兒留在萬家，進而嫁給萬圭，說不定還會被他當作女兒背叛自己的又一證據。戚長發不把自己逃生的消息告訴女兒，是為了在暗地裡監視女兒，看她有什麼異動。按他的思路，女兒戚芳偷了《唐詩選輯》，必定要與丈夫萬圭探尋寶藏消息，然後一起去尋寶，而他則會跟蹤而至，後發制人。只可惜，事實並不是這樣。

再說第三個話題：戚長發為什麼要殺狄雲？

狄雲沒有想到，在江寧城南天寧寺中會見到師父戚長發。他沒想到，老實巴拉的師父竟如此殘忍，殺死自己的二師兄言達平，還要在他遺體上連刺數劍。他沒想到，師父發現寶藏驚喜不已之際，遭到萬震山的暗襲。他更想不到的是，當他從大師伯手下救了師父的命，而師父卻立即動手刺殺他，若不是因為有烏蠶衣護身，必然會被師父的那一劍刺死。老實的狄雲，即使早已不是當年的空心菜，也還是無法理解師父的行為：他究竟犯了什麼錯，師父竟要殺死自己？

戚長發為何要殺狄雲？他自己給出了答案：「這是一尊黃金鑄成的大佛，你難道不想獨吞？我不殺你，你便殺我，那有什麼稀奇？」在戚長發看來，為了獨吞巨大財富，徒弟殺師父，師父殺徒弟，符合人為財死定律，當然也正是戚長發的思想邏輯。狄雲明白了師父的話，但他並不貪財，更不會殺師父。狄雲的行為，卻也讓戚長發百思不得其解：「世上哪有人見到這許多黃金珠寶而不起意？狄雲這小子定然另有詭計。」戚長發大聲質問狄雲：「你搗什麼鬼？」

戚長發要殺死狄雲，除了要獨吞財富之外，還有一個重要原因。書中有個細節，戚長發得救，認出狄雲後，立即詢問：「這一切，你都瞧見了？」所謂這一切，包括戚長發殺害言達平，也包括他和萬震山的對話，他承認是自己偷了《唐詩選輯》。這一切都是醜聞，萬萬不能讓別人知道，因而戚長發要殺人滅口。戚長發固然貪財，但也愛惜自己的面子和聲譽，知道自己的所作所為有悖世間倫理，因而不能讓任何人知道，因而要殺人滅口。戚長發的思維邏輯是，自己可以做壞事，只要沒有別人知道，那就無妨。

小說最後，所有搶寶的人都瘋了，因為寶物上塗有毒藥，足以讓沾手者發瘋。這段情節，當然是個寓言。戚長發是什麼時候發瘋的？這個問題值得思考。

三、丁典的角色與功能

丁典是主人公狄雲的獄友，是狄雲的大哥，狄雲的師父，也是狄雲的人生導師。丁典和狄雲的關係，很像法國小說《基督山恩仇記》中，法利亞神父和主人公艾德蒙·鄧蒂斯，即後來的基督山伯爵。只不過，丁典並不是神父，而是江湖奇俠，也是鍾情至深的情人。

丁典出場不多，很快就去世了，但這一人物的重要性卻絲毫不減，他是這部小說的關鍵角色，他是影響和塑造狄雲人生的導師，同時也是小說從《素心劍》與《連城訣》轉換的連絡人。更重要的是，在這個貪婪的世界上，他少有地視金錢如糞土；在這個冷酷無情的人世間，他與凌霜華的愛情之光分外耀眼。如果沒有丁典，這世界會失去意義。

在這部小說中，丁典擔任了多重角色。一是，作為狄雲的人生導師；二是，作為大寶藏秘密的傳承人；三是，作為至死不渝的情人。

先說丁典的第一個角色，作為狄雲的人生導師。

狄雲隨師父戚長發來到荊州萬震山家，很快就被萬震山的子弟陷害，被關入荊州府大牢，成了丁典的獄友。開始時，丁典對狄雲敵意明顯，不僅冷嘲熱諷，而且還施以拳腳，讓狄雲痛苦不堪，卻也無可奈何。

丁典所以如此，是以為狄雲是知府凌退思派來的奸細，要打探「連城訣」的秘密。凌退思確實有這種打算，只不過狄雲對此一無所知，因而蒙冤的狄雲遇到多心的丁典，狄雲痛苦的傾訴和憤怒的吶喊，都被丁典看作是刻意的表演做作，於是雪上加霜。師妹戚芳嫁給萬圭的消息傳來，狄雲終於絕望，決心一死了之；不料他想死也不成，竟被丁典救活。狄雲求生不能，求死又不得，人生苦難走向極端。作者設計丁典這一角色，第一個功能目的，是要他推動並延續狄雲的苦難人生傳奇。

狄雲死而復生，丁典對他的態度也徹底改變。狄雲自殺之際，適逢丁典練成了神照經，如此才能讓狄雲活命，是所謂無巧不成書。更重要的是，狄雲既然是真心求死的行為，證明他不是凌退思派來的臥底，丁典富有江湖經驗，聽了狄雲的訴說，立即明白了其中關竅。他相信狄雲確實受屈蒙冤，而且還知道他蒙冤的真正因由，告訴狄雲，即使真犯了那些強加的罪行，也應該關押在江陵縣大牢，而不至於關押在荊州府牢獄中。丁典的解釋，點燃了狄雲復仇之火，也啟動了狄雲的生命意志。丁典的第二個任務，就是要讓狄雲活下去，不再灰心絕望。

丁典的第三個任務，就是作狄雲的人生導師。首先是相信狄雲、理解狄雲、關懷狄雲，讓狄雲感受到人間的溫暖。其次是教授狄雲神照經，讓狄雲掌握復仇的本領，同時也讓他忙於訓練而不再胡思亂想。

從「神照經」這一武功名稱看，丁典不僅教授一門高級武功技藝，同時也是通過武功訓練，讓狄雲不斷提升心智水準。後者也是丁典在書中的最重要的職責，就是擔任狄雲的人生導師，亦即傳授江湖經驗，解釋江湖規範與禁忌，並設法提升狄雲的認知水準。例如，告訴狄雲，他的師父戚長發外號「鐵索橫江」，不是不識字的鄉下人，更不是老實巴拉。只不過，狄雲當時的認知水準有限，無法理解，更不願相信。無論怎麼說，丁典都是改變狄雲命運、重塑狄雲個性與人生的人。

再說第二個角色，丁典作為大寶藏秘密的傳承人。

丁典本人的命運轉捩點，源於一次江湖偶遇。即見證了萬震山、言達平、戚長發師兄弟合謀殺師的情景，並救了他們的師父梅念笙。梅念笙得到丁典的救助，將大寶藏的秘密告訴了丁典。梅念笙這樣做，一方面是因為自己生命垂危，不願讓大寶藏的秘密從此失傳；另一方面則是從丁典的行為看出，此人值得信任且值得傳承大寶藏的訊息，即與尋找秘密寶藏有關的一連串數字。

沒想到，因為暸解大寶藏的秘密，他的人生從此改變。他的俠義行為，竟為他帶來了一連串厄運。首先是因為他安葬了梅念笙，並且為他樹碑，人們知道他是最後接觸梅念笙的人，成為想獲取寶藏者追截的對象，不得不到處躲避，甚至隱姓埋名。也正因為他知道這一秘密，荊州知府凌退思利用女兒和他的關係，設法下毒將他捕獲，關入荊州府大牢中，並折磨丁典，要他說出寶藏的秘密。

丁典不是愛財之人，因為他找到了更寶貴的人生財富，那就是兩情相悅的愛情。為了愛情，他毫不猶豫地把大寶藏的秘密告訴了心上人，沒想到凌霜華突然死去。丁典臨死之際，想把事關大寶藏秘密的數字告訴狄雲，但來不及說完就溘然長逝。人們都以為大寶藏的秘密會從此淹沒，沒想到狄雲一心要把丁典的骨灰與凌霜華合葬，終於在凌霜華的棺材裡發現了這串秘密數字，大寶藏的秘密重見天日。

最後，狄雲利用這串數字誘出了大仇人萬震山，也由此見證了人性的貪婪和瘋狂，從而讓大寶藏的故事有了出人意料的大結局。由此可見，作為大寶藏秘密的傳承人，丁典的作用至關重要，假如沒有丁典，這個故事就失去連結。

再說第三個角色，丁典作為作為至死不渝的情人。

丁典有他自己的故事，那就是與凌霜華的愛情。他與凌霜華，一個是赳赳武夫，一個是官府千金，卻都是愛花人，因墨菊相識並相愛，如此美麗傳奇的邂逅，讓人心馳神往。更傳奇的是，這對愛侶經歷重重考驗，仍不改初心。

首先，凌霜華與丁典相愛，竟被其父親凌退思所利用。凌霜華不願失去愛人，卻也不願得罪父親，更不願傷害父親。另一面，凌退思卻將丁典抓入大牢，不斷嚴刑拷打，丁典對此無怨無恨。他之堅守寶藏秘密，並不是不想告訴凌退思，更不是因為貪財，而是他知道一旦把秘密告訴對方，凌退思就會立即殺了他。

其次，凌退思逼迫女兒嫁給他人，凌霜華寧可劃破自己的臉，讓父親無法再逼迫，卻也讓她無法再見心上人，不是沒有見面的機會，而是她不願讓心上人看到自己的破相。讓丁典只能看花，不能看人，隔著窗戶、對著花兒訴相思。丁典也照做了，是出於愛心，同時也是對愛人的尊重。丁典練成了神照經，隨時可以越獄，但他寧可待在獄中，只因為要守護窗前花朵，和窗後的愛侶。

最後，當窗前的花朵枯萎，窗後伊人與世長辭，丁典才毅然帶著狄雲越獄，冒險進入凌霜華的靈堂，與一生的愛人作最後告別。丁典因親吻凌霜華的棺材而中毒，固然是落入了凌退思的圈套，卻也是丁典的必然選擇：心中至愛既已永遠辭世，他獨自生活在這個世界上，還有什麼意義？此次中毒，既是告別，更是為了在另一處重逢。

丁典和凌霜華的愛情故事，全部是丁典的記憶和敘述。其中不乏刻意人為的痕跡，有可能是來自作者的設計，更有可能是來自丁典本人的創作。無論如何，能夠創作出如此美麗的愛情故事，人生就不算虛度，更不會荒涼。

四、水笙的命運與雪谷歷史的版本

水笙是水岱的女兒，生於江南四俠陸、花、劉、水的水家；她是汪嘯風的表妹，也是他的情人，兩人組成「鈴劍雙俠」，在江湖中聲譽鵲起。但最終，水笙卻離開了汪嘯風，回到藏邊雪谷，與狄雲生活在一起。

水笙命運的拐點，是被血刀老祖俘獲，將她帶入藏邊雪谷中。他父親的親朋好友及江湖同道不斷追趕，無奈大雪阻斷了雪谷的通道；江南四俠追入谷中，最後只有花鐵幹一人生還。然而水笙的真正不幸，並非發生在雪谷被阻斷時，而是發生在雪谷通道打開後；水笙的命運與雪谷歷史真實無關，而是被雪谷歷史的故事版本所扭曲。

關於水笙的命運，要討論三個話題。一是，花鐵幹提供的虛構版本。二是汪嘯風想像的故事版本。三是：水笙最後回到雪谷，是可悲還是可喜？

先說第一個話題，花鐵幹提供的虛構版本。

雪谷中究竟發生了什麼？只有花鐵幹、水笙、狄雲三位親歷人知道。這部小說的讀者，也全都是見證人。當雪谷通道開通，追趕血刀老祖的武林群雄進入雪谷時，花鐵幹搶先口述了他們在雪谷中的經歷，為公眾提供了這段雪谷歷史的虛構版本。這一版本的要點是，一，他殺了血刀老祖。二，殺害陸、劉、水的是血刀老祖和他的徒孫狄雲。三，水笙被血刀老祖和狄雲玷污了。其中大多是謊言。

花鐵幹為什麼要搶先提供虛構版本？原因很簡單，那是想要掩蓋真實。因為在真實的雪谷經歷中，花鐵幹的表現極為不堪，首先，他誤殺了自己的同伴。其次，因為殺了同伴，導致精神恍惚，進而意志崩潰，因而向血刀老祖搖尾乞憐。再次，他在饑餓難忍時，吃了陸、劉兩位結義兄弟的遺體。最後，因為他要吃水岱遺體，與水笙、狄雲發生矛盾衝突，勢不兩立。如此醜惡的行徑，如果讓武林同道知曉，花鐵幹就無法在武林中繼續存身。他之所以要搶先公佈虛構版本，是要先入為主，同時詆毀水笙，讓公眾不願相信她的話。實際上，這麼做，既掩蓋了過去的真相，同時為未來鋪路，殺血刀老祖，是成為武林領袖的資格證明。

公眾為什麼相信花鐵幹的虛構，而不相信水笙的真話？一是花鐵幹名氣大、輩分高。二是虛構常常比真實更動人。三是先入為主，且利用了人們的刻板印象，即俠客永遠是俠客，淫僧永遠是淫僧。所以，當水笙為狄雲辯護，說狄雲是正人君子時，不僅沒有人相信，反而引發公憤：這姑娘竟然為淫僧辯護，她究竟站在哪一邊？所以，當場就有人怒罵她是淫婦，說為了她而追趕淫僧簡直不值得，甚至有人憤怒之下，要殺了這個「無恥的賤人」。

花鐵幹的謊言，從此成了雪谷歷史的權威版本。在這個版本中，花鐵幹是超級大英雄，狄雲是萬惡淫僧，水笙是無恥淫婦。人言可畏，眾口鑠金，水笙沒有任何辯護的餘地。花鐵幹的謊言加上人們的刻板印象，決定了水笙的命運。

再說第二個話題，汪嘯風想像的故事版本。

武林中也有好人，雖然無法相信水笙的證詞，仍然同情她的遭遇。因此有人建議，看在她父親水岱俠義面子上，對水笙口下留情。水笙失去了發言權，但她仍有立足之地：如果表哥汪嘯風愛她、相信她、與她結婚，她仍然在熟悉的世界擁有一份幸福的生活。關鍵就是，汪嘯風是否繼續愛她、相信她？

假如汪嘯風當真摯愛水笙，他會想，無論水笙發生了什麼，那都是迫不得已，水笙已經受到了傷害，對她更應該加倍呵護，讓她從傷痛陰影中早日康復。假如汪嘯風有足夠明智，她會相信水笙，認真傾聽水笙的經歷，然後再作出相應的判斷和選擇。

書中說，對表妹水笙的遭遇，汪嘯風有過多種想像。在進入雪谷之前，他的想法是，無論水笙遭遇了什麼，只要還活著就好。見到水笙，他的想法變了，不是活著就好，而是水笙能夠保住貞潔才好。不幸的是，有關他「戴綠帽子」的議論傳入了汪嘯風的耳中，這讓汪嘯風無地自容：江湖上人人都知道水笙被淫僧玷污，自己今後有何面目見人？這說明，汪嘯風既無摯愛，也不明智。

不幸的是，他在水笙的住處看到了狄雲的羽衣，水笙承認這是她為狄雲製作的，這不僅刺激了汪嘯風的想像，而且把他的想像引向可怕的邪路。更不幸的是，狄雲偏偏在這時出現，狄雲還為水笙辯護，說她是個冰清玉潔的好姑娘；汪嘯風偏偏不是狄雲的對手，被狄雲推翻在地，讓汪嘯風惱羞成怒，扇了水笙左臉一個耳光，又在她的右臉扇了一記耳光。邪惡的想像更加不可遏止，在汪嘯風的想像版本中，水笙和狄雲共同經歷的雪谷歷史，更加不堪入目。

狄雲逃走後，目送水笙離開，雖然是跟汪嘯風一起離去，但一個在前，一個在後，相隔一丈之遙。這一情形，預示著水笙的愛情難得善終。

再說第三個話題：水笙故事的結局，是可悲還是可喜？

小說最後，狄雲離開中原故鄉，回到藏邊雪谷，在那裡見到了水笙。水笙為什麼回到雪谷？原因很明顯，那是因為在故鄉世界找不到容身之地。水笙故事的結局，是可悲還是可喜？這個問題關係重大。對水笙個人，或許是可喜的，因為她不必費心為自己辯護，不必忍受他人的冷眼和冷語，可以找到一個相信她並能給予她溫暖的人，與他一起心安理得地開始另一段人生。但若想深一層，又會為水笙和她的世界感到悲哀：這世界為何要不分皂白，冤枉無辜？

水笙的經歷，與狄雲的故事如出一轍。有意思的是，水笙在進入雪谷前，也曾冤枉過狄雲，只因狄雲穿了一件血刀門的衣服，就認定他是壞人，從而鞭打他，放馬踩斷他的腿，對他救人義舉則置若罔聞。這一細節，表明水笙心智簡陋，見識平庸。而她此後的遭遇，不過是被另一批見識平庸、心智低下的人，按照刻板印象加以發揮，而後眾口鑠金。兩人的故事疊加，襯托出本書的主題。

作者讓書中的江南四俠連成「落花流水」，與其說是對俠義精神的貶損，不如說是發現人性平庸而深感失望。假如花鐵幹、汪嘯風之流是真正的壞人，那倒也罷了，至少還可以指望壞人之外，還有好人。但在一個平庸的世界裡，除了平庸，還是平庸。更可怕的是，平庸者把持發言權的世界，竟無法容納最簡單純樸的人際感情，也沒有人能分辨皂白是非。

這部小說原名為《素心劍》，作者原有宏大圖謀，不知何故，竟將書中的尋寶線索加以發揮，讓一條副線超過了故事主線，以至於在結集成書時不得不改書名為《連城訣》。實際上，水笙與尋寶故事毫無關係，她和狄雲一樣，也是一個素心人，她的遭遇，是對人性弱點的書寫，也是一份強烈的控訴，主題是：平庸即罪惡。

五、戚芳也是空心菜

戚芳是戚長發的女兒，是狄雲的師妹。她與狄雲兩小無猜，卻做了萬圭的妻子。她給狄雲取外號「空心菜」，卻不知道自己也是。所謂空心菜，是天性善良純真，而心智蒙昧殘缺，沒有能力應對生活的流變。她和狄雲跟隨戚長發從湖南鄉下來到湖北荊州，狄雲下獄、父親失蹤，戚芳不由自主，實際上也沒有自主的能力。她不知道，老實巴拉的父親其實是大名鼎鼎的「鐵索橫江」，而她和狄雲的蒙昧無知，正是父親精心培育的結果。她的命運早已註定。

關於戚芳，要討論的問題是，其一，她為何背棄狄雲而嫁給萬圭？其二，她為何給女兒取名空心菜？其三，她為何在真相大白之後還要救夫送命？

先說第一個問題，戚芳為何背棄狄雲而嫁給萬圭？

在這部小說中，讀者最難以接受的，是狄雲蒙冤下獄，戚芳竟在關鍵時刻背棄了狄雲，嫁給了陷害狄雲的萬圭。狄雲聽到戚芳結婚消息時而絕望自殺時，相信有很多讀者都會不假思索地責怪戚芳。卻沒有想到，戚芳並不瞭解事情的真相。她並不知道，萬圭覬覦她的美貌，因為她喜歡狄雲，萬圭才去陷害狄雲偷盜財物、猥褻萬震山的小妾，導致狄雲被捕入獄。

假如說狄雲僅僅是偷盜財物，戚芳肯定不會相信；問題是還涉及猥褻婦女，且這個叫桃紅的女人一口咬定狄雲如此這般，讓戚芳不得不信。更重要的是，對這種行為越是反感、噁心，對狄雲就越是生氣、失望，以至於被負面情緒所控制，從而無法認真思索真假是非。退一步說，即使戚芳相信狄雲被冤枉了，但她拿不出有力的證據。

狄雲深愛戚芳，這一點毫無疑問，證據是，聽到戚芳結婚消息，他就絕望自殺。戚芳是不是也愛狄雲？答案是肯定的。問題是，戚芳對狄雲的愛深到什麼程度？我們不得而知。進一步說，戚芳對狄雲情感性質，不能憑空作出簡單化判斷。他們兩人相互關愛，是因為他們從小一起長大，其中有師兄妹之情，也有親兄妹之情，當然還有男女之情。如果他們一直生活在鄉下，沒有任何第三者，他們多半會結為夫婦。問題是，他們離開了湘西，來到了荊州，也出現了第三者。

戚芳的世界，一向只有父親、狄雲和她三個人。而今父親失蹤、狄雲下獄，戚芳孤苦伶仃，無處可去，只能寄身於萬家。要在萬家生活，就不得不適應新環境。在這一陌生環境中，萬圭對她的呵護奉承，就顯得格外珍貴。更重要的是，萬圭不僅親自陪同她去探訪狄雲，親眼見到萬圭送錢給官府中人，說是要為狄雲洗冤。問題是，她不可能知道，萬圭送錢賄賂官府，是要進一步陷害狄雲，而不是要讓狄雲出獄。說白了，戚芳是個鄉下長大的姑娘，心思純淨善良，頭腦非常簡單，當她沒有能力解決問題時，對狄雲有多少愛，就可能有多少怨。

戚芳嫁給萬圭，關鍵是時間。等了半年，狄雲沒回來；等了一年，狄雲沒回來；等了兩年，狄雲還沒回來，這對戚芳會造成多重影響。一是，時間既能撫平創傷，也能讓人忘卻舊身分、舊習慣，適應新生活、養成新習慣。二是，如此送錢打點，狄雲還沒有回來，是不是證明他真有罪？三是，萬圭苦苦追求，經年累月，總不能長期住在他家，而又堅持拒絕他的追求。終於，戚芳嫁給了萬圭。

再說第二個問題：戚芳為何給女兒取名空心菜？

狄雲出獄後，第一件事就是偷偷探訪戚芳。聽到戚芳呼喊「空心菜」，狄雲大吃一驚，很快就知道，戚芳把自己的女兒也取名空心菜。戚芳為什麼這樣？

答案很簡單，戚芳沒有忘記狄雲，而且對狄雲仍然有一份無法割捨更不能忘懷的情感。所以，當她發現狄雲受傷，會毫不猶豫地救護，並把昏迷的狄雲送到一條船上，將身邊能找到的財物，全都送給狄雲，希望狄雲能平安地活下去。

問題是，假如戚芳沒有忘記狄雲，為什麼自從她與萬圭結婚後，就不再到獄中探訪？這一問題的奧妙，是身分與心理的矛盾。戚芳結婚後不探訪狄雲，是要按自己的身分行事，她已是萬圭的妻子，作為萬家兒媳，若隨意探訪狄雲師哥，肯定會遭人議論。另一方面，她的心裡卻沒有真正忘記狄雲，更無法割捨狄雲，因為狄雲不僅是她的師哥，也是她童年及少女時代記憶的組成部分。

也就是說，戚芳的行為是一回事，心裡所想是另一回事，這是類似戚芳的人物應付矛盾衝突的方式，甚至是一種生活常規。戚芳告訴自己的女兒，她有一個「空心菜舅舅」，這一重要細節表明，狄雲在戚芳心裡有了個新的身分，是自己的兄弟、女兒的舅舅。作為有夫之婦，思念情人是違背倫理，思念兄弟則是人之常情。戚芳所以稱女兒為空心菜，並不斷呼喊，表明她沒有忘記狄雲；改變了狄雲的身分，就不會違背倫理。

進一步的問題是，把狄雲當作兄弟，到底是倫理衝突的結果，還是出自戚芳的初心？也就是說，戚芳對狄雲的感情，究竟是兄妹之情，還是男女之情？對戚芳而言，自始至終都是問題。一般小說讀者，總以為能把師兄妹情、親兄妹情、男女愛情分得清楚明白，但在真實生活中，這些情感往往是混沌不清。要分清諸種情感的微妙差異，顯然超出了戚芳的心智水準。

再說第三個話題：戚芳為何在真相大白之後還要救夫送命？

萬圭中毒，狄雲假扮郎中為他療毒。萬家師兄弟當年陷害狄雲、誘捕戚芳的陰謀被揭露，而萬震山誘殺戚芳父親戚長發的陰謀也同樣被揭露。狄雲將以其人之道還治其人之不領情，殺了戚芳。這一悲慘結局，讓狄雲大惑不解，讓讀者感慨唏噓。戚芳明明知道萬氏父子是自己的殺父仇人，也知道萬圭為了財寶而要殺害自己，她為什麼還要去救萬圭？

表層答案是，一夜夫妻百日恩，百日夫妻似海深。何況戚芳與萬圭結婚已有數年之久！戚芳善良仁厚，以德報怨，寧可人負我，不願我負人。這樣做，完全符合戚芳的本性。深層的答案是，戚芳這樣做，是一種無意識衝動，什麼都來不及想就這麼做了。對這種心理無意識，戚芳一無所知，自然無從說起。

戚芳不瞭解自己對狄雲的感情，也不瞭解自己對萬圭的感情，但她明確知道萬圭是自己的丈夫。她在萬家已經生活了若干年，固然說不上幸福美滿，卻也富足平安。戚芳已經習慣了這種富足平安的生活，這習慣塑造了她的行為方式，也劃定了她的心理舒適區，而今面臨驚人變故，戚芳無所適從。

她的人生，是從自家的院子到萬家的院子，院子之外是全然陌生的世界，與狄雲一起走向未知的旅途，讓她產生本能的不適和惶恐。她去救萬圭，固然是夫妻倫理，固然是天性善良，卻也是想要尋回自己熟悉的生活。最終被丈夫殺死，她雖震驚，卻也心安。

說到底，戚芳也是空心菜。身體發育成美人，心智卻始終未成年。

《天龍八部》

一、《天龍八部》說的是什麼？

《天龍八部》是金庸小說中最為博大精深的一部，小說的主人公就有三人，即段譽、蕭峰和虛竹；書中故事涉及大理、北宋、遼、西夏、吐蕃五國；故事情節的頭緒更是紛繁複雜、千頭萬緒。要說清楚這部書的主題與線索，不是件容易的事。

到目前為止，對這部小說最好的解釋，還是美國伯克萊加州大學的陳世襄教授所說：這是一部悲天憫人之作，主題是：冤孽與超度。

小說的三位主人公，段譽是大理國王子，蕭峰先是大宋國丐幫幫主、後是遼國南院大王，虛竹先是少林寺弟子、後是逍遙派掌門人兼靈鷲宮主人。只因段譽和虛竹在靈鷲宮裡，醉酒之餘結拜兄弟，且把當時不在場的蕭峰也結拜在內，這三位主人公就成為一體，成為拯救與超度的力量代表，寄託著作者的理想。

三個主人公身分不同，性格也不同，但卻有相似的命運。其一，他們都是惡人之子，段譽的生身父親段延慶，是天下第一大惡人；虛竹的母親葉二娘，是天下第二大惡人；蕭峰的父親蕭遠山，雖沒有進入「惡人榜」，但也是殺人眾多，為惡極大。

其二，他們都「人在世間，身不由己」，三個人都是從出場開始就受到某種命運力量的支配，幾乎無法抗拒。段譽不斷遭遇厄難，先後被神龍幫、南海鱷神、無量劍派所囚禁，後來又被鳩摩智抓到江南，要把他作為禮物，在慕容博墳前燒掉。蕭峰出場不久，就面臨著丐幫的反叛，進而他的契丹人身分被揭露，他想調查真相，但證人卻被他人提前一步處死，後來竟打死了心愛的姑娘阿朱。虛竹離開少林寺之後，同樣厄運不斷，總是被人陷害，以至於破了葷戒和色戒，後來更被人清除了少林派內功，灌注逍遙派內力。

其三，在命運力量的支配下，這三人的自我同一性都被撕裂，都經歷了自我認同的危機。段譽不願意練武，從家裡逃了出來，但卻不得不練武，甚至不得不殺人；蕭峰更苦，身為契丹人的血緣身分，和漢人的文化身分被人撕裂，自我同一性從此破碎，終生都無法癒合。虛竹的人生理想，只不過是在少林寺裡當和尚，但卻想當和尚而不得。

好在，他們還有第四個相似點，那就是無論遭遇怎樣的厄難，都沒有失去理性和自主意志，也都沒有失去悲天憫人之心。這種理性意志和悲憫之心，在段譽，表現為高貴的良知，無論遇到怎樣的厄難，都不會產生憎恨與怨怒，而是以寬容之心面對作惡之人，以幽默與智慧撫平自身的創傷。

在蕭峰，表現為俠義精神，雖然在漢人盲目的圍攻下，不得不在聚賢莊大開殺戒；進而被仇恨模糊了雙眼，打死了愛侶阿朱；但自幼習得的俠義精神卻是深入骨髓，最終化為拯救世界的巨大動力，並為世間和平立下殊功。

在虛竹，表現為慈悲之念，為了不讓段延慶自殺，他閉著眼睛下棋，無意中破解了珍瓏，而他自己卻失去了少林內功；為了不讓天山童姥被殺，他挺身而出，背起童姥逃生，結果成了靈鷲宮的傳人，離少林寺僧的生活越來越遠。虛竹的善念，常常給他帶來厄運；但他卻始終沒有放棄善念，最終不但解放了自己，而且成了拯救世界的人。

蕭峰、段譽和虛竹三人聯手，是小說中的拯救者同盟，在少林寺，他們聯手打敗了武林中的邪惡力量；在宋國和遼國的邊境線上，他們又聯手逼迫遼國皇帝耶律洪基發誓終生不得侵犯大宋，為這塊土地上的人民贏得了持久的和平。段譽的良知、蕭峰的俠義、虛竹的善念，即是自我超度和拯救世界的精神力量。

接下來的問題是：這部小說為何取名《天龍八部》？作者在書前專門寫了一個《釋名》，說「天龍八部」的概念來自佛經，指的是八種非人的神道精怪，即天神、龍神、夜叉、乾達婆、阿修羅、迦樓羅、緊那羅、摩呼羅迦。這部書裡並沒有神道精怪，作者說，他用「天龍八部」作書名，是想「借用佛經名詞，以象徵一些現世人物」。象徵哪些人物呢？在書中，我們能夠找到一些影子，例如段延慶很像天神，因為他身體殘疾，象徵天人五衰，而且不樂本座；甘寶寶和她丈夫像是阿修羅，因為女性美貌，男性醜陋而嫉妒，等等。但作者並沒有把具體影射進行到底，而是把天龍八部的概念，作這部小說人物的總體性象徵。

這也就是說，這部書中的人物，除三位主人公等極少數外，絕大部分人都屬天龍八部式的人物。包括以段延慶為代表的權欲狂，諸如慕容博、慕容復父子，丐幫的舵主全冠清，真實歷史人物宋哲宗趙煦；包括以葉二娘為代表的復仇狂，諸如蕭峰的父親蕭遠山，聚賢莊弟子游坦之，馬大元夫人康敏等等；包括以南海鱷神為代表的虛名狂，諸如星宿海主人、逍遙派叛徒丁春秋，吐蕃高僧鳩摩智，以及歷史人物大遼皇帝耶律洪基；還包括以段正淳為代表的癡情狂，諸如秦紅棉、甘寶寶、王夫人、阮星竹，以及逍遙派的無崖子、天山童姥、李秋水，以及癡戀蕭峰的阿紫，和癡戀阿紫的游坦之。

這些人的特點，是要麼被某種欲望所操縱，不能自已；要麼被具體命運所綁架，不得自由。由於欲望操縱和命運綁架，這些人要麼心智不全、缺少理性；要麼心理變態、患有精神官能症；總之是人格不完整、心理不健康，因而會有意無意給他人帶來痛苦和災難，把人間變成地獄。

其中最典型的例證，是段正淳到處拈花惹草，使得段譽隨時隨地都陷入亂倫危機。更典型的例子，是虛竹的父親玄慈為了保衛少林、保衛大宋，而殺害了蕭峰的母親，改變了蕭峰的一生；而蕭峰的父親蕭遠山為了報仇，奪走了玄慈和葉二娘的兒子，從而改變了虛竹的一生。段延慶作惡，是因為有人叛亂，奪走了他父親的王位，並傷殘了他的身體，讓他滿懷怨毒；葉二娘作惡，則是因為有人奪走了她的兒子，讓她喪心病狂，要去傷害別人的孩子。

玄慈殺害蕭峰的母親，並不是為自己，而是因為遼宋兩國對立，更因為慕容博別有用心，故意加劇宋遼兩國武林的武力對抗。人是社會關係的總和，每個人都處在社會關係的網路之中，因而任何人的欲望追求，都可能成為改變世界的力量。天龍八部的行為，會把人間變成天龍八部的世界；精神官能症患者的行為，會讓人間精神官能症氾濫傳播。如前所說，只有段譽的良知、蕭峰的俠義、虛竹的慈悲，才能治療精神官能症，拯救世間厄難，阻止仇恨與戰禍蔓延，讓天龍八部世界，變成美好的人間。

二、段譽是怎樣的一個呆子？

今天要講的題目是，段譽是怎樣的一個呆子？

段譽是《天龍八部》第一主人公。說他是第一，不僅因為他是第一個出場，甚至也不僅是蕭峰、虛竹兩位主人公都是由他引薦給讀者，而且是因為這個人物形象和他的故事寄託了作者的理想。段譽是大理王子，但這位王子沒有任何架子，甚至被許多江湖人認為是呆子。他也確實有些呆子氣，明明不會武功，卻要在武林中廝混。明明知道江湖人凶蠻強悍，江湖中充滿風險，卻還要到處主持公道，還動輒對人講王法、談佛理。被木婉清扇耳光，不但不以為忤，反而甘之如飴。自從見到王語嫣，他更加不能自已，鞍前馬後，自嘆自嘲，呆氣十足。

關於段譽，要問幾個問題。一是，他的六脈神劍為何總是時靈時不靈？二是，他對王語嫣的癡戀是可笑可悲還是可歌可泣？三是，段譽形象有怎樣的意義？

先說第一個問題：段譽的六脈神劍為什麼時靈時不靈？

段譽的第一個與眾不同之處，在於他壓根兒就不想練武。他是大理段家子弟，大理段家的一陽指享譽武林，人人羨慕，但他卻根本不想練。被逼急了，就一走了之。段譽出現在江湖上，就是因為不想練武而從家裡逃了出來。

問題是，要在江湖武林間行走，不懂武功往往寸步難行，非但要吃盡苦頭，甚至小命不保。更大的問題是，武俠小說的主人公，非但不能不懂武功，而且還必須武功高強才好。怎麼辦呢？

作者對此做了非常巧妙的設計安排。那是讓段譽跌下山澗，走入逍遙派的神仙洞府，在洞府中見到神仙姐姐的雕像。因為對雕像入癡入迷，就不能不遵神仙姐姐之命，開始練習武功。進而還行動改變思想，以為只要不亂殺人，練習武功也沒有關係。神仙姐姐的兩門武功，他最喜歡凌波微步，不但暗通易理，而且姿態優美，更何況還是逃命、救人的功夫。對北冥神功，他就沒那麼起勁了，最終成了半吊子，只能被動，不能主動。進而，在萬劫谷地道裡，段譽被動吸收太多內力，在體內作亂，被伯父段正明帶到天龍寺，開始接觸六脈神劍。

由於一連串因緣巧合，段譽學會了六脈神劍，只不過時靈時不靈。為什麼會這樣？原因仍然是，他不想練武。不想練武而又不得不練，結果自然只能是時靈時不靈。有意思的是，凡是要救人時，他的六脈神劍就靈，例如他在天龍寺救段正明，在聾啞谷珍瓏會救慕容復，在少林寺救段正淳，在無錫附近的那座碾坊中救王語嫣等等。

如果不是為了救人，那就是另一回事，即常常不靈，典型案例是在少林寺與慕容復比武的前一回合，他就無法施展六脈神劍絕技，以至於被慕容復踩在腳下；直到段正淳為救他而受傷時，危急關頭，他才能施展六脈神劍。之所以如此，沒有系統地練過武功是一個原因；更重要的原因還是，在他內心深處，是不想用武力解決問題。在武功方面，他有時候是高手，有時是低手。

接下來的問題是：段譽對王語嫣的癡戀是可笑可悲還是可歌可泣？

無量山山洞裡神仙姐姐的雕像，給段譽留下了極其深刻的印象，成了他的審美原型。在曼陀羅山莊見到酷似神仙雕像的王語嫣，就從此迷醉。

段譽對王語嫣的癡戀，武林中幾乎無人不知，鳩摩智在少林寺曾當眾對段正淳說：「他來到中原，見到一位美貌姑娘，從此追隨於石榴裙邊，什麼雄心壯志，一股腦兒的消磨殆盡。那位姑娘到東，他便隨到東；那姑娘到西，他便隨到西。任誰看來，他都是一個遊手好閒，不務正業的輕薄弟子。」

這是一般武林人的看法，實情如此，似乎可笑。儘管包不同冷嘲熱諷，慕容復冷淡相對，段譽雖然自嘲自批，結果仍自找出各種各樣的理由，做不受歡迎的小跟班。對段譽的另一種不屑，是知道段正淳風流放蕩，對付女性的功夫超群出眾，而段譽追隨王語嫣卻不過是可憐的單相思，與段正淳相比，段譽的表現就是既可笑、更可悲了。

換一個角度看，段譽對王語嫣的癡戀，風景截然不同。男歡女愛，人性之常。男性追求女性，通常是為了滿足自己的欲望和情感，風流放蕩的段正淳也不過如是。而段譽對王語嫣的愛，卻是相似故事的升級版。

簡單說，就是愛慕、關切、理解、尊重，把對方的安危、情感、利益和幸福置於自己的情感滿足之上。例如，在聾啞谷圍棋珍瓏會上，第一次見到慕容復，段譽自慚形穢、苦惱不堪，但當慕容復要自殺時，他卻沒有幸災樂禍，而是出手相救。寧可自己受盡醋意酸苦，也不願讓王語嫣失去愛人。

例如，在萬仙大會上，烏老大等人抓住了王語嫣，逼迫慕容復投降，慕容復矜持不答，段譽卻毛遂自薦、大喊投降，救出了王語嫣。

例如，在少林寺比武時，段譽打得慕容覆沒有還手之力，王語嫣叫他住手，他就立即住手，說什麼也不再動手。進而，當蕭遠山父子、慕容博父子先後逃進少林寺，段譽隨後而至，想到「倘若大哥將慕容公子打死了，那便如何是好？」又想到「慕容公子若死，王姑娘傷心欲絕，一生都要鬱鬱寡歡了。」不禁冷汗淋漓。

最典型的例子是，在西夏公主招駙馬的故事中，段譽奉父命前往西夏，但他早就打定主意要開溜；見到王語嫣因慕容復絕情而傷心自殺，段譽就挺身而出，要勸說慕容復珍惜王語嫣的愛情，不要娶西夏公主為妻。為了斷絕慕容復的念想，段譽決心自己去求娶西夏公主。段譽對王語嫣的這種愛，天地間有幾人能做到？

最後一個問題是，段譽形象有什麼意義？

大理王子段譽離家出走，很像天竺迦毗羅衛國王子喬達摩・悉達多的故事，心懷憐憫之心，要探索生命的意義和人生真相，後來成了佛祖釋迦牟尼。與喬達摩・悉達多王子不同的是，段譽沒有走棄世出家之路，而是留在俗世中拯救眾生。他對王語嫣的癡戀，只不過是注解人間情愛的一個樣本。

段譽和蕭峰、虛竹成為結義兄弟，是因段譽的良知、蕭峰的俠義、虛竹的慈悲，具有本質同一性。典型的例證是，在遼宋邊境，正是三人同心，拯救了遼宋兩國千萬人的生命。與蕭峰、虛竹不同的是，段譽知書達理，靈性過人，因而不僅能拯救生命、而且能超度人的靈魂。典型例證，是在枯井底污泥處，讓鳩摩智的靈性重放光芒，終成一代高僧。世俗中人把段王子看作段呆子，那是因為世俗中人聽不懂他的真言，更看不懂他品行和靈魂的高貴。如果換一種眼光，重讀段譽故事，對大理王子段譽的印象可能就會截然不同，這樣的「呆子」，實是難得的人間至寶。

三、俠士蕭峰的英雄本色

蕭峰是《天龍八部》的三大主人公之一，也是金庸小說中，甚至是整個武俠小說世界中最令人心折的大俠士、大英雄。

蕭峰的故事很多，每一段都很精彩。他在無錫酒樓上第一次露面，什麼話也沒說，只幾十斤酒、一大盤牛肉，就讓段譽欽佩。杏子林中，面對出人意料的丐幫內亂，他冷靜機智，突然擒住叛亂首領全冠清，一舉扭轉乾坤；而後赦免參與叛亂的四大長老，不惜自罰以代，表現出大智、大勇、大仁、大義的英雄氣質，讓人血脈賁張，心馳神往。

在三大主角中，蕭峰是唯一的悲劇主人公。隨著他是契丹人的身分被揭露，就始終處在文化身分與血統身分的分裂中：他認同漢文化，但漢人不認同他，因為他是契丹人；他回到自己的族人中，血統身分不成問題，但文化觀念卻又格格不入。更不必說，在調查自己身分真相的過程中，經歷了常人難以忍受的壓力和冤屈。這個缺少英雄的世界，竟把一個真正的英雄推向死亡陷阱。

這裡只說三個問題。一是，他為什麼要去聚賢莊與漢人英雄進行廝殺？二是，他打死阿朱，是不可避免的宿命嗎？三是，最後他為什麼非自殺不可？

先說第一個問題：他為什麼去聚賢莊與漢人英雄廝殺？

之所以提出這個問題，是因為他離開丐幫時，曾對丐幫幫眾及在場的武林人發誓，終生不殺一個漢人。可是在聚賢莊，他不僅殺了很多漢人，逼得聚賢莊莊主游氏雙雄自殺，還親手殺死了丐幫的奚長老。也就是說，他沒有遵守自己的誓言。他明明知道，聚賢莊薛神醫和游氏雙雄聯名召集漢人英雄大會，目的就是針對他的，為什麼他還要去聚賢莊呢？

他去聚賢莊，有不得已的苦衷，那就是為了挽救阿朱的性命。阿朱在少林寺盜取經書，被玄慈方丈的大金剛掌所傷，只有薛神醫才能醫治，所以，他想要救阿朱的命，就非冒生命風險不可。有意思的是，他救阿朱，只知道對方是慕容家的丫環，卻不知道她姓什麼。為這樣一個不知姓名的女子去冒險，充分體現了喬峰的俠義心腸和英雄本色。

問題是，救助阿朱，是他要到聚賢莊冒險的全部原因嗎？恐怕並不是。那麼，他要去聚賢莊冒險的真正原因又是什麼？應該是：鬱悶難抒，借此爆發。

此時的喬峰，不但被他所鍾愛的丐幫所驅逐，使得他早已習慣的人生從此改變；更加鬱悶的是，在短短時間內，他的養父、養母、師父接連被殺，而所有人都不假思索地認為是他殺的。蕭峰說過，他這一生能忍受任何壓力苦難，就是不能蒙冤受屈。而今卻在一日之間，被武林人當作殺父、殺母、殺師的無恥凶徒。他無法接受這樣的冤屈，可是，不接受又能如何？他找不到真正的凶手，只能獨自承擔罪孽冤名。

既然離開了丐幫，又蒙冤不白，此生還有什麼意義？所有這些，形成了一股無意識衝動，既然活著沒有意義，那就不妨去拼得一死。

如果問蕭峰本人，他為什麼要去聚賢莊冒險？相信他也無法回答，因為他的行為動機不是出自理性，而是出自非理性；不是出自有意識，而是出自無意識。能夠寫出蕭峰的無意識即非理性衝動，正是作者的真正高明之處，非其他武俠小說作家所能及。

接下來的問題是：蕭峰打死阿朱，是不可避免的宿命嗎？

答案是：是的，這就是蕭峰的宿命，不可避免。首先是出於主觀原因，還是滿懷鬱悶憤慨，無法抒申。他想要求證自己的身分真相，可是在尋找帶頭大哥的過程中，總是慢了一步，丐幫徐長老被殺，譚公、譚婆、趙錢孫被殺，單正一家更是慘遭大火滅門之災，眼見這些人莫名其妙地死去，而自己非但找不到答案，反而要承擔殺人的罪名，如何能長期忍受？長期蒙冤不白，鬱悶難抒，使得蕭峰漸漸失去耐心，甚至漸漸失去理性，而被非理性情緒所控制。這就是他不假思索地相信馬大元夫人，相信段正淳就是帶頭大哥的真實原因。而一旦找到「帶頭大哥」，當然要把滿懷鬱悶憤慨集中於一掌之中。他的宿命，是由他的情緒所致。

進而，蕭峰打死阿朱，當然也是由於作者的刻意安排。作者要安排阿朱的妹妹阿紫在蕭峰身邊，所謂朱紫相奪，阿紫要當女主角，阿朱就非死不可。也正由於打死阿朱，阿紫篡位，阿紫害死馬大元夫人康敏，使得蕭峰追查帶頭大哥的線索徹底中斷，也就徹底終結了蕭峰繼續追查身世真相的念想。

蕭峰曾向阿朱許諾，說一旦報仇，就和阿朱一起去草原放牧、打獵，結果卻只能是「塞上牛羊空許約」，這讓人們對蕭峰的悲劇命運更加震驚，也更加同情。

與此同時，蕭峰的悲劇命運，竟是由他親手造就，親手打死唯一人間愛侶，也讓人不能不想：蕭峰的非理性衝動，是怎樣的毀滅性力量。蕭峰不是完美的道德理性楷模，在巨大的非理性情緒操控下，他也會做出自己都無法想像的錯事與惡行。所謂英雄本色，不僅包含了理性與道德感，也包含了非理性情緒衝動。這才是真實的蕭峰。

最後一個問題，是蕭峰為什麼非自殺不可？

蕭峰是有可能不自殺的。蕭峰說過，身為遼國南院大王，假如宋兵北犯，他會迎頭痛擊；但要他為自己的功名富貴或其他任何原因而領兵侵犯宋朝，他決不會幹。蕭峰有俠義胸懷、憐憫之心，不願看到遼國或宋國的邊民被無辜殺戮，成為所謂「遼狗」和「宋豬」，那是一回事；但蕭峰並不是「先天下之憂而憂」的志士，顯然也沒有把「國際主義」及「和平主義」當作自己的人生目標。這就意味著，假如遼國皇帝耶律洪基不讓他率兵侵犯大宋，他當然就不會自殺。假如耶律洪基明白蕭峰不願侵犯大宋，讓他卸任走人，他自然就不必自殺。甚至，假如耶律洪基乾脆立即將蕭峰殺了，歷史將會改寫，蕭峰只是被殺，不必自殺。

問題是，耶律洪基偏偏要把蕭峰囚禁在鐵籠中，這位皇帝的虛榮心不僅使得自己的目標固然無法達成，還使得蕭峰最終不得不自殺。具體說，蕭峰被囚禁，阿紫設法逃脫，丐幫、少林寺及大宋武林人、大理段譽君臣、靈鷲宮虛竹及其屬下等得訊後全都來了，在拯救蕭峰的過程中陷入了遼國軍隊的重重包圍之中。

此時，蕭峰陷入了倫理衝突：如果不去拯救陷入遼軍包圍的大宋及大理群雄，那是不義；如果去救人，就要與遼軍動手，那是不忠。最終結局是，虛竹、段譽擒了耶律洪基，蕭峰要耶律洪基發誓終生不再侵犯大宋，耶律洪基不得不當眾宣誓。這樣一來，蕭峰就不得不自殺：他是契丹人，剛剛達成契丹人的身分認同，在契丹人的土地上卻無法繼續生存。在這個遼宋世仇、戰禍不斷的世界上，沒有這位擁有契丹血統、漢人文化的和平俠士的生存空間。

所以，最終自殺身亡，也是大英雄蕭峰無法避免的宿命。

四、想當和尚而不得的虛竹

虛竹是《天龍八部》的三大主人公之一，這位虔誠到有些迂腐的少林寺小和尚，竟是想當和尚而不得，終於做了逍遙派掌門、靈鷲宮主人、西夏駙馬。虛竹的故事讓人哭笑不得：說是厄運，卻總是從中獲得常人羨慕不已的好處；說是好運，卻又總是讓他在世俗江湖中愈陷愈深，離自己的初心愈來愈遠。

有一點是肯定的，那就是，虛竹懷有真正的慈悲之心。他人生的每一個關鍵性轉捩點，都是由於他慈悲心動，要出手救人。第一次是在擂鼓山聾啞谷圍棋珍瓏會現場，眼見段延慶要自殺，小和尚於心不忍，救人心切，就閉著眼睛投下了一枚棋子，救了段延慶，解開了圍棋珍瓏。沒想到，這樣一來，他自己卻變成了棋子，成了逍遙派掌門人無崖子的嫡傳弟子，從此無法擺脫。

第二次是在萬仙大會上，眼見三十六洞主、七十二島主要殺害一個女童，想都沒想就出手從屠刀下搶走了女童，沒想到這個被救的女童，竟是人人聞風喪膽的天山童姥。虛竹從此身不由己，一步一步遠離少林寺僧的生活，走向世俗人生。是幸，還是不幸？

有幾個問題值得討論。一是，虛竹為何一心想做少林寺的小和尚？二是，他為何無法抵禦人間第一大誘惑？三是，虛竹的性愛和情感有什麼意義和價值？

先說第一個問題：虛竹為何一心要做少林寺的小和尚？

這個問題非問不可。若虛竹沒有離開過少林寺，虛竹就不會深陷自我認同危機中，不會有想當少林寺小和尚而不可得的問題。問題是，他離開了少林寺，被迫當了逍遙派掌門人，進而又被迫接受天山童姥之命，當了靈鷲宮的主人。這不是他想要的生活，於是虛竹決心放棄靈鷲宮主人的優越生活，毅然回到少林寺去繼續其小和尚生活，為此，他心甘情願地接受少林寺的破戒處罰。這就產生了上述問題：為什麼虛竹一心要當少林寺的小和尚？

這一問題的答案，其實很簡單，因為虛竹在走出少林寺之前的廿四年間，一直在少林寺生活，其身分就是少林寺的小和尚。再加上他的背上、屁股上都有戒疤，所以在意識上，他早已認定當和尚就是他的宿命，自然而然地建立了少林寺小和尚的身分認同。

進而，由於生來就在少林寺中生活，除了少林寺，他並沒有任何可去的地方。也就是說，他早已習慣了少林寺生活，而且只習慣少林寺僧侶生活，只有在少林寺中才有安全感。一旦離開少林寺，遇到包不同、阿紫、蘇星河、丁春秋這些人，遇到俗世人生的現實生活，他就無法應付，未知的生活讓他感到恐懼，離開了習慣舒適區，也就失去了安全感。只有回到少林寺，他才會回到舒適區、獲得安全感。假如從小就生活在別處，情況當然就會不一樣。

接下來的問題是：虛竹為何無法抵禦人間第一大誘惑？

所謂人間第一大誘惑，是指男女性吸引。具體說，是在西夏皇宮的冰窖中，天山童姥一心要讓虛竹破戒，將西夏公主抓來，讓虛竹與公主赤裸相對，結果是，虛竹沒法抵禦這一誘惑，與西夏公主發生了性關係，犯了淫戒。此前，虛竹也曾犯戒，例如葷戒，阿紫就曾把雞湯乃至肥肉放入他的麵碗裡，不過，那是因為阿紫矇騙，不是虛竹主動犯戒，不能算數。進而，在西夏皇宮中，天山童姥曾多次逼迫虛竹吃下雞鴨魚肉，那也不是虛竹主動犯戒，而是童姥強迫所致，同樣不能算數。但是，與西夏公主發生性關係，卻非受騙或被迫，而是虛竹自願選擇。

虛竹為什麼會主動犯戒？當然是因為他無法抵禦人間第一大誘惑。他為什麼不能抵禦這一誘惑？書中解釋說，是因為他的少林內功被無崖子全部清除，只留下了逍遙派的內功。逍遙派非但不禁欲，無崖子還很好色，身懷無崖子的內功，虛竹當然就無法抵禦性誘惑。

此話當真嗎？恐怕不見得。虛竹主動犯戒，當有更具體、更隱秘、更深刻的原因。具體的原因很好說，那就是在黑暗中、冰窖裡。我們都知道，人類在黑暗中的行為表現，與在光天化日之下的表現會有所不同，簡單說，在光亮下的行為多受理性支配，而在黑暗中的行為則由本能所支配。進而，在冰窖裡赤身裸體，無論何人都會相互接近，相互擁抱，以便相互取暖。在此過程中，產生異性相吸的本能欲望衝動，是自然而然。更何況，黑暗的冰窖本身就是未知的人類本能的象徵。虛竹破戒，是人性的證明，勢所必然。

接下來的問題是，小說中寫虛竹的性愛和情感有什麼意義和價值？

虛竹在西夏王宮冰窖中主動犯戒，與他的夢姑發生了性關係，產生了連鎖反應。從此以後，這個虔誠的小和尚，非但不以破戒為惕懼，反而還對冰窖中的伊人念茲在茲。出人意料的是，在靈鷲宮中，他和段譽飲酒大醉——這當然也是犯戒——之後，居然和段譽談起了伊人的美好，愛情的美好，和自己對伊人的深深思念！進而，在少林寺外喬三槐故居中，第一次見到段譽的妹妹鍾靈，虛竹還胡思亂想，以為這個姑娘就是自己的夢姑。

這一切，當然是犯戒，卻也是情不自禁。此時的虛竹，已經不再為犯戒而擔心了，因為他已被少林寺開除，不再是僧人了。雖然在他內心，仍然以不能繼續做少林寺小和尚為憾，非常羡慕丁春秋這樣的惡人能在少林寺長期生活，但此時的虛竹，已經不再是井底之蛙。更有意思的是，西夏公主招駙馬，吐蕃王子宗贊、姑蘇慕容復等人欣然前往，段譽被迫奉父親之命前去應聘，結果卻是夢姑找到了夢郎，虛竹也毫不猶豫地做了駙馬。

書中虛竹的性愛與情感故事的意義，在於它的人文啟蒙價值。虛竹破戒犯戒，讓我們意識到，虛竹不僅是個僧人，同時也是個男人；虛竹不忘夢姑、思念夢姑，讓我們明白，人類的性愛與相思，不僅正常，而且美好。虛竹的故事表明，人生隨環境的改變而改變，被改變的人生不見得就是災難，很可能正是幸運。在與夢姑重逢時，虛竹不再迂腐，不再固執，欣然投入夢姑的懷抱中，表明虛竹的人生觀已經改變，隨著生命意識的覺醒，他也決定按人性法則重建生活。

虛竹故事的最大意義，是讓讀者明白，《天龍八部》這部書意在破孽化癡，而不是要「存天理、滅人欲」；本書雖有憐憫眾生、普渡眾生的思想主題，卻不是要每個人都去當和尚。而是相反，虛竹從少林寺走向世俗生活，只要慈悲之心不改，世間的任何地方，都有可能是西方極樂世界。在這一意義上說，虛竹形象和他的故事，揭示了這部小說的更深層、更現代的人文思想主題。

五、四大惡人與「天龍八部」

四大惡人具體是指：惡貫滿盈段延慶、無惡不作葉二娘、凶神惡煞岳老三、窮凶極惡雲中鶴。在《天龍八部》一書中，四大惡人非常有名，也非常重要。

書中對四大惡人的描寫，與既往的武俠小說不同。

首先，作者的寫作目的，不是要對四大惡人進行簡單的道德審判，而是要呈現人生命運導致人性變態的悲哀，進而探索人類精神的奧妙。

段延慶是四大惡人之首，從形象到行為都充滿邪惡之氣，但我們很快就瞭解到，此人並非天生邪惡，他做惡，是命運使然。這個人不像人、鬼不像鬼的怪物，原來竟是大理王國的延慶太子，一場爭權奪位的宮廷政變，不僅使得他失去了繼承權，也使得他身體殘疾、面目全非。全憑一腔報仇雪恨的意志才存活了下來。也因為身心俱殘，才會精神變態，才會故意早就罪惡之名。

說他惡貫滿盈，實際上有些名不副實，他的最大惡行，無非是把大理王子段譽和他同父異母的妹妹木婉清關在一起，灌以春藥，迫使他們亂倫，從而敗壞段正明、段正淳兄弟的名聲，以便他乘機復辟失去的王位。即便憤怒成狂，在復仇過程中，他也還是按照規則與黃眉僧下棋、與段正明比內功。更重要的是，在小說最後，他得知段譽是自己的兒子，就立即停止殺戮，飄然遠去，贏得讀者的感慨唏噓。

在四大惡人中，真正犯下令人髮指的罪惡者，是葉二娘。因為她專門殘害兒童，每天都要剝奪一個無辜兒童的生命。她的犯罪形式也令人毛骨悚然，看起來，她搶來兒童，總是又摟又親，呵護備至，慈愛感人；實際上，卻是在玩弄一番之後，再將兒童扼死。

木婉清就曾親眼見證，她在六天之中留下了六具兒童屍體。這個葉二娘簡直是惡魔中的惡魔，但她也不是天生如此凶殘冷酷，而是因為有人將她的親生兒子搶走，導致她變態瘋狂。也就是說，她的可怕罪惡，源自精神失常。假如在自己的孩子被劫之後，有丈夫或情人在身邊安慰她、照顧她，她或許也不至於瘋狂到不可救藥；可是她的情人卻是少林寺方丈玄慈，玄慈和她的私情犯了佛門大戒，完全見不得光。情感抑鬱，喪子之痛，造就了葉二娘的罪惡。到最後，她終於見到了自己的兒子虛竹長大成人，立即在玄慈身邊自殺身亡，葉二娘的自殺，可以理解為殉情，也可以理解為對一生罪孽的懺悔。

南海鱷神岳老三追慕虛名，並且以惡名昭彰為榮，別人說他不惡，他就扭斷對方的脖子。一心要勝過葉二娘，並以「岳老二」自居，別人稱呼他為「三爺」，他也要扭斷對方的脖子。這種惡行，讓人匪夷所思。何以至此？書中沒有詳細交代，我們不得而知。但有一個細節，或許能找到些蛛絲馬跡。段譽問他叫什麼名字，他愣了一下，隨即大罵自己的父親是王八蛋，說他沒給自己取個好名字。或許可以由此推測，在幼年生活中，很可能經常被罵得一錢不值，以至於自尊心受到嚴重摧殘，長大後才變本加厲地追慕虛榮，以彌補內心缺失。若不是父親對他造成過十分嚴重的摧殘，按照常情常理，他就不會大罵父親是王八蛋。

雲中鶴是採花賊，以姦淫婦女為樂事，其罪惡毋庸置疑。一個人活成了一個純粹的動物，其原因可想而知，那是從小缺乏最起碼的文明教養。

其次，出人意料的是，四大惡人與小說主人公段譽、虛竹關係密切。南海鱷神岳老三自見到段譽就一心想收他為徒，結果莫名其妙地變成了段譽的徒弟，師徒關係顛倒，岳老三哭笑不得，但也不能不承認他和段譽的關係非同一般。

這故事不僅引人發笑，也發人深思。誰也不會想到，一心想陷害段譽、欲除段譽而後快的段延慶，竟然是段譽的生身父親。同樣想不到，無惡不作的葉二娘竟然是玄慈的情人、虛竹的母親。再加上另一主人公蕭峰追蹤探尋的「大惡人」，竟是自己的父親蕭遠山，這就形成小說的怪現象，即三位正派英雄主人公居然全都是惡人之子。

作者的這一設計，當然是大有深意。一是顛覆了血統論觀念，也就是顛覆「龍生龍，鳳生鳳，老鼠生兒打地洞」的傳統謬見。二是旨在說明，人是社會關係的總和，每個人都在社會關係的網路中，任何人的社會關係網中都可能有好人同時也有惡人。三是旨在說明，人世間無人不冤，關鍵是個人選擇。段譽有良知、虛竹有慈悲、蕭峰有俠氣，雖是惡人之子，照樣可成為濟世救人的大英雄。

再次，小說中四大惡人的排行，主要是按照武功高低順序排列，然後是按照綽號成語中「惡」字所在順序形成。這四人居然以「惡」為榮，並以「惡」自我標榜，固然是邪惡的證明；從另一角度看，卻也是作者的遊戲筆墨。段延慶號稱惡貫滿盈，但在四大惡人中，偏偏唯獨他一人活到了最後，並且還多少贏得了讀者的同情。

葉二娘號稱無惡不作，其實她的一生只犯一種罪行，並不是什麼惡行都有。更典型的是南海鱷神岳老三，明明是排行第三，卻孜孜於名次升級到第二，一生的努力都沒有效果，最後還主動在葉二娘的遺體前認錯。

最後，只有真正理解四大惡人，才能真正理解《天龍八部》這部書。因為四大惡人是「天龍八部」主要象徵符號。小說中的四大惡人，分別代表了人類的四種欲望，即權力欲望、復仇欲望、虛名欲望、情欲欲望。四大惡人之所以成為惡人，並不是因為擁有這些欲望，而是因為被欲望所綁架，失去理性良知，導致心智瘋狂。他們是因欲望氾濫而瘋，因心智瘋狂而作惡。四大惡人分別是因權欲成狂、復仇成狂、虛名成狂和色情成狂。

在這部小說中，權欲狂不止段延慶一人，他是包括慕容博、慕容復、全冠清這一類人的代表。復仇狂也不止葉二娘一人，她也代表了蕭遠山、游坦之、馬萬仇、康敏這一類人。書中的虛名狂也不止岳老三一人，還有丁春秋，甚至還包括北宋哲宗皇帝趙煦。書中的情欲狂，更有木紅棉、王夫人、天山童姥、李秋水、無崖子等人。

所有這些人，共同組成「天龍八部」世界，他們的故事，全都是「天龍八部」的寓言。

六、聽香水榭的「天龍八部戲」

所謂「聽香水榭的『天龍八部戲』」，是指《天龍八部》第十三回書中，雲州秦家寨、四川青城派兩夥人來姑蘇慕容家報仇，在阿朱住地聽香水榭上演的那幕戲。本回回目是《水榭聽香，指點群豪戲》，應是指王語嫣在群豪面前顯露淵博的武學知識，讓段譽目瞪口呆，也讓讀者大開眼界。真正的好戲，卻不止於此。

這裡要談幾個問題。一是，這回書中上演的是怎樣的一幕戲？二是，為什麼說這是一幕「天龍八部戲」？三是，作者寫這幕戲的目的是什麼？

先說第一個問題，這回書中上演的是怎樣的一幕戲？

阿朱、阿碧帶著段譽和王語嫣，從曼陀羅山莊來到聽香水榭，在船上發現水榭燈火通明，阿朱就發現不對頭。進而聞到酒氣，阿朱斷定來者都是敵人。於是阿朱提議，幾個人扮做漁翁、漁婆，前往窺探，霎時間大家的年紀和容貌都變了。進而，她們又借了漁舟、漁網、釣竿、活魚，說好由裝扮成老漁婆的阿朱出面應付，其他人都不出聲。

她們從後門來到廚房裡，看廚師老顧將唾沫、鼻涕、污泥投向炒菜鍋中，老顧說，這是因為壞人逼他做菜。老顧說，來了兩批人，說是來找慕容老爺和慕容少爺報仇，一批是北方蠻子，看起來都是強盜；另一批是四川人，個個都穿白袍。阿朱等人來到窗外，不料很快就被屋裡人發現。王語嫣率先脫下漁婆衣服，說：「扮作老太婆，一點也不好玩，阿朱，我不裝啦。」卸妝後，阿朱、阿碧、段譽等人就由演員變成了觀眾，只有王語嫣仍參與表演，只不過，她不再扮演中年漁婆，而是本色演出神奇的技能。

說這段故事是戲，不是指阿朱等人戲劇性登場，而是王語嫣淵博武學知識的戲劇性呈現。姚伯當只說自己是秦家寨的寨主，王語嫣就說出秦家寨最出名的武功是五虎斷門刀，還說當年秦公望前輩自創六十四招，後人忘記了五招。進而，司馬林只拿出一把六七寸長的鐵錐和一把八角小錘，王語嫣不僅認出這是雷公轟，說這是四川青城派的獨門兵刃，還說青城派的武功是「青」字九打、「城」字十八破，還說其實應該是「青」字十打、「城」字十六破才對。

更讓人難以置信的是，青城派的諸保昆拿出同樣的兵器，僅是動作有所不同，王語嫣竟認出這不是青城派武功，而是山東蓬萊派武功。

山東蓬萊派是四川青城派的死敵，而諸保昆則是蓬萊派在青城派中的臥底奸細。於是青城派司馬林等人立即向諸保昆發起進攻，試圖清除內奸。諸保昆的臥底身分是由王語嫣揭露的，王語嫣不得不口頭指點諸保昆自衛，使得司馬林等人無法如願。

更富有戲劇性的是，秦家寨和青城派見王語嫣如此博學，僅憑口頭指點就能讓諸保昆立足於不敗之地，於是兩個門派就展開了爭奪王語嫣的戰鬥。雙方都要把俘獲王語嫣當作目標，大打出手，不死不休，眼見得就要兩敗俱傷，慕容氏家將包不同及時出手，才救了這些復仇者的命。包不同對這些人毫不客氣，說他們的人不是慕容氏所殺，命他們滾出去。因為武功天差地遠，復仇者不得不離開。

接下來的問題是：為什麼說這是一場「天龍八部戲」？

答案是，這場戲越演越荒唐，揭示了江湖人生蒙昧可悲。其一，秦家寨是因為老寨主的兒子秦伯起被人用秦家刀法殺害，青城派是因為老掌門司馬衛被人用青城派武功殺害，他們都懷疑是姑蘇慕容的「以彼之道，還施彼身」，只是懷疑而沒有確切證據，秦伯起和司馬林便各自率人前來尋仇。這是蒙昧。

其二，既然他們都是姑蘇慕容氏的仇家，按理說，應該同仇敵愾才是；但這兩幫人卻是互不為禮、且在暗中較勁，原因不過是，你看我不順眼，我看你也不順眼，雙方火氣上升，兩夥人之間莫名其妙的矛盾衝突。若是王語嫣等人晚一點出現，他們之間勢必會展開火拚。這就更是蒙昧。

其三，隨著諸保昆的身分被揭露，也揭開了青城派和蓬萊派的百年仇怨史，雙方數十次大爭鬥、大仇殺，每鬥到慘烈處，往往是雙方好手兩敗俱傷、同歸於盡。仇怨的起因是什麼呢？不過是「因談論武功而起」，你不服我，我不服你。如此百年仇怨，與眼下青城派與秦家寨無謂爭鬥的情形極為相似。同樣是蒙昧。

其四，來慕容家復仇的兩派，竟然為奪取「武學活辭典」王語嫣而鬥爭，看似有利可圖，實際上是只顧眼前、鼠目寸光。他們竟然不想，慕容氏親戚不會武功都這麼厲害，慕容氏的武功會高到什麼程度？如何能容忍自家親戚被人奪走？僅憑對眼前利益的想當然就冒然出手，鬥得不亦樂乎，豈不是蒙昧？

其五，包不同出現，顯露了超級武功，也顯露了超級不講理。說：「我既說不是慕容公子殺的，自然就不是他殺的。就算是他殺的，我說過不是，那就不能算是。」又說：「我偏偏不殺你，偏偏要辱你，瞧你怎生奈何得我？」如此荒唐說辭，卻是江湖法則。

司馬林終不敢和包不同動手拼命，卻是臥底奸細諸保昆為維護青城派榮譽而奮不顧身。更荒唐的是，秦家寨主姚伯當不可一世，卻非但不能報仇，反而要感謝包不同救命之恩；包不同要他們「滾出去」，意思是不能走，更不能跑，而是要真正地從地上滾。姚伯當不服，包不同武功高得出奇，不得不滾。

聽香水榭裡的這幕戲，參演者全都認認真真，全力投入，甚至以死相拼。但就本質說，卻是開始於荒唐，中間仍然荒唐，結局尤其荒唐。

最後一個問題是：作者寫這幕戲的目的是什麼？

秦家寨、青城派的這群人，並非重要人物，在書中也只出現過這一次。這些人物是次要人物，這段戲也是過場戲，有它不多，無它也不少。假如寫阿朱帶著段譽、王語嫣平平安安地回到聽香水榭，直接見到包不同，讀者也不會感到缺了什麼。那麼，作者為什麼還要寫這段戲呢？最淺顯的目的，是要表現王語嫣超級學識、包不同武功高強，假如沒有這段戲，王語嫣、包不同就沒有充分表現的機會。深入一層說，作者寫王語嫣、包不同的能耐，只不過是為慕容復出場做鋪墊，親戚王語嫣、家將包不同都如此厲害，正主兒慕容復的能耐還了得？

作者把這段過場戲寫成「天龍八部戲」，更重要的目的，是要寫出江湖人物和江湖人生的「天龍八部性」。秦家寨的姚伯當、青城派的司馬林、蓬萊派的諸保昆，無不自以為是，無不固執偏見，無不剛愎兇悍；卻又無不蒙昧瞞頇，無不欺軟怕硬，無不貪生怕死。這就是典型的江湖人，他們不是神道精怪，而是貨真價實的人，但他們都有典型的「天龍八部性」。

七、倒騎驢的趙錢孫

小說《天龍八部》中有不少奇人，趙錢孫要算是奇人中的奇人。在小說第十五回書中，此人一出場就出人意料，他是倒騎驢子登上舞臺，面朝驢尾，背朝驢頭。進而，他在驢背上縮成一團，似乎是個七八歲的兒童，但經譚婆伸手一掌往他屁股上拍去，突然間伸手撐腳，變得又高又大。

此人年紀說老不老、說年輕又不年輕；相貌說醜不醜，說俊又不俊。進而，丐幫徐長老請他來為蕭峰的身世作證，但他卻幾乎成了攪局者，雖與鐵面判官單正素無恩怨，卻專門與他作對，說自己是「鐵屁股判官」，弄得鐵面判官和他五個兒子怒火萬丈，卻又無可奈何。究其原因，原來不過是單正來時，打斷了他和師妹的談話。

在揭開丐幫幫主喬峰身世的悲劇性場景中，出現這麼一個奇人，歪纏不休，又哭又笑，倒是有插科打諢的效果。只不過，作者讓此人出場，卻不只是把他當作專門搞笑的喜劇小丑，而是別有用心。

討論趙錢孫，要面對幾個問題。一是，此人到底是個情瘋子，還是個情聖？二是，此人到底是個懦夫，還是個好漢？三是，趙錢孫其人其名，有什麼意義？

先說第一個問題，此人到底是情瘋子，還是情聖？

這個問題不易回答。趙錢孫和鐵面判官單正歪纏不休，不過是因為他們來時打斷了他和師妹小娟的談話。他正在充滿關切地問師妹：「小娟，近來過得快活麼？」小娟還沒來得及回答，單正父子到來，轉移了小娟的注意力。誰都看得出，這個趙錢孫對小娟師妹一往情深。可是小娟已經嫁給太行山沖霄洞譚公為妻，以至於單正提及譚公，趙錢孫竟放聲大哭，涕淚橫流，傷心之極。

小娟責備他不該發癲，在眾人面前，要不要臉面？他竟當眾回答：「你拋下了我，去嫁給了這老不死的譚公，我心中如何不悲，如何不痛？我心也碎了，腸也斷了，這區區外表的臉皮，要來何用？」小娟再勸，他就要小娟對他笑一笑，他才聽話。

段譽在現場，心裡誇讚這三人都情深如此，將世人全然置之度外。在段譽看來，這趙錢孫簡直是個情聖。段譽的看法，這可以算作一說。另一說是，此人是個不折不扣的情瘋子。丐幫徐長老讓趙錢孫說說汪幫主信裡的事，他竟當眾背誦師妹小娟寫給他的邀請函：「四十年前同窗共硯，切磋拳劍，情景宛在目前……」；徐長老請其師妹讓趙錢孫講述當年雁門關外情形，他卻對師妹說：「我什麼都記得清清楚楚，你梳了兩條辮子，辮子上紮了紅頭繩，那天師父教咱們『偷龍轉鳳』這一招……」。

趙錢孫始終都不明白師妹為什麼會偷龍轉鳳，離開自己，嫁給譚公。此次見到師妹伸手打譚公耳光，譚公渾若無事，挨打不還手，這才明白其中究竟。感嘆說：「原來如此。唉，早知這般，悔不當初。受她打幾掌，又有何難？」師妹也證實這一點：「從前你給我打了一掌，總是非打還不可，從來不肯相讓半分。」他還以為譚公只有一門「挨打不還手」的功夫勝過自己，而智光大師卻說：能夠挨打不還手，那便是天下第一等的功夫，豈是容易？我們只能說：這趙錢孫有情，但並不懂得情人相處的秘訣，相當於情盲；趙錢孫多情，卻也有些不大正常。

再說第二個問題：趙錢孫是個懦夫，還是個英雄？

趙錢孫曾參加過當年雁門關外亂石谷前的那場血戰，小娟要他說說當時的情形。趙錢孫的第一反應是，口齒不清，臉色大變，一轉身向無人之處逃去。可見當年那場血戰是怎樣驚心動魄，亦可見這個天不怕、地不怕的趙錢孫，對那場血戰有怎樣的恐懼記憶。看起來，這個趙錢孫，像是儒夫。他自己也說當年：「我不是受了傷，乃是嚇得昏了過去。我見那遼人抓住杜二哥的兩條腿，往兩邊一撕，將他身子撕成兩片，五臟六腑都流了出來。我突然覺得自己心不跳了，眼前一黑，什麼都不知道了。不錯，我是個膽小鬼，見到別人殺人，竟會嚇得昏了過去。」

趙錢孫當真是儒夫嗎？如果當真是，他當年就不會報名參加雁門關之戰；如果當真是，他也不敢當著喬峰和眾人之面，承認自己是膽小鬼？如果說他在戰場上嚇昏過去，確實是膽子很小，那麼故事結局，卻提供了另一種答案。當喬峰再次找到趙錢孫時，他正在和小娟約會，不過不是偷情，無非是讓小娟給他唱支歌，以慰他相思之苦。喬峰讓他們說出帶頭大哥的名字，趙錢孫寧可身敗名裂，也決不說；並且還請求師妹小娟也這樣做，他說，他這一生都沒求過什麼，這是他唯一求懇之事。小娟確實就沒有說。後來蕭峰去找譚公，趙錢孫和小娟都被蕭遠山打死。說起來，趙錢孫是為了保守秘密而死，真正做到了寧死不屈。如此我們只能說，這個趙錢孫，雖曾膽小懦弱，最終卻不失英雄氣概。

下一個問題是：趙錢孫其人其名，有什麼意義？

趙錢孫當真叫趙錢孫嗎？趙錢孫這個名字，顯然只是個化名。證據是，趙錢孫本人就曾多次說明，他的真名不是這個。其一，他曾說，「我『趙錢孫李，周吳鄭王』是什麼人？」其二，他又曾說，「瞧我『趙錢孫李，周吳鄭王，馮陳褚衛，蔣沈韓楊』是不是跟你狠狠打上一架？」其三，他對單正明確說，「我不姓趙」，進而還補充解釋說，「我沒有姓，你別問，你別問。」這是什麼意思呢？在趙錢孫自己，只不過是隨便說三個字，以便他人稱呼；在作者，則是要借百家姓，使趙錢孫這個名字具有普遍象徵意義。這樣說的證據是，此人倒騎驢、縮骨功、似老似少、不俊不醜，全都有象徵意義，此人的性格顯然是七顛八倒，此人的心智則在兒童與成人之間，此形象涵蓋世間所有普通人。

所謂普通人，就是這種渴望愛情，追求愛情，卻又不能克服我執，做不到挨打不還手的人。所謂普通人，就是這種既想表現英雄氣概，但在戰場上卻無法克服恐懼的人。所謂普通人，就是這種身體像成人、心智像兒童，因而情感不遂、恐懼不消，在世間孤獨遊蕩的人。所謂普通人，就是這種說醜不醜、說俊不俊的人。所謂普通人，就是這種雖然人生慘澹破敗，但仍然有自己善惡良知和道德底線，能為帶頭大哥保守秘密到死的人。趙錢孫源自百家姓，那是說我們大家。

八、德澤廣被的智光和尚

智光和尚是佛門高僧，來自天臺山。他在《天龍八部》中第一次登場，是在第十六回書中。書中介紹說，智光和尚的名頭在武林中並不響亮，丐幫後一輩人物都不知他的來歷，但喬峰和六長老卻對他肅然起敬。知道當年閩浙地區毒瘴流行時，他發大願心飄洋過海，遠赴海外蠻荒，採集異種樹皮，治癒了無數染毒的人。他本人卻也因此而大病兩場，結果武功全失，因他嘉惠百姓，所以得到了社會人民的普遍敬仰。

智光大師未出場時，就已先聲奪人：「能夠挨打不還手，那便是天下第一等的功夫，豈是容易？」接著又解釋說，「武功不如對方，挨打不還手已甚為難。倘若武功勝過對方，能挨打不還手，更是難上加難。」

談論智光和尚，有幾個問題需要提問。一是，他拯救眾生的大誓願是如何形成的？二是，他是如何預測到蕭峰已來到天臺山？三是，他為什麼要自盡？

先說第一個問題，他拯救眾生的大誓願是如何形成的？

小說中沒有確切答案。只有若干基本事實，需要我們去尋找線索，論證因果關係。小說中的基本事實，一是，他曾參加過雁門關外亂石谷前的那場大戰，且在三十年後對那場驚心動魄的大戰仍記憶猶新。二是，他曾為拯救眾生毒瘴而飄洋過海尋找解藥，結果拯救了眾生，但卻失去了武功。很明顯，到海外尋找毒瘴解藥的事，是發生在雁門關血戰之後，否則，他既失去武功，就不可能參戰。這兩件事的時序先後是很明確的，問題是：這兩件事是否有因果關係？也就是說，這位智光大師是不是因為參加了雁門關大戰才改變了人生目標？

值得注意的是，智光和尚是參加過雁門關大戰者中，唯一知錯並認錯的人。丐幫徐長老請他回憶當年事，他開宗明義就說：「好，老衲從前做錯了事，也不必隱瞞，照實說來便是。」趙錢孫反駁說：「咱們是為國為民，不能說是做錯了事。」他堅持說：「錯便錯了，又何必自欺欺人？」他為什麼那麼肯定做錯了事？那是因為他保留了蕭遠山絕筆的拓片，從而知道他們到雁門關外伏擊，是搞錯了對象。知道他們殺害契丹十九騎，殺害蕭遠山的妻子，其實是濫殺無辜。無論「為國為民」的口號多麼響亮，都不該成為濫殺無辜的理由。

更重要的是，蕭峰後來到天臺山止觀寺找他，他對蕭峰說：「事情已經做下了，石壁上的字能鏟去，這幾十條性命，又如何能夠救活？」這就說明，妄殺幾十條性命之事，在智光和尚心裡一直是一份極其沉重的內疚情結。智光和尚知錯，並當眾認錯，必定是基於他長時間的深刻反思；與趙錢孫等人不同的是，智光是佛門中人，必定要到佛教經典中去尋找答案。

他是否找到了答案，找到了怎樣的答案，小說中沒有明說，我們不得而知，但看智光和尚拯救眾生的行為，答案已呼之欲出。佛教經典的主旨，是慈悲喜捨、普渡眾生，智光和尚應該是由此找到人生的新目標。

下一個問題是：智光是如何預測到蕭峰和阿朱已來到天臺山？

這一問題來自小說中的神奇一幕，蕭峰和阿朱來到天臺縣城的一家客店，兩人都已易容改裝，且蕭峰說自己姓關。第二天一早，店家就對蕭峰說：「喬大爺，天臺山止觀禪寺有一位師父前來拜見。」果然，有自稱朴者的僧人來請蕭峰和阮姑娘。蕭峰問：我們昨天才來到此地，智光和尚怎麼就知道了，難道他真有未卜先知的本事嗎？店家說：「止觀寺的老神僧神通廣大，屈指一算，便知喬大爺要來。別說明天後天的事瞧得清清楚楚，便是五百年之後的事情，他老人家也算得出個十之六七呢。」在店家眼裡，智光就是個神，問題是：這是真的嗎？

作者故意含糊其辭，是要讓讀者思索求證。智光和尚知道蕭峰要來天臺山，其實並無神秘可言。首先，隨著丐幫徐長老、譚公、譚婆、趙錢孫、單正一家的慘死，「蕭峰殺人」的消息早已在江湖上傳開。智光和尚知道蕭峰是要追究帶頭大哥的秘密，遲早要來天臺山；知情人既已全都死了，下一個目標必然是自己。

其次，智光和尚在當地享有盛名，當地百姓對他崇拜得五體投地，勢必將陌生人來到天臺縣的資訊隨時向他通報。再次，按照殺人事件發生的時間，測算得出蕭峰的行程和速度，就能計算出何時到天臺。

又次，他知道蕭峰多半會化裝前來，但他見過蕭峰，知道蕭峰身材，這就不難找到蕭峰。智光和尚不能未卜先知的確切證明是，朴者問蕭峰，「不知阮姑娘在哪裡？」這就說明，智光和尚雖知道阮姑娘與蕭峰同行，卻算不出阮姑娘阿朱化裝為男人。更有力的證據是，假如智光和尚真能預測，又如何測不出丐幫徐長老、譚公、譚婆、趙錢孫、單正等人並非蕭峰所殺？

如果我們讀得仔細，在小說中，還能發現其他蛛絲馬跡，例如，蕭峰問智光和尚何以知道他要來，樸者來不及說話，店家就搶先說了。朴者是和尚，不能對蕭峰說謊，假如讓他回答，答案肯定與店家所說不同。作者巧妙安排，故意不讓朴者和尚說話，而讓店家說，店家神化智光和尚，那是一點也不稀奇。作者實已點明了這一點：「喬峰知道智光大師名氣極響，一般愚民更是對他奉若神明。」作者故意誇張智光的預測能力，借店家之口把他說得神乎其神，一是要說明智光的影響力和愚民百姓的造神心理；二是要說明，智光在這樣的環境中，想要什麼資訊都會隨時有人給他提供。這，就是智光預測神話的真相。

接下來的問題是：智光和尚為什麼要自盡？

答案似乎非常簡單，智光和尚自盡，是為了保守「帶頭大哥」的秘密。這一答案當然不錯，但卻不是全部。除了要保守秘密之外，在我看來，智光和尚之死，還有一層原因，那就是為自己參與殺人一事贖罪。

雖說他已拯救過成千上萬人的生命，足以抵消他當年殺戮無辜的罪孽，但見到蕭峰，明白自己曾參與改變此人的人生，這是罪孽，若不以死贖罪，如何彌補內心愧疚？進而，還有更深的原因，那就是他不忍讓蕭峰為追究帶頭大哥而增加新的罪孽。證據是，他臨死前，在灰塵上留下了偈語：「萬物一般，眾生平等。聖賢畜生，一視同仁。漢人契丹，亦幻亦真。恩怨榮辱，俱在灰塵。」他是要讓蕭峰懂得生命的價值，讓蕭峰有憐憫眾生之心，在蕭峰的心裡種下一顆慈悲的種子，以便來日生根發芽。

小說《天龍八部》中，大多是心智不全或心理變態的人物。作者刻畫智光和尚這一形象，是要樹立一個正面的典型。即便是這樣一個德澤廣被的大德高僧，也是從當年殺戮罪孽及其後長時間痛苦反思中練成。

九、執法長老白世鏡

在全冠清發起丐幫叛亂時，執法長老白世鏡雖然已知蕭峰的身世，但卻仍然堅決地站在蕭峰一邊，不願參加針對蕭峰的陰謀。誰也沒有想到，這位向來嚴肅莊重、不苟言笑的執法長老，竟然是馬大元夫人的情人，並且執法犯法，殺害了丐幫副幫主馬大元。在聚賢莊英雄大會上，他明確站在蕭峰的對立面，卻又應蕭峰請求，答應照顧阿朱的安全。最後，他死於蕭遠山之手。在《天龍八部》中，白世鏡是一個相當複雜的人物，當然值得專門探討和分析。

探討白世鏡，要回答幾個問題。一是，他和馬大元夫人康敏是什麼關係？二是，他和丐幫幫主蕭峰是什麼關係？三是，白世鏡之死那場戲該如何評價？

先說他與康敏的關係。這很簡單，是典型的不正當男女關係。身為丐幫一員，竟與丐幫副幫主馬大元夫人偷情，毫無疑問是一種道德污點，身為執法長老，違犯道德規約，自該罪加一等。進而，因為與康敏有不正當男女關係，他殺死了丐幫副幫主馬大元，這是不可原諒的罪惡，身為執法長老，其罪當翻倍再翻倍。很顯然，在個人私德上，白世鏡不是君子，而是罪人。

只不過，這個問題還有討論的餘地。一個問題是，一向潔身自好的白世鏡為什麼會這麼做？這一問題的答案很明顯，那就是受了康敏色相誘惑，並不是要說康敏是紅顏禍水，而是說白世鏡道德修養顯然不夠，經不住誘惑。無論如何，都沒有任何理由，為他殺害馬大元的罪行辯護。

深一層的問題是，白世鏡與康敏究竟是怎樣的關係？

男女關係有三種，一是性關係，即純粹的動物關係；二是婚姻關係，即社會關係；三是情感關係，即精神關係。前面說白世鏡與康敏是不正當男女關係，而沒有說他們是情人關係，是要說明，這兩個人的關係是典型的性關係，即動物關係，沒有婚姻關係，也沒有情感關係。在這種性關係中，康敏是美麗的雌性動物，白世鏡是彪悍的雄性動物，他們之間相互吸引，是雌雄動物間的性吸引，出自人的動物本能。

這樣說的證據是，在康敏的閨房中，剛一進門，就扭斷了段正淳的腕骨；又因為康敏稱呼段正淳為「段郎」，而毫不猶豫地給了她一耳光，口口聲聲罵康敏是「淫婦」。白世鏡的言行與段正淳形成了鮮明的對比，段正淳對康敏有情，把對方當作情人；而白世鏡對康敏則只有欲望關係，如同叢林中人。白世鏡殺害馬大元，與他折斷段正淳的腕骨一樣，是動物的性夥伴競爭的常規表現。即是和動物一樣，為了佔有雌性動物，就殺了她的性伴侶。

從康敏角度看，也是如此，馬大元愛康敏；段正淳也愛康敏，但康敏對丈夫馬大元、情人段正淳卻十分無情；她對白世鏡當然也沒有感情，卻心甘情願地接受白世鏡的打罵斥責，緣於強存弱亡的動物本能，和由此而來的叢林法則。

接下來的問題是：如何理解白世鏡與蕭峰的關係？

我們知道，就私人關係而言，白世鏡與馬大元的關係，很可能比他和喬峰的關係更親近，因為喬峰一貫喜歡飲酒爽朗之人，白世鏡一不喜歡飲酒，二不喜歡放浪狂歡，算不得爽朗豪邁之人。更重要的是，從汪幫主的信中得知，喬峰乃是契丹人，也即大宋漢人的死敵，白世鏡若答應康敏請求，揭露喬峰身世，豈不是兩全其美？康敏誘惑白世鏡，不僅是要他殺害副幫主馬大元，同時也是要他陷害幫主喬峰，可是他只答應了前者，卻無論如何都不答應後者，這又是為什麼？

要回答這個問題，首先必須分清私德和公義。白世鏡與康敏偷歡，乃至殺害馬大元，那是屬於私德問題；而不揭露喬峰身世，不參與康敏和全冠清的陰謀，則是為公義著想。他雖然與喬峰算不上是私人朋友，但身為丐幫執法長老，當然明白丐幫之所以興盛，與幫主喬峰的人品、威望、武功、能力、公正性品質等等關係極大。如果丐幫失去了喬峰，無疑會有不可彌補的損失——後來的事實也證明了這一點。

進而，必須分清既有事實和無端推測，白世鏡既知喬峰身世，但卻不願揭露此事，與汪幫主早就知道蕭峰是契丹人，卻還要讓他當丐幫幫主的想法一樣，因為喬峰的人品和能力是丐幫幫主的不二人選。為了丐幫的發展大計，自然不應該揭露喬峰身世。更何況，白世鏡明知康敏無端生事，也知道全冠清說喬峰「對不起眾兄弟的大事，現今雖然還沒有做，但不久就要做了」屬無端推測。因此，他雖然早就知道喬峰身世，卻不願參加全冠清的叛亂。

要說白世鏡與蕭峰的關係，另有一段故事需要分析。

那是在聚賢莊上，白世鏡當眾與蕭峰喝絕交酒，卻又答應蕭峰讓他照應阿朱安全的請求，這又是為什麼？

此刻，蕭峰契丹人的身分已經公開，且江湖上傳言他殺父、殺母、殺師，蕭峰已成漢人武林公敵。作為丐幫執法長老，當然要站在漢人立場上。「公義」的性質已經從丐幫大義轉為漢人家國大義，正如他自己所說：「若非為了家國大仇，白世鏡寧願一死，也不敢與喬兄為敵。」所以，他必須公開與蕭峰為敵。而答應照顧阿朱的安全，則屬於個人私事，與國家及武林大義無關。雖然他和蕭峰談不上是朋友，但蕭峰敬重他的辦事可靠，向他發出請求；他敬重蕭峰俠義心腸，念他是丐幫舊主，為丐幫立下過赫赫功勞，自然會答應蕭峰臨終托孤。在小說中，這是非常感人的一幕，白世鏡的形象，顯得高大而且立體。

接下來的問題是：對白世鏡之死這場戲應作何評價？

小說中最令人震驚的一幕，是這個鐵面無私的硬漢，竟被蕭遠山假扮殭屍嚇出了懦夫原形，恐懼地大叫：「大元兄弟，饒命，饒命！」繼而說：「大元兄弟，都是這淫婦出的主意，跟我可不相干。」又說：「大元兄弟饒命！你老婆偷偷看到汪幫主的遺令，再三勸你揭露喬峰的身世秘密，你一定不肯，她才起意害你。」在白世鏡說出真相後，立即被蕭遠山處死。

這場戲是小說中最精彩的情節段落之一，它的妙處有三，一是通過恐怖戲劇的方式，揭開了馬大元死亡之謎。二是，通過這一幕，解開了當日阿朱假扮白世鏡找康敏求證「帶頭大哥」，為何會被康敏識破的謎團。三是，讓我們看到白世鏡這個硬漢，在極度恐懼下現出原形，並不是要揭示他生性懦弱，而是說他對殺害馬大元一事懷有深深的內疚，否則就不會如此疑神疑鬼。白世鏡與康敏不一樣之處，在於他還有道德感，也有同理心，殺害馬大元他會感到內疚。

唯一的問題是，鬼神般的審判官蕭遠山，是如何得知康敏要白世鏡殺害馬大元這一事實真相的？難道說，他有福爾摩斯那樣超人的推理能力？

最後，白世鏡這個名字很有意思，世鏡，世鏡，是世界的鏡子？抑或是世人的鏡子？作者給這一人物取名白世鏡有何用意？要讓這面鏡子照映出什麼呢？這個問題，我也答不出，不妨留給讀者自己去思索。

十、「十方秀才」全冠清

全冠清是丐幫八袋弟子，掌管大智分舵。此人足智多謀，武功高強，辦事幹練，曾是丐幫幫主的得力下屬，所以他身為丐幫弟子，外號竟是「十方秀才」。在小說中，正是此人發起對幫主喬峰的叛亂，終於讓蕭峰契丹人身分暴露，從此離開了丐幫；也正是此人利用無知的莊聚賢——也就是游坦之——奪取了丐幫幫主之位，試圖成為丐幫的幕後幫主，只不過事與願違，全冠清最後身敗名裂。

要談論全冠清，有幾個問題要問。一是，他為什麼那麼迫不及待地對喬峰幫主發難？二是，他利用莊聚賢當丐幫幫主，真正的目的是什麼？三是，全冠清究竟是怎樣的一個人？四是，作者寫這一人物有什麼價值？

先說第一個問題：他為什麼那麼著急地對喬峰發起挑戰？

在小說中，我們看到，是全冠清第一個站起來對幫主喬峰發起質詢和挑戰；而且，在此之前，全冠清對此還做了周密的佈置，不僅囚禁了大義、大信、大勇、大禮分舵舵主，而且竟囚禁了傳功、執法長老，提前清除了可能傾向於喬峰的人，確保他的挑戰獲得成功。只不過，喬峰的智力和武功之高，仍然出乎他的意料，喬峰先發制人，迅速將他控制住，以至於他的挑戰功敗垂成。

很少有人想到，全冠清這樣做，如果是要揭露喬峰的身世、將他趕下臺，其實沒有必要這樣做。因為在此之前，馬大元夫人康敏已做了更為周密的部署，不僅請來了已退休的徐長老，而且還請來了譚公、譚婆、趙錢孫、單正和智光和尚等見證人和陪審員。

如果全冠清當真工於心計、足智多謀，那麼他就不該這麼性急。這不僅是說他沒等徐長老、馬夫人到來就發起挑戰，而是指在此之前讓大智分舵的幫眾囚禁其他分舵舵主以及傳功、執法長老。如果什麼也不做，即不必冒風險採取任何行動，只需要裝作什麼也不知道，等待徐長老、康敏和其他證人、陪審團成員到來，揭露喬峰、驅逐喬峰的目的同樣能夠達到。那麼，全冠清為什麼還要這麼做？這就成了一個問題。

這個問題的答案並不難，全冠清這樣做的目的，是不僅要揭露喬峰、驅逐喬峰，而且還想要在揭露喬峰一事上搶下頭功。他要讓丐幫弟子知道，是他全冠清第一個向契丹人喬峰發起質詢和挑戰，如果挑戰成功，他在丐幫的威望和影響就會成倍增長，甚至直接成為丐幫幫主人選。

第二個問題是：全冠清讓莊聚賢奪取丐幫幫主之位，真正目的是什麼？

這一問題的答案，看起來很簡單。全冠清的目的，當然是要利用莊聚賢這個傀儡幫主，使得他掌握丐幫的實權。當真這麼簡單嗎？恐怕未必。

讓我們換一個思路，全冠清本人去競選幫主如何？雖然得罪了傳功、執法長老，競選幫主可能不易，但憑他揭露喬峰身世的功勞，可以掙得資格積分；憑他曾被喬峰開除出幫的經歷，可以掙得同情分；憑他武功、才幹和口才，可以掙得印象分。退一步說，他還有年齡優勢，丐幫長老們都年紀大了，且大部分都沒有當幫主的才幹，丐幫幫主的權位總有一天會自然而然地落到全冠清這樣的骨幹頭上來。也就是說，他完全不必冒險讓莊聚賢這麼個外人來爭奪幫主，莊聚賢頭腦簡單，經驗不足，固然容易控制，但也正因如此，同樣也有被別人識破和利用的風險啊。

那麼，他為什麼還要這樣做？他這樣做的目的，不僅是要控制丐幫，更有遠大目的，那就是要利用莊聚賢的古怪內功加上星宿海的古怪法門，向少林寺方丈玄慈發起挑戰，一旦挑戰成功，丐幫幫主就能成為整個大宋武林的領袖，垂簾聽政的全冠清也就成了整個大宋武林權力最大的人。

小說中提供了實際證據，莊聚賢當上幫主的第一件事，就是來到少林寺，向玄慈發起挑戰。更直接的證據是，全冠清還給莊聚賢準備了一份發言稿，強調大宋武林同道要團結起來，外抗強敵，內除奸人，要點是：「西域星宿老怪曾到少林寺來連殺兩名高僧，少林派束手無策」，暗示少林方丈玄慈難以擔起領導武林的重任。只可惜，莊聚賢不學無術，將北有遼國、南有大理的方位顛倒；進而，他竟再次拜丁春秋為師；更不必說，莊聚賢最終被蕭峰打折雙腿，全冠清的精心謀劃，竹籃打水一場空。

接下來的問題是：全冠清究竟是怎樣的一個人？

由於全冠清外號是「十方秀才」，又掌管丐幫的大智分舵，又足智多謀、工於心計，人們就以為他是陰謀家，或是投機者。這樣理解，當然也有一定道理，但卻可能沒有抓住重點。我以為的重點是，全冠清的本質，是野心家、權欲狂。上面兩個問題，其實已經證明。假如全冠清當真是工於心計的陰謀家，那他就應該深謀遠慮，不讓自己冒險，以最小的代價獲得最大的利益。

具體說，在叛亂事件中，他不必囚禁幫中大老，不必出風頭向蕭峰發起挑戰，只要等上一兩個時辰，喬峰的問題就能順利解決。他想立功，在徐長老等人到來之後，甚至在驅逐喬峰之後，也會有很好的機會。在利用莊聚賢當幫主、挑戰少林寺方丈這件事中，同樣也沒有勝算，離陰謀家的智力水準還差一大截。在這兩件大事中，全冠清的表現，只能以野心家、權欲狂、賭徒的心理特質來解釋。

全冠清是怎樣的一個人？還有一個問題必須問：他在挑戰蕭峰時曾說：「我所以反你，是為了大宋的江山，為了丐幫百代的基業」；又說：「姓喬的，痛痛快快，一刀將我殺了。免得我活在世上，眼看大好丐幫落入胡人手中，我大宋的錦繡江山淪亡於夷狄。」進而，在少林寺功敗垂成之後，他又說：「遼國乃我大宋死仇大敵。這蕭峰之父蕭遠山，自稱在少林寺潛居三十年，盡得少林派武學秘笈，今日大夥兒若不齊心合力將他除去，他回到遼國之後，廣傳得自中土的上乘武功，契丹人如虎添翼，再來進攻大宋，咱們炎黃子孫個個要做亡國奴了。」

他說這些話，是真的愛國嗎？說他把個人權欲置於丐幫的利益之上，證據是，他為了讓莊聚賢當上丐幫幫主，不惜把反對莊聚賢的大義分舵的易大彪等人殺死。問題是，他的愛國言辭也都是謊言，是要另興風波，為自己脫罪之計嗎？說他愛國，固然沒有確切證據；而說他愛國是騙人的謊言，我們同樣找不到確切證據。不能因為他是野心家，就以為此人是個徹頭徹尾的壞蛋，把可能存在的一點愛國心也一筆抹殺。結論只能是，對這個問題，我們不能輕易作答。

最後一個問題是，作者寫這個人物，目的究竟是什麼？

這個問題的答案是，寫出個人權欲膨脹，被野心所綁架，不僅會讓自己的人生改變方向，同時也會讓更多的無辜者成為個人野心和權欲的犧牲。全冠清是如此，段延慶、慕容博、慕容復等人也是如此。只不過全冠清的身分處境與段延慶等人不同，因而他的表現和他的故事也就與這些人不同。

十一、好戲連臺的圍棋珍瓏會

《天龍八部》第三十一回，回目是《輸贏成敗，又爭由人算》，寫了一場圍棋珍瓏會。由逍遙派掌門人無崖子設計珍瓏，由無崖子的徒弟聰辯先生蘇星河出面邀請天下棋道高手破解，目的是為逍遙派找到一個心智發達而相貌英俊的傳人，對付逆徒丁春秋。

段譽、鳩摩智、慕容復和王語嫣、丁春秋及星宿派弟子、玄難及少林寺弟子虛竹等、康廣陵等函谷八友、慕容復四大家將、四大惡人等與會。

下棋過程其實簡單，段譽、慕容復、段延慶先後出手，都沒解開珍瓏，後由虛竹閉著眼亂下一子，恰是解題的關鍵。作者小題大做，調度有方，照應周全，既出人意料，又精彩紛呈。把珍瓏會寫成連場大戲，不僅合情合理，而且寓意深長。

這場大戲的登場人物有數十人，雖只有幾個人下棋，但作者也沒有冷落旁觀者。丁春秋率領大批俘虜登場時，段譽已在與蘇星河下棋，段譽失利，鄧百川就問公冶乾：什麼是珍瓏？公冶乾回答說：所謂珍瓏，是指圍棋難題，並不是兩人對弈的實際棋局，而是由人專門設計，讓人破解。下棋需要思考，過程單調枯燥，但書中卻無冷場，而是不斷變換視點，讓讀者目不暇接。下面就說說其中的幾個要點。

首先，是通過范伯齡觀棋，介紹這個珍瓏的複雜性。范伯齡是棋道高手，精研圍棋數十年，眼光自然非同一般。在他看來，這局棋劫中有劫，既有共活，又有長生，或反撲，或收氣，花五聚六，複雜無比，只看了一會兒，就覺得頭昏腦脹，只計算右下角一塊小小白棋的死活，已覺胸口氣血翻湧。再看幾眼，突然間眼前一團漆黑，喉頭一甜，噴出一大口鮮血。他還要看，於是再嘔血；還要看，於是第三次嘔血。

他是蘇星河的弟子，專攻圍棋，雖然棋力不弱，畢竟天資有限，才會如此。下棋是高強度腦力勞動，體能或智慧不足，就會出現類似情況。圍棋史上有「嘔血譜」的記載，足以證明小說中對范伯齡算棋噴血的描寫，並不是信口開河。書中寫范伯齡嘔血，是一段襯托，要表現破解這個珍瓏之難。

其次，是通過段譽等人下棋，寫出各人不同的個性與心理。段譽、慕容復、段延慶先後失利，這不稀奇。稀奇乃至神奇的是，這幾個人失利各有因由，且還與他們的個性心理有關。書中解釋說：這個珍瓏變幻百端，因人而施，愛財者因貪失誤，易怒者由憤壞事。

段譽之敗，在於愛心太重，不肯棄子；慕容復之失，由於執著權勢，勇於棄子，卻說什麼也不肯失勢。

段延慶生平第一恨事，乃是殘廢之後，不得不拋開本門正宗武功，改習旁門左道的邪術，一到全神貫注之時，外魔入侵，竟爾心神蕩漾，難以自制。這是書中最神奇的設計，把破解珍瓏的下棋過程，當作了表現人物性格的機會。

是不是有點誇張？顯然是的。是不是有道理？當然也是。圍棋不僅涉及棋手的心智複雜度，更涉及棋手的訓練水準，高手對奕，每個人的訓練水準和心智複雜度就會自然地呈現出來，裝不得假。古人說文如其人，在棋道方面，很可能也是如此，棋如其人。

再次，是寫鳩摩智、丁春秋先後攪局，既寫人物個性，寫人物關係，製造驚險局面，增加武俠趣味。在慕容復下棋時，鳩摩智和他對奕，實際上是攪局，最後說一句「你連我在邊角上的糾纏也擺脫不了，還想逐鹿中原麼？」竟讓慕容復啞口無言，漸漸意識模糊，棋局上的白子黑子都變成了將官士卒，隨即拔劍自殺。要不是段譽用六脈神劍救了他，慕容公子很可能就一命嗚呼。

無獨有偶，在段延慶下棋時，丁春秋在一旁攪局，笑咪咪地說：「一個人由正入邪易，改邪歸正難，你這一生啊，註定是毀了，毀了，毀了！」諸如此類的催眠話題，讓段延慶也有了自殺的念頭，若不是虛竹及時出手，段延慶勢必自殺身亡。

這兩段插曲出人意料，卻也在情理之中。鳩摩智號稱與慕容博交好，但在燕子塢受到阿朱、阿碧的戲弄，按照鳩摩智的個性，自然是非報復不可，此刻就是他報復的機會，把一場珍瓏會，變成了生死博。

丁春秋與段延慶無冤無仇，為什麼要攪局陷害？原因也很簡單，丁春秋志在稱霸武林，而段延慶是天下第一大惡人，把他解決了，不僅剪除了一大對手，而且會立即揚名天下。這兩場攪局戲，不僅寫出慕容復、段延慶兩位棋手的心理弱點，寫出鳩摩智、丁春秋兩位攪局者的殘酷心機，同時還寫出了段譽、虛竹兩位主人公的慈悲心腸，由此可以看出作者敘事之巧。

又次，在段延慶要自殺之際，虛竹慈悲心動，冒昧斗膽出手，不僅改變了珍瓏會的局勢，且還找到了破解珍瓏的關鍵，這是小說中最為神奇的一幕。這一幕不僅合情合理，並且極其巧妙。

按照虛竹的身分、個性和棋力，無論如何都不該出手，也不會出手；但為了救人性命，那就是另一回事了。虛竹壓根兒就不是下棋，所以他是閉著眼下了一子，引起了與會者的哄笑。虛竹的尷尬可想而知，他說自己不會下、也不想下，可是蘇星河不放過他。當時誰也不知道，這一子看似毫無道理，卻符合圍棋「反撲」與「倒脫靴」之法，死地求生。在段延慶的幫助下，虛竹破解了這個珍瓏。任何人都不會想到，作者竟是借這一珍瓏棋局，把默默無聞的少林寺小和尚虛竹推向舞臺中央，讓他成為下一任主人公。

最後，是寫玄難旁觀並悟道。在場之人，大多直接或間接地參與珍瓏會，少林寺高僧玄難自也不例外。作者分配給他一個任務，即評論人和悟道者。書中寫道，玄難喃喃自語：這局棋本來糾纏於得失勝敗之中，以致無可破解，虛竹這一著不著意於生死，更不著意於勝敗，反而勘破了生死，得到解脫。他隱隱似有所悟，卻又捉摸不定，自知一生耽於武學，於禪定功夫大有欠缺，忽想：聾啞先生與函谷八友專務雜學，以致武功不如丁春秋，我先前還笑他們走入了歧路，可是我畢生專練武功，不勤參禪，不急了生死，豈不是更加走上了歧路？想到此節，霎時之間全身大汗淋漓。

書中寫到玄難的這段評論，是對珍瓏和珍瓏會作出總結。而寫到玄難悟道，則是對玄難形象進行最後定位。由於和蕭峰作對，作者和讀者對玄難這位高僧的印象難免要打折扣，但此後不久他就要被丁春秋害死，所以作者就抓住這個機會，讓他反思人生，感悟禪道，出一身汗，然後形象昇華，顯示出真正的高僧氣象。因此，這一段書不可輕易放過。

十二、無崖子的人生崖岸

在《天龍八部》中，無崖子雖然只在第三十一回書中出場一次，卻是一個重要人物。他是逍遙派的掌門人，是蘇星河、丁春秋的師父，是函谷八友的祖師爺；他與天山童姥和李秋水同門，間接影響了靈鷲宮以及三十六洞、七十二島無數人的人生；更不用說，他把自己的全部功力都灌注到虛竹身上，硬把少林寺小和尚虛竹變為逍遙派新掌門。這是個令人神往的人物，但他的一生卻不如人意。

無崖子形象，可以用「博學多才、英俊情深」八個字概括。說他博學多才，證據是，他的徒弟蘇星河，教出過康廣陵、范伯齡等函谷八友這樣的徒弟，函谷八友分別在琴、棋、書、畫、醫、工、花、戲等八個領域取得驕人的成績，其中學醫的弟子薛慕華，人稱薛神醫、閻王敵，醫術高明可見一斑。

假如函谷八友的水準差別不是太大，就可由薛慕華的水準和成就推測其他同門。進而，由這八個人的水準和成就可以推測他們的師父蘇星河的才藝水準，證據是，薛慕華的醫術號稱閻王敵，但在師父蘇星河的眼裡，這個弟子對醫術只是略知皮毛。進而，由蘇星河的才藝水準，又可以推測其師無崖子的才藝水準。證據是：無崖子所畫一幅美女像，蘇星河見了，立即就想臨摹，險些耽誤大事。通過這個小小細節，可以推測出無崖子繪畫水準有多高，其他才藝也就可想而知。

無崖子博學多才，也希望他的弟子博學多才。所以他規定，做他的弟子，尤其是掌門弟子，不僅要學習武功，而且要學習其他才藝。他的大徒弟蘇星河照做了，但他的二弟子丁春秋卻只喜歡武功、不喜歡其他才藝，因而偷工減料，甚至陽奉陰違，以便專心練武。由於師父無崖子規定，不學其他才藝的人不能接替掌門人職位，丁春秋自知無望，因而惱羞成怒，將師父打入深谷，迫使師兄蘇星河裝聾作啞三十年。丁春秋的惡行，也使得無崖子人生最後三十年只能忍辱偷生。

這一條故事線索說明，無崖子的才智畢竟有限。他雖然博學多才，卻不能在每一項上都有超人能力，至少在武藝一項上就不是徒弟丁春秋的對手。原因很簡單，琴棋書畫等技藝，每一項都需要人付出畢生心血，在這些技藝上用功，不免會耽誤武功修煉。

丁春秋戰勝無崖子，固然是偷襲成功，但若無崖子的武功超過丁春秋，此後三十年間為何不找丁春秋算帳？為何要公開圍棋珍瓏，要招收關門弟子代他清理門戶？丁春秋用武功改變了無崖子的人生，使得這位逍遙派掌門人不得逍遙，這又說明，武林世界是由武力說了算，文藝與醫工只能被迫偷生。

再說英俊情深。虛竹初見無崖子，臉如冠玉，神采飛揚，風度閒雅，雖已年過九旬，但臉上沒有皺紋，也沒有白鬍鬚，簡單說，像個活神仙。他的師姐天山童姥、師妹李秋水都為他神魂顛倒了一輩子，可以證明無崖子多英俊、多情深。只不過，博學多才沒有給他帶來好運，英俊情深同樣也不能。

按照李秋水的回憶，無崖子和她曾是一對神仙眷侶，無崖子還為她雕刻了一座玉像，令人遺憾的是，自從這座雕像完成，無崖子就整天看雕像，而忽略了身邊的大活人。李秋水無法忍受冷落，故意出去勾引年輕英俊的浮浪子弟，想重新獲得無崖子的愛。其結果卻是適得其反，無崖子拂袖而去，神仙眷侶的生活也就戛然而止。

無崖子的這一情形，很像是希臘神話中的賽普勒斯國王皮格馬利翁，不喜歡凡間女子，決定一輩子不結婚，而把全部的熱情和愛心都賦予一座美麗雕像。

說無崖子像皮格馬利翁，可能只說對了一半。他為什麼對美貌依舊的李秋水失去熱情？一半原因是為雕像付出了全部心血；另一半原因則是，他在不知不覺間，愛上了李秋水的小妹。證據是，他交給虛竹的那幅畫像，要他去找李秋水，而李秋水臨死前才發現，那幅畫像中人並不是她，而是她的小妹。

這一線索留下了一個不小的疑問：無崖子為何不知道自己心中所愛究竟是何人？這一疑問的答案，仍然是無崖子才智和情感的局限。他移情別戀，或許是因為李秋水的妹妹更美、也更純；或許是因為李秋水畢竟是世俗中人，難免讓他失望；或許是因為他把理想化的愛情投射到李秋水妹妹身上，正如投射到那座生動的玉雕。

究竟是什麼原因，我們不得而知。我們確切知道的是，無崖子到死也不知道自己曾移情別戀，證據是，他的確不知道他畫的不是李秋水，否則他就不會讓虛竹去找李秋水求教。深情之人居然不知道自己所愛，無疑是對多情無崖子的深刻諷刺，當然也有一種可能，那就是人世間任何真實的女子，都不能滿足逍遙者的渴望。

接下來的問題是：刻畫無崖子這一形象，講述無崖子的故事，有什麼特別的意義嗎？意義就在於，《天龍八部》一書的主題，是在這樣的人世間，人生難得逍遙。即便是逍遙派的掌門人，即便他博學多才、英俊情深，也無法逃脫「有情皆孽、無人不冤」的塵世之網。或許是由於外界的原因，你想逍遙，別人不讓你逍遙，例如無崖子遭遇惡徒丁春秋；更或許是出於自身的原因，你想逍遙，但不知道自己內心真實的情感，只能受情緒的趨使，把自己的人生弄成一團糟。

有意思的是，雖然無崖子直到三十一回書中才正式出場，但他的形象和事蹟，早在第二回書裡就曾出現。段譽就曾在大理無量山的山洞裡見過他的珍瓏，見過他的題詞，見過他雕塑的神仙姐姐的玉雕。在段譽的想像中，無崖子和秋水妹不是凡人，而像是神仙。而無量派弟子，更是把無崖子練劍的投影演繹成了不折不扣的神話。

也就是說，無崖子在出場之前，是單純的神話與傳說中人，在世人的想像和傳說中，他就是神仙。而在無崖子正式登場亮相時，我們才發現，這位神仙般的人物，竟然在一座沒有門戶的黑屋子裡獨孤地度過了三十年光陰。傳說、想像和真實人生的差異如此明顯，就是作者要說，要讓讀者去思考的問題。

十三、天山童姥的畸零人生

如果要製作《天龍八部》惡人榜，天山童姥絕對會名列前茅。她的惡行，肯定會排列在天下第一大惡人惡貫滿盈段延慶、天下第二大惡人無惡不作葉二娘之前。不僅作惡時間長、作惡數量大，作惡的性質也最惡劣，她對三十六洞主、七十二島主的所作所為，罪惡累累，令人髮指。萬仙大會上受難者揭露的惡行，諸如鞭痕、身上釘釘、鐵鍊穿骨等等，都還只是小罪惡。更大的罪惡是在人身上種下生死符，讓人求生不得、求死不能，安島主的終生口吃乃至不願見人，就是生死符留下的罪證；小說開頭神農幫主司空玄拿不到鎮定藥，寧可跳崖而死，亦可見生死符的殘酷一斑。更不必說，她時常在靈鷲宮附近殺人作樂。而她最大的罪惡，是利用殘酷而恐怖的手段，對靈鷲宮屬下所有的洞主、島主實施精神奴役。

問題是：天山童姥為何如此邪惡？

據她自己說，她自六歲開始煉功，導致三焦失調，身材不再生長，也就是侏儒症。侏儒症雖然不幸，但並非邪惡的因由，關鍵是，她修煉的功法，叫作「八荒六合唯我獨尊功」，從這個功法名稱可知，此人心比天高，是極端的自我膨脹。身體殘疾之人，往往有超人的精神力量作為補償，以平衡身心，創造自己的事業與人生。但極端自我膨脹，追求「八荒六合唯我獨尊」，則是過猶不及，反而會形成自我心靈扭曲。自我無限膨脹，面對侏儒之身，反差如此強烈，無法接受自己的身體，更無法接受自己的命運，釀成自己與自己的戰爭，導致心理變態。

據她自己說，在廿六歲那年，本來有機會讓身體恢復生長。但在練功治療的關鍵時刻，遭到同門師妹李秋水的迫害，使她永遠失去了身材發育的機會。李秋水之所以這麼做，是因為她們倆都愛上同門無崖子，情敵間互相妒忌、互相陷害。這一事件，讓童姥的命運再也無法改變，因而產生強烈怨毒和報復的欲望——在李秋水臉上留下「井」字劍痕，讓李秋水再也無臉見人，並不能滿足她的復仇欲望，也無法讓她滿腔怨毒得到充分釋放。於是她創造靈鷲宮，拯救並收留處於危難中的女性，對梅蘭竹菊四胞胎更有養育之恩，靈鷲宮中的女性對她不但敬畏，而且感激。只是她對世上的男性就沒有那麼客氣了。

童姥的病態心理機制，倒也並不複雜，既然自己不能獲得愛情、不能獲得幸福，天下人憑什麼能夠獲得？換言之，自己有無法治癒的痛苦，那就讓天下人都痛苦。有理性的人都懂得，讓別人痛苦，並不能彌補或替換自己的痛苦，而只能徒增罪孽。但天山童姥受到怨毒情緒綁架，沒有理性生長發育的空間，當然就沒有自我調節和自我治療能力，也沒有愛情和人生的相關知識。她不知道，即便李秋水沒有迫害她，即便她恢復了身體生長機能，無崖子也不見得會愛她。她甚至不知道，她的真正病源並不是侏儒症本身，而是不願接受侏儒症這一基本事實。

書中有個細節值得注意，那就是烏老大等靈鷲宮屬下上飄渺峰獻禮，都要蒙著眼睛跪拜。也就是說，靈鷲宮屬下的男人們，沒有人見過天山童姥的真面目。這不是童姥要學習古代君王匿影藏形，而是童姥羞於見人：她不願意任何男人看到她的侏儒身材。而這種不願，正是童姥無法解開的心結。有意思的是，正因為誰也沒有見過童姥，所以烏老大綁架了童姥，卻不知道她就是童姥，把她當作靈鷲宮裡的一個尋常女童。也正因如此，虛竹才會出手拯救。

接下來的問題是：童姥這樣的人是否值得被拯救？

在拯救者虛竹而言，應該不成為問題。首先，他拯救的是一個即將遭受刀劍分屍的女童，而不知道她就是罪惡昭彰的天山童姥。其次，即使知道她就是天山童姥，虛竹仍可能出手拯救，他拯救的人類生命厄難，而不是有意為虎作倀。更何況，佛門廣大，放下屠刀，亦可立地成佛。正因為虛竹拯救的是一個女童，讓我們可以不帶偏見地重新審視她的人生故事，身患侏儒症，本就該獲得起碼的同情分。既知她是患病的侏儒，那就應先查找病因，再作通行的道德審判。

當童姥開始說話，虛竹把她當作積年老鬼，因為她身如女童，聲音蒼老。這段情節讓人忍俊不禁，然而，此種身、聲差異，即身心分裂，亦即無法達成自我形質同一性的情形，這正是童姥病因及痛苦所在。

童姥的病症相當古怪，每隔三十年就要返老還童一次，三十六歲時需要三十天，六十六歲時需要六十天，九十六歲時需要九十天。返老還童後重新生長的過程，一天增長一歲，相當於把童姥的人生重新演示一遍。我們看到，十幾歲時的童姥頗具可塑性，證據是，為了留住虛竹，她可以不殺鹿而只喝鹿血，且不許烏老大殺生。李秋水出現，說話間斷其一指一腿，這一出人意料的慘痛遭遇，讓童姥瞬間變成令人同情的對象。

在練功恢復過程中，童姥雖無多大善舉，同樣也沒有多大惡行。至少，她對虛竹並不忘恩負義，且有話直說，強迫虛竹練功，她也明說是要讓他保護自己。直到後來在西夏皇宮冰窖裡，虛竹順口念經，讓她啞口無言，惱羞成怒之下，才採取強制手段，迫使虛竹破戒，不僅破了葷戒，而且破了淫戒。

這一惡行，來自她的習慣，身為靈鷲宮主，習慣於頤指氣使、一言成法，容不得別人辯駁，更容不得不服從。鑒於這一惡行的後果特殊，讀者也不會過分在意。

童姥練功恢復的最後一天，李秋水終於找到了她。當她們發現無崖子交給虛竹的畫像中人並不是李秋水，而是李秋水的妹妹時，李秋水痛不欲生，而童姥則興高采烈。李秋水的痛苦，就是她的快樂，當然，這是典型的錯誤認知。可她並不知道，把自己的人生目標定位於給李秋水製造痛苦上，並不能讓她的人生變得真正快樂，只會讓自己的人生變得淒涼甚至荒誕。

在童姥生命的盡頭，只追求比情敵晚死片刻，並不能改變自己人生的荒涼可悲。這回書的回目，是《同一笑，到頭萬事俱空》，童姥的人生是畸零的人生，瘋狂地作惡只能讓人生出現負增長，只能讓自己變成非人。

十四、活靈活現的緣根和尚

緣根和尚是少林寺僧，只在《天龍八部》第三十九回書中出現過一次。因為他並非從少林寺出家，因此不依「玄慧虛空」字輩排行。此人資質平庸，既不能領會禪義，練武也沒有什麼長進，平時喜歡多管瑣碎事務，就當了少林寺菜園主管，也就是菜頭。寺僧中有人犯錯，常被戒律院送到菜園勞動，緣根就兼任管教人員。

虛竹從靈鷲宮回到少林寺，老老實實地對師父慧輪說，自己在這幾個月裡，犯過葷戒、酒戒、色戒、殺戒，慧輪流淚說，你犯戒太多，我無法回護，自己到戒律院去領罪吧。戒律院的僧人很忙，無人問事，見虛竹誠心認錯思過，就叫他直接到菜園去挑糞澆菜，靜候吩咐。這樣，虛竹就到緣根這裡報到。

緣根見到虛竹，第一個表現是：「心下甚喜」。這個甚喜，可是很有講究，他不僅是喜歡多一個人在菜園裡幹活，更是喜歡有人犯錯，他就有機會大逞威風。好戲這就開始了。

他訊問虛竹：你犯了什麼戒？虛竹說：犯戒甚多，一言難盡。緣根怒道：「什麼一言難盡？我叫你老老實實，給我說明白。莫說你是個沒職司的小和尚，便是達摩院、羅漢堂的首座犯了戒，只要是罰到菜園裡來，我一般要問個明白，誰敢不答？我瞧你啊，臉上紅紅白白，定是偷吃葷腥，是不是？」

這一段話，前半段是逞威風，自抬身價，威嚇對方；後一句則體現了緣根的審訊技巧，在他看來，犯錯的人通常不會自己承認，他這樣問，對方就非答不可。

虛竹老老實實地說自己確實犯了葷戒。緣根接著說：「哼，你瞧，我一猜便著。說不定私下還偷酒喝呢，你不用賴，想要瞞我，可沒這麼容易。」這還是在自誇自讚，連哄帶詐，也是一種審訊技巧，可見緣根是此道老手。

虛竹承認自己的確喝了酒，而且還喝得大醉。緣根笑了：「嘖嘖嘖，真正大膽。嘿嘿，灌飽了黃湯，那便心猿意馬，這『色即是空，空即是色』八個字，定然也置之腦後了。你心中便想女娘們，是不是？不但想一次，至少也想了七八次，你敢不敢認？」虛竹又認了，而且還說他犯了淫戒。緣根又驚又喜，戟指大罵：「你這小和尚忒也大膽，竟敢敗壞我少林寺的清譽。除了淫戒，還犯過什麼？偷盜過沒有？取過別人的財物沒有？和人打過架、吵過嘴沒有？」虛竹老實交代，他不但殺過人，而且還殺了不止一人。這一下，緣根「大吃一驚，臉色大變，退了三步，心驚膽戰，深怕虛竹動粗」，於是滿臉堆笑：「本寺武功天下第一，既然練武，難免失手傷人，師弟的功夫，當然是非常了得的啦。」緣根從審訊官變成了辯護人，原因非常簡單，那就是害怕虛竹的武功。虛竹說自己的本門武功盡廢，緣根才稍稍放心，為謹慎起見，他和虛竹商量，說要給他戴上腳鐐手銬。

虛竹是誠心懺悔，讓對方給他戴上腳鐐手銬。一旦虛竹戴上腳鐐手銬，緣根沒了後顧之憂，立即開打開罵：要點是：「今日不重重懲罰，如何出得我心中惡氣？」這句話洩露了天機，緣根為何如此痛恨虛竹？原因非常簡單，想到虛竹大魚大肉、爛醉如泥的淫樂，自己空活了四十來歲，從未嘗過這種滋味，忌妒之心不禁油然而生，下手更重，一連打斷了三根樹枝。進而要虛竹每天挑一百擔糞水澆菜，只要少挑一擔，就要用扁擔、鐵棍子打斷他的腿，如此折磨了虛竹七天。

到第八天，緣根又換了一副嘴臉。先是讓虛竹不用幹活，接著自打耳光，甚至要把自己的眼珠子挖出來。緣根所以如此，並不是良心發現，而是被靈鷲宮梅蘭竹菊四個姑娘痛打了一頓。接下來又是一場好戲——

緣根先是將虛竹請到飯堂，親自給他斟茶盛飯，殷勤服侍。接著低聲說：「師兄要不要喝酒？要不要吃狗肉？我去給師兄弄來。」虛竹大吃一驚，說：「阿彌陀佛，罪過，罪過，這如何使得？」緣根眨一眨眼，說：「一切罪孽，全由小僧獨自承當便是。我這便去設法弄來，供師兄享用。」虛竹堅決阻止。緣根又說：「師兄若嫌在寺中取樂不夠痛快，不妨便下山去，戒律院中問將起來，小僧便說是派師兄出去採辦菜種，一力遮掩，決無後患。」虛竹當然不答應，說他是誠心悔過。緣根卻是滿臉懷疑神色，不懂得虛竹如此假惺惺，到底是什麼意思。接連三天，緣根都把虛竹當作老爺一般供養，直到少林寺召集全寺僧眾的鐘聲響起，虛竹離開菜園，緣根的這一場精彩表演才宣告結束，此後就再也沒有出現過。

作者把少林寺中的一個小小菜頭，也寫得如此活靈活現，充分體現了作者的大手筆，所到之處妙筆生花。所以如此，還有更深的原因，那就是緣根這樣的小人物，也是「天龍八部」的一部分。

此人並非壞人，只不過是個資質平庸的俗人而已。如果他不出家當和尚，而是在俗世中生活，準是一把持家好手，種菜養家糊口，肯定沒有問題。不幸的是，他偏偏要到寺廟中來混飯吃，這裡戒律嚴格，俗人的種種欲望都有戒律管轄。寺廟中的僧人若無虔誠的信仰，難免會因種種欲望得不到滿足而感到壓抑氣悶。緣根審訊虛竹那些話，與其說是出自嫺熟的審訊技巧，不如說是出自他本能的欲望——吃葷、喝酒、想女人，這些都是他無法克服的欲望啊！

緣根對前來菜園勞動改造的虛竹如此逞威風，如此心狠手辣，鐐銬、鞭打、懲罰，外加恐嚇，一方面是要發洩心裡的妒火和鬱悶，另一方面，也是要在作威作福中尋求自己的存在感和價值感，是所謂，小人得志。

然而，再得志也還是小人，聽說虛竹殺過人，立即改變嘴臉；被梅蘭竹菊暴打一頓，更是前倨而後恭。俗人之所謂俗人，正是因為他們習慣於屈從武力，根本就不理解誠心悔過這回事，所以，他不可能理解虛竹。而他讓犯戒的虛竹喝酒、吃狗肉，甚至讓他下山去找樂子，固然是要討好虛竹，同時也說明，他可能經常這樣幹，至少是經常這樣想。在俗人的心裡，一切規則戒律都是可以違犯的，都是做給別人看的，只要有合適的藉口做掩飾，下山去吃喝嫖賭又何妨？

最後，這個和尚叫緣根，他的所作所為，都是源自人性本能的根。他的法號不按少林寺通常的班輩排行，那是作者要給少林寺留些面子。

十五、丁春秋的核心秘密

丁春秋是《天龍八部》中星宿海派掌門人，自稱星宿老仙，人稱星宿老怪，一字之差，反應了他的自我稱許和江湖評價迥然不同。丁春秋究竟是怎樣的一個人物？且看小說中如何分層展示。

在他出場之前，小說中作了多層鋪墊。首先登場的是他的徒弟阿紫，這小姑娘年紀不大，卻是一身邪氣，令人厭惡。徒弟如此，其師可知，阿紫出場等於是給丁春秋和星宿派做了廣告。

接下來，丁春秋的其他門人陸續登場，星宿派弟子的所作所為無不令人討厭。星宿派大師兄摘星子的出現，眾師弟爭相阿諛，大師兄生殺予奪，令人目瞪口呆。阿紫對蕭峰解釋說，星宿派規矩，不按進入師門先後秩序排行，是按照武功高低定位置，強者通吃。在蕭峰的幫助下，阿紫打敗了大師兄摘星子，即成眾人追捧的大師姐，現場展示了星宿派的生存法則。這就充分說明，星宿派的門規是弱肉強食的叢林法則。同門之間沒有任何感情可言。

丁春秋第一次露面時，游坦之在一旁偷看。只見那老翁手中搖著一柄鵝毛扇，陽光照在臉上，但見他臉色紅潤，滿頭白髮，頦下三尺銀髯，童顏鶴髮，當真如圖畫中的神仙一般。只不過，這位神仙的行事做派有些出人意料。出場前，先聽到絲竹聲夾著鐘鼓聲，游坦之以為是娶新娘子；後來聽到其弟子喊話，又覺得像是道士做法。具體的情形是：先是有幾個人齊聲呼喊：「星宿老仙法駕降臨中原，改變弟子，快快上來跪接！」話聲一停，咚咚咚的擂起鼓來，擂鼓三通，鏜的一下鑼聲，鼓聲止歇，數十人齊聲說道：「恭請星宿老仙弘施大法，降伏丐幫的么魔小丑！」隨從一字排開，有的拿著鑼鼓樂器，有的手執長幡錦旗，幡旗上繡著「星宿老仙」、「神通廣大」、「法力無邊」、「威震天下」等字樣。

在接下來的實戰中，法力無邊的丁春秋，竟被大蟒蛇纏得無法脫身。星宿派落了下風，弟子們立即見風使舵，大罵丁春秋，討好全冠清及丐幫弟子。可見星宿派弟子對這位「星宿老仙」，並非忠心不二，更非死心塌地。丁春秋被蟒蛇纏身、星宿派弟子現場倒戈，是對其自吹自擂的辛辣諷刺，也是象徵寓言。

除了儀式性規定動作，星宿派弟子還會隨時隨地即興發揮。風波惡說一聲「這老妖的輕功真是了得，佩服啊佩服。」立即引起星宿派弟子競相稱頌，說丁春秋的武功當世固然無人可比，而且自古以來的武學大師，什麼達摩老祖等等，也都大為不及云云。包不同總結星宿派三門功夫，即馬屁功、法螺功、厚顏功，「前無古人，後無來者」，星宿派弟子不以為恥，反以為榮。

星宿派有一大特點，是雖然遭受挫折，卻不會一蹶不振，而是隨時重新振作，隨地死灰復燃。更奇妙的是，每次重振旗鼓，宣傳陣勢都會不斷擴大。在擂鼓山聾啞谷，星宿派就整出了新花樣，寫出一篇《恭頌星宿老仙楊威中原贊》，在丁春秋與蘇星河比武現場高聲朗誦。

歌頌之聲對丁春秋的內力確然有推波助瀾之功。只可惜，丁春秋仍是功敗垂成，鬚眉俱焦，衣服也燒得破破爛爛。但丁春秋及其星宿派如百足之蟲，死而不僵，很快就捲土重來，待他們出現在少林寺時，星宿派徒眾居然超過千人，宣傳詞也變得更加精煉，千人齊呼「星宿老仙，德配天地，威震寰宇，古今無比。」

如此情形，在武林史上絕無僅有。只可惜，丁春秋雖然威風一時，這位洋洋得意的星宿老仙，最終被虛竹打回了原形。自吹自擂的宣傳陣勢，雖然陣容龐大、聲勢驚人，終成了千古笑柄。

問題是，丁春秋為何要如此誇張，讓門下搞出如此可笑可鄙的宣傳陣仗？

這一問題有一個簡單答案，即丁春秋的性格特點顯然是自高自大，喜歡聽人阿諛誇讚。人人都喜歡聽好話，是所謂「千穿萬穿，馬屁不穿」。證據是，在虛竹打敗丁春秋之後，星宿派弟子照例陣前倒戈，高唱「靈鷲主人，德配天地，威震當世，古今無比。」書中寫道：「虛竹雖為人質樸，但聽星宿派門人如此稱頌，卻也不自禁的有些飄飄然起來。」虛竹尚且如此，何況乎喜好虛榮的丁春秋？

上述問題還有更進一步的答案，涉及丁春秋的經歷和心理秘密。星宿海在西域，不屬於大宋領土。人們都以為星宿派是西域武林門派，都以為丁春秋是西域人，少林寺方丈玄慈就以此為據，說丁春秋和他的弟子莊聚賢沒有資格競爭大宋武林盟主。丁春秋辯解說，他是山東曲阜人氏，生於聖人之邦，星宿派是他一手所創，當然有資格入主中原武林。

此前神醫薛慕華已經說過，丁春秋是逍遙派門下，是無崖子的弟子，是蘇星河的師弟。三十年前，丁春秋為了當上掌門人，對師父無崖子實施突然襲擊，迫使師父詐死、師兄蘇星河裝聾作啞三十年。這一不可告人的經歷，形成了丁春秋特殊的心理情意結，殺師的內疚和對師門武功的恐懼被壓抑到無意識之中，讓他極度不安。可是他不願面對、也不敢面對內心的愧疚與恐懼，甚至也未必知道自己的內心深處有這樣一個情結，因而需要從外界尋求自我平衡、自我安慰和自我麻醉的方式。讓門下弟子對自己大吹大擂，既可遮掩自己的罪孽和內心愧疚，又可鼓勵雄心對抗無名的恐懼。也就是說，大吹大擂的宣傳陣仗，固然是丁春秋的特殊喜好，其中隱藏了他的核心秘密。

說丁春秋有無意識情意結，證據是，他在虛竹和蘇星河合力下落敗，並不是這兩個人的內功當真強過他，而是他發現這一掌中所含內力圓熟老辣，遠在師兄蘇星河之上，卻又顯然是本派的功夫；因而擔心被他害死的師父突然顯靈，害怕師父的鬼魂來找他算帳，於是心神慌亂，內力凝聚不起，火柱捲到身世，竟然無力推回，使得衣衫鬚髮盡皆著火。

也就是說，丁春秋此戰失敗，並非武功不足，而是內心恐懼，使得他疑神疑鬼，精力無法集中。進一步的問題是：他為什麼那麼害怕師父的鬼魂找他算帳？答案也很明顯，那就是他對殺師一事存在深深的內疚。

要知道，他是出生於山東曲阜，長於孔孟之鄉，對儒家倫理並非全無知識。在權力欲望支配下的殺師行為，畢竟悖逆人間倫理，不可能沒有內疚。只不過，丁春秋癡迷於武功與權力，對人性所知有限，不懂得無意識情意結為何物，更不可能懂得：這樣的情意結會產生心理變態，而變態心理會導致變態行為。丁春秋成為武林笑柄而不自知，才是這一人物形象和這部書的深意所在。

十六、伏虎羅漢神山上人

讀過《天龍八部》的人，也未必記得這個神山上人，這也不稀奇，因為此人只在《天龍八部》第三十九回至第四十回書中出現一次。神山上人是五臺山清涼寺方丈，身材矮小，雙目炯炯有神，顧盼之際極具威嚴。

他的地位也很高，與少林寺方丈玄慈齊名，並稱「降龍」「伏虎」兩羅漢。此人向來自視甚高，曾說過：僧人過問武林俗務，不免落了下乘。而他的出場，正是要過問武林俗務。書中，他帶著天竺僧人哲羅星，以及來自大江南北的其他五位佛門高僧，來少林寺興師問罪。誰也想不到，這位大名鼎鼎的伏虎羅漢，竟是貪嗔癡三毒俱全的野心家。

先說貪。

神山上人率僧人代表團來少林寺，是要過問少林寺「監禁」天竺僧人波羅星一事，質問少林寺玄慈方丈：「佛門寺院，可是官府、盜寨？」看起來義正詞嚴，實際上暗藏機心。玄慈讓少林寺戒律院首座玄寂向來者做出解釋，說明此事的真相，哲羅星的師弟波羅星從天竺來到少林寺取經，說的是求取佛經，卻偷看少林寺的武功秘笈，被發現並勸誡後仍然偷看如故，少林寺遂不得不限制他外出，以防少林武功秘笈外流。

聽了玄寂的解釋，神山上人說這是一面之詞。玄慈方丈請出波羅星，波羅星也不承認自己偷看武學秘笈，說他只看佛經。少林寺玄生突然對波羅星動手，逼他施展般若掌法、摩訶指法、大金剛拳法，事實昭彰，任何人都能看出，這個波羅星確實偷練了少林寺的三門絕技。神山上人還是要強詞奪理，說天竺也有類似的功夫。

玄慈進一步解釋說，這三門功夫是少林寺的三位前輩所創，不可能來自天竺。神山上人竟現場編造謊言，從梵語的含義說到武功的要旨，硬說天竺佛門武功與此大同小異，還要哲羅星替他圓謊。

神山上人之所以混淆是非，生造謊言，是因為此人天資聰穎，識見不凡，三十歲時就已武功超群，技蓋全寺，做了清涼寺方丈。但清涼寺的武學傳統遠遜於少林寺，寺中所藏拳經劍譜、內功秘要等，不僅數量少，而且品質也有限，談不上是第一流武功。每當想起少林寺的七十二項絕技，總是情不自禁，既豔羨，又惱恨。此次遇到哲羅星，得知他的師弟被少林寺扣留了七年，神山上人就已想到，波羅星被少林寺扣留，說明波羅星志不在學佛，而是盜竊武學秘笈；不但盜竊到手，而且記熟於心。於是打定主意，要代哲羅星出頭，幫助波羅星脫困，只要把波羅星弄出來，不愁分不到一杯羹。

他之所以膽敢來少林寺挑釁，是料定少林寺高手雖多，畢竟是佛門弟子，不至於逞強壓人，君子可欺之以方。

再說嗔。

進入少林寺後，神山上人開口就說，他六十年前曾來少林寺拜師，被拒之門外；六十年後，垣瓦依舊，人事已非，可嘆啊可嘆。這一細節說明，他這次重訪少林寺，除了想得到少林寺的武功秘要，還有另一個隱含的目的，那就是要讓少林寺名譽受損，報復當年求師被拒之恨。

此事的真相是，當年神山到少林寺求師，年齡只有十七歲。少林寺方丈靈門禪師與他交談，很快就發現此人鋒芒太露，自高自大，盛氣凌人；卻又胸懷狹窄，器小易盈，顯然不是傳法之人。若是讓他在寺中做個尋常僧侶，他必不甘心居於人下，勢必多生事端，這才將他拒之門外。在少林寺被拒，這才投身五台清涼寺。

可能有人會想，當年靈門方丈會不會對神山看走眼？他對神山的判斷，會不會是一種主觀偏見？這種可能性當然不能說完全不存在，不過從神山上人眼下的表現看，靈門禪師並沒有看錯。證據是，在看到神山上人的一番表演後，現任方丈玄慈，也有類似觀感，所以才會說，假如武功秘笈給旁人盜取傳之於外，「輾轉落入狂妄自大、心胸狹窄之輩手中，那未免遺患無窮，決非武林之福。」這句話中的「狂妄自大、心胸狹窄」八個字，就是對神山上人的實際觀感。

在現實生活中，也有很多這類人。他們自許極高，野心勃勃，能力也不差，正因為能力不差，才會一心想出人頭地，絕不甘心居人之下。這類人的致命弱點，是心胸狹窄，遇到不如意事就會發脾氣，遇到逆境就更會嗔恨，被人說一個「不」字很可能就會記一輩子；被人拒絕一次，很可能就會產生不共戴天之仇。容易嗔怒的原因是心胸狹窄，而心胸狹窄的原因則是絕對自我中心，無法擺脫自我局限，更無法自我建構出廣闊遼遠的自我精神世界。此類能人，如果生在順境，當然能功成名就；一旦遇到逆境，就很可能嗔怒癲狂，製造禍端。

再說癡。

這個癡，不僅是指癡迷某事某物，且是指不明白事理，是非不明，善惡不分，顛倒妄取，起諸邪行。說穿了，就是沒有真知，更缺乏良知。心胸狹窄者之所以自高自大，說到底，是因為無知。

且慢空論，還是讓事實說話，當神山強詞奪理，說天竺也有這幾門武功，玄慈方丈就讓玄生去取這三門武功的典籍，要讓大家看看書中記載的此門功夫創造經過。其他人只看看前言，瞭解此門功夫的來源和經歷；而神山卻認真之極，一本一本、一頁一頁地慢慢翻閱。人們都以為他之所以慢慢翻閱，是要仔細地在書中尋找證據，而真實的情況卻是，他是要記住這部書的內容，將關鍵句翻譯成梵語，繼續顛倒是非，謊稱梵語典籍中早就有類似的表述。

鳩摩智出現，現場表演少林寺七十二項絕技，驚豔當場，玄慈方丈既知少林絕技早已被外人所知，再留住波羅星不放已沒有任何意義，於是當場答應讓波羅星自由離開。這樣一來，神山上人無功可居，通過波羅星獲得少林寺武功秘笈的期望，當然就要落空。

然而，書中卻有進一步的驚人揭露。書中說，神山已經記住了般若掌、摩訶指、大金剛拳三門絕技，回寺後詳加參研，憑著自己的聰明才智，當可將這三門武功加以變通，要旨雖同，招式形態卻可大異，那時就變成了清涼寺的三門絕技，而他神山上人就是創建這三門絕技的鼻祖了。

這一段心理活動的描寫，足以證明，這位盛名在外的神山上人，不過是一個剽竊他人學術成果的卑劣之人。這樣的人，不可能懂得真正的武學精神，也不可能懂得真正的佛學精神。作者要刻畫這樣一個人物形象，是要說明，佛門高僧之中也有貪嗔癡三毒患者。

有意思的是，這位貢高我慢的神山上人，也聽了少林寺掃地僧的武功與佛法講座，不知道一堂課聽下來，他的心性是否會有所改變？如果讓我猜，我會說，此人難以改變。

十七、有欲有愛的玄慈方丈

在任何一部武俠小說中，少林寺方丈都是非同小可的人物。《天龍八部》當然也不例外，書中的少林寺方丈玄慈，也是聲名卓著的大人物，武功卓絕，以大金剛掌馳名武林；而且氣度不凡，言語謙和，待人有禮，做事公正，是大宋武林人所共敬的領袖。正因如此，當喬峰契丹人身分被揭露之後，擔心喬峰去找「帶頭大哥」報仇，天臺山智光大師、丐幫徐長老、單正父子，乃至譚公、譚婆、趙錢孫等人，都是寧可犧牲自己的生命，也絕不透露這位帶頭大哥的消息。

然而誰也沒有想到，這位名聲顯赫的少林寺方丈，竟是不守寺規，違犯淫戒，曾與葉二娘私通，並且生下了兒子虛竹。更嚴重的是，在過去二十多年中，明知身犯大戒，卻一直不敢向僧眾懺悔。若不是蕭遠山不斷追問葉二娘，只怕這位高僧仍然要把這個秘密繼續保守下去。復仇者蕭遠山揭露玄慈方丈違犯淫戒，使得高高在上的玄慈方丈走下神壇，偶像從此坍塌，少林寺的聲譽危機達到巔峰。

這就帶來了一連串的問題：蕭遠山為何要要揭露玄慈的秘密？玄慈到底是怎樣的一個人？作者如此刻畫這樣一個人，寫作目的是什麼？

蕭遠山為何要揭露玄慈的秘密？這個問題很容易回答，那是因為三十年前玄慈率領中原武士在雁門關伏擊了蕭遠山夫婦，讓其妻子慘死，徹底改變了蕭遠山的人生，也徹底改變了小說主人公蕭峰的命運。蕭遠山滿懷仇恨，一心復仇，一旦知悉帶頭大哥玄慈的這一秘密，當然要當眾揭露，讓玄慈永世不得翻身。

玄慈是怎樣的一個人？這個問題就相對複雜了。玄慈顯然不是人們想像中的神僧，卻也不是蕭遠山、蕭峰父子所想的大惡人。他當年率領中原群雄前往雁門關伏擊契丹武士，殺了不會武功的蕭夫人，那是情有可原。其一，遼宋征戰不休，已成世仇，利用伏擊手段打擊對方，並不違背戰爭規則。其二，玄慈等人之所以搞錯了對象，把帶妻兒回娘家的蕭遠山當作來少林寺搶奪武功秘笈的契丹武士，那是由於慕容博故意製造假消息，讓玄慈等人上當受騙。其三，更何況，當嬰兒蕭峰被其父親從懸崖下救出，玄慈還安排少林寺附近的農民喬三槐夫婦收養，讓蕭峰長大成人。甚而，少林寺高僧玄苦，還傳授蕭峰武藝，讓他成為英雄。

玄慈犯錯，是在那以後。第十八回書中，玄慈用大金剛掌打傷了阿朱。當時的情況是，蕭峰夜探少林寺，見師父玄苦，不料玄苦被人打成重傷，臨終時把蕭峰當作凶手；服侍玄苦的僧童也指證蕭峰是凶手。

緊接著，菩提院中又有人盜取經書，並且點倒了好幾個少林僧。玄慈、玄難、玄寂三大高僧來到菩提院，對隱藏在佛像背後的蕭峰發動突然襲擊，玄慈施展大金剛掌，讓阿朱生命垂危。這段情節中，玄慈有什麼錯呢？一是突施暗襲，不夠光明正大。二是犯了嗔怒，沒有弄清是非。三是在打鬥之後，玄慈把合力打壞佛像的罪責，歸咎於蕭峰一人。

如果說在少林寺菩提院裡動手，是在情急之下，嗔怒之際，是非難辨；那麼當丐幫徐長老、譚公、譚婆、趙錢孫、單正父子等人相繼喪命的日子裡，玄慈始終沒有挺身而出，承認自己就是帶頭大哥，以便保護那些為他守秘的人不致死於非命，就怎麼也說不過去了。

是玄慈不瞭解情況嗎？這說不通，因為此事早已轟動武林，人人都說是蕭峰打死了這些人，人人都知道被打死的這些人是為了保守帶頭大哥的秘密。還有一個更有力的證據，是蕭峰契丹人身分被揭露、不得不脫離丐幫的消息尚未傳開，玄慈方丈就已經得知消息，因而在第一次見蕭峰時稱呼他為「前幫主」。

最後，還有一個鐵證，那就是玄慈派人剷除了雁門關外石壁上蕭遠山的刻字留言——在小說最後一回書中寫到，蕭峰，「一側頭，只見一片山壁上斧鑿的印痕宛然可見，正是玄慈將蕭遠山所留字跡削去之處。」——這一事實說明，玄慈是有意這樣做，原因是，他始終不敢面對當年所犯之錯，因而要以新的錯誤來掩蓋過去的錯誤。與智光大師勇於認錯相比，玄慈的差距明顯。

玄慈是怎樣的一個人？簡單說，是神僧外衣包裹的凡夫俗子。如果按照凡夫俗子的標準衡量，玄慈所犯的那些錯，包括當年襲擊蕭遠山夫婦，包括後來竭力遮掩真相、不敢面對錯誤、更不敢承認錯誤，也包括與葉二娘的私情，都算不得什麼十惡不赦，都可以諒解。但若按照少林方丈的標準，按照神僧的標準，玄慈的這些錯誤，就有嗔、癡之毒，犯了大戒，那就是另一回事了。

作者寫這樣一個人，目的是什麼？這才是真正值得追問的問題。

首先，作者刻畫玄慈形象是出於敘事需要，即這個人物在書中具有重要功能，是成為蕭峰、虛竹兩位主人公命運的塑造者。假如玄慈不帶入襲擊蕭遠山一家，假如玄慈不安排喬三槐夫婦收養蕭峰，假如玄慈早些向蕭峰承認自己就是帶頭大哥，蕭遠山、蕭峰父子的命運就不是現在這樣。蕭遠山就不會偷走虛竹在先，揭露玄慈的私情在後，虛竹也就不會從小就失去父母，不會在少林寺裡出家，不會在第一次與父母見面就成永訣。這些，就是玄慈這一角色的功能作用。

其次，作者刻畫玄慈形象，是要通過表象與真相的差異，揭示僧侶外衣和宗教心靈的反差。或許有人注意到，書中曾有一處提及，少林僧方丈玄慈與清涼寺方丈神山齊名，被稱為「降龍」「伏虎」二羅漢，伏虎羅漢神山是一個自高自大而心胸狹窄之人，而降龍羅漢玄慈則沒有勇氣面對自己的錯誤、沒有能力克制自己欲望的凡夫俗子。更不必說，盛名卓著的高僧鳩摩智，曾經是貪嗔癡三毒俱全。

這樣寫，並不是要徹底否定佛門高僧，更不是要否定佛教，證據是，書中也還有天臺山智光大師、少林僧掃地僧等真正的佛門高僧。與智光、掃地僧等真正的高僧相比，玄慈所缺少的，是普渡眾生的大氣象，他還有凡夫俗子的弱點。

再次，作者塑造玄慈形象，還有更深的用意，那就是揭露人性的弱點，追究「天龍八部」世界的成因。也就是玄慈臨終說偈所示：「人生於世，有欲有愛，煩惱多苦，解脫為樂。」有欲有愛，是人類本能，也是人性的基石。煩惱多苦，看似來自欲望與感情，其實是因常人難以克制自己，而被欲望所支配；更可怕的是，一個人的欲望，很可能造成另一個人、乃至另一些人的命運厄難。玄慈終於意識到自己的錯誤，也承認了自己的錯誤，並且為自己的錯誤當眾受罰，最終還以死謝罪。這說明，這位少林寺方丈，與蒙昧至死的普通人，畢竟還是不同。

十八、神奇的灰衣掃地僧

在《天龍八部》一書中，最為神奇的人物，應該是少林寺藏經閣裡的那個灰衣掃地僧。這個在少林寺操執雜役的服事僧，只剃度而不拜師、不傳武功、不修禪定、不列「玄、慧、虛、空」的輩分排行，只做粗活雜活的無名僧人，卻是個神一樣的人物。只不過，這部小說中並沒有神佛與精怪，只有傳奇人物。這位灰衣掃地僧，正可以說是所有傳奇人物中最為傳奇的一個。

關於灰衣掃地僧這個人物，有幾個問題可以討論。一，他是不是個武功高強的真實人物，還是個擁有神話能力的人物？二，他的武功是如何練成的？三，他早就發現慕容博、蕭遠山來少林寺藏經閣偷看武學秘笈，為什麼沒有及時向上級領導彙報？四，作者刻畫這一人物，有哪些實際意義和啟發價值？

先說第一個問題，他是武功高強的真實人物，還是神話人物？

這個問題相對簡單，他是個擁有超級武功的傳奇性人物，並不是神。他有武功，這很容易證明，首先，鳩摩智、慕容復先後打他，都被他的內力擋了回來，攻擊之力就像是遇到了牆，這是高深內功的表現。其次，他先後將慕容博和蕭遠山拍打閉氣，且在鳩摩智用火焰刀傷害段譽時，一舉將鳩摩智擋開，這都說明他不但有防禦能力，而且還有攻擊能力。至於他是人而不是神，證據是，他被蕭峰打得吐血。

第二個問題是，他的超級武功是怎樣練成的？這個問題看起來很複雜，其實也很簡單。答案是：他是靠自學成才。只不過，他是經過了四十年以上的自我修煉。

有一個工程院院士回母校參加同學會，有當年的同學問他，你當年在學校時的成績並不出色，憑什麼取得如此突出的成績、當了院士。這位院士回答說，在學校學習不過四年，而我搞科研用了四十年。這一回答可以用在灰衣掃地僧的問題上，他在藏經閣待了四十多年，什麼武功練不成呢？堅持四十年自學的人，一定是摯愛所學的對象，熱愛是最好的老師。

更重要的關鍵是，這位服侍僧熱愛佛法，勝於熱愛武功，他的練功方法與眾不同的是，以修煉佛法的智慧帶動武功的修煉，是真正的智慧訓練法，不僅知其然而且知其所以然，所以他不會像慕容博、蕭遠山、鳩摩智等人那樣貪多務得，更不像他們那樣死心眼地專修殺人功夫而忘卻普渡眾生的佛法，因而沒有像慕容博等人那樣出現自我傷害的情況。

古人說，技進乎藝、藝進乎道，而這位掃地服侍僧則是先有道而後有藝、先有藝而後有技，思想境界不同，訓練路徑不同，結果自然也就大大不同。小說中，他對慕容博和蕭遠山兩人所說的關於佛法救人、武功殺人的那些話，值得認真細讀。

第三個問題是，他早就發現了慕容博、蕭遠山到少林寺藏經閣來偷看武功秘笈，為什麼沒有及時向有關方面報告？這一問題，有幾種不同的參考答案。

一種參考答案是，這是小說中的一個敘事漏洞，也就是說，作者寫作這段故事時，沒有想到這個問題，結果就形成了一個漏洞。

接受這一答案的前提是：我們大家都認可同一條原則，那就是所有少林寺僧人見到有人偷看藏經閣裡的武功秘笈，都有報告上級的義務。

第二種參考答案是：不在其位，不負其責。這位灰衣掃地僧只是個職位低下的服侍僧，並不是藏經閣的圖書管理員，更不是圖書館館長，因而他沒有義務向有關部門報告有人偷看武功秘笈的消息。

第三種參考答案是，這位灰衣掃地僧的心思沒有放在這些俗務上，說他專心學佛也好，說他不通世故也罷，總之是他沒有想到要向有關部門報告，甚至沒有想到有外人到少林寺藏經閣來尋找武功秘笈是一件犯規的事。這就與不在其位、不負其責完全不一樣。

還有第四種參考答案，那就是這位掃地僧對佛法心領神會，有眾生平等之心，對少林寺內外所有來藏經閣看書的人一視同仁。這也就是說，這位掃地僧的思想境界，遠遠超出了少林寺的規則，遠遠超出了當時武林中公認的一般規則，他站得更高，看得更遠也更深。

家庭立場的思想和行為與個人立場大不相同；團體立場的思想和行為與家庭立場大不相同；族群立場的思想和行為與團體立場大不相同；而人類立場的思想和行為與族群立場大不相同。二戰後，美國科學家將原子彈的秘密故意洩露給蘇聯，並不是不愛美國，而是把人類安全置於愛國立場之上。

這位灰衣僧人沒有及時報告外人到藏經閣偷看武功秘笈，原因究竟是什麼？不妨在上述幾種不同的參考答案裡作出選擇，當然也可以找出更好的答案來。

最後一個問題，作者為什麼要寫這個灰衣掃地僧？

這個問題也有深淺不同的答案。最淺顯的答案是，作者要借這個人物來維護少林寺的聲譽。

我們知道，從第三十九回到第四十三回，前後五回書都在寫「少林寺危機」。從五臺山清涼寺方丈神山上人率領天竺僧哲羅星到少林寺興師問罪開始，少林寺的聲譽就出現了危機；鳩摩智的到來，少林寺的危機就進一步加深；其後丐幫幫主莊聚賢等人到來，少林寺的危機不僅加深而且加劇；而慕容博、蕭遠山的出現，少林寺聲譽危機更是達到高潮或頂峰。

蕭遠山不僅揭露了少林寺方丈玄慈的犯戒私情，迫使玄慈公開受罰並結束自己的生命；更要命的是，慕容博和蕭遠山藏身少林寺數十年，而少林寺竟一無所知；最要命的是，假如讓慕容博、蕭遠山這兩個人離開了少林寺，那麼少林寺的武功秘笈必然會大規模外流。

要知道，當年慕容博假傳訊息，說遼國武士要到少林寺搶劫武功秘笈，就已成為當年北宋武林的重大危機。在這種情況下，若沒有人挺身而出拯救少林寺，豈不是讓少林寺從此顏面掃地？

進一步的問題是：為什麼不是玄字輩的高僧，乃至比玄字輩更高一輩的靈字輩的高僧來拯救少林寺、維護少林寺的聲譽，而偏偏是這個級別最低以至於不入班輩的無名掃地僧？這個問題以及問題的答案意義重大：禪宗歷史上的六祖慧能，也是出身低微的廚房服事僧，並不是每天讀經辯論的專業思想者。讓無名掃地僧拯救少林寺危機、維護少林寺聲譽，乃至給所有佛門和非佛門子弟（如蕭峰父子）說法，意義在於：一，在一個知識和資訊開放的環境中，任何一個無名氏都可能通過學習和訓練，成為拯救人類群體的英雄。二，拯救人類的英雄，未必是那些聲名顯赫者，更可能是那些籍籍無名的普通人。

十九、藏經閣裡的精彩戲劇

所謂藏經閣裡的精彩戲劇，是指少林寺灰衣掃地僧出場的那段情節。掃地僧登場出人意表，出口、出手無不驚人，吸引了大家的注意力，讀者不免會忽略這場戲中的其他人物。武林中早有「北喬峰、南慕容」的傳說，直到這一回書中，這兩位傳說中的武林頂尖高手才第一次正式見面，而藏經閣這場戲，則是蕭氏父子和慕容氏父子唯一的一次同台演出。蕭氏父子、慕容氏父子、鳩摩智這五個人雖然是這場戲的配角，臺詞動作不是很多，卻也都有個性鮮明的精彩表現。

先說慕容博的表現。蕭遠山、蕭峰父子追擊慕容博到少林寺藏經閣之初，以一對二，慕容博劣勢明顯，他並沒有氣餒。而當鳩摩智、慕容復先後趕到，形勢逆轉，勝券在握，慕容博卻突然提出，要與蕭遠山、蕭峰父子做一個交易，只要蕭氏父子答應他一個條件，他願意讓蕭遠山將他殺了。

為什麼要拿自己的生命做交易？不但蕭遠山父子不理解，慕容復和鳩摩智也不理解。這才顯示出，慕容博其人的特別。為了表示交易的誠意，他讓慕容復說出自己的身世、慕容復這個名字的含義，又讓慕容復拿出大燕國的傳國玉璽、大燕國的皇帝世系表，證明他們是大燕國皇族嫡系。接著提出自己的交易條件：只要大遼南院大王蕭峰發兵攻擊大宋，他就坦然受死，讓蕭遠山報復喪妻之仇。

這一交易，表現出慕容博為了恢復大燕國江山而無所不用其極，王霸雄圖的見識和勇氣遠遠超過了慕容復。直到灰衣僧提出慕容博有內傷，他本人也老實承認了，發作起來痛苦不堪，甚至生不如死，想以病殘之軀換取大燕國興復的良機，達成他的一生的願望和宿命，從而垂名青史。這一細節，又表現出慕容博個性和心理的另一側面。

再說蕭峰的表現。慕容博提出的交易頗讓蕭遠山心動，於是問兒子蕭峰意下如何。蕭峰斷然回答：「不行！」慕容博譏笑他是個不明大義、徒逞意氣的一勇之夫，蕭峰也不為所動，說自己是英雄豪傑也好、是凡夫俗子也罷，總不能成為別人手裡的殺人之刀。

當慕容博問他只記父母私仇，不思盡忠報國，如何對得起大遼？蕭峰的回答是：「你可曾見過邊關之上，宋遼相互仇殺的慘狀？……我對大遼盡忠報國，是在保土安民，而不是為了一己的榮華富貴，因而殺人取地，建立功業。」也正是這一席話，讓灰衣掃地僧露面，誇獎說「蕭居士宅心仁厚，如此以蒼生為念，當真是菩薩心腸。」

進而，當灰衣僧說及蕭遠山的內傷，而蕭遠山也點頭承認時，蕭峰立即拜倒在灰衣僧面前，請求他為父親治療。進而，當他看到灰衣僧將慕容博打死，眼看著又要將蕭遠山打死時，蕭峰又毫不猶豫地向灰衣僧出手，阻止他傷害自己的父親。

灰衣僧說：「唯大英雄能本色，蕭施主當之無愧。」唯大英雄能本色，是對蕭峰的精準評價，蕭峰的表現正是如此。

再說慕容復的表現。在這場戲裡，慕容復的表現與蕭峰形成了鮮明對比。聽灰衣僧說到父親有內傷，又看到父親點頭承認之際，蕭峰立即跪拜求醫，而慕容復卻是攙住慕容博右手，說「爹爹，咱們走罷！」灰衣僧故意問他：「你忍心讓令尊受徹骨奇痛的煎熬？」慕容復臉色蒼白，不做回覆，仍要離開。

他倒未必不關心父親的傷痛，但素知父親要勝好強，寧可痛死也不願受辱求人，這實際上也正是他本人的心理表現，即：把面子置於親情之上。

進而，蕭峰攻擊灰衣僧，是要阻止父親受傷害；慕容復則是等到父親被灰衣僧打死，才向他出手，出手受阻，立即收手，裝作思考模樣，伺機而動。在這場戲裡，蕭峰的言行都出自個性本色，而慕容復的言行卻是處處表演做作，與蕭峰的行為迥然有別。

再說蕭遠山的表現。灰衣僧提及他的內傷，他老實承認了，兒子請求灰衣僧為他治療，他當然樂於接受。但當灰衣僧說「蕭老居士過去殺人甚多，頗傷無辜，像橋三槐夫婦、玄苦大師，實是不該殺」時，他回答說：自己受傷已深，但年過六旬，有子成人，死而何憾？要老夫認錯悔過卻是萬萬不能！這段話，體現了他的獷悍之氣，也是他的心靈局限。

此老復仇成狂，灰衣僧問他是不是願意拯救慕容博，他的回答是：慕容博毀了他一生，恨不得千刀萬剮，將他斬成肉醬！有意思的是，當灰衣僧將慕容博打「死」，按理說，他應該十分快意，但他卻感到十分寂寞和茫然。灰衣僧說，他想到哪裡去，這就自便。他卻搖頭說：我無處可去。灰衣僧問他是不是因為沒有親手報仇而感到遺憾？他說：「不是，就算你沒有打死他，我也不想打死他了。」然後對蕭峰說：「你回大遼去吧，咱們的事都已辦完啦，路已走到了盡頭。」若不是身臨其境，蕭遠山本人也不可能想得到，自己竟會有這樣的感受和回答。蕭遠山並非邪惡之人，只因妻子慘死，一心報仇，才徹底改變了他的心性和人生規劃；一旦仇人死了，他也就失去了人生目標。

最後說鳩摩智的表現。在慕容博提出以自己的生命交換蕭峰出兵交易時，他一開始是不理解，而後是擔心，假如蕭峰說話不算話，豈不是白死了？看起來，他是不相信蕭峰，害怕上當受騙，實際上是因為自己就是這樣的人，只有自己說話不算話的人，才會不相信世界上居然有人一言九鼎。慕容博說，蕭峰能為一個小姑娘而前往聚賢莊，不可能是說話不算數的人。相比之下，慕容博的見識和道德水準明顯高過鳩摩智。

進而，當灰衣僧說鳩摩智練功次序顛倒、大難已在旦夕之間時，他覺得老和尚是在危言聳聽，甚至故意說謊騙人。即使用「無相劫指」襲擊灰衣僧無果，明知這老僧果然有些門道，並非大言唬人，他也還是要頑抗到底。與他形成鮮明對比的是，灰衣僧說蕭遠山、慕容博有內傷，這兩個人都老老實實地承認了。這個細節表明，鳩摩智剛愎自負，已經到了罔顧事實的程度。正因如此，他在錯誤的路上越走越遠，不到枯井底、爛泥處，貪婪自負心不死。

藏經閣的戲劇，就是由這些人的性格衝突所組成。以上所說，都是作者信筆拈來，這表明，作者對這幾個人的個性和心理早已爛熟於胸，信筆寫來，就能形象鮮明，並且由此構成強烈的戲劇性矛盾衝突。

二十、蕭遠山：仇恨扭曲靈魂

蕭遠山是蕭峰的父親，卻也是蕭峰追蹤很久的大惡人，對主人公蕭峰的人生命運影響巨大，也是「天龍八部」的突出典型。值得專題分析。

說蕭遠山，要問以下幾個問題。一是，蕭遠山為什麼要殺喬三槐夫婦和玄苦大師？二是，為什麼不早些與蕭峰相認？三是，他為何能皈依佛門？

先說第一個問題，他為什麼要殺喬三槐夫妻和玄苦大師？

最簡單的回答是，因為他心理不正常。

在正常人看來，他殺丐幫徐長老、殺山東大俠單正父子、殺譚公夫婦和趙錢孫，雖然殘酷，但多少能說得過去，因為這些人不願透露有關「帶頭大哥」的訊息。對蕭遠山而言，這些人是「該死」或「該殺」。

可是，我們看到，蕭遠山最先殺害的並不是這些人，而是完全無辜的喬三槐夫婦。

在少林寺前，蕭峰說：「我義父義母待孩兒極有恩義，他二位老人家實是大大的好人。」意思是，喬三槐夫婦對幼年的蕭峰相當慈愛，比親生父母也不遑多讓，甚至比一般人家的父母對孩子更細心也更暖心。這樣善良的夫婦實在是不該殺的，殺這樣的人，毫無疑問是罪惡，也是罪孽。那麼，蕭遠山為什麼要殺喬三槐夫婦呢？

他對蕭峰說：「那喬三槐冒充是你的父母，既奪了我的天倫之樂，又不跟你說明真相，那便該死。」在正常人看來，這話邏輯不通，喬三槐收養蕭峰、愛護蕭峰，他們就是蕭峰的父母，並不是冒充；蕭遠山被剝奪天倫之樂，與喬三槐夫婦完全沒有關係。問題是，蕭遠山並不是個正常人，而是被仇恨沖昏了頭腦，且扭曲了心靈，因而他胡亂歸因，把喬三槐夫婦當作了仇人。

進而，對蕭峰而言，玄苦是他的恩師，親授他武功，十年寒暑不間斷，蕭峰能有今日，全蒙玄苦大師栽培。蕭遠山為什麼要殺玄苦呢？他的解釋是：「這些南朝武人陰險狡詐，有什麼好東西了？這玄苦是我一掌打死的。」

這一解釋，在邏輯上更說不通了，沒有任何證據表明玄苦大師陰險狡詐，更沒有任何證據表明玄苦大師不是好東西。相反，玄苦大師到死也不願對玄慈等人說出凶手的名字，這是道地的慈悲胸懷，真正的高僧品格。蕭遠山殺害玄苦，沒有任何說得通的理由，如果要強詞奪理，那就是，有人剝奪了蕭遠山親自教育兒子的權利和機會。那人並不是玄苦，而蕭遠山歸咎於玄苦，只能證明一件事，那就是蕭遠山頭腦不正常。說白了，他因仇恨而發瘋。只有瘋子，才會做出這種不可理喻的惡行。

下一個問題是：蕭遠山為何不及時與蕭峰相認？

在蕭峰的契丹人身分被揭露之後，這一消息迅速傳遍武林，蕭遠山顯然很快就知道了，否則，他就不會那麼快就殺了喬三槐夫婦和玄苦大師。如果他想見兒子蕭峰，一定有非常多的機會。在小說中，他實際上兩次與蕭峰相遇，一次是在聚賢莊上救出了蕭峰；

另一次是在康敏家被蕭峰追蹤了上百里路，但這兩次，他都沒有與蕭峰相認。前一次，他是戴了個面具，把蕭峰救出來、安頓好，就迅速離去了。蕭峰問他是誰，他故意不告訴兒子。第二次，蕭峰追了上百里，他讓蕭峰不要追。出於敬重，蕭峰只好止步不前。

蕭遠山不與兒子及時相認，最直接的原因，當然是作者故意如此安排，為的是讓小說的情節充滿神秘感，增加小說的懸念。

作者的這一設計，並不是沒有理由。理由是：蕭遠山忙於復仇。也就是說，他把復仇的重要性排在第一位，而把與兒子相見和相認排序第二。為什麼會這樣？難道他不愛兒子嗎？那倒不是。這樣做的原因，是因為在過去三十年間，他一直專注於復仇，習慣於把仇恨置於親情之上。實際上，這也正是他瘋狂的表現，同時又是他瘋狂的原因。如果他沒有病入膏肓，得到兒子的消息後立即與兒子相認，即把親情置於仇恨之上，那麼他的人生就會是另一種樣子，也就是說，他還有救。而現實中的蕭遠山卻並非如此，他一心復仇，並把復仇當作了此生的目標，親情就難免被遮蓋，甚至被淡化。人和非人的區別也正在於此：親情第一的是人，仇恨第一則容易成為非人。

接下來說第三個問題：蕭遠山為何能皈依佛門？

蕭遠山最後皈依佛門，有三個原因。第一個原因是，他原本是個誠樸豪爽之人。年輕時一心一意為國效力，樹立功名，立志做個名標青史的人物。夫妻恩愛，兒子降生，正是意氣風發之時，突遭重大變故，妻離子散，人生從此改變。而蕭遠山也從此被仇恨情緒所綁架，唯一目標就是復仇，心靈扭曲，面目全非。即便如此，他雖然做下大惡，卻沒有瘋狂到不可救藥。證據是，他還有愛心。

第二個原因，是他身有內傷，且有走火入魔的先兆。慕容博因為內傷難受，所以願意用自己的生命與蕭遠山父子交易；蕭遠山因為內傷，所以寧死也不肯悔過，說：「老夫自己受傷已深，但年過六旬，有子成人，縱然頃刻間便死，亦復何憾？神僧要老夫認錯改過，卻是萬萬不能。」他這樣說，不完全是他要頑固到底，真正的原因是由於內傷，生不如死。既然要死，何不死得硬氣些？既然很快就要死，為什麼要認錯改過？原諒仇人，豈不是否定了此前三十年的人生目標？假如他沒有嚴重內傷，或者有人能治好他的內傷，那就是另一回事了。

第三個原因，是少林寺掃地僧突然出手，將他的大仇人慕容博「打死」了，這突然發生的一幕，不僅讓蕭遠山震撼強烈，更讓他心裡空虛。三十年目標一旦實現，仇人死在面前，此時的感覺，只能是一片空虛。正因為心裡的空，天生的靈智才有發揮的餘地。所以他對掃地僧說，即便慕容博沒有被打死，他也不再想打死對方了。

請注意，他這樣說非常真實，慕容博不死，蕭遠山的人生就有目標；慕容博死了，蕭遠山的人生目標也就煙消雲散。此時的蕭遠山，心裡一片蕭索：仇人都死光了，大仇全都報了，此後做什麼呢？到哪裡去呢？回大遼嗎？去幹什麼？去隱居嗎？去幹什麼？帶著蕭峰去流浪嗎？那又為了什麼？

後面的故事我們都知道，少林寺掃地僧同樣將蕭遠山打得停止呼吸，讓蕭遠山死裡逃生，內傷痊癒。此刻，他終於明白了一件事：「弟子生平殺人，無慮百數，若被我所殺之人的眷屬都來向我復仇索命，弟子雖死百次，亦自不足。」治好了身心的病，放下了復仇的念頭，回歸誠樸爽朗的本性，就可以放下屠刀，立地成佛了。這蕭遠山的故事，實在是意味深長。

廿一、慕容博：王霸雄圖的秘密

慕容博是姑蘇慕容氏的代表人物，是慕容復的父親，也是蕭遠山、蕭峰父子人生悲劇的陰謀策劃人，是真正的罪魁禍首。我們都知道，他是大燕國皇帝的嫡系傳人，畢生以恢復大燕國江山為目標，為了王霸雄圖，此人無所不用其極。

關於慕容博，需要討論幾個問題。一是，他的王霸雄圖有哪些秘密？二是，他為什麼要詐死埋名？三是，他暗地殺人為什麼要「以彼之道，還施彼身」？四是，此人最後皈依佛門，是否真實可信？

先說第一個問題，他為王霸雄圖做過些什麼？有些事我們知道，例如他製造假消息，對玄慈方丈說契丹武士要到少林寺劫奪武功秘笈，讓玄慈帶領一幫大宋英雄前往雁門關外埋伏並偷襲。他這樣做的目的很明確，就是要挑起遼、宋兩國的武林爭端，引起天下大亂，以便他渾水摸魚，獲得恢復大燕國的機會。

緊接著，他又在大理境內殺死了少林寺玄悲大師，這是因為玄悲曾訪問姑蘇慕容家，發現了慕容博造反的蛛絲馬跡；更重要的原因是，他在大理境內殺死玄悲，是想借此挑起大宋武林和大理國之間的仇怨，從而讓他有渾水摸魚的機會。又如，他殺死河南伏牛派掌門人柯百歲，是因為慕容博想要復辟大燕國江山，必須招兵買馬、積財貯糧；而柯百歲家財萬貫，正是慕容博所急需。

慕容博的所作所為，有些事我們並不完全知道，有些事我們甚至完全不知道。只有按照他的行為邏輯，進行可靠的推理。例如，雲州秦家寨老寨主的兒子秦伯起在陝西被人以一招本門武功「王字四刀」所殺，新寨主姚伯當認為是姑蘇慕容氏「以彼之道，還施彼身」，於是率領秦家寨好好前往姑蘇慕容家報仇。與此同時，四川青城派掌門人司馬林也因為父親司馬衛死於本門武功，同樣以為是姑蘇慕容氏所為，也率人到慕容家報仇。慕容氏家將包不同否認這兩樁案子是慕容氏所為，但給出的理由卻完全不靠譜，包不同說：「我既說不是慕容公子殺的，自然就不是他殺的。就算真是他殺的，我說過不是，那就不能算是。難道我說過的話，都做不得數麼？」這種完全不靠譜的話，當然做不得數。

此案並未了結，最大的可能是，這兩個人都是被慕容博所殺，被殺原因，應該是因為慕容氏要起兵造反，需要這一寨一派的財富和勢力。其他案件都可以做如此推理。

慕容博所為，還有一件重要的事，那就是他曾將少林寺七十二項絕技的秘笈贈給了吐蕃國師鳩摩智。鳩摩智到大理天龍寺去交易六脈神劍，就說是要報答慕容博的這一恩情，要把六脈神劍劍譜拿到慕容博墓前焚化。問題是，慕容博與鳩摩智遠隔千山，只是泛泛之交，為什麼他要將少林寺七十二項絕技贈給鳩摩智？此事的緣由，鳩摩智始終都不明白。

按照慕容博的遠慮深謀，他用少林寺七十二項絕技討好鳩摩智，並不是看鳩摩智格外順眼，而是因為鳩摩智的身分，即他是吐蕃國的國師。慕容博要達成復國目的，若能得到吐蕃國師及吐蕃國外交或軍事上的支持，那就如虎添翼。慕容博既然在政治、武力、資財、實力等多方謀劃，在外交方面自然也要未雨綢繆；既能利用大遼、大理，同樣也能利用吐蕃。

接下來的問題是：慕容博為什麼要詐死埋名？

這一問題有多重答案。最明顯的原因，當然是由於挑起少林寺方丈玄慈率人前往雁門關襲擊契丹武士，結果卻只殺死了不會武功的蕭遠山夫人，玄慈等人知道自己上當受騙，肯定要追責慕容博為何謊報軍情。在這樣的情況下，慕容博既然不可能放棄姑蘇慕容的祖業，那就只有詐死埋名，讓玄慈等人永遠斷絕找他詢問的念想。

進而，此事還有深一層的原因，那就是詐死埋名之後，做王霸雄圖的「地下」工作就更加方便了。例如，到少林寺去偷看並盜取武功秘笈。他不僅偷盜，而且還要練習，以便讓少林武功能為己用。直接證據是，慕容博既然要收買鳩摩智，從事外交賄賂，當然不能用自家祖傳武功秘笈，只有少林寺七十二項絕技才能讓鳩摩智動心。從他用少林寺武功秘笈賄賂鳩摩智一事不難推測，他很可還會拿著少林寺武功秘笈去賄賂其他人。慕容博的「地下」工作不止於此，更重要的工作當是在暗地裡為王霸雄圖做出種種安排和努力，包括殺人。證據是，他殺還害少林寺玄悲大師、殺伏牛派的柯百歲，就應該是在他詐死埋名之後。

接下來的問題是，慕容博殺人，為什麼要用「以彼之道，還施彼身」？這樣做不是讓人知道慕容氏殺人的事嗎？這樣想，其實是只知其一、不知其二。慕容博還有更深刻的用心、更巧妙的安排。設想他在大理境內殺人，人們懷疑是慕容復所殺，但慕容復有不在殺人現場的證據，而慕容博早就已經不在人世，說慕容氏殺人就會證據不足。

這樣做有什麼好處呢？最大的好處是，江湖中不斷出現「以彼之道，還施彼身」的殺人案，罪名落不到慕容氏頭上，但卻又在不斷替姑蘇慕容做廣告，每一樁案件發生，人們都會想到姑蘇慕容，姑蘇慕容的名聲越來越響，也越來越深入人心。另一個好處是，讓江湖中人心惶惶，進而會互相懷疑，以便慕容氏從中漁利。這才是慕容博不斷用招牌方式殺人的真正原因。

最後一個問題是，慕容博皈依佛門，是否真實可信？

從小說中看，他皈依佛門是真實的。因為他終於明白：「庶民如塵土，帝王亦如塵土。大燕不復國是空，復國亦空。」看來，作者就是這樣安排的。問題是，在他感悟「復國亦空」並皈依佛門之後，卻沒有以實際行動證明這一點。

我說的實際行動，是指他沒有告訴兒子慕容復，讓他打消復國之念，不要再因復興大燕而讓更多人流血喪命。證據是，在他皈依佛門之後，再也沒有見慕容復一面。蕭遠山也沒有見蕭峰，那是因為蕭遠山早已知道兒子蕭峰具有慈悲胸懷，不願意宋遼兩國人民為戰亂所苦。所以，蕭遠山沒有任何顧慮，不必再見兒子蕭峰。

慕容博就不一樣了，是他鼓動兒子以復興大燕為重，也知道兒子必定會為之奮鬥。我們懷疑慕容博皈依佛門未必真實可信，更重要的原因是，這傢伙是個政治野心家和政治陰謀家，他的話說得比蕭遠山更漂亮，而政治人物的漂亮話不能輕易相信。假如後人續作《天龍八部》故事，說慕容博在靖康之亂中試圖渾水摸魚，甚至出於復興大燕目的而故意挑起靖康之亂，那也不會讓人感到奇怪。

廿二、游坦之的蒙昧人生

《天龍八部》中有許多無辜蒙難的人物，游坦之是其中的一個典型。

因為父親和伯父聯合薛神醫邀集漢人英雄對付契丹人蕭峰，聚賢莊的這位少莊主的命運從此改變。他也曾想給父親和伯父報仇，並且也找到了蕭峰，並且還向蕭峰投出了石灰包。只可惜沒有如願以償，雖然被蕭峰釋放，卻又被阿紫派人抓回，從此開始了一段不堪回首的噩夢人生。其經歷之慘，可能無人能出其右。

游坦之的這段悲慘經歷，源於阿紫。

阿紫喜歡姐夫蕭峰，而蕭峰卻沒有心思搭理阿紫，鬱悶難消的阿紫於是找游坦之撒氣。先是把游坦之當作人鳶放飛，讓他頭破血流，九死一生。為了不讓蕭峰發現，阿紫就讓人給游坦之裝上一個鐵頭罩，接著將他送入獅籠，看獅子咬鐵頭，以博一笑。

還不止於此，最悲慘的是讓游坦之做毒媒介，讓各種毒蟲叮咬，幫助阿紫練功。為了讓游坦之不至於早死，命運借作者之手，給他以傳奇性補償，簡單說，就是讓他撿到蕭峰遺失的少林寺武功秘笈《易筋經》，並且得到冰蠶之毒，練成古怪但卻驚人的內功。

更悲慘的是，游坦之竟對殘害他的阿紫產生了迷戀，而且從此癡心不改，直到生命的盡頭。誰也說不清這種古怪的戀情，究竟有多少是出自人性本能，又有多少是出自「斯德哥爾摩綜合症」，即被害者對犯罪者產生情感，無法改變，更無法消除。說他有人質綜合症，證據是，雖然明知道阿紫找他不過是為了殘害他取樂，但他仍然希望見到阿紫。如果阿紫沒有找他，他就失魂落魄。

從這一意義上說，游坦之的故事，是一個古怪的愛情故事。游坦之的人生，因為阿紫而改變；他唯一的人生目標，就是和阿紫在一起；他所有行為的動機都非常明確也非常單純，那就是：一切為了阿紫。

這樣說的證據之一是，他投身於丁春秋門下，並非為了拜師學藝，而是害怕丁春秋的武藝和毒功，從而充當丁春秋的打手。但見丁春秋將阿紫的眼睛弄瞎，便毫不猶豫地帶著阿紫逃走，不惜背叛師門。

證據之二，是他想和阿紫在一起，又怕洩露自己「鐵醜」身分，先是殺人滅口，後是跪拜丐幫長老全冠清，並與全冠清結拜兄弟，繼而甘當全冠清的政治工具，當了丐幫的傀儡幫主。

證據之三，他的人生高光時刻，是和阿紫一起，以丐幫幫主莊聚賢的身分，挑戰少林寺。不料阿紫剛剛打出「星宿派掌門人段」的旗號，就被丁春秋俘虜。為了拯救阿紫，游坦之只得接受丁春秋的條件，不惜再度拜在丁春秋門下，全然不顧其丐幫幫主身分。

證據之四，當阿紫和蕭峰、虛竹等人一起陪段譽前往西夏求親，雖然他對蕭峰仇恨至極，仍然屈己跟隨，因為阿紫離不開蕭峰，而他離不開阿紫。

證據之五，他最害怕的是阿紫認出他的真面目，阿紫瞎眼看不見，他才能安全地與阿紫為伴。可是到最後，他還是做出了對自己極為不利的選擇，那就是把自己的眼球獻給阿紫，讓阿紫恢復視力。

證據六，盲目的游坦之強迫烏老大陪他找阿紫，雖然阿紫說：「你來幹什麼？我不要見你，我不要見你。」但他還是大喜，說：「你果然在這裡，我聽見你聲音了，終於找到你了。」進而說：「阿紫姑娘，你很好吧，沒人欺負姑娘吧？」一張醜臉之上，現出了又是喜悅，又是關切的神色。

證據之七，當阿紫抱著蕭峰的遺體跌落懸崖，游坦之也毫不猶豫地跟著向深谷中摔落，他的愛情和人生才到此結束。

游坦之對阿紫的癡戀，不亞於段譽對王語嫣的愛情；而他對所愛之人的奉獻，則更是段譽望塵莫及。有意思的是，當游坦之為了阿紫而向丁春秋磕頭拜師時，段譽心想：「我對王姑娘一往情深，自忖已是至矣盡矣，蔑以加矣。但比之這位莊幫主，卻又大大不如了。人家這才是情中聖賢。」連癡情至極的段譽對游坦之的行為都如此欽佩，可見游坦之對阿紫的愛，的確是非同一般。

問題是，游坦之當真能與段譽相比嗎？如果把這兩個人做對比，誰都會感到其間有天壞之別。僅以癡情一項而論，游坦之的確不亞於段譽，甚或猶有過之，只不過他沒有段譽幸運。段譽一片癡情，終於贏得兩情相悅；而游坦之癡情的終點，只能是追隨阿紫跌落懸崖。阿紫並不愛他，並且臨終前還把他奉獻的最珍貴的禮物——那是一對眼球——摘下來送還給他。阿紫終歸於盲目，而游坦之此前已選擇了盲目，這是一個象徵，阿紫和他都是瞎子，愛情盲目，人生也是盲目。

段譽和游坦之的差異是，段譽心智健全，擁有健康的良知；而游坦之則是心性扭曲，沒有健康的良知，甚至也沒有真正的主體性，只有盲目的愛情迷戀。

之所以有如此不同，是因為這兩個人的成長經歷截然不同。作為聚賢莊的獨苗，父母和伯父對游坦之寵愛有加，因為他身體瘦弱，膂力不強，加上用功不勤，練武三年，進展極微，全無名家子弟模樣，於是在十二歲時，家人就不讓他繼續練武。進而，因為他讀書也不肯用心，老是胡思亂想，甚而胡說八道，例如老師說「學而時習之，不亦說乎？」他就說：「那也要看學什麼而定，爹爹教我打拳，我學而時習之，也不快活。」老師說：「孔子說的是聖賢學問，經世大業，哪裡是什麼打拳弄槍之事？」他就說：「好，你說我伯父、爹爹打拳弄槍不好，我告訴爹爹去！」如此，總是把老師氣走為止。

如此不斷將教書先生氣走，學文當然也就不成。他的父親游駒見這小子如此不肖，頑劣難教，無可如何，長嘆之餘，也只好放任不理。以至於長到十八歲，文既不識，武又不會。直到父親和伯父自刎身亡，母親撞柱殉夫，孤苦伶仃的游坦之心理上遠遠沒有成年。

更可悲的是，遭遇阿紫的殘酷折磨，把他僅剩的那一點主體自尊也消磨殆盡，讓他從此成了個人質綜合症患者，沒有自尊，沒有主見，更沒有什麼良知。阿紫成了他心靈的主宰，成了他的精神圖騰，徹底支配了他的心智和命運。在他一生唯一的高光時刻，也不過是作為阿紫的奴僕，又當了全冠清的傀儡，一僕二主。在他把自己的雙眼奉獻給阿紫之前，他實際上早已心靈盲目。

無論他有怎樣的奇遇，都沒有改變，也無法改變他的心靈蒙昧。游坦之的一生，是蒙昧的一生。

廿三、無法成人的阿紫

在《天龍八部》中，最讓人討厭的人是誰？我猜很多人會選擇阿紫。

這個姑娘從出場開始，就令人討厭，胡作非為，胡說八道，不僅讓她的父親段正淳、母親阮星竹下不來台，更讓段正淳的忠心下屬褚萬里受辱而死。一個店小二只因為稱呼她為「小相公」，她就設法割掉了店小二的一截舌頭；虛竹與她素不相識，她平白無故地讓虛竹破了葷戒；她對游坦之的種種惡行更是令人髮指。

作者金庸出差時，曾讓倪匡先生代筆，倪匡也十分討厭阿紫，於是讓丁春秋將阿紫的眼睛弄瞎。在出單行本時，倪匡代筆的段落被刪除，但瞎眼的細節卻被保留了。

問題是：人們為什麼那麼討厭阿紫？阿紫形象的實質是什麼？阿紫個性的成因又是什

麼？作者寫阿紫這樣一個人物形象有什麼意義？

我們為什麼那麼討厭阿紫？答案很簡單，因為她渾身邪氣，簡直不可理喻。她一露面就讓褚萬里受辱，導致褚萬里明知不敵段延慶，仍要與他拼命，終於被段延慶打死，這叫寧死不辱。而造孽的阿紫竟說：「這人武功很差，如此白白送了性命，那不是個大傻瓜麼？」段正淳教訓她說：「褚叔叔是給你害死的，你知不知道？」她還振振有詞：「人家叫你『主公』，那麼我便是他的小主人，殺死一兩個奴僕，又有什麼了不起啦？」更讓人難以接受的是，眼見父親段正淳不敵段延慶，大理臣子要出手相助，阿紫竟說：「可笑啊可笑！大理段家號稱英雄豪傑，現今大夥兒卻想一擁而上、倚多為勝了，那不是變成了無恥小人麼？」面對這樣一個不可理喻的人，實在是沒有辦法不討厭她，更沒法同情她。

接下來是更重要的問題：阿紫形象的實質是什麼？一般人會認為，是心靈邪惡，道德敗壞，但這還只是說及表層。阿紫形象的實質，是沒有道德感，沒有正常的人類感情，沒有同理心，總之一句話，是社會化失敗。

每個人從嬰兒到成人，都要與家人以及其他同伴的相處，在這一過程中，吸收生活經驗和知識，習得社會價值和行為規範，並形成道德感、同理心以及正常的人類情感。日常生活中的父子、母女、夫妻、朋友，乃至鄰里、鄉黨、陌生人之間，都有一套成熟的文明規則，每個人都是在生活中習得這一套規則，並按既定規則生活。這一過程，就是社會化過程。而阿紫的問題，就在於不能充分社會化，導致社會化失敗。

阿紫的最大異常，是沒有正常的人類感情。對父親段正淳、母親阮星竹，她沒有正常的父女、母女感情；對同胞姐姐阿朱也沒有正常的感情，對同父異母的哥哥段譽以及同父異母的姐姐如木婉清、鍾靈等人，更沒有正常的人類感情。

這樣說的證據之一，是她始終不願意與父母相處，蕭峰在少林寺外將她送到段正淳、阮星竹身邊，很快她就偷偷離開了。離開的原因很簡單，一是她不願接受父母的管束和教訓，二是她沒有願望和能力接受和付出家人親情。證據之二，是在喬三槐故居，明知道鍾靈是哥哥段譽的同伴，她仍然要游坦之挖掉鍾靈的眼睛。

證據之三，游坦之對她鍾情至深，竟致於將自己眼球送給阿紫，讓她恢復正常視力，阿紫卻說：「我可給他騙得苦了。那時我眼睛瞎了，又沒旁人依靠，只好莊公子長、莊公子短的叫他。現下想來，真是羞愧得要命。」蕭峰讓她去陪伴游坦之，阿紫說什麼也不幹，她是根本就無法理解蕭峰為什麼讓她這麼做。

說阿紫沒有正常的人類感情，可能要遭遇反證。有人可能會問：阿紫對蕭峰的感情該怎麼說？這確實是個問題，但並不會影響上述結論。且看阿紫的行為，她愛蕭峰，希望能和蕭峰在一起，採取什麼手段呢？是向蕭峰噴毒針，要把蕭峰弄殘廢了，以便她能夠擁有蕭峰。

她愛蕭峰，但卻不理解、不尊重蕭峰，甚至也不真正關心蕭峰。證據之一，是在遼國南院大王叛亂時，蕭峰出生入死才最終平叛，而阿紫對蕭峰說：「姐夫，你立了這樣的大功，怎麼事先也不跟我說一聲，否則我站在山邊，親眼瞧著你殺進殺出，豈不開心？」

進一步的證據是，遼國皇帝耶律洪基指令蕭峰率兵去打大宋，蕭峰苦惱不堪，阿紫不理解、實際上也不關心蕭峰的苦惱，對蕭峰說：「當年你為了阿朱，這才殺人。那麼現下我請你為我去殺那些南朝蠻子，好不好呢？」由此可以看出，阿紫對蕭峰的愛情，只是要獲取對蕭峰的擁有權，而且還是與已經死去的姐姐阿朱爭奪。

實際上，她對蕭峰的爭奪，也有一部分原因是對阿朱的模仿，也是與阿朱競爭。

小說最後，阿紫抱著蕭峰的遺體走向懸崖，看起來似是摯愛蕭峰的表現，但也未必是正常的人類感情。因為仍然不明白蕭峰為何要死，且她只想到自己，剝奪虛竹、段譽以及在場所有其他人祭奠和致敬蕭峰的機會。阿紫所求，仍是擁有蕭峰，而非愛蕭峰。

上述事實可以看出，阿紫沒有正常的道德感，沒有正常的人類感情，也沒有人類的同理心。她的行為準則只有一條，那就是要滿足自己的欲望需求。簡單說，這個阿紫，就像是數萬年前的叢林中人，也就是說，還沒有完成動物向文明人的轉化，只是一個徹頭徹尾的動物。阿紫最怕人家說她小，深怕配不上已經成人的蕭峰；她不知道的是，她的真正問題，是根本不能成人，並不是身體不能發育成熟，而是她的心靈無法社會化，從而無法擁有健全的人性。

下一個問題是：阿紫個性的成因是什麼？這個問題相對簡單，一方面，是她從小就被母親送給了別人，相當於被父母遺棄；另一方面，則是她小小年紀就投入丁春秋門下，而丁春秋領導下的星宿海派，是一個強存弱亡的叢林社會，阿紫相當於在叢林社會中長大。叢林社會長大的阿紫，當然沒有道德感，沒有正常的人類感情，也沒有最基本的同理心，只有自私自利的殘酷競爭。阿紫對丁春秋自然也就沒有任何師徒感情可言，她在少林寺公開打出「星宿派掌門人段」的旗號，公然向掌門人丁春秋挑戰，就是星宿海叢林社會的經典一幕。

最後一個問題是，作者寫作阿紫這一人物形象有什麼意義？答案很明顯，因為阿紫是最典型的「非人」，此類人的存在，是非人的「天龍八部」世界中最典型的現象。此類人存在於人類文明歷史的所有階段，存在於所有的文明社會中，是所有文明社會的腐蝕性和破壞性的力量。更進一步說，我們每個人的心裡，都住著一個小小的阿紫。如果不能社會化，我們就都還是動物。

廿四、阿朱・阿紫・店小二

阿朱和阿紫都是段正淳和阮星竹的私生女。這對姊妹花，生前沒有正式見面——雖然她們曾兩次出現在同一場合，第一次阿紫在裝死，第二次阿朱已被蕭峰打死——所以無從直接比較。好在她們曾先後出現在類似場合，即尋常的客店中。看她們如何與店小二打交道，即可看出阿朱和阿紫有怎樣的不同。

先說阿朱和店小二。那是在第廿二回書中，地點是信陽城的一家客店，阿朱陪伴蕭峰尋找大惡人，蕭峰正在喝酒，突然有一大漢揮舞板斧而來，蕭峰將他制住，大漢說大惡人來了，讓他們去小鏡湖方竹林去稟報主公。蕭峰和阿朱不明真相，拿不定主意，突然有一個酒保插話：「到小鏡湖去嗎？路程可不近哪。」蕭峰聽到確實有小鏡湖這個地方，連忙問，小鏡湖是在什麼地方，離此地有多遠？

那酒保說話極其囉唆：「若問旁人，也還真未必知道。恰好問上了我，這就問得對啦。我便是小鏡湖左近之人。天下事情，當真有多巧便有多巧，這才叫無巧不成話哪！」蕭峰不耐煩，讓他快點說。酒保雖然受了驚嚇，不敢繼續買關子，但仍然要囉嗦：「你這位爺台的性子可急得很哪，嘿嘿，要不是剛巧撞到了我，你性子再急，那也不管用，是不是？」

見到蕭峰臉色不善，他才接著說：

「小鏡湖在這裡的西北，你先一路向西，走了七里半路，便見到有十來株大柳樹，四株一排，共是四排，一四得四，二四得八，三四一十二，四四一十六，共是十六株大柳樹。那你就趕緊向北。又走出九里半，只見有座青石板大橋，你可千萬別過橋，這一過橋便錯了，說不過橋哪，卻又得要過，便是不能過左手那座青石板橋，須得過右首那座木板小橋。過了小橋，一忽兒向西，一忽兒向北，一忽兒又向西，總之跟著那條小路走，就錯不了。這麼走了二十一里半，就看到鏡子似的一大片湖水，那便是小鏡湖了。從這裡去，大略說是四十里，其實是三十八里半，四十里是不到的。」

這真是好一通囉嗦。

這位店小二如此囉嗦，或許是個性使然，卻也是職業使然，他如此囉嗦，只不過是向客人多討幾文酒錢而已。

對此，聰明的阿朱心知肚明。如何應對呢？阿朱說：「你這位大哥說得清清楚楚，明明白白。一里路一文酒錢，本來想給你四十文，這一給便給錯了數啦，說不給呢，卻又得要給。一八得八，二八一十六，三八二十四，四八三十二，五八得四十，四十里路除去一里半，質當是三十八文半。」說罷數了三十九個銅錢，將最後一枚銅錢在厲斧口上磨了一條印痕，雙指一夾，啪的一聲輕響，將銅錢拗成兩半，給了那酒保三十八枚又半枚銅錢。

這是一場極為尋常的過場戲，大可一帶而過。但在金庸筆下，卻因酒保多嘴賺錢，阿朱調皮以報，就把這一十分尋常的生活場景寫得生動可樂，令人難忘。

再看阿紫和店小二。是在第廿五回書中，地點是在離信陽不遠的長台關附近一家飯店，蕭峰要了十斤酒，兩斤牛肉，一隻肥雞，十斤酒喝完，又要了五斤，此時，阿紫走了進來。蕭峰與阿紫話不投機，不想理睬她，就視若無睹。

阿紫也不跟蕭峰打招呼，在蕭峰對面的一張桌子上旁坐下，喊叫：「店家，店家，拿酒來！」店小二走過來，笑著說：「小姑娘，你也喝酒嗎？」阿紫斥責店小二：「姑娘就是姑娘，為什麼要加上一個『小』字？我幹麼不喝酒？你先給我打十斤白酒，另外再備五斤，給侍候著，來兩斤牛肉，一隻肥雞，快，快！」

店小二又說：「哎喲，我的媽呀，你這位姑娘是當真，還是說笑？你小小的人兒，吃得了這麼多？」一面說，還一面斜眼看著蕭峰，心裡為蕭峰著急，知道小姑娘是衝著蕭峰來的，你喝什麼，她也喝什麼；你吃什麼，她也吃什麼。

阿紫更不高興了：「誰說我是小小人兒？你不生眼睛，是不是？你怕我吃了沒錢付帳？」說著掏出一錠銀子，噹的一聲擲在桌上，又說：「我吃不了，喝不了，還不會餵狗嗎？要你擔心什麼？」這可憐的店小二還在看蕭峰，看他是否知道小姑娘在繞彎子罵人，絲毫不知道自己已經得罪了阿紫，埋下了禍根。

阿紫只舔了一下酒碗，就說好辣，說這是劣質酒，只有蠢材才會喝。接著咬了一口雞腿，又說是臭的。店小二說，這雞早晨還在咯咯叫，新鮮熱辣，怎麼會臭？阿紫說：「說不定是你身上臭，要不然是你店中別的客人臭。」

當時正在下雪，店裡只有蕭峰、阿紫兩個客人，店小二好心打圓場，說：「是我身上臭，當然是我身上臭哪。姑娘，你說話留神些，可別不小心得罪了別的爺們。」阿紫不領情，更不怕蕭峰，說：「怎麼啦？得罪了人家，還能一掌將我打死嗎？」

蕭峰知道阿紫如此胡鬧，無非是想引起他的注意，偏不理睬。於是阿紫繼續胡鬧，店小二好心相勸，阿紫非但毫不領情，反而說：「你這麼多嘴，小心我割了你的舌頭！」店小二伸了伸舌頭，笑著說：「要割我舌頭麼，只怕姑娘沒這本事。」這話，徹底惹惱了阿紫，於是她在酒裡下毒，又掏出一兩銀子，對小二說，喝一口酒就給他一兩銀子。店小二大喜，說：「喝一口酒就給一兩銀子，可太好了。別說姑娘不過洗洗手，就是洗過腳的洗腳水，我也喝了。」這一喝，就使得舌尖中毒，酒水亂噴，疼得哇哇大叫，不得不請阿紫割了他的舌頭！

類似的酒店，類似的店小二，一個店小二囉嗦，得了三十八枚半銅錢，另一個店小二囉嗦，卻賠了自己的舌頭。只因他們在不同的情境中，前一個情境是，阿朱與蕭峰兩情相悅，心情舒暢，希望與他人分享這份快樂。後一個情境是，阿紫不知道蕭峰為何不喜歡她，還以為是自己年齡太小，店小二卻不知情，稱呼她「小姑娘」在前，說她「小小的人兒」在後，惹得阿紫心頭火起，一定要割了他的舌頭。

這兩個情境，不僅是由兩位女主人公不同的心境所決定，也是由她們不同的個性所決定。阿朱和阿紫，說起來都是苦命人。都是從小被父母送人領養，一個到了姑蘇慕容家，養尊處優，習得了良好的文化教養；另一個到了西域星宿海，在強者為尊的叢林規則下，喪失了道德感和同情心。

這對同胞姊妹，個性和命運截然不同，店小二不過是測試劑。作者給這對姊妹花取名為阿朱、阿紫，一定想到了「朱紫相奪」，也就是《論語》中的那句話：「惡紫之奪朱也」。阿朱臨死時，囑託蕭峰照顧妹妹阿紫，阿紫當時不屑一顧，此後卻纏上了蕭峰，直到蕭峰自殺，仍要帶著蕭峰的遺體同歸於盡。

廿五、精彩紛呈的「酒罷問君三語」

西夏公主招駙馬的「酒罷問君三語」這場戲，是《天龍八部》中寫得最為精妙的情節段落。這場戲從開頭到結尾，處處出人意料，精彩連連。下面具體說。

第一，是妙用包不同，讓他作為這場大戲的業餘主持人，收到出其不意的效果。包不同是慕容復的家將，此次是陪公子求親，沒有報名競選駙馬，按理說，他沒權力、沒機會、也不應該出現在候選駙馬的考場上。但作者偏偏讓他打頭炮，第一個接受口試。為什麼呢？當然是因為他好辯的個性所致，只不過，此次包不同的「非也非也」，每一段都別有用心。他爭論中年人應不應該進入考場，並不是為了自己，而是要故意刁難吐蕃宗贊王子，這位王子雖只有廿八歲，但卻面相蒼老，包不同故意說對方有四十一歲。即使不能阻止宗贊王子進入考場，至少也能減低對方的印象分；而讓宗贊王子扣分，慕容復的機會就會增加。

進而，包不同對內書房裡的書畫大加挑剔，並非因為西夏公主書房中的書畫不堪入眼，更不是因為他對書畫藝術有什麼高見。最主要的原因，是要對那位主事宮女說：你應該陪伴公主到中原玩玩，才不至於孤陋寡聞。這話的意思，還是希望西夏公主重視中原地區的文化，最好是嫁給中原文化的代表慕容公子。

進而，宮女說書畫遮蓋的圖形看不得，倘若功夫不到，觀之有損無益；包不同故意與她作對，說自己功夫到了，故意要看，無非是要引起大家注意，讓應試者觀圖形、練武功、出亂子，以便讓蕭峰打滅燈火，從而讓這場駙馬考試在暗地裡進行。如果沒有包不同這一番胡來，如何能熄滅燈火？如果不熄滅燈火，西夏公主如何能在這樣的場合出現而不被人知？

最後，包不同連番胡鬧，原因還不止於此。最主要的功能，還是讓同樣作為段譽陪伴、同樣沒有報名競選西夏駙馬的虛竹進入考場。如果宮女說，只有報名者才能參加考試，老實巴拉的虛竹肯定不會進入考場；如果虛竹不進入考場，那麼這場考試就不可能獲得出人意料的結局。所以，包不同胡鬧，出自作者匠心。

第二，西夏公主的三道考試題，即：一生中在什麼地方最快樂？所愛之人叫什麼名字？所愛之人是什麼模樣？固然是別有用心，但卻測試出了應試者不同的個性與心思。讓包不同、段譽、宗贊、慕容復、蕭峰等人的心理得到生動呈現。

包不同第一個回答問題，原因是別人搶先他就墮後，別人退縮他就搶先。答題前就說自己有妻有妾，說自己一生中最快樂的地方，是打砸一家瓷器店；說自己所愛之人叫包不靚，眼睛一大一小，鼻孔朝天，耳朵招風。這是誠實的回答，也是有個性的回答，包不同打砸瓷器店，既是個性表現，也是個性成因。實際上，他沒報名應試駙馬而搶先回答問題，與打砸瓷器店的行為也差不多。

段譽第二個回答問題。說他一生中最快樂的地方是「在一口枯井的爛泥之中」，引起眾人哄笑。但這也是極其誠實的回答。有意思的是第二道題，他本來要說最愛之人是王語嫣，但巴天石、朱丹臣及時提醒，一個讓他說最愛父親鎮南王，一個讓他說最愛母親鎮南王妃，段譽也及時醒悟，說他最愛爹爹、媽媽。

這一細節，把巴天石、朱丹臣、段譽三人的身分和個性都呈現出來了。書中解釋說，巴天石是朝中三公，所以要說忠臣孝父；朱丹臣是文學之士，所以要說孺慕慈母；段譽癡情但不糊塗，知道這是公眾場合，自己是大理王子，一言一行都不能失了大理國的體面。於是就給出了標準答案。在回答第三個問題，即所愛之人長相時，段譽說父親四方臉蛋、濃眉大眼、形象甚是威武，突然心裡一動，意識到自己的長相只像母親而不像父親，這一筆，實際上是一個重要鋪墊。

宗贊王子第三個回答問題，一口氣給出了三個答案，說一生中最快樂的地方是日後做駙馬的洞房中；所愛之人的名字是銀川公主；所愛之人的長相如同仙女。答完之後，得意洋洋，反問一句「哈哈，你說我答得對不對？」

這位王子給出的是標準答案，意在討好銀川公主，眾人之中有一大半人和宗贊王子存在同樣心思。所以，不能說這一答案不好，只是這一答案完全沒有個性色彩。從此前及此後的表現看，這位王子除了強蠻霸道外，也確實是沒有什麼精神個性。

接下來回答問題的是慕容復。應試者有上百人，不可能也沒有必要寫出每個人的回答，所以作者只用一句話，就省略了中間幾十人的問答。慕容復的回答出人意料，一生中在什麼地方最快樂這個簡單的問題，他曾聽了四五十人回答，輪到他答時，仍然張口結舌，只好說「要我覺得真正快樂，那是將來，不是過去。」真正的答案是：他這一生實在是從來沒感到真正快樂過。

更驚人的是，當宮女問及「生平最愛之人叫什麼名字」，他的回答是：「我沒什麼最愛之人。」這也是十分真實的回答。年少英俊、名滿天下的慕容復，既不快樂，也不愛什麼人接著又補充一句標準答案：「我盼得見到公主之後，能回答第二、第三兩個問題。」

接下來宮女問蕭峰。

蕭峰離開了，當然沒有回答問題。這是不寫之寫，其中也大有文章。宮女提問蕭峰，是由慕容復引起，宮女由南慕容想到北喬峰，當即引發關於蕭峰的話題，慕容復不好回答，只好說蕭峰本人也在現場。等到宮女問完慕容復，再來問蕭峰時，蕭峰離開了。蕭峰之所以離開，是因為他無法面對生平最愛的問題：「念及阿朱，胸口一痛，傷心欲絕，卻不願在旁人之前洩露自己心情。」於是只好離開。

蕭峰離開，還有一個重要作用，那就是讓虛竹開口說話。如果蕭峰沒有離開，虛竹肯定不會開口，也就不可能回答問題。而蕭峰離開了，虛竹不得不出面解釋。虛竹既然開口，宮女向他提問，這才自然而然。

最後，是虛竹答問。他說一生中最快樂的地方，是在一個黑暗的冰窖裡，不知道所愛的那位姑娘叫什麼名字，也不知道那位姑娘的長相。在他回答第一個問題時，就有人「啊」了一聲；等到他回答第二、第三個問題時，暗中有人問：你可是夢郎？到這時，讀者才知道，西夏公主招駙馬，原來並不是從天下才俊中選拔英才，而是多情的夢姑要設法尋找自己的夢郎；由於不知道夢郎的身分和長相，不得不大動干戈，從上百個求親者中找出那個在黑暗冰窖裡享受過快樂逍遙的夢郎來。到此我們才知道，為什麼西夏國王在接見應試者時，為什麼表情嚴肅，不喝一杯酒、不說一句話。此事結局絕對出人意料，當真妙是不可言。

廿六、岳老三、包不同之死

南海鱷神岳老三，和非也非也包不同，是《天龍八部》中的著名人物。前者是四大惡人中的老三，一生努力的目標是成為老二；後者是慕容復四大家將中的老三，一生目標是幫助慕容氏恢復大燕國。這兩個人雖然身分不同、目標不同、個性也不同，卻有相同點，一是他們都死了，二是他們都死在自己主人手下，三是他們是死在同一回即第四十八回書中。所以，我們就說說這兩個人的死。

先說岳老三。南海鱷神岳老三身為四大惡人之一，且還以惡為榮，一心爭當第二惡人，虛榮成狂，作惡自然不少。他一心想收段譽為徒，結果出人意料，收徒不成，反而讓自己弄成了段譽的徒弟。

之所以如此，有兩個重要原因，一是因為他喜歡講理，講理自然不是段譽的對手，結果只能讓他哭笑不得。二是因為此人還能守信，說出口的話就不反悔。雖然拜段譽為師，他是心不甘、情不願，見到段譽時能躲就躲，以避尷尬，實在躲不開，卻也認師如儀，決不否認他和段譽的師徒關係。

願意講理且能守信，就不算是十惡不赦的惡人，岳老三想當第二惡人的願望，也就終生無望。更何況，自從拜段譽為師，岳老三的行為雖然沒有根本性改變，但近朱者赤，潛移默化，讀者對岳老三的觀感也就有了變化。

岳老三之死，也是因為段譽。王夫人設計捕捉段正淳，段正淳漏網，段譽被抓。聽說段譽和王語嫣相愛，王夫人急得發瘋，不斷踢打段譽。岳老三看不過眼，推開王夫人，喝道：「喂，他是我師父。你踢我師父，等於是踢我。你罵我師父是禽獸，豈不是我也成了禽獸？你這潑婦，我喀拉一聲，扭斷你脖子！」

老大段延慶命令岳老三殺了段譽，岳老三拒絕執行命令，理由很充分：「他是我師父，那是貨真價實之事，又不是騙我的，怎麼可以傷他？」說罷，非但不殺段譽，還要給段譽鬆綁，段延慶害怕段譽的六脈神劍，情急之下殺了岳老三。

岳老三之死令人震驚，更令人同情。他是為段譽而死，公然抗命的行為，令人肅然起敬，也更讓人對他的死感到惋惜。尤其讓人惋惜的是，在他生活的世界中，沒有人哀悼他的死。段延慶命雲中鶴將岳老三的遺體拉出去葬了，雲中鶴將他拖了出去，非但毫無惋惜與哀悼之情，反而是幸災樂禍。

想到岳老三為虛名奮鬥了一生，到最終，卻連自己正式的名字也沒有留下，人們只聽說南海鱷神岳老三，卻沒人知道他究竟叫什麼名字。這是對虛名狂的辛辣諷刺，讓人唏噓。

再說包不同。有意思的是，此人也與段譽也多少有些關聯，段譽傾慕王語嫣，是包不同毫不客氣地將他趕走。這讓認同段譽、喜歡段譽讀者感到不快，從而對包不同沒什麼好印象。後來才知道，這位非也非也，不但對段譽如此，對別人也是如此，甚至對自己人也是如此。在任何人在任何場合說任何話，他都要「非也非也」，此人性格如此，難以改變。

進而，包不同喜歡與人抬槓，卻也不是一味逞口舌之快，他與人辯說，往往是要達到某個有利於己方的目標。在少林寺外，他與丐幫陳長老辯論，真正目的是要丐幫公開表示與慕容氏聯手對付蕭峰。在西夏王宮中，他與主事宮女辯論，目的是要讓吐蕃宗贊王子難堪。在這個世界上，包不同只對慕容復公子一個人從來沒說過「非也非也」。

包不同之死，恰是因為他第一次公開表達與慕容復不同意見。當時慕容復要拜段延慶為義父，且正要對段延慶下跪磕頭，包不同在門外大聲說：

「非也，非也！此舉萬萬不可！」慕容復臉色微變，明顯心情不爽，包不同繼續說：「公子爺是大燕國慕容氏堂堂皇裔，豈可改姓段氏？興復燕國的大業雖然艱難萬分，但咱們鞠躬盡瘁，竭力以赴，能成大事固然最好，若不成功，終究是世上堂堂正正的好漢子。公子爺要拜這個人不像人、鬼不像鬼的傢伙做義父，就算將來做得成皇帝，也不光彩，何況一個姓慕容的要當大理皇帝，當真是難上加難。」

慕容復聽他言語無禮，心中大怒，但還在勉強克制自己，沒對包不同立即發火。包不同繼續說：「公子爺，包不同雖蠢，你的用意卻能猜到一二……你是想今日改姓段氏，日後掌到大權，再復姓慕容，甚至於將大理國的國號改為大燕；又或是發兵征宋伐遼，恢復大燕的舊疆故土。公子爺，你用心雖善，可是這麼一來，卻成了不忠、不孝、不仁、不義之徒，不免於心有愧，為舉世所不齒。我說這皇帝嘛，不做也罷。」

慕容復怒極，問為何說他不忠、不孝、不仁、不義。包不同繼續說：「你投靠大理，日後再行反叛，那是不忠；你拜段延慶為父，孝於段氏，於慕容氏為不孝，孝於慕容，於段氏為不孝；你日後殘殺大理群臣，是為不仁……」話還沒有說完，慕容復一掌將他打死，詮釋了「賣友求榮，是為不義」。

與岳老三死後境遇不同，包不同死後，慕容氏四大家將的另外三位，即鄧百川、公冶乾、風波惡一起衝進來，質問慕容復為何要殺害包不同。風波惡大聲說：「在公子爺心中，十餘年來跟著你出生入死的包不同，便萬萬及不上一個段延慶了？」

得知慕容復的決心不可改變，鄧百川說：「公子爺，我兄弟四人雖非結義兄弟，卻是誓同生死，情若骨肉，公子爺是素來知道的。」

慕容復說：「鄧大哥是要為包三哥報仇麼？三位便是齊上，慕容復何懼？」

鄧百川長嘆一聲，說道：「我們是慕容氏家臣，如何敢冒犯公子爺？古人言道，合則留，不合則去。我們三人是不能再侍候公子了。君子絕交，不出惡聲，但願公子爺好自為之。」

最後，風波惡將包不同的遺體扛在肩上，三人出門大步而去，再不回頭。

包不同之死同樣令人震驚，同樣令人肅然起敬。鄧百川三人的舉動出人意料，又在情理之中，如此古俠之風，深深震撼讀者心靈。

惡人團體和俠士團體的不同，在對待同伴生死時的差異明顯，一目瞭然。而段延慶和慕容復卻是一樣的，同樣是為了有朝一日做皇帝，同樣是為達目的不擇手段，同樣是對同伴屬下痛下殺手，同樣是孤家寡人。

廿七、段正淳的罪與罰

歷史上的段正淳是大理國第十五位皇帝，他確實是段正明的弟弟，他的兒子當然不是段譽，而是叫段正嚴，那是大理國第十六位皇帝。金庸小說《天龍八部》中的段正淳，與歷史上的段正淳有很大差異，小說家言，不可當真。

小說中的段正淳，是主人公段譽的父親（養父），段正明的皇太弟，大理國鎮南王。此人是個好色之徒，家有嬌妻刀白鳳，卻喜歡在外面拈花惹草，到處留情，秦紅棉、甘寶寶、王夫人、阮星竹、康敏等，都是他的情人。

因為他好色，使得妻子刀白鳳離家出走，住進了道觀；使得秦紅棉等情人終生不幸，而且相互仇恨，打得雞飛狗跳；使得他兒子段譽在江湖上隨時有與同父異母妹妹亂倫的危險，先是木婉清，接著是鍾靈，接下來還有王語嫣。

因為他好色，被情人康敏陷害，差一點被蕭峰打死；又差一點被康敏整死；妻子刀白鳳在憤懣之下，與段延慶有一夜情，唯一的兒子段譽不是他親生；最後，眼見情人木紅棉、甘寶寶、阮星竹、王夫人一個個死於非命，段正淳自殺殉情。段正淳故事梗概，大致如此。

要討論的問題是：段正淳是否有罪？如果有罪，他有什麼罪？段正淳所得懲罰是否合理？段正淳的故事有什麼意義和價值？

段正淳是否有罪？要討論這個問題，首先必須討論並且界定：好色是不是罪過？男歡女愛，是人的本能。如果像四大惡人中的雲中鶴那樣，見女色就強行佔有，那當然有罪，是強姦罪、猥褻婦女罪。此罪古今同，江湖中也是如此，採花淫賊向來被視為罪大惡極，人所不齒。但段正淳並非如此，他和每一個女性的關係都是兩廂情願，沒有強迫，更沒有強姦。對此，作者還有特別門解釋，說段正淳雖然好色，卻也多情，他與每一個情人相戀都付出真情。也就是說，段正淳固然好色，卻也多情，否則，他的那些情人們也不會對他耿耿於懷，終生難忘。

進而，如果在今天，段正淳與那麼多女性有過同居關係，很可能會犯重婚罪。只不過，書中交代說，他在與每個情人相處時，也都只愛這一個，他從未有過同一時間與兩個女性交往的歷史。更重要的是，在段正淳的時代並沒有這個罪名。實際上，在他所生活的時代，男人三妻四妾都不稀奇，何況段正淳還是大理國鎮南王，這樣的身分在那樣的年代，就是妻妾成群也不算稀奇。又何況，段正淳的妻子和情人加在一起，總數也不過六人而已。

那麼，段正淳沒有罪嗎？如果說他有罪，那是什麼罪？

在我看來，應該是遺棄罪。生了子女不育不教，讓子女孤苦無依乃至流落他鄉，就是遺棄罪。甘寶寶在懷孕後嫁給了鍾萬仇，生下女兒鍾靈；阿蘿在懷孕後嫁給蘇州王家，生下女兒王語嫣，這兩個孩子都算是父母雙全，倒也罷了。問題是秦紅棉，她沒有嫁人，生下了女兒木婉清，謊稱她是被收養的孤兒，母女以師徒相稱，這就有問題了。

更大的問題是，阮星竹一連生下兩個女兒，即阿朱和阿紫，都不見容於娘家，只得送給別人去撫養。作為父母，段正淳和阮星竹顯然都有遺棄罪。阿朱幸運地被姑蘇慕容家收養，雖為女僕，實際上生活優裕，還有專人照顧，慕容家老太太還說待她出嫁時會像嫁女兒一樣送她出門，也還罷了。

阿紫就不一樣了，這個小姑娘從小就進入星宿海派，染得一身邪氣，沒有道德感，沒有理性，且不能與人作正常的感情交流，以至於自己不幸，且還貽害人世。追根溯源，當是段正淳、阮星竹這對不負子女養育之責所造成。如此罪孽，難以諒解。

再說段正淳所遭受的懲罰。

懲罰早已開始，段正淳露面之始，就開始遭受命運的懲罰，首先是他的準兒媳居然要刺殺他的妻子，而這個準兒媳居然是他的私生女兒。接下來，段延慶利用了這一點，要讓他兒子和私生女兒亂倫，讓大理皇族蒙羞。如此凶險的懲罰，似並沒有讓段正淳悔過自新，繼續與阮星竹偷情。差點被情人康敏害死，也沒有讓段正淳醒悟，回過頭來還是要找阮星竹。被段延慶抓獲，才不得不接受命運的終審。

命運對段正淳的最大懲罰之一，是他夫人刀白鳳對他的報復：「你有了一個女人，又有一個女人，把我們跪在菩薩面前立下的盟誓全都拋到了腦後。我原諒了你一次又一次，我可不能再原諒你了。你對我不起，我也要對你不起。你背著我去找別人，我也要去找別人。」這一懲罰的結果，是他唯一的合法婚姻之子段譽非他親生，而是段延慶的骨血。

命運對段正淳的最大懲罰，是讓他親眼見證心愛的女人，阮星竹、秦紅綿、甘寶寶、王夫人，一個個慘遭殺戮。他最終也選擇自殺殉情。

段正淳的故事全部結束，但還有問題：段正淳的罪與罰是否均衡對等？更大的問題是，段延慶、慕容復並不是合法的審判者和懲罰人。進一步的問題是，段延慶、慕容復對段正淳的情人施以如此殘酷的懲罰，並不是因為他好色濫情，而是另有原因。他們是出於政治目的，即要利用這些女人的生命，脅迫段正淳以大理王位與他們做交易，與情色道德完全無關。

而段正淳最終選擇自殺，固然是殉情，但也有更深層的原因，那就是要保護段譽：他若不死，段譽必然會被殺；他若死了，段譽才有活命的機會。段正淳早已洞悉了段延慶、慕容復的陰謀，他們想「合法」地登上大理國皇位，只能通過禪讓；段正淳和段譽，正是真正合法的皇位繼承人，段延慶、慕容復想要達到目的，前提是，只能保全一個合法繼承人的生命。

說到這裡，我們可以討論最後一個問題了。小說中的段正淳故事到底有什麼意義？不妨從最終結局說，段延慶、慕容復捕獲段正淳，是因為他是大理國皇位的繼承人，而與他是否好色無關，即使段正淳是個忠實於婚姻的君子，他們也會找其他辦法逼迫段正淳就範。段正淳的情人被殺，只因為他碰巧是好色之徒，他們就利用這些女人的生命進行強迫交易。這也就是說，只要有段延慶、慕容復這樣的人存在，無論段正淳是怎樣的人，都會遭遇算計和凶險。

一個人的欲望野心，會成為另一個或另一些人的無妄之災，正是小說《天龍八部》的思想主題。正如慕容博的野心，導致蕭遠山的妻子無辜蒙難；蕭峰的冷落讓阿紫不高興，阿紫不高興，又導致游坦之成為人鳶、鐵頭人、毒媒介，受盡苦難折磨。

再回過頭去看段正淳故事，他的好色，多情也好，濫情也罷，他的快樂其實是建立在秦紅棉、甘寶寶、王夫人、阮星竹等人的長期不快之上，說他們的女兒木婉清、鍾靈、阿朱、阿紫等人的命運因此而改變，更不必說阮星竹乃至刀白鳳等人，因為愛他而無辜喪命。這就是：有情皆孽，無人不冤。

廿八、甘寶寶：掙不斷的紅絲線

甘寶寶是鍾萬仇的妻子、鍾靈的母親，也是段正淳的情人之一。在作者構思《天龍八部》時，她和丈夫鍾萬仇的形象，明顯是與阿修羅有關。阿修羅是「天龍八部」之一，其特點是，男性極為醜陋，而女性極為美麗，阿修羅王性子暴躁、執拗而善妒，鍾萬仇、甘寶寶夫婦也正是這樣。因為嫉妒，鍾萬仇要報復段正淳乃至整個大理皇族，於是請來四大惡人，若不是段正明、段正淳兄弟按武林規矩辦事，鍾萬仇的住地萬劫谷，必定會變成慘不忍睹的修羅場。

在小說寫作過程中，作者並沒有採取簡單的影射方法，即沒有把鍾萬仇、甘寶寶這對夫婦當作阿修羅的化身，而是精心設計了他們的故事，使得他們的形象更接近於凡人，並沒有神道精怪的氣息。

與段正淳的其他情人不同，甘寶寶已嫁做他人婦，且丈夫鍾萬仇還活著，也就是說，她的第一身分是鍾萬仇的妻子。值得注意的是，她很重視自己的這一身分。證據是，在鎮南王府見到段正淳時，段正淳對她說：「寶寶，你也來和我為難麼？」她立即莊重宣告：「我是鍾萬仇的妻子，你胡說八道什麼？」

當然，這只是一種說法而已，當段正淳對她說：「寶寶，這些日子來，我常常在想念你」時，她就眼眶一紅、聲音立即柔和，說：「那日知道段公子是你的孩兒之後，我心裡……心裡好生難過……」

刀白鳳說，甘寶寶以鍾萬仇的妻子自居，是假撇清，是在做戲。甘寶寶是在裝假、做戲嗎？問題恐怕沒那麼簡單。她當年與段正淳相識且相愛，以致懷孕，若段正淳能娶她為妻，那麼她一生的故事就是另一個樣。

問題是，段正淳已經娶了刀白鳳，不能再娶甘寶寶。有孕在身的甘寶寶能怎麼辦？當然只好嫁人。於是她嫁給了鍾萬仇。甘寶寶是不是愛鍾萬仇？我們不得而知。可以確認的是，她一定曾想過，要努力做好鍾萬仇的妻子。

證據是，她在與鍾萬仇結婚之後，有十幾年時間沒有走出過萬劫谷，沒有離開過鍾萬仇的視野。鍾萬仇非常醜陋，那也沒什麼關係；鍾萬仇的人品不怎麼樣，那也罷了。問題是，即使她努力恪守妻子之道，鍾萬仇仍然嫉恨她與段正淳的那段情，在家門口寫下「姓段者入此谷殺無赦」九個大字。

更難忍受的是，鍾萬仇十分嫉妒，雖然對她奉若珍寶神明，但卻見不得她與男人說話，限制她的行為自由。即便如此，她也還是努力做好妻子，段譽前來通報鍾靈遇到危險，她要趕去救援，鍾萬仇誤以為她要離開他，寧可被她一劍刺死，她立即決定留在丈夫身邊，讓段正淳去救鍾靈。

甘寶寶當真甘心只做鍾萬仇的妻子，沒有其他想法嗎？那又不對。木婉清說，甘寶寶曾寫信給師姐秦紅棉，要她去殺段正淳的妻子刀白鳳、情人王夫人。甘寶寶為什麼要這麼做？最起碼，是心裡妒恨難消，要借秦紅棉之手報仇。

她對刀白鳳、王夫人有多少妒恨，對段正淳就有多少餘情。我們甚至還可以推論，一旦秦紅棉得手，她就可以與師姐一起，與段正淳重溫舊夢。很顯然，甘寶寶對段正淳始終都無法忘情。證據是，段正淳鑽地道，就聽到她在深閨裡獨自幽幽說話，一段是說「倘若你不是王爺，只是個耕田打獵的漢子，要不然，是偷雞摸狗的小賊也好，是打家劫舍的強人也好，我便能跟了你去，我一輩子跟了你去。」另一段是：「難道這一輩子我當真永遠不再見你一面？連一面也見你不著？我還是死了的好，淳哥，淳哥，你想我不想？」誰都能聽出，甘寶寶對段正淳仍然一往情深。

這麼說來，甘寶寶說她是鍾萬仇妻子，不可侵犯，仍然是演戲作假嗎？問題還是沒那麼簡單。她愛段正淳，這是毫無疑問的。問題是，她知道段正淳雖然也愛她，卻不可能永遠與她在一起。證據是，她曾告誡秦紅棉：「師姐，你又上他當了，他哄得你幾天，還不是又回來做他的王爺。」在鎮南王府，她再次提醒秦紅棉，「師姐，這傢伙就會甜言蜜語，討人喜歡，你別再信他的話！」正因如此，當段正淳說要親她臉時，她說：「我是有夫之婦，決不能壞了我丈夫的名聲，你只要碰我一下，我立即咬斷舌頭，死在你面前。」

這話讓段正淳不敢放肆，讓鍾萬仇心裡樂開了花。由此看來，甘寶寶雖然對段正淳難以忘情，卻也深知段正淳的生活作風，因而提醒師姐、也提醒自己，不要上當受騙，不要讓舊情死灰復燃。

因此，直到最後，慕容復殺她之前，她仍然說：「你要殺便殺，可不能要脅鎮南王什麼。我是鍾萬仇的妻子，跟鎮南王又有什麼干係？沒的玷辱了我萬仇谷鍾家的名聲。」

她不僅這樣說，實際上也是這麼做的。慕容復曾偷窺她和段正淳相處的細節，慕容復對王夫人說：「這位鍾夫人倒是規規矩矩的，對鎮南王始終不假絲毫辭色，鎮南王對她也是以禮相待。」慕容復的話，應是可信的證詞。

那麼，甘寶寶如此潔身自好，當真是要堅守鍾萬仇妻子的身分嗎？卻又不盡然。假如她真要潔身自好，那就該遠離段正淳；而她偏偏是和段正淳在一起，說是尋找自己的女兒鍾靈，這不過是一種說法而已。

事實是，鍾靈並不是和段正淳在一起，也沒有什麼理由認定與段正淳在一起就能找到鍾靈。甘寶寶與段正淳在一起的真實目的是什麼，應該不難猜想。她之所以對段正淳絲毫不假辭色，原因其實很簡單，那就是段正淳身邊還有阮星竹、秦紅棉、刀白鳳等人。我們不難設想，假如甘寶寶有機會單獨和段正淳在一起，她會是怎樣的表現？

以上翻來覆去的分析，希望沒有把大家繞暈。我想說的是，甘寶寶的一生，始終在妻子身分和情人心靈之間、在現實與理想之間、理性與情感之間，苦苦掙扎。上面所說的一切，正是她自我掙扎的確切證明。

身為段正淳的妻子或情人，個個都被情所苦，其中最苦的人，就是甘寶寶。其他人愛也好，恨也罷，不用苦苦掙扎，而甘寶寶卻是從頭到尾都在苦苦掙扎中。她的掙扎有多苦，段正淳的罪孽就有多深。只可惜，她終於無法掙脫命運的紅絲線，最終還是與段正淳的其他情人一起被慕容復所殺。甘寶寶的死，更是段正淳罪孽的證明。

廿九、刀白鳳的個性與命運

刀白鳳是大理鎮南王段正淳的妻子，小說主人公段譽的母親。這一人物的重要性不言而喻。在小說《天龍八部》中，凡是與段正淳有關的女性，都神魂顛倒，命運悲苦凄涼，刀白鳳與段正淳的關係最為密切，當然更不例外。

此人是鎮南王妃，但她在小說中第一次露面，卻不是在鎮南王府，卻是在大理城外玉虛觀中。她有道號玉虛散人，不願意做王妃，更不願意回到鎮南王府裡去。只因追殺段譽的雲中鶴等四大惡人武功太強，不願讓兒子段譽及大理群臣涉險，再加上皇帝段正明夫婦的精心設計，她才不得不重歸王府，回到丈夫段正淳身邊。

不難看出，刀白鳳與段正淳夫婦的關係很不正常。夫婦關係不正常的原因，也非常明顯，那就是段正淳風流好色，到處拈花惹草，讓這位王妃忍無可忍，於是就做了玉虛散人，住進玉虛觀。段譽連求帶哄，把媽媽請進了家門，但就在這短短一夜間，段正淳的舊情人秦紅棉、甘寶寶就來了。未過門的準兒媳木婉清，竟是丈夫和情人的私生女，是可忍，孰不可忍？只因四大惡人將兒子段譽抓去了，救兒心切，她才不得不與丈夫段正淳同行。她的婚姻品質如何？應不難猜測。

小說裡對刀白鳳的生平沒有太多講述，我們不得不對一些零碎訊息加以整理，盡可能復原刀白鳳的人生故事。

刀白鳳是大理土著擺夷人的公主，嫁給了王子段正淳，婚後沒多久，就發現丈夫是個好色之徒，到處偷腥。年輕自尊的刀白鳳，第一反應是傷心欲絕，第二反應是義憤填膺，第三反應是要對丈夫採取報復行動。

這段隱秘，直到小說第四十八回才得以揭露，其時段延慶要殺段譽，刀白鳳不得不說出隱藏了多年的驚人秘密：「天龍寺外，菩提樹下，化子邋遢，觀音長髮！」當年段延慶身負重傷，雙腿折斷，面目毀損，全身污穢惡臭，傷口中都是蛆蟲，幾十隻蒼蠅圍著他嗡嗡亂飛。突然有白衣美女出現，段延慶以為是菩薩下凡，卻聽到對方喃喃說話：「我這麼全心全意的待你，你卻全不把我放在心上。你有了一個女人，又有了一個女人，把我們跪在菩薩面前立下的盟誓全都拋到了腦後。我原諒了你一次又一次，我可不能再原諒你了。你對我不起，我也要對你不起。你背著我找別人，我也要去找別人。你們漢人男子不將我們擺夷女子當人，欺負我，待我如貓如狗、如豬如牛，我一定要報復，我們擺夷女子也不將你們漢人男子當人。」於是，就在天龍寺外菩提樹下與段延慶發生了性關係，後來有了段譽。大理王妃刀白鳳竟與殘疾變態的段延慶有過一夜情，高貴善良的段譽竟是天下第一大惡人段延慶的兒子，這是小說中最驚人的秘密之一。

不過，這不是我們要說的重點。我們要說的重點是，刀白鳳的個性與人生。

段延慶當年聽到的一席話，有值得注意的兩點重要訊息，一是：「把我們跪在菩薩面前立下的盟誓全都拋到了腦後，我可不能再原諒你了。」二是：「你們漢人男子不將我們擺夷女子當人，我們擺夷女子也不將你們漢人男子當人。」這兩點之所以重要，是它們能夠揭示刀白鳳的心理和個性，說明段正淳的婚姻特點以及不幸的部分根源。

段正淳與刀白鳳的婚姻雖然不是單純的政治婚姻，但顯然也含有一定的政治動機。段氏是漢人，要在大理國安安穩穩地做皇帝，必須得到當地土著的支持。而刀白鳳正是土著擺夷的公主，段正淳娶了刀白鳳，當然有利於段家王朝。只不過，擺夷人的婚俗是一夫一妻，與漢人三妻四妾、三宮六院的婚俗截然不同。段正淳娶了刀白鳳，是遵照漢人婚俗，還是遵照擺夷人的婚俗？就成了一個問題。

從刀白鳳的這段話中得知，他們結婚時曾在菩薩面前立下誓言，遵守擺夷人的婚俗，也就是一夫一妻。可是，生性風流的段正淳顯然沒有遵守婚姻的誓言，對妻子不忠。刀白鳳原諒了段正淳一次又一次，但始終不見段正淳悔過自新。刀白鳳終於憤怒了，把段正淳的好色，提升到「欺騙菩薩、民族歧視、性別歧視」的高度來認知和批判。

段正淳在菩薩面前發誓而沒有遵守，這是事實。說他欺騙菩薩，在發誓的時候言不由衷，也有可能。但若說他有民族歧視、性別歧視，不把擺夷女人當人，恐怕就言過其實了。從刀白鳳的言語中透露出，她也意識到了這樁婚姻的政治性，因而她不僅是她個人，且還是擺夷人的代表。由此產生推理，段正淳不忠於婚姻，不僅是不忠於她個人，也是不忠於擺夷人，也不把擺夷女人當人。

這樣的認知和推理，明顯與事實不符。段正淳好色濫情，大部分是由於個人品性，可能也有一小部分原因是對一夫一妻制的不滿足。刀白鳳美貌如花，也不失善良溫柔，但她的天性卻也自尊而剛烈，報復段正淳的行為就是最好的證明。

假如站在段正淳的立場上看，妻子的自尊和剛烈，可能也是段正淳尋找溫柔鄉的一個動因；而妻子的報復性冷落，更是給了段正淳濫情的理由和尋花問柳的空間。

這樣說的證據是，段譽有一段絕妙的心底評說：「爹爹的那些舊情人，個個脾氣古怪。秦阿姨叫女兒來殺我媽媽。阮阿姨生下這樣一個阿紫妹妹，她自己的脾氣多半也好不了。甘阿姨明明嫁了鍾萬仇，卻又跟我爹爹藕斷絲連的。丐幫馬副幫主的老婆更是乖乖不得了。就說我媽媽吧，她不肯和爹爹同住，要到城外道觀中出家做道姑，連皇伯父、皇伯母苦勸也是無用。」段譽見識不凡，旁觀者清，連自己的媽媽也編派上了，可見刀白鳳的個性確實有些古怪。

且慢！我們不能為段正淳辯護。只是想說，刀白鳳的婚姻不諧及人生痛苦，主要責任當然是因為段正淳好色風流，但也不能忽略刀白鳳的個性原因。

值得注意的是，小說中的刀白鳳，心理和行為已經有所改變，她在努力原諒段正淳，也在努力與段正淳的情人平安相處。證據是，在段正淳被抓時，他身邊不僅有妻子刀白鳳，還有情人阮星竹、秦紅綿和甘寶寶。

更重要的證據是，在段正淳自殺殉情時，刀白鳳哭訴說：「淳哥，淳哥，你便有一千個、一萬個女人，我也是一般愛你。我有時心中想不開，生你的氣，那是從前的事了，那也正是為了愛你！」

最後，刀白鳳也自殺殉情了，她是為段正淳而死，這個男人雖然讓她的婚姻充滿了妒恨酸楚，但說到底，她還是深深地愛著自己的丈夫，不因丈夫拈花惹草而改變。對段正淳的愛，是她的宿命。

三十、王夫人：不懂茶花的愛花人

王夫人是王語嫣的媽媽，慕容復的舅媽，也是段正淳的情人之一。在《天龍八部》第十二回書中，段譽就在曼陀羅山莊見過她，當時只覺得這位夫人行事大乖人情，豈有此理。在第四十七、四十八回書中，段譽被他抓獲，才知道她也是段正淳的舊情人之一，才明白這個王夫人為什麼大乖人情、豈有此理。

這位王夫人初次露面時，有種種不近人情的表現。首先，王夫人家的規矩是，見到姓段的，或是大理人都要殺掉；甚至帶有大理口音的大宋人也被她殺了。進而，段譽說，如果一個美人總是和人打架，便為不美，她就大發雷霆。進而，更不可理喻的是，她在外面遇到婚後與人私通的男子，就要逼迫這個男子殺妻娶情人，此類事，據說她已命人做了六七樁。進而，阿朱、阿碧的主人雖是王夫人的親戚，但她們卻不敢上門拜訪；此次登門果然就得罪了她，竟命人把阿朱、阿碧兩人送到花房去（殺了）做花肥！任憑女兒王語嫣怎麼勸也不管用。

這位王夫人為何如此不可理喻？若知她是段正淳的舊情人，而後多年無消息，其種種乖謬行為就不難理解了。她之所以要殺大理人，尤其是要殺姓段的，是因為段正淳將她遺棄，讓她不快，懷恨在心，以至於遷怒於所有姓段的，乃至遷怒於所有大理人。她逼迫偷情的丈夫殺妻子娶情人，則是間接表達了她心裡的深層願望，希望段正淳殺了正室，娶她為妻。段譽說美人總是打架便為不美，她大為光火，那很可能是她在與段正淳相處時動過手，段正淳從此離去，於是動手之事成了心結，一觸就痛，光火只是無名疼痛的表達。至於她不讓親戚家的丫環上門，原因非常簡單，那是因為親戚們對她與段正淳的私情風言風語。

王夫人的種種變態行為，源自她的變態心理。她的變態心理，當然是因為被情人段正淳拋棄，長時間被負面情緒控制所致。問題是，世間遭遇此類不幸的人不少，不見得都像王夫人這般變態瘋狂。王夫人為何這樣？應當還有不為人知的其他原因。這原因，書中其實也寫到了，只是要讀者細心品味。

王夫人的住地，叫作曼陀羅山莊，山莊裡種滿了茶花，毫無疑問，王夫人是個愛花人。世界上花卉很多，王夫人獨愛茶花，原因很簡單，那是因為段正淳，大理茶花天下聞名。與段正淳相遇且相愛時，一定沒有少說茶花，說不定茶花還是她情感的媒介或見證。

問題是，她愛茶花，卻不懂得茶花。她家附近種滿了茶花，但在段譽看來沒有任何名貴品種；她甚至不知道茶花喜陰不喜陽，把茶花種在朝陽之處，即使有名貴品種也會迅速枯萎凋零。進一步的證據是，她喜歡茶花，卻不能分辨「落第秀才」與「十八學士」的不同，也從未聽說過「十三太保」、「八仙過海」、「七仙女」、「風塵三俠」和「二喬」；自然也不知道「抓破美人臉」、「紅裝素裹」、「滿月」和「眼兒媚」等這些名貴品種應該如何種植、如何栽培。

在真正懂得茶花的段譽面前，王夫人不得不承認自己無知。段譽是大理人，而且姓段，來到曼陀羅山莊而沒有立即被王夫人殺掉，就是因為他懂得茶花。於是，王夫人留下他一條小命，是要這位大理王子做曼陀羅山莊的種花人。

書中為什麼要寫王夫人不懂茶花？回答了這個問題，才算是真正懂得王夫人，真正懂得作者的良苦用心。

王夫人酷愛茶花，但不懂得茶花，如果說她是一個花癡，也是個不懂茶花的花癡。在她恍惚的意識裡，茶花就像是段正淳，或者說，段正淳就像是茶花。如此就可以推論，她愛段正淳，但不懂得段正淳。段正淳離開了她，讓她寂寞失落，當然十分痛苦；但她並不知道段正淳為什麼離開她，也不懂得為什麼段正淳一去不回，這才更加鬱悶，更加痛苦萬分。因為不懂而更加痛苦，也是因為不懂，才會讓無名之火燒向所有大理人、所有姓段的、所有婚後偷情的男子，乃至所有遭遇她不良情緒發作的人。即便是她的女兒王語嫣，遇到她情緒不快，也一樣會遭冷遇，難怪花房裡的嚴媽媽竟敢囚禁王語嫣。

世上許多傷情的情人，都像王夫人一樣，是不懂得花的蒙昧花癡。只能感到傷痛，卻不懂得情感，不懂得情人，其實也不懂得自己。王夫人因情生恨，要殺姓段的，要殺大理人，甚至要殺接近大理口音的大宋人，按理說，她對段正淳本人更應該恨之入骨才是。可是，她派人去追殺秦紅棉、木婉清母女，卻沒有派人追殺段正淳。

小說最後，她煞費苦心要誘捕段正淳，結果卻是陰差陽錯，段譽落網。見到段正淳時又如何？書中說：「她胸口一酸，眼淚奪眶而出，搶上前去，叫道：『段……段……你……你好！』」她肯定沒想到，見到段正淳時，自己會是這樣的態度、有這樣的表現。只聽得段正淳說一句「阿蘿，快走！」她的滿腔怨憤，霎時間就化作了萬縷柔情。她不懂得，怨恨竟是愛情的另一種表現形式，她對段正淳有多少恨，就有多少自己也不知道的愛。

有意思的是，當時段正淳身邊還有刀白鳳、秦紅棉、甘寶寶和阮星竹，更有慕容復和大惡人段延慶在虎視眈眈，王夫人無法表達她的愛，於是重演化愛為怨的老把戲，猛烈踢打段譽。真正的罪魁禍首明明是段正淳，她卻把自己滿腔怨氣都撒在無辜的段譽身上。

最驚人的一幕是，由於慕容復殺了阮星竹、秦紅棉和甘寶寶，段正淳對王夫人十分惱火，假意恩愛，希望慕容復殺了她。生命危機，王夫人倒也明白：「段郎，段郎！難道你真的恨我入骨，想害死我嗎？」段正淳於心不忍，改為破口大罵，王夫人雖然明白，段正淳罵得越厲害，慕容復就越不會殺她。但聽到段正淳的大罵，她卻又心頭一片茫然混亂，竟對段正淳說：「咱倆分別了這許多年，好容易盼得重見，你……你怎麼一句好話也不對我說？」聽到段正淳繼續謾罵，她終於徹底失去了理性，撞向慕容復的利劍，氣絕身亡。

王夫人是死於自殺，死於理性喪失，死於蒙昧無知。王夫人的生，王夫人的情，何嘗不是如此？可悲的是，段正淳的情人們，阮星竹、秦紅棉、甘寶寶，至少都有自己的名字，而王夫人卻連名字都沒有，段正淳叫她是「阿蘿」，她姓什麼？卻是不得而知。她一生為情所苦，但卻不知道情為何物；臨死時更是分辨不出甜言蜜語的歹毒，和破口大罵的深情，人生以這樣的方式結束，真是讓人無語。

三十一、蛇蠍美人康敏

在段正淳的情人中，乃至在《天龍八部》整部書中，康敏恐怕是最讓人毛骨悚然的人物。她是丐幫副幫主馬大元的夫人，也是段正淳的舊情人。馬大元愛她寵她，她卻設計殺了丈夫馬大元；段正淳寵她愛她，她卻一心想把情人段正淳殺了。丐幫幫主喬峰與她沒有半點仇怨，也沒有任何情感瓜葛，她卻對喬峰恨之入骨，終於讓喬峰身敗名裂，歷盡劫難冤苦。這是怎樣的一個人啊？

小說中最驚心動魄的一幕，是丐幫幫主喬峰契丹人身分被揭露。康敏作為證人出場，因其丈夫馬大元被害，新寡之人楚楚可憐。當時誰也不會想到，丐幫副幫主馬大元之死，幫主喬峰身世被揭露，竟然全都是拜這位小婦人所賜。

蕭峰恢復契丹人身分之後，和阿朱一起追尋「帶頭大哥」的消息，來到康敏住處詢問，康敏說，帶頭大哥是大理國鎮南王段正淳，導致阿朱替父喪生。當蕭峰再次來到康敏住處，竟發現這個美貌端莊的寡婦，正在和段正淳調情。蕭峰若不是親眼所見，不論是誰告訴他這個消息，他都會斥為荒謬謊言。當時，康敏已用「十香迷魂散」害得段正淳內力盡失，若非蕭峰暗中相助，段正淳必定命歸黃泉。

在這段戲中，蕭峰獲悉，康敏偷看了丐幫前幫主留給馬大元的信，得知幫主是契丹人，要馬大元揭露幫主的身世之謎。馬大元不肯，康敏就以色相誘惑白世鏡，讓這位丐幫執法長老殺了馬大元。康敏讓白世鏡揭露幫主身世，白世鏡仍然不答應，於是康敏又誘惑了全冠清，全冠清欣然答應，這才有杏子林中的那一幕。

問題是：康敏為何一定要讓喬峰身敗名裂？蕭峰審問了康敏，康敏對他說，她如此痛恨，只因為在洛陽百花會上丐幫聚會時，喬幫主沒有看她一眼！按理說，康敏是有夫之婦，是馬大元夫人，蕭峰與馬大元並不親近，與馬夫人素不相識，沒有正眼看她，那是再正常不過的事，為何竟會引發她如此強烈的深仇大恨？

聽了康敏對段正淳講述自己的故事，看了她對段正淳看似溫柔蝕骨的表演，十個讀者中，恐怕有八個人會想到一個詞：蛇蠍美人。不錯，這個康敏是個蛇蠍美人。人們害怕蛇蠍美人，痛恨蛇蠍美人，但並不真正瞭解，蛇蠍美人其實是心理變態疾病。我們要討論的問題就是：蛇蠍美人是如何形成的？

美人是天生的，這很好理解，是由於生物遺傳。有的人生得醜，有的人生得一般，有的人生得好看，也就是美人。蛇蠍美人並非長得像蛇蠍，而是因為有蛇蠍心腸。所以，我們的問題就是，蛇蠍心腸又是如何形成的？

從康敏的童年故事看，她家十分貧窮，過年買不起一件花衣，而她強烈渴望有一件花衣。渴望花衣，是兒童正常的欲望。問題是，這個女童家裡很窮，而她不接受貧窮，不理解貧窮，因而把沒有花衣歸因於父母無能，甚至無意識歸因於父母不愛她。

從這一層看，拒絕接受貧窮而錯誤歸因，是由於兒童的蒙昧。進一步的問題是，由於想穿花衣的欲望過於強烈，以至於當她家裡的羊和雞被惡狼咬死，她父親去山裡追狼，在山崖雪地上摔斷了腿，身負重傷回到家中，康敏對父親受傷絲毫沒有感覺，而是又哭又喊：「爹，你去把羊兒追回來，我要穿新衣，我要穿新衣！」還是因為蒙昧，不瞭解雪地追蹤的困難，對受傷的父親不能感同身受，固執於自己的欲念，從而仍然堅持讓受傷的父親出去追狼，以便她想要花衣的欲望得到滿足。

從這一層說，強烈的欲望和錯誤的歸因，導致正常情感受阻，形成涼薄習性。這事還沒完，在她看來，由於父親無能或無愛，想要花衣的欲望無法滿足，那怎麼辦？鄰居家姐姐有花衣，她就在半夜裡偷偷溜進鄰居家，將鄰居姐姐的花衣剪碎。剪碎花衣這一行為讓她獲得了快感，她不知道，這樣的快感，不僅畸形，而且罪惡。正因為不知道畸形與罪惡，對在破壞性行為中獲得的快感記憶很深，此後逐漸上癮，形成獨特的行為模式和行為目標，以毀壞取樂，於是成了蛇蠍美人。

簡單說，蛇蠍美人症首要原因是沒有理解貧窮的理性能力，強烈欲望阻滯了正常的人類情感，心靈不能正常發育，意識與情感停留在叢林人狀態。對父親尚且無情，對丈夫馬大元、情人段正淳，當然就更是無情。她對段正淳講這個花衣服的故事，正是要段正淳明白，她的脾氣從小就是這樣，要是有一件事物日思夜想也無法得到，偏偏旁人運氣好，得到了，那麼說什麼也得毀掉這件事物才能獲得心理平衡。

段正淳是她想要的事物，但段正淳不願也不可能娶她為妻，既然不能長期擁有段正淳，那就要毀掉段正淳。在小說中，她先是指點蕭峰去殺段正淳，沒有如願，她就乾脆自己動手。同樣，蕭峰也是她想得到而無法得到的事物，且蕭峰這傢伙竟然看都不看她一眼，她得不到蕭峰，於是決心要毀掉蕭峰。

康敏對段正淳說，小時候使的是笨法子，年紀慢慢大起來，人也聰明了些，就使些巧妙點的法子啦。真正的意思是，她可以表演父女情深，可以表演夫妻恩愛，也可以表演一切人類感情，但這只是表演，從來就沒有真實而正常的人類感情。於是我們看到，當丈夫不聽她的話，她就像黑寡婦蜘蛛，將雄性蜘蛛吃掉。

所謂蛇蠍心腸，說到底，是只有純粹的動物本能，而沒有文明人的道德情感。她叫白世鏡殺掉丈夫馬大元，但在杏子林中表演傷心寡婦，騙過了所有在場的人。只不過，無論她怎樣會表演，因為沒有真實人類感情，所以也不可能有正常的人類幸福感。看到別人幸福，她就愈加妒恨；而她越是妒恨，就離正常人的幸福越來越遠，她也就更加孤獨寂寞，從而對正常人、文明人更是充滿妒恨。由此形成惡性循環，幾乎不可逆轉。康敏如此痛恨蕭峰，痛罵蕭峰，正常人會莫名其妙，是因為不知道康敏心理變態而導致錯誤歸因，在她而言，那是真實的怨恨。

蛇蠍美女，就是這樣練成的。

有意思的是，白世鏡對她，完全不像馬大元或段正淳那樣嬌寵憐惜，張口就罵，動手就打；她不愛馬大元，不愛段正淳，偏偏對白世鏡另眼相待。可別以為她愛上了白世鏡。她對白世鏡另眼相待，正是因為白世鏡對她沒有絲毫的憐愛之心，只有赤裸裸的動物欲望；白世鏡孔武有力，粗暴兇悍，殘酷無情，這種典型的叢林動物作風，是她唯一懂得的行為方式。因為害怕，所以服從。

更有意思的是，惡人自有惡人磨。段正淳沒有傷她，蕭峰也沒有傷她，是阿紫將她經絡挑斷，並且在傷口灑上蜜糖，讓萬千螞蟻叮咬，把一個俏生生、嬌怯怯、惹人愛憐的美貌佳人，變成了滿臉塵土血污的醜陋怪物。阿紫這樣做，說是要為父親報仇、替母親出氣；實際上，阿紫正是康敏的同類，同樣沒有正常人類感情，同樣沒有道德理性的阿紫，嗅得出康敏的同類氣息。

她對康敏施加的懲罰，正是典型的叢林規則、典型的叢林方法。阿紫最後拿起一面銅鏡，讓康敏看到自己的醜陋模樣，讓康敏看到了自己的真面目，於是絕望而死。

三十二、秦紅棉與阮星竹

秦紅棉和阮星竹都是段正淳的情人。段正淳的妻子和情人，全都癡情成狂，不可理喻，共同特徵明顯；只是具體表現各有不同。就身分而言，刀白鳳、甘寶寶、王夫人和康敏，都是有夫之婦，只有秦紅棉和阮星竹始終是單身媽媽。秦紅棉是木婉清的媽媽，阮星竹生了阿朱和阿紫。這兩個人卻也並不相同。

先說修羅刀秦紅棉。在段正淳的情人中，秦紅棉有一定的文化修養。證據是，她自取外號「幽谷客」，顯然是讀過詩聖杜甫的名作《佳人》：「絕代有佳人，幽居在空谷。自雲良家子，零落依草木。」段正淳聽此外號立即就明白，那意味著：「夫婿輕薄兒，新人美如玉」，「但見新人笑，那聞舊人哭。」

與段正淳相戀而致未婚先孕，而段正淳又不能娶她，秦紅棉沒有像王夫人和甘寶寶那樣另嫁他人，而是做了單親媽媽，獨自撫養女兒。只不過，她把母女關係變成了師徒關係，告訴女兒木婉清，說她是個孤兒，是從路邊撿來的，所以女兒不知師父就是母親，不知道母親名叫木紅棉，外號修羅刀。她這樣做，或許是無法面對女兒「我爹爹是誰」的提問，或許是要把傷心往事全部埋葬。可是她對段正淳始終無法忘情。證據是，她時常獨自練習段正淳傳授的「五羅輕煙掌」，每次練這套掌法時就要發脾氣罵人，還說這套掌法決不傳人，要把它帶入棺材裡去。

另一個證據是，自從幽居山谷，從來不見其他男子，甚至僕婦梁阿婆的兒子也不願見。她這樣做，一方面是對天下男子的失望或厭惡，另一方面，很可能是要為段正淳守貞。不論怎麼說，在日常生活中堅持不見任何男子，總是有些古怪，這種不無做作的行為表現，反映了她的特殊心思。

因為對段正淳無法忘情，秦紅綿也就無法長期安居幽谷。甘寶寶的一封信點燃了她的妒火，於是帶著剛剛成年的女兒木婉清，前往蘇州刺殺段正淳的情人王夫人；據木婉清說，她們還要刺殺段正淳的妻子刀白鳳，後來木婉清也真向刀白鳳發出了毒箭。刺殺段正淳的妻子、情人的行為，在正常人看來是明顯缺乏理性；而在她看來，卻符合心理邏輯，段正淳不能與她在一起，不是因為他濫情、薄情，而是因為他身不由己，被別的「狐狸精」糾纏。要奪回情郎，就必須刺殺情敵，這可能是千萬年來所有雄性及雌性動物的行為邏輯。

段正淳的情感是否真實可靠？在秦紅綿心底深處並非沒有懷疑。所以，在鎮南王府聽到段正淳耳語「修羅刀下死，做鬼也風流」時，雖然心神俱醉，但聽到師妹甘寶寶的提醒：「這傢伙就會甜言蜜語，討人喜歡，你別再信他的話」時，她立即回應，對段正淳說：「不錯，不錯！我再也不信你的鬼話。」很顯然，這對師姐妹在來鎮南王府之前，曾相約相互提醒，以免再次上當受騙。只是在見到伊人之後，卻又情不自禁，師姐妹之間也有無意識的相互嫉妒和競爭。

在萬劫谷中，秦紅棉與刀白鳳大打出手，是一場你死我活的競爭。可是當鍾萬仇偷襲段正淳時，這對情敵卻不約而同地打鍾萬仇、救段正淳。發現段正淳是假裝受傷，她們才醒悟：又上了這傢伙的當，於是聯手攻擊段正淳。這一場變化多端的打鬥充滿喜劇性，卻也充分表達了：秦紅棉也好、刀白鳳也罷，在段正淳面前總是心亂如麻。

這場戲的最後結局出人意料，秦紅棉和刀白鳳這對針鋒相對的情敵，竟然罷鬥言和。保定帝和巴天石等人相視一笑，均覺鎮南王神通廣大，不知使上了什麼巧妙法兒，竟讓兩個適才性命相撲的女子聯手同去尋找段譽。

此景緣由，保定帝等人只猜對了一半。另一半是，在再見段正淳的這段時間內，秦紅棉的心思有了重大變化。簡單說，就是從此前想要獨佔段正淳的情感，轉變為願意與人分享段正淳的情感。

這是一個十分重大的觀念轉變，也許是因為年紀大了，相通了，或認命了；也許是不想再欺騙自己，只要在段正淳身邊，隨時能看到情郎，就已心滿意足。變化的原因，是她對女兒木婉清所說：「隔了這許多日子，他老了，你媽也老了。」話雖平淡，卻深情如斯，讓人心酸。

在此後的故事中，因為有了觀念轉變，秦紅棉從此能與段正淳的妻子和情人們和平共處，不再動輒發射毒箭。例如在小鏡湖畔，她沒有和阮星竹動手，而是被阮星竹的懷柔言語所打動，兩人嘗試和平共處；後來與刀白鳳、阮星竹、甘寶寶及段正淳一路同行、一起被抓，又是一例。只可惜，她的內心雖然平靜，情敵關係也有所改善，卻仍未能徹底改變不幸的命運，最後，秦紅棉與阮星竹、甘寶寶、王夫人一同被慕容復所殺，讓人感慨唏噓。

再說阮星竹。在這些情人中，與段正淳相處時間最長的，應該就是阮星竹。證據是，在小鏡湖方竹林中，段正淳與阮星竹相遇，從此長期逗留不歸，兩人再也沒有分開。更重要的證據是，秦紅棉、甘寶寶、王夫人等都只有一個孩子，而阮星竹卻為段正淳生了兩個孩子。她也是位單身母親。

只不過，與秦紅棉不同，阮星竹並沒有親自撫育女兒，而是將兩個女兒都送給了別人。她這樣做，當然是因為家人和社會都不能接受未婚先孕的醜聞，而她則無法承受強大的家庭和社會壓力。雖然我們無法責備她如此忍心，但有兩個問題要問：一是秦紅棉能幽居山谷，獨自撫養女兒，為什麼她不能？二是，為什麼在大女兒阿朱出生以後沒有接受教訓，還要繼續與段正淳在一起，生下二女兒阿紫？養女不教，導致阿紫走入邪門，當然是段正淳的罪孽，阮星竹恐也難逃其咎。

在段正淳的情人中，阮星竹的另一與眾不同之處，是她既沒有對段正淳懷恨在心，也沒有對段正淳的其他情人攻殺不休。證據是，她見到秦紅棉母女，她沒有乘人之危，而是嘗試化敵為友，雖無與秦紅棉分享段正淳之念，卻也沒有害人之心。也許是因為她自知武功不敵對手，也許是因為她知足常樂，也許是因為她心地善良，也許是因為篇幅所限，作者沒有對此人的心理及個性全部展開。

有意思的是，段譽在評說段正淳的情人時，曾想：「阮阿姨生下這樣一個阿紫妹妹，她自己的脾氣多半也好不了。」這一推測之詞是否符合實際，我們不得而知。

只有一點可以肯定，無論是秦紅棉，還是阮星竹，由於和段正淳的情感關係，她們的人生都變得殘缺，且最終都死於非命。是有情皆孽嗎？只能讓讀者去思考和判斷。

三十三、名實不符的鳩摩智

鳩摩智是吐蕃國師，外號大輪明王，大名鼎鼎，佛門中無人不知。聽說他具大智慧，精通佛法，每隔五年，開壇講經說法，西域天竺各地的高僧大德，雲集大雪山大輪寺，執經問難，研討內典，聞法既畢，無不歡喜讚嘆而去。就連大理國皇帝段正明，也曾動過前去聽經的念頭，可是這位佛門高僧卻是名不副實。

鳩摩智第一次出場，是在大理天龍寺中。他要拿少林寺七十二項絕技副本換取天龍寺六脈神劍的秘笈，看起來是平等交易，問題是，當天龍寺拒絕這一交易時，他就出言威脅，說吐蕃國主久慕大理風土人情，只因他慈悲為懷，竭力勸止。言下之意，是若不交換秘笈，吐蕃就可能會出兵侵佔大理。

這還不算，在天龍寺枯榮長老焚燒了六脈神劍秘笈後，他竟將大理王子段譽抓走，要將段譽帶到姑蘇慕容博墳前焚化，完成他對慕容氏的千金一諾。

被俘的段譽，見證鳩摩智偷襲保定帝於先，擒拿自己於後，出手殊不光明；躲避追蹤時詭計百出，對九名部屬生死安危全無顧念，陰險戾狠之氣暴露無遺。在段譽看來，南海鱷神等「四大惡人」擺明了是惡人，反而遠較這偽裝「聖僧」的吐蕃和尚品格高得多。段譽雖然江湖經驗不足，但他天資聰慧，洞察力超凡，對鳩摩智的看法，可為定評。

這裡要討論三個問題，一是，為什麼說鳩摩智名不副實？二是，鳩摩智為什麼會名不副實？三是，鳩摩智的形象和故事有什麼意義。

先說鳩摩智如何名不副實。此人道貌岸然，貌似佛法高深，內心卻是貪、嗔、癡三毒俱全。身為大輪明王，自有武功來源，卻貪少林寺七十二項絕技於前，覬覦天龍寺六脈神劍於後——他說取六脈神劍只是要焚化給當年贈他少林絕技的慕容博，明顯是騙人的謊話。假如真要完成諾言，又何必要苦苦逼迫段譽筆錄抄本？進一步的證據是，他從游坦之那裡搶奪《易筋經》秘笈，不僅拒不交還，且立即就開練，妄想練成天下無敵的武功。

鳩摩智的貪，不僅在武功，更在乎事功與虛榮。他要練成絕世武功做什麼？目的無非是，其一，幫助吐蕃國開疆拓土，創建更大的事功，垂名後世。其二，不滿足於佛門盛名，還要在俗世中，尤其是在中原武林中建立赫赫威名。證據是，他單人前往少林寺，是想憑自己練成的少林寺七十二項絕技威震武林，妄想一舉將屹立數百年之久的少林寺的聲譽毀於一旦。

鳩摩智不僅貪，而且心胸狹窄，嗔怒無常。典型的例子，是他在擂鼓山聾啞穀的圍棋珍瓏會上，處處刁難慕容復，甚至想誘使他自殺。他說慕容博與他有恩，贈他少林寺七十二項絕技抄本，為此他要取得大理天龍寺六脈神劍去報答慕容博，為什麼他對慕容博的兒子慕容復如此殘酷無情？原因不過是他在訪問姑蘇燕子塢時，非但沒有受到應有的禮遇，反而讓阿朱、阿碧兩個小丫頭弄得灰頭灰臉且落水，以至於讓取得段譽六脈神劍的美夢成空。如此意氣用事，哪有高僧氣象？

鳩摩智不僅貪、嗔，而且癡愚，自以為是。典型的例證，是在少林寺藏經閣裡，少林掃地僧指出他練少林功「次序顛倒，大難在即」，他仍然自以為是，並固執己見，以為對方是謊言欺騙，目的是取回少林寺丟失的武功秘笈。等到他當真出現走火入魔的症狀時，他不是反思懺悔自己貪心不止，而是怨恨慕容博，怪他當年贈他少林寺七十二項絕技不安好心。他在西夏國造孽更大。為確保吐蕃王子宗贊當上西夏駙馬，他不僅讓吐蕃武士封閉進入西夏的道路，阻止武林俊彥前往西夏求婚；而且將其中競爭力最強的慕容復投入枯井之中。他再次殘害慕容復，固然是要保障宗贊王子少一個競爭敵手，同時也是要報復慕容博，因為是他「害」得自己走火入魔。

接下來的問題是，作為名滿佛門的高僧，鳩摩智為何名不副實？難道說大理皇帝聽到的傳說有假？這個鳩摩智並不是高僧，而是個江湖騙子？

問題沒有那麼簡單。鳩摩智在大雪山大輪寺講經說法，實有其事；他精通佛法，能言善辯，妙語連珠，也絲毫不假。只不過，鳩摩智的智力有限，不足以領悟佛法的真正妙諦。他只是能解釋經文字句，卻不能解無著、無住、無作、無願的真義；更不懂得《金剛經》中所說「凡有所相，皆是虛妄」、「法尚應舍，何況非法」以及「如來所說法，皆不可取，不可說，非法、非非法」的無尚妙諦。

更大的問題是，佛法不僅是一門學問，而是宗教信仰。如來教導弟子，第一是要去貪、去愛、去取、去纏，方有解脫之望，不僅需要理解，更需要虔信和修行。鳩摩智能夠妙解佛法，只是學問精深，說到虔誠信仰和專心修行，那就差了十萬八千里。

最後一個問題是，作者寫鳩摩智形象有什麼意義？

這要分兩層說。一層是，作者要借鳩摩智的故事，寫出佛法的真諦。在西夏國的枯井底、污泥處，鳩摩智走火入魔，發狂發瘋，掐住了段譽的脖子，差點要了段譽的小命。幸而段譽身懷北冥神功，將鳩摩智的內力吸收得乾乾淨淨，無意中解除了走火入魔的痛苦，等於是救了鳩摩智一命。而鳩摩智內力盡失，欲望成空，成了智慧升級的良機，反思自己生平，「名韁利鎖，將我緊緊繫住。今日武功盡失，焉知不是世尊點化，叫我改邪歸正，得以清淨解脫？」這才幡然醒悟，從此行蹤無定，隨遇而安，心安樂處便是身安樂處，成了真正的高僧。

另一層是，他和《天龍八部》中降龍羅漢玄慈、伏虎羅漢神山一樣，都是佛門中人，都是有名的高僧，但也都有人性的弱點。僅有僧人身分，或僅有佛門名望，並不能確保高僧大德名副其實。只有心懷慈悲喜捨之念，即有與樂之心、拔苦之心、喜眾生離苦獲樂之心、於一切眾生捨怨親念想之心，才稱得上是真正的佛家弟子。

在三大高僧中，神山上人貢高我慢，只怕不會有悟道之日；玄慈方丈悔罪自殺，一生修行也就到此為止。鳩摩智空了內力，長了智慧，此後廣譯天竺佛家經論為藏文，弘揚佛法，渡人無數，這位高僧才得名實相符。

三十四、慕容復的皇帝夢魘

慕容復是《天龍八部》中的重要人物，既是段譽的情場對手，又與蕭峰齊名於江湖，只不過他與段譽、蕭峰完全不是一路人。這位名聲顯赫、英俊瀟灑的公子，真正的身分是大燕國王孫，自出生之日起就肩負復國使命，父親給他取名慕容復。慕容復一生沉浸在皇帝夢中，皇帝夢是他的命運，塑造了他的人生。

要討論四個問題。其一，慕容復為何那麼遲才登場？其二，他是怎樣的一個人？三是，為什麼他登場不久就想自殺？四是，慕容復最後為何會發瘋？

先說第一個問題，慕容復為什麼那麼遲才登場？早在第一卷書中，就有「北喬峰，南慕容」的傳說；第二卷書中，慕容復雖然呼之欲出，但卻沒有真正出現。直到第四卷書的開頭，慕容復才第一次公開露面，當真是姍姍來遲。如果慕容復是個可有可無的三四流人物，倒也罷了，但他顯然很重要。證據是，既然與喬峰齊名，焉能說他不重要？

更重要的證據是，雖然他沒有出場，段譽深愛的王語嫣，卻對表哥慕容復念茲在茲，無時無刻不想念，無時無刻不提及。而包不同、阿碧等人，也無不把慕容復當作鳳凰，隨時都在追蹤他的消息。在與王語嫣相遇之後，段譽一直生活在慕容復的陰影中。以至於段譽和喬峰在無錫相遇，都把對方當作慕容復，或慕容復的下屬。正因為他重要，書中才會有如此之多的鋪墊。

慕容復不僅重要，而且神秘。實際上，早在第二卷第十七回書中，他就已經登場，出現在段譽和王語嫣躲雨的碾坊中。只不過那時他戴著面具，一副殭屍般的木然神情，自稱是西夏武士李延宗。他的武功高得出奇，段譽不是他對手，公開認輸。但他說要段譽從此後一見他面就磕頭、喊「大爺饒命」。段譽說士可殺不可辱，他冷笑著說：「要是我一朝做了中原皇帝，你見了我是否要磕頭？」有意思的是，連摯愛表哥慕容復的王語嫣，也沒有認出他的真面目。碾坊中的這段戲，既是鋪墊，也有明顯的象徵性：慕容復形象真容躲在面具背後。

再說第二個問題：慕容復是怎樣的一個人？答案是，他是大燕國王孫，一生努力追求復國，有志而無情。

從王語嫣的言談和心思中，我們早已知道，慕容復志向極大，即是要復國當皇帝；他也自視極高，等閒人或事都不入他青眼。到第五卷書中，我們看到慕容復居然隨身帶著大燕國玉璽和君王世系表。說他志向高遠，不在稱雄武林，而在復國當皇帝。書中有很多證據，一是，他明明對三十六洞主、七十二島主毫無好感，為了收買人心為己所用，而一口答應幫助他們對付天山童姥。二是，西夏國出榜招駙馬，他和四大家將商量後，立即前往西夏國，希望成為西夏駙馬，增加大燕國復辟的籌碼。三是，沒有當上駙馬，他又別出心裁，拜段延慶為義父，希望借此登上大理國的皇帝寶座。

說他無情，書中也提供了足夠的證據。在少林寺藏經閣裡，掃地僧說蕭遠山、慕容博有內傷，都有走火入魔的危險，蕭峰立即跪地請求老僧為他父親醫治，而慕容復則拉著父親離開此地，置父親內傷和走火入魔風險於不顧。

另一個例子是，為了當上西夏駙馬，置王語嫣的深情於不顧，逼得王語嫣兩度自殺；且在王語嫣第二次自殺時，他竟說王語嫣是水性楊花。進而，在回答西夏公主招親試題時，他當眾說「我沒什麼最愛之人」。更好的例子是，當他要拜段延慶為義父，家將包不同出面阻止，他竟將隨他出生入死的包不同打死。眼見他如此殘酷無情，鄧百川、公冶乾、風波惡三人遂離他而去，他於是成了真正的孤家寡人。

再說第三個問題，為什麼慕容復登場不久就要自殺？

表面的原因是，他無法解開圍棋珍瓏，加之鳩摩智在一旁搗亂，說什麼「你連我在邊角上的糾纏也擺脫不了，還想逐鹿中原麼？」真正的原因卻是他的心理出了問題，眼前漸漸模糊，棋局上的白子黑子似乎都化作了將官士卒，相互糾纏廝殺，己方白旗白甲的兵馬左衝右突，始終殺不出重圍，心裡越來越焦急：「我慕容氏天命已盡，一切枉費心機。我一生盡心竭力，終究化作一場春夢！時也命也，夫復何言？」這才拔劍自殺。

這是慕容復最脆弱的時刻，也是他的心理最真實的時刻，他知道，大燕復國之夢其實是逆天行事，不可能有成功的希望；而他身為慕容子孫，生來就負有復國使命，與其枉費心機去追逐鏡花水月，不如一死了之。也就是說，慕容復的自殺行為，不光是對前途的絕望，實際上也是對使命和命運的逃避。

有意思的是，慕容復自殺還不止這一次。第二次是在少林寺，當他被段譽打得大敗，是王語嫣喝阻段譽，才讓他死裡逃生，但他無法接受，繼續要與段譽拼命，這也相當於自殺；偏偏段譽說不打就不打，眼見慕容復要傷害段譽，蕭峰及時出手，抓住慕容復，當眾說：「蕭某大好男兒，竟和你這種人齊名！」說罷手臂一振，將他擲到了七八丈遠，摔得狼狽不堪，於是慕容復再次橫劍自殺。

看起來，這回慕容復自殺，純粹是因為心高氣傲，不甘當眾受辱。實際上，在這一表層原因之內，仍然有深層原因。深層原因仍然是，明知復國美夢難成，天命不可逆轉，下意識想要一死了之，逃避自己的使命。這一回，是他的父親救了他，他以為父親已經死了，誰知仍然活在人世，仍然在為慕容家使命努力奮鬥。於是，慕容復不得不繼續活下去，繼續盡力完成自己的使命。

面對西夏國公主的第一道試題，慕容復明明聽到過四五十人的回答，待到他要回答時，仍然張口結舌、答不上來。他雖少年英俊，武功高強，名滿天下，江湖人對他充滿敬慕，但他內心其實從來沒有感到真正快樂過，因而他只好回答說「要我覺得真正快樂，那是將來，不是過去。」也就是說，他從未有過快樂人生。這應該是慕容復多次想要自殺的最深層原因，這是由他的下意識所決定：既然人生從未有過快樂，何不死去？

最後一個問題是：慕容復為何會發瘋？瞭解了慕容復的身分、使命、理性和下意識，就不難理解，這位大燕國王孫花招已經想盡，但都無法完成自己的畢生使命，但他又答應過父親，一定要為復國大業盡到最大努力。既沒有人生快樂，但又不能選擇自殺，實在解不開生與死的難題，當然只有發瘋，只有徹底沉浸到幻想世界裡，才能獲得暫時的平衡。

最後，小說中寫到「但見慕容復在土墳上南面而坐，口中兀自喃喃不休」，這一筆令人震驚，且令人惋惜，卻也意味深長，這個具有象徵性的景象，將會是無數人的噩夢之源。

三十五、趙煦皇帝的「天龍八部氣」

《天龍八部》第四十九回開頭，講大理皇宮中段正明傳位給段譽，說只要能愛民、能納諫，就能當好皇帝。緊接著就把目光轉向大宋宮廷，垂簾聽政的太皇太后高氏病危，趙煦皇帝迫不及待要親政。奶奶正在說趙煦的父親神宗皇帝的缺點：

「他聽不得一句逆耳之言，旁人只有歌功頌德，說他是聖明天子，他才喜歡，倘若說他舉措不當，勸諫幾句，他便要大發脾氣，罷官的罷官，放逐的放逐，這樣一來，還有誰敢向他直言進諫呢？」

年僅十六歲，虛歲十八的小皇帝沒有聽懂，卻要自作聰明，說：「只可惜父皇的遺志沒能完成，他的良法美意都讓小人破壞了。」

小皇帝的說法讓他奶奶大吃一驚，病情加劇，再也不可逆轉。

趙煦是真實歷史人物，史稱宋哲宗。對這一歷史人物的是非功過，史家有史家的說法，小說家有小說家的說法。《天龍八部》是小說，歷史人物出現在小說中，當然要按照小說家的審美觀點去塑造和評說。正因如此，我們才能看到，趙煦皇帝的形象，有十分濃重的「天龍八部氣」。

此前我曾解釋過，作者以《天龍八部》為書名，並非講述神道精怪的故事，而是要象徵世間的人物。現實生活中的天龍八部，是那些被強烈欲望或無意識情意結所綁架，而導致心智不全、心理不健康、性格變態、行為乖張的人物。所謂天龍八部氣，是指此類人物氣質。

在奶奶病危之際，趙煦公開頂撞，並不是這小子當真有什麼成熟的政治思想，而是因為對奶奶垂簾聽政極度不滿，所以奶奶說東、他就說西；奶奶說南、他就說北。說穿了，他的所謂政治觀點，不過是十六歲青春期少年逆反心理的表達。

具體點說，趙煦是宋神宗的兒子，八歲多就登基做皇帝，由奶奶垂簾聽政。鑒於神宗時代王安石變法後果不良，奶奶就反其道而行之，啟用司馬光，恢復舊法，史稱「元祐更化」。在奶奶健康時，小傢伙就是有再大怨氣，也不敢有絲毫發作，因為他知道，宮廷內外到處都是奶奶的親信耳目；如今奶奶病了，且明顯病得不輕，很難再恢復健康，當了八年多皇帝的小子才會如此斗膽。

小皇帝沒有成熟的政治思想，但卻以為自己有政治思想，他說「父皇手創的青苗法、保馬法、保甲法等等，豈不都是富國強兵的良法？只恨司馬光、呂公著、蘇軾這些腐儒壞了大事。」又說「我大宋兵精糧足，人丁眾多，何懼契丹？」不過是拾人牙慧，把王安石提出的新法說成是他父皇手創，即可見一斑。

他之所以把聽來的說法和想當然當作自己的政治理想，原因之一，是他自以為有天縱之才。八歲多就當了皇帝，任何這樣的人都會自以為有天縱之才，因為作為皇帝，勢必每天都有人在他耳邊說「天子聖明」，聽得多了，便以為當真如此，免不了會自高自大，覺得自己比前輩更加英明。

原因之二，是他年紀尚小，不能親政，朝廷和國家大事都只能由奶奶說了算，小皇帝有才無處用、有力無處使，自然會感到壓抑。他越是自高自大，壓抑也就越大；而壓抑越重，就越會固執地認為自己天縱英才，必有所成，等到自己親政的那一天，就必然要任性而為。

說趙煦有天龍八部氣，典型證據，是他故意惹奶奶生氣，而後又勸奶奶「別氣惱，多歇著點兒，身子要緊。」雖是勸慰，語調中卻沒有親厚關切之情。沒有孫子和奶奶間的溫暖親情，沒有真心實意的有情關切，既是天龍八部氣的證據，也是天龍八部氣形成的原因。

也就是說，趙煦如果有天龍八部氣，他的奶奶和家人要負責任。自他當皇帝八年來，奶奶忙於政事，無暇顧及孫子的成長，更無暇顧及孫子的感情；更嚴重的是，奶奶總是自作主張，並不教授他如何處理政事，不會聽取或徵求他這小皇帝的意見，更不會問及或顧及小傢伙的真實感受。有皇帝之名而無皇帝之實的趙煦，正常情感不能發育，變態心理自然滋生。

更可怕的是，生於皇家，權柄高於一切。哪怕是貴為皇帝，手中無權，便得不到尊重，隨時有被廢黜乃至被殺害的危險，在這樣的環境中，不能不戴面具，不能不說假話，不能不工於心計，不能不殘酷無情，卻又不能不假裝守規矩、有情義。在奶奶病危的這一天，情況才有些不一樣。趙煦帶著佩劍，並當著奶奶的面發誓要繼承父親的遺志，當著奶奶的面將一把椅子劈為兩截。奶奶見此，大吃一驚，第一個衝動，就是「這孩子膽大妄為，我廢了他！」書中說，奶奶雖秉性慈愛，但掌權既久，一遇到大權受脅，立即會想到排除敵人，縱然是至親骨肉，也毫不寬待。無奈，奶奶已經病入膏肓，油盡燈枯，無能為力了。

皇帝除了大操閱兵，素來不佩刀帶劍。趙煦這小子今日竟帶著佩劍來到奶奶病榻前，他要幹什麼？此事不便妄加猜測。或者，他只是要帶著劍給自己壯膽。

這位滿口雄心壯志，說話豪氣沖天、發誓要和契丹人決一死戰的小皇帝，膽子其實不大。病榻前的最後一幕就是證明：當奶奶聽他念念不忘與遼國開仗，突然坐起身來，右手指向趙煦時，趙煦在積威之下，嚇得連退三步，腳步踉蹌，險些摔倒，手按佩劍，心中突突亂跳，大叫道：「快，你們快來。」直到太監向他報告「太皇太后龍馭賓天」的消息，他才哈哈大笑，叫道：「好極，好極！我是皇帝了，我是皇帝了！」奶奶去世，他大笑，說「好極」，這是典型的非人作風，也就是典型的天龍八部氣。在趙煦而言，這是自然而然，甚至是理所當然。

趙煦親政的第一件事，就是把保守派禮部尚書蘇軾貶去做定州知府。其後在朝廷上發生的一切，顯示出這個被壓抑多年的小皇帝如今大權在握，要力排眾議，一意孤行，以證明自己天子聖明。

歷史上的趙煦非常短命，親政只有短短七年時間就一命嗚呼，終年不過廿三歲。他想有所作為，也確實曾有所作為，但更嚴重的後果是，在他去世後廿六年，就發生了靖康之難，他的繼任者宋徽宗、宋欽宗都被金人俘虜，北宋王朝土崩瓦解。

把靖康之難歸因於趙煦或某個皇帝與奸臣，或歸因於變法圖強，當然並不公平。北宋中期之後三冗二積，也就是冗官、冗兵、冗費，外加積弱、積貧，是一個極其複雜的系統問題。在這裡無法討論，我們要關注的，是小說《天龍八部》中的趙煦小皇帝有怎樣的天龍八部氣，以及他為什麼會有如此嚴重的天龍八部氣。

三十六、小說中的耶律洪基

耶律洪基也是歷史人物，是遼國的第八位皇帝，史稱道宗。此人廿三歲登基，在位四十六年。書中寫到皇太叔耶律重元叛亂，也是歷史事實。小說中，他是蕭峰的結義兄弟，也是逼死蕭峰的人，這就成了「天龍八部」的代表性人物。

我們這裡要討論的，是小說中的耶律洪基，而不是討論歷史人物。

討論耶律洪基，要問幾個問題：一是，蕭遠山、蕭峰父子人生悲劇的真正罪魁禍首是誰？二是，耶律洪基是個英雄人物嗎？三是，他和蕭峰是好朋友、好兄弟嗎？

先說第一個問題，蕭遠山、蕭峰父子的人生悲劇，直接的肇事者是玄慈率領的一幫漢人武士，幕後元凶是一心要復興大燕國的慕容博，要不是他通報假消息，玄慈等人就不會去雁門關外發動偷襲。慕容博的陰謀之所以能夠得逞，離不開具體的歷史背景，那就是遼、宋間長達百年戰禍仇怨。

在這一意義上說，蕭氏父子人生悲劇的真正罪魁禍首，應該是那些發動戰爭、製造戰亂的人，也就是遼、宋兩國皇帝和有關官員。這也就是說，耶律洪基或他的父親就難逃其咎。若不是遼國對大宋虎視眈眈，遼宋兩國相互仇視，玄慈等人怎麼會相信慕容博的謊言，怎麼會去雁門關外伏擊無辜的蕭遠山夫妻？進而，若不是遼宋兩國存在不共戴天之仇，汪幫主怎麼會給馬大元留下那封信？康敏謀害蕭峰的陰謀怎麼能得逞？丐幫的徐長老等人怎麼會把人品、武功、聲譽俱佳的喬峰幫主驅逐出幫？

要分析和評價遼、宋間的戰爭歷史，並不是件簡單事，也不是我們要討論的主題。我們要討論的是，在小說作者看來，人間造孽最大者，莫過於戰爭。而戰爭的發起者，正是名標青史的那些政治人物，大名鼎鼎的皇帝、威名赫赫的將軍、建功立業的謀臣。

無論有怎樣的理由，政治利益也好，經濟利益也好，個人野心也罷，只要發動戰爭，就會流血漂杵，成千上萬人頭落地，更不必說邊境上的平民百姓屢屢被敵方圍獵射殺，不能為人，淪為遼狗、宋豬。在《天龍八部》中，蕭峰曾親眼見到宋國將士捕殺契丹人，也親眼見到遼國將士圍捕漢人；更不必說，在小說最後，耶律洪基統兵南下侵宋，焚毀民居的大火燒紅了天空。

下一個問題是：耶律洪基是不是個英雄？這個問題難以簡單作答。說是，或說不是，都有其道理，對此要作具體而仔細的分析評判。

耶律洪基在小說中第一次露面，是在圍獵時與女真人發生遭遇戰中，他被蕭峰所擒，倒也不失英雄氣概，先是爽快認輸，截然爽快地答應以黃金五十兩，白銀五百兩，駿馬三十匹作為贖金；阿骨打的叔叔頗蘇拉將贖金提高十倍，他仍然爽快地答應；而蕭峰私下釋放了他，說是不要贖金，他安全離去後，不久竟派人送來一百倍贖金，即黃金五千兩、白銀五萬兩，駿馬三千匹，外加綢緞一千匹，麥子一千石，肥牛一千頭，肥羊五千頭。從這一行為看，他的武功雖然不是蕭峰的敵手，卻也不失草原上英雄好漢的行徑。

耶律洪基第二次露面，是在耶律重元叛亂時。開始他有點驚懼，一旦開戰，卻是勇氣倍增，親自站在高處，手持長刀，發令指揮，大大鼓舞了禦營軍隊的士氣。叛軍抓住了他的母親、嬪妃和公主，本想要瓦解他的鬥志，但他不受威脅，發誓要捉住叛徒；下令將哭喊的嬪妃射殺，使得叛軍將領無計可施。在形勢極為不利、眼見敗局已定時，他對蕭峰說，自己是國君，不能受辱於叛徒，當自刎以報社稷。並勸蕭峰連夜逃走，說本想賜他富貴，沒想到自身難保，反而連累了對方。此時，他視死如歸，還能替蕭峰著想，表現出了英雄氣概。

耶律洪基第三次露面，是他親自到南京，封南院大王蕭峰為宋王兼兵馬大元帥，命令蕭峰率部南下滅宋。此時大宋太皇太后高氏病逝，宋哲宗趙煦親政，改變保守國策，厲兵秣馬，躍躍欲試，正是重啟戰爭的大好機會。蕭峰不願領兵侵犯宋朝，他便設計將蕭峰關進囚籠之中，決定親自率兵南下。

阿紫當年拍他馬屁，說：「第一位英雄好漢，自然是你陛下了！我姐夫本事雖大，卻要順從於你，不敢違背，你不是第一嗎？」這話讓他呵呵大笑，顯然是說到了他心坎上。

此刻，他手握重兵，眼見可以吞滅宋朝，開疆拓土，名垂千古，自是不可一世。只可惜蕭峰被人救走，而他竟在萬馬千軍之中被虛竹、段譽抓獲，蕭峰要他發誓終其一生不許遼軍一兵一卒越過宋遼疆界。他這樣做了，蕭峰等人也守信放他回去。

在短短的回程路上，他不願在蕭峰和遼軍之前示弱，強自鎮靜，緩步而行；但卻禁不住越走越快，只覺雙腿無力，幾乎跌倒，雙手發顫，額頭汗水涔涔而下；侍衛送來坐騎，他已全身發軟，左腳踏上腳蹬，卻無法翻身上馬，兩名侍衛扶住他的後腰，用力一托，他才重新騎上戰馬。此時的耶律洪基完全沒有英雄模樣。

接下來的問題，是耶律洪基是不是蕭峰的好兄弟、好朋友？

這個問題，也不能簡單作答。在他第一次與蕭峰相遇，被蕭峰所擒，又被蕭峰無條件釋放，既感蕭峰不殺之恩，又喜蕭峰英雄氣概，再加上聽蕭峰把他當作朋友，遂主動提出要與蕭峰結拜兄弟。這時，他是真心結拜。蕭峰把他當朋友，是因為他有好漢氣質，更因為他是契丹人、是蕭峰的族人。耶律洪基把蕭峰當朋友，是因為感謝，也因為感動，並不是要收買人心。

他與蕭峰再次相遇，是在皇太叔父子叛亂時，他見形勢無可挽回，勸蕭峰連夜逃走，是真的替朋友、兄弟著想；當蕭峰決心與他同患難，進而勇擒叛亂首領，出人意料地終結了叛亂，耶律洪基封蕭峰為南院大王，感激之情和兄弟義氣，應該不會是虛假做作。

問題是第三次與蕭峰見面，給蕭峰封官許願，要領兵侵宋，蕭峰不願這樣做，他就起了殺心，若不是害怕蕭峰武功高強，說不定當時就拔劍斬殺了蕭峰。這樣的行為，是皇帝的典型作風，根本談不上兄弟和朋友情誼。

進而，蕭峰仍然不從，他就聽從妃子之計，讓阿紫給蕭峰投毒，將蕭峰關入鐵籠中，這當然就更談不上是兄弟和朋友了。最後，蕭峰在遼軍陣前逼迫耶律洪基發誓終生不再侵宋，為全兄弟之情，蕭峰自殺身亡，而耶律洪基完全不理解蕭峰為什麼這樣做。這也就證明，耶律洪基和蕭峰在本質上不是一路人，他們之間的兄弟和朋友關係缺乏相互理解和相互尊重的基礎。這並不稀奇，耶律洪基身為大遼皇帝，也就是命中註定的孤家寡人，哪裡會有正常的兄弟和朋友？

《俠客行》

一、《俠客行》與認知之謎

在金庸的後期小說中，傳奇性越來越強，寓言性也越來越深。《俠客行》就是一個例證，主人公居然自稱狗雜種，說這是他媽媽給他取的名字，實在讓人匪夷所思。而小說的故事情節，可以概括為一句話，即無知小子走江湖，驚現不斷，迷霧重重，其過程和結局的傳奇性令人咋舌；而這部小說的寓言性也意味深長。讀這部書，當然是從前往後看；要思考和理解這部小說，則不妨從後往前看。

《俠客行》的書名和故事，都是由唐代大詩人李白的古風《俠客行》而來，故事的真正緣起，是《俠客行》中藏有一套絕世武功圖譜，兩位發現者，即龍、木兩位島主對武功圖譜的理解不一致，於是設法收徒弟，以便繼續研究，但研究的結果產生了更多的不一致；於是就派人到大陸來，邀請武林門派掌門人前往俠客島共同研究。因為俠客島上的斷腸蝕骨腐心草每十年才開一次花，所以俠客島邀客每十年發生一次。

由於受邀而來的研究者仍然無法達成共識，而這些受邀者又全都癡迷於武功圖譜，以至於所有的受邀者沒有一個人願意離開。因為受邀前往俠客島的武林高手全都是有去無回，而不受邀的武林門派則有滅門之禍，所以大陸武林人把俠客島邀客視為武林浩劫。因為要應付武林浩劫，長樂幫副幫主貝海石才要未雨綢繆，找石中玉當幫主，也就是當替罪羊；石中玉逃跑了，就找來與石中玉長相相似的狗雜種／石破天來頂缸。

《俠客行》一書，有三個重要的問題值得思考：一是，為什麼大陸武林人把俠客島邀客視為武林浩劫？二是，為什麼那麼多人分不清石中玉和石破天？三是，為什麼天下武林高手四十年來都無法解開《俠客行》武功圖譜之謎，而石破天在短短幾個月時間內就破解了？這三個問題，都與我們的認知習慣有關，所以，也可以叫作三大認知之謎。解開了這三個謎，才可算是真正理解了這部書。

先說第一個謎題。

俠客島邀客，純屬好意，不過是邀請武林高手去共同研究《俠客行》武學而已；只不過，俠客島的請柬是兩塊銅牌，即一塊「賞善」、一塊「罰惡」而已。那麼，俠客島邀客為何被視為武林浩劫？

所以如此，部分原因當然是作者敘事安排所致，也就是說，作者故意不寫俠客島如何「賞善」，只寫邀客使者如何「罰惡」，因而造成了讀者的片面認知，也以為俠客島邀客使者當真是動輒滅門，無惡不作。

但這不是問題的全部，我們看到，書中的武林人物談論俠客島邀客，也是千篇一律地說滅門之禍，而沒有人談及他們的賞善之舉，三十年來，根本就沒有人去做全面的實地調查。這就是我們認知的第一個局限，即只相信傳說，也就是耳聞，並且把片面的耳聞目睹當作事實真相，而不去調查研究。

其次，武林人如此風聲鶴唳，比如長樂幫如此煞費苦心，是因為有自知之明，也就是他們知道自己作惡太多，行善太少，因而無善可賞，有惡可罰，所以惶惶不可終日。再次，俠客島邀客使者武功高得出奇，又善於用毒，且詭計多端，大陸武林中沒有對手，造成了大陸武林的普遍恐懼，而恐懼有極強的傳染性，於是一犬吠聲、百犬吠影，恐懼的猜想不斷傳播，結果就變成了大家的盲目共識。

再說第二個謎題。長樂幫的軍師貝海石，把石破天改造成石中玉，不僅本幫的幹部如展飛分不清真假，就連石中玉的情人丁璫、石中玉的仇人雪山派、石中玉的父母石清和閔柔夫婦，也全都分不清真假，儘管主人公不斷地解釋說：「我是狗雜種，不是你的天哥、不是石幫、不是你兒子」，但這些人仍然堅持己見，認定他是石中玉。

這是為什麼？之所以如此，原因有兩條，一是兩人的長相有八九分相似，二是石破天的肩膀上有丁璫咬出的傷疤，腿上有雪山派留下的傷疤，屁股上有仇人留下的傷疤，讓情人丁璫、仇人雪山派、父母石清夫婦確認眼前人就是石中玉。

可是，小說中的阿繡卻一眼就能分辨真假，這又是為什麼呢？其一，那些人先入為主，並且自以為是，根本就無法冷靜下來認真傾聽主人公的解釋，也就是把自己的主觀認定當作了客觀真相，卻不知道自己認定的所謂真相，是基於內在的情緒偏見。其二，這些人只相信自己的眼睛，所謂眼見為實，不能對主人公的言語、行為、品行進行綜合性分析判斷。也就是說，這些人的認知複雜度不夠，沒有探索複雜事物真相的能力。

再說第三個謎題。俠客島上的《俠客行》武功圖譜，龍、木兩位島主已經研究了四十年，從大陸武林邀高手共同研究也已有三十年之久，參與研究的共有將近兩百人，但沒有一個人能夠破解武學秘密，而主人公石破天到俠客島不過幾個月，很快就破解了。

書中給出的解釋，讓人目瞪口呆：石破天之所以能夠破解這一武學謎題，是因為他不識字，因而不會從詩句的字義和注釋的路徑去思考和理解，而只是直接地從武功圖譜中看到具體的圖形；而那些按照詩意、字義、注釋及其知識背景等複雜路徑去探討的人，不僅在歧路上越走越遠，且相互之間永遠都無法達成共識。

用作者在這部書的《後記》中的話說，就是「各種牽強附會的注釋，往往會損害原作者的本意，反而造成嚴重障礙。」在《後記》中，作者還引述了《金剛經》中的說法來印證：例如「凡有所相，皆是虛妄」、「法尚應舍，何況非法」，以及「如來所說法，皆不可取，不可說，非法，非非法。」

這意思不光佛經中有，中國古代智者也早有認識，老子說「名可名，非常名」；公孫龍子說「物莫非指，而指非指」，都有類似的意思。意思是說，我們所使用的每一個詞，都是一個概念，每一個概念都指代一種事物，但概念和事物並不完全是一回事，我們不能把概念當作刻板印象，並把它當作對現實事物的理解。

這些解釋可能還不夠通俗，通俗的解釋是，真相就在我們眼前，而人類卻不會自己睜了眼睛看，往往被習得的概念模式牽著鼻子走，結果離事實真相越來越遠。《俠客行》武學之謎，說的就是這點事，石破天不識字，所以能夠直達真相；而那些識字的人卻被牽強附會的解釋，也就是各種假象所迷惑，即便皓首窮經仍只能迷亂不堪。

作者是不是說，不識字比識字更好？無知比有知識更好？當然不是那個意思，作者本人就是一個知識淵博的人，怎麼可能鼓勵無知？當今資訊社會，無知的人簡直寸步難行，更不要說取得什麼驚人成就。《俠客行》武學之謎，只不過是提醒讀者，不要讓自己所學的概念和知識變成追求真理和真相的障礙——佛家叫作「所知障」——有知識且有洞察力的人，才能看到真相，追求真理。

二、石破天的性格與天賦

《俠客行》的主人公石破天，可能是金庸小說中最具傳奇性的人物形象。因為，在金庸小說中，在這個世界上，不會有第二個人，自稱是小雜種，並且還不知道「小雜種」是個罵人的概念。也不會有第二個人像石破天這樣，不但無名，而且無知，而且無求，卻能逢凶化吉、遇難呈祥，最終破解《俠客行》武學之謎，成為絕世高人。這怎麼可能呢？我們要探討的話題，就是這個。

說石破天無名，不是說他沒有名氣，而是說他沒有名字。石破天並不是他的名字，而是石中玉為自己取的一個化名，當上了長樂幫的幫主。我們的主人公被貝海石從摩天崖上劫持下來，說他是長樂幫幫主，名叫石破天。也就是說，石破天這個名字是外人強加給他的。他本人說，自己叫狗雜種，但我們知道，狗雜種不可能是真正的名字。在小說中，他還有過小傻瓜、大粽子、史億刀等多個名字，但那也都是別人給取的，而且都沒有用太長時間。從小說結尾裡，我們能夠推測，此人或許是石清夫婦的二兒子石中堅，但無法正式確認。說來說去，上述所有的名字都不是他的名字，叫他石破天，只能是權宜之計。

石破天無知，那是非常明顯的。連狗雜種是罵人話他都不知道，什麼是小賊，什麼是乞丐，他也分不清。由此可見，此人不是一般性的無知，而是極度無知。這也難怪，他從小就和媽媽一起生活在豫西盧氏縣東熊耳山枯草嶺，以樹木和鳥獸為鄰，與一隻大黃狗為伴，母子相依為命，但媽媽的性格十分古怪，經常發脾氣、生悶氣，接連多天不理睬他，那是家常便飯。從小沒有接受任何系統教養，對人間社會的人情世故自然會極度無知。

石破天無求，也就是決不求人。以至於在他得到玄鐵令之後，謝煙客希望他提出請求，而他偏偏不求人，形成了令人樂不可支的故事情節。據他說，他之所以不求人，是因為媽媽從小就訓練他這樣做，否則，輕則挨罵，重則挨打，最嚴重的是惹得媽媽發瘋，並且呵斥他：「為什麼不去求那嬌滴滴的小賤人」！

這樣一個無名、無知、無求的人，怎麼能逢凶化吉，並且還解開了數百名武林高手花費數十年時間都無法解開的武學難題？所以如此，最重要的原因當然是，作者就是這樣設計的，作者想要他怎樣，他當然就只能怎樣。

傳奇小說都是如此，如果沒有超出常人經驗和想像的人和事，那還叫什麼傳奇？所以，我們也可以換一種方式提問：石破天是怎樣的一個人？作者對石破天的性格命運的設計，是否合情合理？

石破天是怎樣的一個人？首先，我們看到的是他天真純樸的一面。對世事幾乎一無所知，那是他的天真；沒有害人之心，也沒有防人之意，有什麼就說什麼，即便謝煙客告訴他「狗雜種」不是個好名字，他也還是不以為意，對他人直言相告。這樣的人，當然容易受騙上當，容易落入他人設置的圈套陷阱中。跟隨謝煙客練武，差點送掉了小命；落入長樂幫貝海石之手，更是厄難重重。

其次，因為純樸，所以仁厚。謝煙客對他冷言冷語，他對謝煙客卻是始終熱心熱腸，給他付飯費，為他摘棗子，擔心他生病而照顧他的身體。照顧他人，同情他人，為他人著想，完全出自他的天性。更典型的例子，是遇到長樂幫高手欺負大悲老人，他雖人小力弱，而且不懂武功，但還是挺身而出，試圖拯救大悲的厄難。

雖然雪山派百萬劍與他為仇，要抓去雪山派受審，但在紫煙島上見到白萬劍被丁不三、丁不四兄弟圍攻，他雖害怕不三不四兄弟，但仍然硬著頭皮出手，幫助白萬劍脫險。遇到丁不四欺負關東四大門派掌門人，雖然他與受難者素不相識，還是出口又出手，救了四位掌門人。

更出人意料的是，江湖中人極度恐懼俠客島的邀客銅牌，而長樂幫主石中玉也被找到，當石中玉不願擔責時，為了拯救長樂幫數萬兄弟的性命，他居然主動申請接受了邀客銅牌！緊接著，他又受丁璫慫恿，再次做石中玉的替身，到雪山派凌霄城去受審。在雪山派，他居然再一次接下了邀客銅牌，成為唯一兩次接受銅牌者，這就是石破天。

再次，他生具靈性，極其聰穎。世人見他純樸天真，認為他愚昧蠢笨，丁不三乾脆就叫他是小傻瓜，那是有眼不識金鑲玉。

石破天靈氣聰慧，首先表現在他的烹調技藝上，謝煙客又發現他練武入門也十分快捷。看了雪山派劍法，就能記住十之七八；石清夫婦教他上清宮武功，他能迅速領悟；丁璫教他幾天擒拿手，他就能以此克敵制勝；丁不四現教現賣，結果差點無法脫身。史小翠教他幾天金烏刀法，他以此與白萬劍聯手，趕走了丁氏兄弟；而後與白萬劍對打，又讓白萬劍輸招。所有這些都表明，他有極強的學習能力，靈性超人。

最後，世上純樸仁厚之人很多，聰穎靈活的人也不少，但既純樸又聰穎的人卻是十分罕見。小說第五章《叮叮噹噹》開頭，作者就說，創制「羅漢伏魔神功」的高僧，就深知世間罕有聰明、純樸兼美的才士。而石破天修煉「羅漢伏魔神功」，只不過是水到渠成，毫不費力，這也證明，他是世間少有的既天真純樸、心無雜念，而又靈性充盈、聰穎出眾之人。

純樸與靈性有著密切的內在關聯，這種關聯，人類至今所知有限。石破天的靈性天賦隱藏在他的純樸天性之中，看似並無耀眼光芒，那是因為這種極其罕見的稟賦，超出了我們的理解能力，凡人肉眼無法洞見。

石破天一路逢凶化吉，固然有作者精心照應的因素，但也因為他仁厚待人，且能迅速適應環境，並能逆來順受有關。在俠客島上，唯他能破解《俠客行》武學之謎，絕不僅僅是因為他不識字那麼簡單。倘若他沒有深厚的武功內力，沒有出眾的直覺能力，沒有超群的領悟能力，如何能把每一幅圖畫中的武功連成一體？又如何能把廿四窟武學融會貫通？

三、石中玉與石破天

《俠客行》這部小說，是利用石破天和石中玉相貌十分相似，製造出迷霧重重的故事情節。這樣的寫法，自古就有，莎士比亞的戲劇中更有多次嘗試，算不上是金庸的獨創。所以金庸先生在小說的《後記》中說，他所想寫的，主要是石清夫婦愛憐兒子的感情。這感情寫得如何？真相又如何？值得專門討論。

石中玉和石破天，讓我們想到《紅樓夢》裡的甄寶玉和賈寶玉，想到「假作真時真亦假」。石中玉是典型的「星二代」，看起來相貌英俊、行為瀟灑、能言善辯、魅力十足，但與石破天一比較，立即原形畢露：看上去是寶玉，實際上是不堪打磨的頑石。

他做長樂幫的幫主，在幫中作威作福，姦淫幫眾妻女，幫眾之所以能夠容忍，是因為他承諾接受俠客島的邀客銅牌，讓長樂幫免於滅門劫難。不料大難還沒來，他就逃之夭夭，讓貝海石不得不煞費苦心，把天真無知的狗雜種「雕塑」成石中玉的替身。張三、李四將他抓了回來，他仍不打算履行自己的諾言，不願意替長樂幫消災免難，而且振振有詞，說自己是受騙被迫。結果是，真正受騙被迫的石破天挺身而出，接下來俠客島的邀客銅牌。兩相比較，高下分明。

更不用說，小說開頭，當狗雜種出現在讀者面前時，有關石中玉在雪山派胡作非為的消息也傳入了讀者耳中。這傢伙年方十四五歲，就想對雪山派公主阿繡實施強暴，殺傷兩名丫鬟，導致阿繡跳崖，阿繡媽媽發瘋，阿繡奶奶離家出走。聯繫到日後在長樂幫中的所作所為，這個石中玉可以說是道地的渣男。而這個渣男，正是石清、閔柔夫婦的長子。石清夫婦愛憐兒子的感情不管有多麼感人，他們教育兒子的成果顯然是讓人不敢恭維。

小說結尾時，石破天的媽媽梅芳姑自殺了。至死也沒有說出石破天的身世秘密，根據她臂上的守宮砂，可以肯定她不是石破天的生母；根據他稱呼養子為狗雜種，以及動輒發脾氣說「幹嘛不去求那嬌滴滴的小賤人」等蛛絲馬跡，再加上石破天與石中玉相貌非常相似，可以合理推測，石破天很可能是石清夫婦的次子石中堅。

也就是說，石中玉和石破天是親兄弟，有相同的遺傳基因。如果石破天真是石中玉的同胞兄弟，那麼他們倆不同的成長經歷，就如同一個心理學、教育學的實驗。把兩個擁有相同遺傳基因的孩子放在不同的環境中，觀察環境對人的影響。這一實驗的結果，大大出乎我們的意料：這兩個人的人品性格，果然有天壤之別。極具諷刺意味的是，由石清夫婦撫養的石中玉，成了讓人不齒的渣男；而由梅芳姑當作狗雜種撫養長大的石破天，則成了宅心仁厚、俠氣天成的大英雄。

石清夫婦為人正派，愛心滿滿，智力發達，情商也不低，按理說，由這對夫婦親自撫養的孩子，理應順利成長，並且順利成才，至少也應該繼承黑白分明的正派家風。可是結果卻不是這樣。為什麼會出現如此出人意料的實驗結果？

原因之一，是這對父母——尤其是閔柔——對兒子過於溺愛。他們原本就溺愛孩子，當次子被仇家所害（**實際上是被搶走**）後，對大兒子石中玉就加倍溺愛。溺愛的結果，是讓石中玉自我中心，自以為是，為所欲為，無法習得正常的社會規範和文化經驗。用現在的話說，就是容易成為巨嬰。

原因之二，是石清發現兒子過於頑劣，且希望兒子學到另一種武藝，幫助媽媽閔柔找梅芳姑復仇，將年幼的石中玉送到雪山派去學藝。易子而教，自古有之，把石中玉到雪山派去學藝，按理說不是個壞主意。只是石清夫婦沒有想到，石中玉從溫暖的江南到寒冷的雪山，從父母呵護縱容的懷抱，到雪山派嚴酷的訓練，會產生嚴重的不適應症。

孩子不懂父母心事，從他幼稚的心理出發，覺得是被父母拋棄了，因而由不適應症發展成盲目的反叛衝動。石中玉強暴阿繡，並非當真道德敗壞，甚至也未必出自好色淫欲，而是對這個讓他嚴重不適的成人社會發起強烈的反擊。由於是孩子，當然不會想到，此事會有多麼嚴重的後果。由於雪山派的不斷追殺，石中玉在人生歧途上就越走越遠。

結論是：石清夫婦雖有憐子之心，愛子情懷，但卻不懂兒童心理，對兒子的教育，以徹底失敗而告終。

與石清夫婦相比，梅芳姑當然並沒有更多的育兒經驗，更何況她還對狗雜種的父母——尤其是母親閔柔——充滿仇恨，對狗雜種自然也不會有太多的憐愛。為什麼在她身邊長大的狗雜種石破天，反倒順利長成純樸天真而且靈氣充盈的陽光男孩呢？這一不可思議的實驗結果，自然有其如此這般的因由。

首先，梅芳姑用非常嚴厲，甚至不無變態的手段，不許狗雜種求人。狗雜種提出任何請求，都會遭到斥罵，乃至毒打，或者是發神經，問狗雜種為什麼不去求「那嬌滴滴的小賤人」。狗雜種莫名其妙，但卻從此習慣了不求人。不求人意味著什麼？當然是自立和自助，遇到任何問題，自己去解決。也就是說，梅芳姑在無意之中，用非常的方法賦權狗雜種，讓他自立為人。

其次，從狗雜種對謝煙客所說的隻言片語中，我們知道梅芳姑的情緒極端不穩定，用專業術語說，是患有精神官能症。有時也溫柔和善，但隨時會變得情緒惡劣，暴躁忿怒，哭喊罵人，或者乾脆就生病，躺在床上不起來。這樣的神經質媽媽，不但培養了狗雜種自立習慣，還培養了狗雜種超常的適應能力：無論梅芳姑是溫柔、是憤怒、是傷心、是斥罵，或是生病，與她相依為命的狗雜種都得適應，且還要關心媽媽、服侍媽媽。在這一過程中，狗雜種的同情心也得到了培育。

再次，從狗雜種保持純樸天性，成為陽光大男孩的情況看，梅芳姑在狗雜種嬰兒時期，應該是善待過他。由於狗雜種不記得嬰兒時期的事情，小說中也就沒有說及他嬰兒時期的故事，具體情況我們不得而知。但從金庸的其他小說中看到，嬰兒能夠喚醒人性，改變惡人的態度，卻有實例在先。例如《神鵰俠侶》中的李莫愁，曾經善待過嬰兒郭襄；《倚天屠龍記》中的金毛獅王謝遜，也是被嬰兒張無忌的哭聲喚醒，從此恢復良知。我們不妨推測，嬰兒狗雜種也曾喚醒梅芳姑的母性，並撫慰過梅芳姑的傷痛，因而對這個小小嬰兒加以善待。否則，石破天怎麼會對這個媽媽始終懷有親愛和感激之情呢？

結論是，梅芳姑雖然不是一個好媽媽，甚至也沒有當好媽媽的意識，但她卻在無意間教會了狗雜種：自立、適應和同情。

小說中的實驗結論，是不是要顛覆人間親情倫理和育兒經驗？應該不是這樣，至少作者不是這樣想的，否則，他就不會說這部書的重點是寫石清夫婦的憐子之情。小說的結果出乎意料，那是文學想像的產物，值得進一步思考和求證。

四、梅芳姑悲劇的成因

要說《俠客行》，不能不說梅芳姑。她是主人公石破天的養母，僅憑這一點，這一人物的重要性就不言而喻。小說一開頭，主人公狗雜種就在找媽媽，但這個媽媽梅芳姑長時間不見蹤影。從狗雜種的隻言片語中看，這個媽媽的行為簡直令人匪夷所思：世界上哪有媽媽稱呼兒子為狗雜種？

直到小說最後，梅芳姑才出場，而且只有一場戲，是以自殺而告終。她沒有告訴石破天，他的爸爸是誰；但自殺時，故意露出胳膊上的守宮砂，告訴石破天，也告訴所有的人：她還是個處女，因而不可能是石破天的生母。

梅芳姑的一生，無疑是一場悲劇。證據是，一，在生命花季自毀美麗容顏。二，在失戀的日子裡，根據石破天的隻言片語介紹，我們知道她經常被負面情緒所困擾，無法自拔，當石破天求她的時候，她會莫名其妙地痛打孩子，並且說「你為什麼不去求那嬌滴滴的小賤人？」

三，生命的最後，她選擇了自殺。

梅芳姑的人生悲劇是如何形成的？其原因，值得專門探究。

梅芳姑人生悲劇的直接原因，是她年輕時愛上了石清，但石清卻不愛她，而是愛其同門師妹閔柔。這樣的事，幾乎人人都可能遇到。遇到這樣的事，每個人都會黯然神傷，但也僅此而已，生活還得繼續。多數人都不會因此而發瘋，不會像梅芳姑這樣，去找石清的妻子拼命，並且把石清夫婦的小兒子石中堅殺死——當然更可能是把石中堅搶走，把孩子撫養成人，卻稱呼他為狗雜種。無論怎麼說，梅芳姑的這種行為，都應該說是瘋狂的行為。那麼，她為什麼會如此瘋狂？

梅芳姑出場時，問了石清幾個問題。第一個問題是：當年我的容貌和閔柔到底誰美？石清回答是：她比閔柔更美。第二個問題是：當年我的武功和閔柔相比，是誰高強？石清的回答是：閔柔遜她一籌。第三個問題是：文學一途，又是誰高？石清的回答是：你會作詩填詞，咱夫婦識字也是有限，如何比得上你？第四個問題是：針線之巧、烹飪之精，我不如閔柔嗎？石清的回答是：內子不會補衣裁衫、炒雞蛋都炒不好，如何及得上你千伶百俐的手段？

最後一個問題是：那你為什麼對我冷冰冰的沒有半分好臉色，對閔柔卻有說有笑？也就是：為什麼你不愛我，卻愛閔柔？石清的回答是：梅姑娘，我不知道。你樣樣比我閔師妹強，不但比她強，也比我強，我和你在一起，自慚形穢，配不上你。聽到石清這樣的回答，梅芳姑只能發愣，然後大叫一聲，衝進茅屋自殺了。

梅芳姑樣樣都好，為什麼不能贏得石清的愛？石清給出了兩個回答，一是不知道，這是一個誠實的回答，因為人間姻緣並不是任何人都說得清楚。石清給出的第二個回答就有意思了，說梅芳姑不僅比閔柔強，而且也比他強，他感到自慚形穢，只能選擇逃避，以便維護大丈夫、小男人的脆弱自尊心。

這也是一個誠實的回答。那麼，在梅芳姑的人生悲劇中，石清是不是有責任呢？答案是沒有。因為石清在廿二年前就明確告訴過梅芳姑，自己不愛她，一生只愛閔柔一人。這話應該也是誠實的，也就是說，石清沒有對梅芳姑始亂終棄，梅芳姑對石清的感情，始終都只是單相思。梅芳姑相思成狂，石清沒有責任。

相思和失戀都是人間常事。梅芳姑為何會相思成狂？首先，是梅芳姑不懂得愛情。從她的提問中可以看出，她簡單地認為，只要容貌好、武功強、文學水準高、女紅技藝巧，就一定能在情場上得償所願；卻不懂得有時候女性太強，會讓那些自慚形穢的小男人敬而遠之。尤其是在過去那個男尊女卑的社會中，女性的能力越強，在情場上往往越是有價無市。甚至今天也是如此，原因很簡單，那就是男人的男子漢、大丈夫的外衣，包裹著的往往是小男人的身心。

其次，從梅芳姑的表現看，她的情商也比較低，不懂得愛，不通人情世故，是一個方面；更嚴重的是，她也不懂得如何愛別人，也不懂得感受他人的感受。因而，她的片面的愛情，註定只能是單相思。再次，由於她有極高的才情品質，也有極高的自我期許，而又認知有誤、情商不高，所以無法承受失戀之痛。因為她找不到對方不愛她的理由，也找不到自我安慰及自我療傷的方法。

最後，也是最重要的一點，那就是她缺乏理性，任憑本能衝動，在戀愛受挫時，非但不會自我反省，而且不會想辦法去贏得石清的愛，卻去找閔柔的麻煩，進而把她的孩子奪走。事實證明，這樣做非但不能贏得石清，相反只能讓石清離她越來越遠，把她當作大仇人；進而，這樣做非但不能讓自己獲得心理平衡和安慰，反而毀了自己的一生。

梅芳姑的人生悲劇，還有更深的原因，那就是她缺少教養、缺少關愛、缺少健康理性的文化習得。這當然是因為她有丁不四、梅文馨這樣的父親、母親。丁不四雖然並不是壞人，但顯然是心智不夠成熟，不懂得怎樣做丈夫、怎樣做父親，以至於早早拋棄了妻子和女兒。梅文馨的心智是否成熟？我們不得而知，從她動輒扯丁不四耳朵的情形看，恐怕說不上是一位溫柔賢慧的好妻子。

夫妻間的情感深度、情感態度和相處方式，對孩子有十分重大的影響，不僅決定了孩子對這個世界的最初感知，甚至會決定一個孩子的性格和命運。作為母親，梅文馨或許有稱職的一面，梅芳姑的文才武藝、女紅烹調等技藝，多半是母親教的；但梅文馨的可怕之處是心裡充滿了對丁不四的怨毒，證據是她煞費苦心，創造了專門對付丁不四的毒辣武功。這種怨毒，很可能在有意無意中傳染給自己的女兒梅芳姑。毒藥有兩種，一種是可能對女兒說：「你爸爸是個王八蛋！」另一種是說：「男人沒有一個好東西！」一方面是男人沒有好東西，另一面是癡心愛某個男人，這就形成了理智與情感的矛盾衝突，這種矛盾衝突得不到妥善解決，就可能會撕裂人的心靈，導致嚴重的認知錯誤和心理變態。

五、永遠長不大的丁不四

在《俠客行》中，丁不四要算是一個重要人物，他出場往往伴隨著喜劇性，因而很得小朋友喜歡。所以如此，是因為這個人沒長大，且可能永遠也無法長大，如同巨嬰，即身體上如成人，而心智發育不夠成熟，思想和行為更像孩子的人。說丁不四永遠也長不大，當然是有證據的，而且證據還不止一點。

在小說第十四章《關東四大門派》中，丁不四來到一個小鎮飯店，飯店裡坐滿了人，丁不四毫不客氣地把別人擠開，吃別人點的菜，喝別人點的酒，還叫大家「別客氣」。這是一種典型的霸凌行為。成年人霸凌是惡棍行徑，而丁不四霸凌，卻有他的古怪之處。

接下來發生的是，因為遼東四大門派中有一個錦州青龍門，青龍門與丁不四井水不犯河水，只因青龍門弟子的兵器是九節鞭，丁不四就大為惱火，說對方是活得不耐煩了。為什麼呢？因為丁不四本人的兵器就是九節鞭。

這是什麼邏輯？是孩子的邏輯：凡是我玩過的玩具，就不許你玩，還說「氣死我了，氣死我了，氣死我了！」於是與關東四大門派掌門人大打出手，而且還占上風，石破天出口又出手，讓丁不四灰溜溜地離去，順手殺了一名關東弟子，和三名看熱鬧的閒人。這是欺軟怕硬，也是孩子脾氣。利己而不損人，是常人的標準；助人為樂，是俠義作風；損人利己，則是邪惡的標記。丁不四的行為屬於第四種，即損人而不利己，當然惡劣，但卻是受孩子氣的動機所推動。

巨嬰的第二個特點，是自視過高，也就是自以為了不起。對孩子而言，自視甚高是一個好現象，自我期許更高的孩子，往往成就也更大。三十歲之前，自許甚高都算是正常現象；三十歲以後還自視過高，那就適得其反；六十歲以後仍然自視過高，那就不僅是病態，而且是可笑的病態了。丁不四正是如此。在小說的第九章，在紫煙島上，丁不四與白萬劍動手，空手明明打不過對方，卻硬是不拿出兵器來。為什麼呢？因為他是白萬劍的長輩，不屑於拿出兵器，結果是負傷流血。丁不三說他負傷了，他還死也不承認。為什麼呢？因為他自以為是，不能丟面子，當然就不能承認事實真相。在正常人看來，這種認知邏輯，當然很可笑。

巨嬰的第三個特點，是心智淺薄，只會模仿他人。丁不四有個哥哥，叫丁不三，哥兒倆的名字放在一起，就是不三不四，這顯然是作者故意安排。

不三不四兄弟，哥哥不像是哥哥，弟弟也不像是弟弟，兄弟情感淡薄，一見面就相互諷刺挖苦，都覺得自己比對方更高明。丁不四自以為比哥哥高明得多，實際上卻處處模仿哥哥的言行。典型例證是，哥哥叫丁不三，就規定自己一天只能殺三個人，叫「一日不過三」；丁不四覺得這很酷，就大加模仿，說自己「一日不過四」。丁不四一生的所作所為，都不過是對他人行為的模仿，因為只是淺薄的模仿，難免會知其然而不知其所以然，結果就難免哭笑不得，呈現喜劇性效果。

再看看丁不四如何對待愛情、婚姻和子女。在小說第九章，丁不四第一次露面時，是對史小翠死纏爛打，千方百計地要讓史小翠到碧螺島上去住些日子，撫慰他四十多年的相思之苦。乍看上去，這丁不四似乎是個有情人，而且似乎還是個情聖，若不然，對一個人的單相思怎麼能堅持四十多年不變？而且在史小翠面前，他的表現也似乎彬彬有禮，知道史小翠走火入魔，他是十分關切；他的武功明明比石破天高得多，但卻始終遵守史小翠制定的規則比武，即只能用教過石破天的功夫比武，石破天的內功奇高，差點弄得他下不來台。到此，故事就開始變味了，丁不四從懇求變為要脅，從要脅變為試圖綁架。

愛情故事的泡泡，終於被他的行為戳破，這不是什麼愛情，而是小孩子賭輸贏、掙面子。鐵的證據是，史小翠對他不屑一顧，他卻和丁不三一起到凌霄城去找史小翠的丈夫白自在，說史小翠已經到了碧螺島，與他重修舊好。如此撒謊騙人，無非是為了虛榮。而不顧情感事實，只追求虛榮，也正是巨嬰的一大特點。

直到小說的最後，丁不四上了俠客島，我們才知道他的情感生活的全部真相。原來他並不是因為愛慕史小翠而終生不娶，而是曾有過一個妻子梅文馨，而且還有過一個女兒梅芳姑。對妻子是始亂終棄，對女兒更是毫無父愛。在正常的成年人而言，這叫道德敗壞；

而在丁不四，卻是另有原因。說起來讓人難以置信，那就是，他的身體早已發育成熟，而心理卻還沒有長大成人。作為丈夫，作為父親，他顯然都不稱職；不稱職的原因，是他不懂得丈夫的義務和父親的責任。就像《射鵰英雄傳》裡的老頑童，一生都在逃避責任和義務，拒絕長大成人。

巨嬰的另一個突出特點，是自我中心，不會去愛他人，也不懂得去愛他人，也可以說，是缺乏愛的能力。對梅文馨是如此，對女兒梅芳姑也是如此，對念茲在茲的史小翠，其實也是如此。他對史小翠的愛情表演裡，並無真正的愛情——沒有關切，沒有體貼，沒有理解，更沒有尊重。巨嬰的智商通常都不高，而情商則更低。

小說的最後，他的女兒梅芳姑自殺了。他的第一反應是無法理解，因為他的情商極低，沒有感受他人的感受的能力；他的第二反應，是「去和這姓石的拼命！」也就是把梅芳姑之死，歸咎於無辜的石清。這樣的人，遇到任何挫折或厄難，絕不會自我反省，而只會歸咎於他人。一切都是他人的錯，環境的錯，社會的錯，以此逃避內心的傷痛或內疚。這，應該是巨嬰的最後一個特點了。

丁不四的一生，看起來很好玩，想起來很好笑；再接著想，就會覺得很可悲。

六、白自在的自大與瘋狂

《俠客行》裡有一個白自在，他是雪山派掌門人，是史小翠的丈夫、白萬劍的父親、阿繡的爺爺；又是石中玉的師爺、石破天的師公，與主人公的關係密切，在小說中有聯繫主要人物、推動故事情節的功能性作用。更值得一說的是，白自在的形象及其心理病變，有獨立審美價值，是小說中的一大人文看點。

白自在的看點，是他自大成狂。具體表現是，要徒子徒孫見面喊口號，什麼口號呢？是：「雪山派掌門人威德先生白自在，是古往今來劍法第一、拳腳第一、內功第一、暗器第一的大英雄、大豪傑、大俠士、大宗師！」不喊口號，就要被他殺了；口號喊得不好，也要被他殺；喊口號心不誠，則要被他砍斷手腳。任何人都看得出，這老傢伙瘋了。同門師兄弟和直系弟子們沒有辦法，只好在他飯菜裡下藥，將他麻倒，用鐵鍊捆綁起來，關進石屋子裡。由此引起雪山派的內訌，同門爭奪掌門人，白刀子進，紅刀子出，這是小說中最驚人的一幕。

白自在為何瘋狂到這一地步？這要分兩層說。一層是他為何自大？另一層是他為何瘋狂？白自在為何自大？原因很簡單，是他年輕時吃了異果，內力大增，武功超群，當上掌門人，贏得美人歸，在江湖上少有敵手，於是自高自大。

這並不稀奇。在生活中，這樣的人並不少見，在某個領域取得了相對突出的成就，難免自我膨脹。當然並非所有有成就的人都如此，如現代科學奠基人牛頓，成就空前，但他卻說，面對無知的汪洋大海，他不過是在海灘上拾貝殼的孩子。

俗話說得好，三十歲之前不狂的人，沒大出息；三十歲後還狂的人，也沒大出息。有較高的自我期許的年輕人，追求夢想，自強不息，通常會比那些沒有夢想、沒有追求、沒有自我期許的人出息更大；但到三十歲以後，若還不知道自己有幾斤幾兩，不知道天有多高、地有多厚，仍然自高自大，那是既不自知，也不知人，非但不會有更大的出息，弄不好還會成為一種病態。

所有成功者，都離不開天賦、訓練和機緣三種因素的相互作用，有些人比別人更成功，不見得是天賦比別人更好，只不過是機緣比別人更好而已。白自在就是這樣一個典型。白自在是吃了異果，武功才突飛猛進；他在江湖上少有敵手，也不是因為他的武功舉世無雙，而是因為雪山派的環境偏僻而且封閉，如同井底之蛙；不知道那些武功更高的掌門人，在過去三十年間，陸續被俠客島請去了。假如白自在知道這一點，也承認這一點，他當然就不會自我膨脹，更不會自大成狂。可是這老兄卻回避事實真相，沉浸在自我膨脹的幻想中。

為什麼這樣？是因為一個更隱秘的原因，那就是他的妻子史小翠對他不以為然。雖然史小翠不說什麼，但從她的態度和眼神裡，肯定能感受這一點。一個如此自高自大的人，卻無法贏得妻子的佩服，這肯定會傷他的自尊。自尊受傷的白自在，非但不做自我反省，反而變本加厲地在自大幻想裡求取心理平衡，這就留下了一個大大的病灶。

說起來，這一病灶的形成，也是他自己造成的。妻子史小翠為什麼不佩服他、不尊重他？原因是，白自在情商很低，不懂得愛，更不懂得尊重，從結婚時起，就不斷貶低妻子的武功，抬高自己，讓妻子的自尊嚴重受傷。史小翠也針鋒相對，你不尊重我，我也不尊重你，為了挽回自己的尊嚴，暗地裡創制「金烏刀法」，專門克制雪山劍法。白自在雖然不知道妻子的行為，但看得懂妻子的表情。

自高自大成了白自在的心理平衡方式，久而久之，成了一種心理習慣，這是一個病灶。到他在小說中正式露面時，這一病灶嚴重發作了。自大的人不少，並不是每個人都會自大癲狂發瘋。這就要說到第二層，白自在為什麼自大成狂？

白自在自詡為古往今來第一人，幻想自己無所不能。可是石中玉強暴了他的孫女，並且逃走，雪山派抓不到人，這是對他的第一重打擊。阿繡受辱，跳崖自盡，是對他的第二重打擊。暴怒之下，習慣性地責怪妻子，說她沒有照顧好孫女，打了妻子一耳光，妻子竟離家出走，這是第三重打擊。偏偏在這時候，妻子當年的追求者丁不四兄弟來到雪山派，說史小翠與他見面了，相愛了，如今正在碧螺島上。白自在雖然將丁不四打得吐血，但他自己受刺激更大。

也正是這一刺激，讓白自在發了瘋。白自在發瘋，既是因為失去了妻子，更是因為丟了面子：假如他妻子史小翠當真與丁不四相愛，古往今來四個第一的大英雄、大豪傑、大俠士、大宗師白自在，豈不是顏面掃地？我們都知道，自我膨脹的人並不是真正堅強的人，而恰恰是脆弱的人。而當心理壓力超出承受力的時候就只能發瘋，只有在瘋狂幻想裡，才能逃避壓力，逃避現實真相。

根據精神分析理論，我們知道，心理變態或精神癲狂的真正原因，並不在意識層面，而是在潛意識或無意識層面。按照這一理論，上面所說的四重打擊，只不過是白自在發瘋的刺激因素，而不是導致他發瘋的根本原因。

白自在發瘋的根本原因是什麼呢？從小說的主要情節線索看，發瘋的原因，是對俠客島邀客的極端恐懼。俠客島每十年一次邀請武林各派掌門人到俠客島做客，過去幾十年間，被俠客島邀去的掌門人無一返回；而不接受邀請的，則有滅門之禍！俠客島的武功簡直匪夷所思，江湖中沒有人能抵抗。因此，在這部小說中，整個武林世界的掌門人，都生活在極端恐懼中。白自在是一派掌門，當然也不例外。

面對不可戰勝的俠客島，地位越高、武功越強、名氣越大的人，就越危險，也越恐懼。白自在的地位、武功、名氣比一般掌門人大，恐懼自然更大。更要命的是，他自視太高，以為自己是古往今來第一人，恐懼就大到無以復加，原因很簡單，別人只是怕死而已，白自在不但怕死，更怕名聲掃地，怕自己吹起的氣泡被戳破。

別人的恐懼還可以與人商量，白自在不能與人商量，因為他是武功第一呀！他也找不到人商量，因而只能悶在心裡，當恐懼壓力超出他的承受能力時，心理崩潰也就不可避免，於是發瘋殺人。這是心理崩潰的典型形式，其實也是潛意識自我保護形式：發了瘋，或許就可以逃過俠客島之劫，誰會邀請一個發了瘋的人去赴臘八之宴呢？

白自在被治癒過程也有意思。阿繡跳崖未死，平安歸來，是第一副良藥；妻子史小翠回來說，她和丁不四沒有情感牽扯，寧死也不去碧螺島，是第二副良藥。史小翠創制的金烏刀法戰勝了白萬劍的雪山劍法，是第一次針灸；石破天的內力比他還強，是第二次針灸。結果是，白自在以掌門人身分接過了俠客島的邀客銅牌。

當然這事也有另一種解釋，那就是白自在發瘋，不僅屠殺弟子，且導致雪山派內訌，不去俠客島，何以面對同門？無論如何，能夠勇敢面對自己的宿命，心病至少好了一半，接下來是在俠客島上，看到他人的超級武功，白自在一項一項地摘掉「暗器第一、拳腳第一」及「大英雄、大豪傑、大俠士、大宗師」的帽子，如同摘除一個又一個心理腫瘤，終於痊癒。過程非常有趣，書裡寫得精彩，各位可以自己去看，我就不必囉嗦了。

七、常態阿繡與非常態丁璫

今天要講的題目是：常態阿繡與非常態丁璫。

阿繡和丁璫是《俠客行》中的兩位年輕姑娘，與石破天和石中玉兩位男主角有密切關聯。阿繡在十三歲時，受到石中玉的欺凌，雖未當真受強暴，但也飽受驚嚇和侮辱，因此跳崖。石中玉因此逃出雪山派，混成了長樂幫幫主，結識了丁璫，讓丁璫神魂顛倒，把他當成了終生摯愛。石中玉從長樂幫逃走，貝海石又找來石破天，丁璫誤以為石破天就是石中玉，差一點與他拜堂成親，爺爺丁不三不喜歡石破天老實巴拉，要殺石破天，丁璫無奈，只好把他捆成大粽子，丟到另一條船上。如此促成了阿繡和石破天相識，史小翠懷疑石破天就是石中玉，而阿繡只看了一眼，就斷定他不是。阿繡是這部書中唯一能分辨真相的人。

說阿繡是常態，而丁璫是非常態，是因為這兩個姑娘的個性心理截然不同。阿繡溫柔端莊，含羞帶澀，心理特徵和行為模式都與時代環境相符，具有古典氣質；而丁璫則自由放任，敢作敢為，心理和行為都有些超前或超常，具有現代特徵。

阿繡喜歡石破天，固然是緣分所致，仍是在得到奶奶史小翠許可的前提下，才與石破天交流好感；而丁璫喜歡石中玉，卻是自作主張，擅自與石中玉談情說愛。更明顯的差異是，阿繡對石破天的好感，是建立在對石破天本性的認知和認可的基礎上；而丁璫對石中玉的好感，則是因為石中玉善於甜言蜜語，讓她心花怒放，飄飄欲仙，即便知道石中玉濫情好色，行為不端，仍然不改初衷。

丁璫分辨不出石破天和石中玉的差異，還不算特別驚人，因為在這部小說中，絕大部分都分辨不出真偽。石中玉的敵人白萬劍、花萬紫等人分辨不出，石中玉的父母石清和閔柔也分辨不出。丁璫錯認石破天，一是因為兩人長相十分相似，於是先入為主；二是因為他身上有咬痕，為她提供了鐵證，於是板上釘釘。儘管石破天多次解釋自己不是她的天哥，儘管石破天的行為和個性與石中玉天差地遠，丁璫還是堅持己見，以為是那場大病惹的禍。

小說中最驚人的場景，是石中玉、石破天同時出現，石中玉幾句甜蜜言語，讓丁璫知道自己搞錯了對象，狠狠地打了石破天一個耳光，說他是大騙子。在這一場景中，幾乎所有人都能分辨石破天和石中玉的人品差異，連石中玉的父母也為這個兒子感到羞愧，唯獨丁璫對石中玉情有獨鍾，視石中玉為絕無僅有的情種，於是與石中玉合謀，誘騙石破天再扮石中玉，前往雪山派的凌霄城，再次為他頂缸。

故事發展到這一階段，幾乎人人都知道，石中玉是個被寵壞的孩子，也是個自私自利、自我中心的人。這樣的人，只會愛自己，而不會愛他人，即使是自己的父母，他也並不真正關心。他到處拈花惹草，不過是為了滿足自己的動物欲望；由他批發或零售的甜言蜜語，絕對是言不由衷。與丁璫談情說愛，不過是露水姻緣，當然不會以真心相對。可是丁璫卻不這樣看，並不完全因為她不知道石中玉寡義薄情，而是因為她對石中玉的甜言蜜語有病態是嗜好，永不饜足。

每個人都喜歡受到他人的誇獎，都希望經常受到鼓勵和表揚。心智成熟的標誌，就是能分辨真假、把握分寸，言過其實的表揚受之有愧，虛情假意的誇獎更如糖衣炮彈。丁璫對石中玉情有獨鍾，與其說是對英俊相貌的愛戀，更不如說是對風流話語的癡迷。丁璫對甜言蜜語的需求有如毒癮。之所以如此，是因為內心的自卑和空虛：只有內心自卑的人，才需要別人的表揚來平衡或遮掩；只有內心空虛的人，才需要別人的誇獎來填充和補闕。

阿繡的常態，來自她的幸福童年。小說中並沒有具體講述阿繡的童年故事，如何知道阿繡的童年是否幸福？證據是，阿繡受辱跳崖後，母親發瘋，爺爺發怒，奶奶負氣出走，父親萬里追逃犯。所以如此，是因為父親、母親、奶奶和爺爺都關心阿繡，這也就證明，阿繡的童年是在家人的溫暖懷抱中。此外還有一條反證，那就是石中玉「強暴」阿繡，與其說是出自性欲衝動，不如說是出於強烈的嫉妒心。石中玉被父母送到雪山派學藝，在苦寒之地嚴格訓練，缺少他所需的關懷呵護，而阿繡如「雪山公主」，對比之下，愈發難以平衡，欲毀之而後快。

丁璫的童年就沒有那麼幸運了。小說中也沒有講述過丁璫的童年，如何知道丁璫的童年是否不幸？證據是，一，丁璫自幼失去了父母——她的父母是如何失去的我們不得而知，但失去父母則是事實。二，丁璫與爺爺丁不三相依為命，而這個自以為是的爺爺，對孫女的關愛顯然不足。丁璫童年的實例雖然無法列舉，但丁璫成年後的若干例子，仍然可以清晰地證明這一點。

小說中，丁不三初見石破天，拍了他一掌，發現石破天內力深厚，立即認定這個娃子可以當他的孫女婿，並且立即決定要他和孫女當晚成親。而後來發現石破天武功稀鬆，又立即改變主意，不許丁璫嫁給石破天，而且要親手把石破天殺了，丁璫據理力爭，也不過是把石破天的死期延遲了十天。

這兩段實例說明，無論是丁不三要石破天和丁璫成婚，還是要殺了石破天，都絲毫沒有考慮孫女丁璫的感受，更不會考慮孫女丁璫的利益，而是根據自己的即時好惡而定。

進一步的例子是，丁璫在與石中玉、石破天交往過程中，始終沒有透露自己的身世，沒有告訴對方，自己是丁不三的孫女。當然也沒有告訴爺爺丁不三，自己交了男朋友。為什麼這樣？原因很簡單，不說明自己是丁不三的孫女，是擔心爺爺的名聲不好，怕對方聞風而逃，這也間接說明了她為自己的身世感到自卑。而之所以不把自己有男朋友的消息告訴爺爺，那是因為她知道爺爺喜怒無常，不會真正地關心自己，更不會尊重自己的情感意願，弄不好就會美夢成空。從丁不三堅持要殺石破天的例子看，丁璫的憂慮，確有充分的理由。

為什麼說丁璫內心空虛？理由是，她缺少親情關愛，也沒有其他的人生目標。正因如此，她才會瞞著爺爺去交男友，也正因如此，她才會陶醉在石中玉虛情假意中——丁璫對甜言蜜語的病態嗜好，其實已經說明，在她既往的生活中，缺少最低限度的誇獎和肯定。正因如此，丁璫才成了非常態的丁璫。

八、謝煙客的古怪命運

謝煙客是《俠客行》中的重要人物，摩天居士謝煙客與凌霄城主白自在，無論是在武功方面，還是在聲望方面，都應該屬於同一等級。這個人物，居然沒有被俠客島邀請去赴臘八之宴。

小說中，關東四大掌門聯手都打不過丁不四，而這四個人都被邀請了；丁不四也被邀請了，名不見經傳的梅文馨也被邀請了，武功比這些人只高不低的謝煙客卻沒有被邀請，未免讓人感到奇怪。如果說俠客島只邀請掌門人，丁不四還有個哥哥丁不三，他算哪門子掌門？如果說是因為有獨創性而被邀請（如梅文馨），那謝煙客也獨創了「碧針清掌」，為何沒受邀請？

這個疑點，只有一個合理解釋，那就是作者對他另有安排，那就是要讓他完成石破天的囑託，把石中玉好好教養成人。如果他被俠客島邀請，赴宴時又不能帶著石中玉前去，按照石中玉的性格，肯定會立即逃之夭夭，教養石中玉就成了空話，謝煙客也就成了失信之人。因此，謝煙客不能去俠客島，要專心做保姆。

說謝煙客是保姆，聽起來似乎在開玩笑，但並不是玩笑，而是實情。不管他是有意還是無意，也不管他是願意還是不願意，在這部小說中，謝煙客還真是走保姆運，開頭做保姆，結尾還是做保姆。小說開頭遭遇狗雜種，他把小傢伙帶到摩天崖，將他養大成人，算是當了狗雜種的保姆。小說結尾，再次遭遇狗雜種，狗雜種居然開口求人，要他好好教養石中玉，所以，他仍然是保姆。

這謝煙客為人孤傲，眼高於頂，一生獨往獨來，鬱鬱寡歡，如果有誰說謝煙客此生的成就，居然是帶孩子、當保姆，任何人都會笑掉大牙，謝煙客更會嗤之以鼻。想不到，實情偏偏就是如此。謝煙客也想不通。在第十八回書中，謝煙客問石清：「石莊主，賢夫婦在侯監集上也曾看中了我這枚玄鐵令，難道當時你們心目之中，就在想聘謝某為西賓，替你們管教這位賢公子麼？」

謝煙客曾有情有義，將三枚玄鐵令交給三位於他有恩的朋友，說道持此令來，即可有求必應，無論如何艱難凶險，也必在所不辭。發出的三枚玄鐵令，有兩枚被交回，江湖中於是發生了兩件驚天動地的大事，那是謝煙客的踐約行為。

那兩件大事究竟是什麼，書中沒有說，肯定不是容易的事。重要的是，謝煙客確實踐行了自己的承諾，因而，他不僅以報恩義舉知名，更以誠信守諾知名。正因如此，在這部小說的開頭，才會有金刀寨、雪山派、玄素莊等武林門派中人尋找玄鐵令，並為之大打出手，目的當然是希望得到玄鐵令主人的千金一諾。

卻不料，這枚玄鐵令偏偏讓一個自稱「狗雜種」的小傢伙得到了。謝煙客來到了現場，本能反應是拿了玄鐵令走人；第二反應，才是帶著取得玄鐵令的小傢伙一起走。他希望小傢伙提出一個簡單請求，以便他趕快完事，但接下來的故事，讓謝煙客哭笑不得：這個小傢伙說，他從來都不求人！

按照正常人的行為習慣，謝煙客有兩個選擇，一是幫助小傢伙尋找媽媽和阿黃；二是什麼也不做，與小傢伙分手，讓他自己去找媽媽。可是謝煙客並非尋常人，所以，他既不選擇一，也不選擇二，而是選擇三，即把小傢伙騙上摩天崖（**說帶他去找媽媽**）。謝煙客的如意算盤，是不讓小傢伙接觸旁人，以便儘快了結此事。

由於小傢伙當真不求人，謝煙客就不能不長期與小傢伙生活在一起，從此當上了保姆。說他當保姆，有些名不副實，因為小傢伙將烹調、洗碗、砍柴、打獵、儲菜、洗衣等雜活全包了，不僅照顧了自己，也照顧了謝煙客。謝煙客只是提供了一個生活場所，以及買米、買衣等基本生活費。謝煙客不耐其煩，後來終於起了歹念，故意教錯練功秩序，讓小傢伙走火入魔而死。小傢伙的確走火入魔了，但卻沒有死，而是被長樂幫劫走，展開新的人生奇遇，而謝煙客的希望落空。這才有後來小傢伙開口求人，要謝煙客好好教養石中玉，正式確立他的保姆身分。

為何謝煙客會有如此古怪的命運？部分原因，是作者故意安排；更重要的原因則是：性格決定命運。亦即，謝煙客的古怪命運是由他古怪的性格所決定。他曾公開揚言，持令者哪怕是他的仇人，他也絕不一指加其身，去傷害對方。而他也的確做到了這一點，沒有對小傢伙動一個指頭。問題是，他的做法並非真正守信，而是表面文章。不對持令者一指加身，真正的意思是，不以任何方式傷害對方，而謝煙客欺騙小傢伙在前，陷害小傢伙走火入魔在後，對對方造成了嚴重的身心傷害。

謝煙客的做法，明顯違背了不傷害對方的誓言。他所以如此，若不是故意欺世盜名，那就是對道德規範和行為準則做自以為是的選擇性遵從，從而把自己錚錚諾言，變成了一場似是而非的語言遊戲。

謝煙客何以如此？小說中有所提示，說他在三十歲上遇到了一件大失意事。什麼失意事？另一處寫到，當他發現小傢伙天生豪爽且聰穎，若加好好調處，倒可成為武林中一把好手，但轉念又想：「世人忘恩負義的多，我那畜生徒弟資質之佳，世上難逢，可是他害得我還不夠？怎麼又生收徒之念？」一想到他的孽徒，頓時怒氣上升。

被自己的徒弟所害，應該就是謝煙客三十歲時的大失意事。具體是什麼情況，書中沒有詳細交代。作者不交代，既是要為讀者留下想像空間，同時也是強調謝煙客不願回憶、不願面對，以至於形成被壓抑的無名情結。

謝煙客也曾想當好人，三枚玄鐵令就是最好的證明。問題是，他長期被負面情緒所支配，心中積鬱無從發洩，讓他無法做一個真正的好人。謝煙客很了不起，但沒有他自以為的那麼了不起。遇到一個劣徒，就認為世上所有人都忘恩負義，即使面對天性仁厚的「狗雜種」，仍然會有眼不識金鑲玉。

這一事實表明，自以為了不起的人，一旦遭遇挫折，往往會怨天尤人、憤世嫉俗，沉入負面情緒的深淵而不能自拔。任性而為固然能痛快一時，痛快之後仍然會鬱鬱寡歡。

諷刺的是，謝煙客知道自己算不上真正的好人，而「狗雜種」竟把他當作了媽媽一樣的好人。這正是：心裡有蓮花，看別人都是蓮花；心裡有牛糞，看別人都是牛糞。在與「狗雜種」長期相處的日子裡，謝煙客呈現的是算計和怨毒，而「狗雜種」呈現的是純真和仁厚。狗雜種終於開口求人，謝煙客心裡的石頭終於落地，在教養石中玉的日子裡，他是否會變得好些？我們不得而知。

《笑傲江湖》

一、《笑傲江湖》：自由精神之歌

《笑傲江湖》於一九六七年至一九六九年在《明報》上連載，其時，中國正處在「文化大革命」的高潮中。書中日月神教的教眾朝拜教主任我行，與「文革」中某些儀式有些相似之處，於是有人說，這部小說是影射「文革」之作。作者在修訂版《後記》中卻說：這部小說並非有意的影射文革，而是通過書中的一些人物，企圖刻畫中國三千多年來政治生活中的若干普遍現象。又說：影射性的小說並無多大意義，政治情況很快就會改變，只有刻畫人性，才有較長期的價值。

作者的說法當然應該重視。問題是，如果《笑傲江湖》不是一部影射之書，那麼它是一部怎樣的書？要回答這個問題，先要回答另外兩個問題：

一是：小說主人公令狐冲是怎樣的一個人？二是，令狐冲的人生奮鬥目標是什麼？

先說第一個問題，令狐冲是怎樣的一個人？

這部小說很有意思，令狐冲出場之前，未見其人，先聞其聲，不過不是他本人的聲音，而是別人對他行為的種種傳說。在傳說中，令狐冲的聲譽不大好，似乎是個不守規矩的人，到處惹事生非，嗜酒如命，帶著尼姑逛窯子，還與採花淫賊田伯光稱兄道弟。直到小尼姑儀琳出來為他辯護，才得知令狐冲的另一面，那就是他多情重義，是非分明，聰明活潑，懂得隨機應變。此人天生喜愛自由，個性放浪不羈，與華山派掌門大弟子的身分的確不大相符。

要進一步瞭解他的精神氣質，當從他傳承《笑傲江湖之曲》和從風清揚學習獨孤九劍兩件事中看。令狐冲沒什麼音樂修養，更沒有任何音樂技藝，當然也不會把從事音樂作為自己的人生目標。但他第一次聽到劉正風和曲洋合奏《笑傲江湖之曲》，便產生了強烈共鳴。這《笑傲江湖之曲》是隱士之曲，源頭是嵇康的《廣陵散》，而嵇康是魏晉之際的隱士竹林七賢之一。而這部小說中的劉正風，也正是因為喜愛音樂，而決定金盆洗手，退出江湖，去做隱士。隱士的本質是什麼？是嚮往自由，要徹底擺脫權力的羈絆，踐行自由的人生。令狐冲對這首樂曲產生共鳴，那是因為他自己就是這樣的人，擁有強烈的嚮往自由之心。

令狐冲是華山派氣宗的弟子，卻向劍宗大師風清揚學習獨孤九劍，這事可謂關係重大。此事的背景是，令狐冲在思過崖上面壁，發現了華山派的歷史並不像人們想像中那麼堂皇。也就是說，令狐冲對華山派的歷史產生了模糊的懷疑。更重要的是，他與獨孤九劍天生有緣，風清揚願意教，他也願意學。獨孤九劍是什麼？是料敵機先，也是隨機應變；是無招勝有招，更是任憑自己的天賦自由發揮。可以說，獨孤九劍的精神，就是自由的精神。

再說第二個問題：令狐冲的人生奮鬥目標是什麼？

真實的答案是：令狐冲的人生目標並不明確。

這一回答，可能有點讓人吃驚，但實情確實如此，令狐冲並不是個有明確奮鬥目標的人。仔細想，這也不難理解，首先，他只是行動的人，而不是思想的人，他肯定沒讀過約翰・密爾的《論自由》，更沒有讀過哈耶克的《自由憲章》；他嚮往自由，但不知道什麼自由主義；他有自由天性和自由嚮往，但不會把自由主義作為人生目標。

其次，他是現實中人，而非理想中人，他的生活只能是走一步看一步。他想與師妹岳靈珊永遠在一起，但師父卻把岳靈珊當作一枚棋子，去引誘林平之。他把師父和師母當作家人，希望永遠和家人在一起，但師父卻發佈公告，將他逐出華山派。岳不群早就知道令狐冲與他完全不是一路人，而令狐冲自己卻全然不知。這小子不善思考。

你問令狐冲的人生目標是什麼，他可能不知道。但若問令狐冲不想做什麼，他的行動給出了令人驚奇的回答：任我行是他未來的岳父，武功高，權勢大，曾四次邀請他加入日月神教，而令狐冲每次都謝絕了。理由很簡單，他不喜歡日月神教裡神化教主的齷齪氛圍。有意思的是，當他身負重傷，唯少林寺的易筋經才能醫治，少林寺方丈邀請他做少林弟子，他也拒絕了。

他為什麼拒絕？為什麼不喜歡少林寺？我相信，他回答不出所以然。更有意思的是，還是在少林寺裡，師父岳不群曾用「劍語」邀請他重歸師門，他竟也視若罔聞，沒有答應。他為什麼不願重歸師門？那不是他一直的習慣和夢想嗎？為什麼仍然拒絕？如果問他，我相信他仍然是說不清、道不明。令狐冲這傢伙，真的是不喜歡動腦筋。

令狐冲不明白的事，有心的讀者應該明白。小說中人，可以分為兩類，一類是組織中人，另一類是自由之人。組織中人即權力中人，每個組織裡都難免有權力鬥爭，華山派的氣宗與劍宗，五嶽劍派的結盟派與反結盟派，乃至以五嶽劍派為代表的所謂正派，與以日月神教為代表的所謂邪派，招牌名目各不相同，但在本質上說，無非權力鬥爭的表現形式。令狐冲不願加入日月神教，也不願加入少林寺，甚至不願意回歸華山派，說到底，就是不喜歡政治鬥爭和權力遊戲。

說到這裡，有一個問題必須解釋。令狐冲為什麼會答應擔任恆山派掌門人？其原因，是他有同情與憐憫之心，不願看到恆山派的女性同胞遭受滅門之禍，他接受掌門之託，是要保護她們不受欺侮。

接下來的故事可以看出，他把不戒和尚、不可不戒、桃谷六仙以及諸多無門無派的人士引入恆山派，固然是要避免孤男處於群尼之中的尷尬，更重要的顯然還是想把恆山派構建成自由人的家園。只不過，這仍然是個模糊的願景，而不是明確的理想目標。否則，在五嶽劍派併派大會上，他就不會故意輸給岳靈珊，並表示他和恆山派願意追隨岳不群。

這一令人大跌眼鏡的選擇，一方面是因為他對岳不群的政治權謀缺少知識和經驗，還以為岳不群與左冷禪不是一路人；另一方面則是因為見到了岳靈珊，他的心就不自由。說到底，當然還是因為令狐冲這位可愛的主人公畢竟是善於行而拙於思。

雖然令狐冲沒有明確的奮鬥目標，但還是以其勇敢無畏的奮鬥贏得了自由。當他和任盈盈在杭州孤山梅莊再次合奏《笑傲江湖之曲》時，就不難理解，這部小說的主題正是自由精神之歌。劉正風想當隱士而導致滅門之禍，令狐冲卻終於爭得了自由，那是因為，令狐冲不只是隱士，同時還是戰士，想要自由，不能退出就了事，必須為之戰鬥，為之抗爭。

二、劉正風為何無法洗手歸隱？

《笑傲江湖》第六回《洗手》，講述衡山派劉正風決定退出武林，邀請武林同道參加他金盆洗手儀式。五嶽聯盟盟主兼嵩山派掌門人左冷禪派出大批高手，強力阻止劉正風金盆洗手，還要劉正風殺了魔教長老曲洋證明自己的清白，並拿劉正風全家老少的生命作為威脅。劉正風不願殺曲洋，全家被殺，曲洋救出劉正風，但兩人都被嵩山派高手打成重傷，終於同歸於盡。

這段故事令人震驚，有幾個問題需要討論。一是，五嶽聯盟的盟主為何不許劉正風金盆洗手？二是，嵩山派的人為何要等到金盆洗手的那一刻才露面？三是，在場的武林高手為何不阻止嵩山派行凶？

先說第一個問題：五嶽聯盟盟主為何不許劉正風金盆洗手？

這個問題，涉及對組織與個人之間關係的理解。劉正風之所以沒有想到左盟主會派人來阻止他金盆洗手，是因為他對組織與個人關係有自己的理解。一是，五嶽劍派聯盟是一個群眾組織，它存在的目的主要是共同對付日月神教，也就是小說中所說的魔教。因而，只有與五嶽劍派集體利益有關的事，才是盟主的管轄範圍。

二是，劉正風以為他要金盆洗手、從此退出江湖，不再參與江湖中的矛盾衝突，這純粹是他個人的事，與衡山派無關，與五嶽聯盟更沒有關係；也就是說，他要退出江湖，連衡山派掌門人莫大先生都管不著，五嶽盟主就更管不著。

劉正風的觀點，與現代群眾組織黨派觀點相近，即一個人加入一個黨派，只是加入一個集會而已，只要在集會之內按照組織規則行事即可，一旦集會結束，個人想做什麼那是個人的事，任何人無權干涉。更不必說，個人有權隨時退出集會。

問題是，對組織與個人的關係，還有另一種解釋。傳統的說法是，普天之下，莫非王土；率土之濱，莫非王臣。這一傳統觀念成了一種認知模式，被所有傳統政治組織者所認同，並且被不斷複製。

在這一觀念的本質是，組織利益高於一切，領導者權力高於一切，個人一旦加入某個組織，即是奴臣，須畢生忠實於所屬組織，生是組織的人，死是組織的鬼。在這一專制性傳統觀念之下，個人想要退出組織，那不僅是對組織的公然蔑視，甚至是對組織的公開背叛。這也就是說，組織領導人要開除某個人，那是一回事；而某個人想要自己退出組織，那就是另一回事了。

劉正風要退出江湖，居然還要舉行公開典禮，邀請天下武林同道觀禮，這一行為被當作是對組織的蔑視和背叛。組織領導人，也就是傳統王者，對此當然不能容忍。劉正風雖是武林人，但骨子裡是個音樂家，完全不懂政治組織觀念和組織法則。他試圖替自己的行為辯護，說自己愛好音樂、想專心從事音樂工作，才要退出江湖，退出組織；對組織領導者而言，這樣的辯護本身就是大不敬。

接下來的問題是，嵩山派的人為何要等到洗手儀式開始時才露面？

在劉正風看來，他早已將自己要舉行金盆洗手儀式一事通報了左盟主，如果左盟主不同意他金盆洗手，就應該早一點派人來通知他，並與他商量，讓他不要舉行金盆洗手儀式。但劉正風又錯了，這個音樂家壓根兒就不瞭解政治組織領導人的思想邏輯和行為準則。他不瞭解，左盟主之所以不提前與他商量，而是在儀式舉行時才出面阻止，正是要發動突然襲擊，要公開懲戒叛徒劉正風。

也就是說，一方面，是要等到劉正風及其弟子、家屬全心全意地準備金盆洗手儀式，完全沒有防範之心，才好讓大批高手混入賓客中，確保行動萬無一失。另一方面，更重要的是，正是在大規模群眾集會之際，才能取得公開懲戒、殺雞儆猴的效果。

在左盟主心裡，劉正風要金盆洗手，早已被當作組織的叛徒，與他沒有任何商量的餘地。唯一要做的，是確保懲戒行動萬無一失。為此，他精心準備了兩套方案。一套方案是，讓年輕弟子出面，規勸劉正風暫停金盆洗手，如果劉正風照做，那就讓他繼續留在組織中，同時也保全了組織的面子不受損害。另一套方案是，讓另一批年輕弟子看管住劉正風的家人，再由嵩山派長輩出面強力阻止劉正風金盆洗手，如果劉正風膽敢違抗，殺無赦！在小說中，這兩套方案都用上了。

接下來的問題是：在場的武林高手為何不阻止嵩山派行凶？嵩山派公開殺戮了劉正風的妻子兒女、弟子家人，這一行為遠遠超出了阻止劉正風金盆洗手的目標，且如此殘忍殺戮，與邪派魔教的行徑實在沒有什麼區別。對這種凶殘邪惡的行為，在場千餘人，竟只有恆山派定逸師太一個人仗義出手阻止，而沒有其他人出面。在場有很多劉正風的好友，劉正風也多次提及天下英雄不會允許嵩山派惡行，等於發出求救信號，為什麼竟無人出面阻止嵩山派行凶？

原因是，嵩山派對此早有精心準備的說辭。

首先，費彬說，他不敢得罪劉正風，也不敢得罪在場的任何一位英雄，「只是為了武林中千百萬同道的身家性命，前來相求劉師兄不可金盆洗手。」這句話，震驚了在場所有人，劉正風金盆洗手與武林同道的身家性命掛起鉤來，誰還敢出面支持劉正風？進而，費彬對劉正風說，「左盟主吩咐了下來，要我們向你查明，劉師兄和魔教教主東方不敗暗中有什麼勾結？設下了什麼陰謀，來對付我五嶽劍派以及武林中的一眾正派武林同道？」雖說是要調查，實際上早已作了有罪推定，提及「魔教教主東方不敗」八個字，足以震懾人心。進而，費彬又說，劉正風與魔教長老曲洋的關係非同一般，除非他殺了曲洋，否則就是大逆不道，成為正派武林公敵。

劉正風辯護說，他和曲洋的友好關係，是因為他們倆一個善於彈琴、一個善於吹簫，算是音樂知音，只不過是私人關係而已，與魔教及其東方不敗教主沒有絲毫關係。他還說，他知道曲洋人品高尚，且一向不以魔教與正派武林的仇怨衝突為然，絕對不會參與任何不利於正派武林的陰謀行動。

即使在今天，也不是所有人都能分辨個人與組織、藝術偏好與政治立場的微妙差異，更何況是在劉正風所處的那個時代？又何況，在場之人大多是正派武林同道，與魔教有不共戴天之仇，又因東方不敗教主武功天下無敵，在群體心理的作用下，人人都先入為主，再也無法獨立思索。總之，嵩山派惡行之所以沒有人反對，是因為他們掌握了群體心理的震驚效應和從眾規律。

最後，大家肯定明白，對付衡山派的劉正風，只不過是左冷禪為了鞏固無尚權威的第一步，此後他還將發起對華山派、泰山派、以及北嶽恆山派的行動。在專制者心裡，個人權威的重要性，遠遠高於一切群體利益。

三、「華山秘檔」及其作用

所謂「秘檔」，是秘密檔案的簡稱，指歷史的原始記錄。所謂「華山秘檔」，當然是指在華山上發現的秘密檔案。具體說，當年五嶽劍派和日月神教的一次戰役中，魔教十長老被引誘進一個可封閉的洞窟，雖然他們武功驚人，能夠劈石開道，最終也不得出，全部死於洞窟中。臨死前，十位長老將五嶽劍派的武功一一破解，以文字和圖案形式，刻在封閉洞窟的石壁上，這就是「華山秘檔」。

華山秘檔記錄了五嶽聯盟與日月神教之間的一段歷史，此前都不為人知，至少，令狐冲及其師兄弟就從未聽說過魔教十長老，對華山一戰顯然也一無所知。若不是令狐冲奉師父岳不群之命，到思過崖上去面壁一年，就不可能發現「華山秘檔」。

「華山秘檔」包括兩部分內容，一部分是簡單幾句話，也可以說是序言，一共只有十六個大字：「五嶽劍派，無恥下流。比武不勝，暗算害人！」另一部分是武功圖譜，魔教十長老分為五組，分別破解了泰山、華山、衡山、恆山、嵩山五個劍派的武功，每一個招式都有圖解，算是有圖有真相。

作者設計的「華山秘檔」，在小說中出現過三次，兩次明寫，一次暗寫，對小說情節發展和人物性格刻畫起到了重要作用。具體說，一是影響了令狐冲，二是成全了岳不群，三是華山秘檔增加了新內容。下面逐一說。

先說第一個話題，即華山秘檔影響了令狐冲。華山秘檔是令狐冲發現的，面壁而破壁，發現了洞窟，發現了洞窟中的文字和圖形。這是小說中的一段驚人傳奇，因為它是歷史揭秘。其作用是，首先，讓令狐冲瞭解此前一無所知的一段歷史。其次，是讓令狐冲瞭解歷史有不同版本，因敘述者的立場不同而不同。

在五嶽劍派聯盟與魔教的鬥爭中，由於立場不同，容易產生立場偏見，容易先入為主，以為五嶽劍派聯盟既為正派，而魔教是邪派，既然一正一邪，誰善誰惡、誰好誰壞，似乎一目了然，其實並不那麼簡單。華山秘檔中，魔教長老在石壁上刻下的文字就足以說明，歷史有不同的說法。魔教十長老的說法是否真實？我們不得而知。但它至少說明，同一段歷史有不同的觀察角度和講述角度，立場不同，觀察角度和講述方式就不同，歷史評價也就不同。

只不過，令狐冲是性情中人，不喜動腦，對這一歷史檔案的重要性認知嚴重不足。發現檔案時，雖也深感震驚，對「五嶽劍派，無恥下流，比武不勝，暗算害人」一說，壓根兒就沒有多想。究其原因，要麼是，五嶽劍派的意識形態早已深入其心，不同想法和說法難以改變他的認知；要麼是，令狐冲由著性子來，又知識有限，對正邪之分、意識形態興趣不大。

他只對武功有敏感，對魔教十長老破解五嶽劍派武功一事，先是難以置信，繼而認真揣摩，不得不信，最後當然也練習了秘檔武功。一是為了與田伯光比武時，二是日後擔任恆山派掌門人時，把恆山派失傳多年的招式還給恆山派弟子。華山秘檔對令狐冲的負面影響其實更大，自從看了秘檔後，曾一度對五嶽劍派的武功失去了信心。

再說第二個話題，華山秘檔成全了岳不群。

令狐冲沒有來得及將華山洞窟及其秘檔告訴岳不群夫婦就離開了華山，後來更被岳不群開除。但在五嶽劍派聯盟併派大會上，岳靈珊出人意料地施展了泰山派武功、衡山派武功、恆山派武功、嵩山派武功，打敗了泰山二老，偷襲了衡山掌門，還與左冷禪對峙了十三招，可謂一鳴驚人。只有令狐冲知道，岳靈珊的這些招式都是從思過崖秘窟中學來的。

之所以說是成全了岳不群，而不是說成全了岳靈珊，是因為書中沒有說是岳靈珊自己去洞窟中學了這些招式，還是岳不群學會了這些招式，教會了岳靈珊。從岳不群的行事風格看，他先練，再教岳靈珊的可能性較大。無論岳靈珊如何學得，她都不過是岳不群的打手，所以說，華山秘檔裡的武功打敗泰山長老、衡山掌門，成全的是岳不群。

五嶽劍派與日月神教的那場慘烈戰役中，魔教十長老固然全軍覆沒，五嶽劍派的高手也傷亡殆盡，以至於每一派都有武功招式失傳。正因如此，當岳靈珊公然施展各派失傳的招式時，各派高手無不震驚。這也說明檔案記錄的歷史資訊，要看人們如何使用，令狐冲不過是借用一些招式對付田伯光，而岳不群則讓這些武功檔案發揮了更大的價值，不是說讓岳靈珊揚名立萬，而是說讓岳不群成為五嶽劍派的掌門人顯得更加名副其實，也更加名正言順。

再說第三個話題，華山秘檔增添了新的內容。

岳不群當上五嶽劍派掌門人之後，發出通知，讓五嶽各支派人前往華山觀看失傳的武功檔案。岳不群這樣做，並不是要讓華山秘檔發揮出更大的知識價值，而是要讓它發揮政治功能，也就是收買人心，每個前來看檔案的人在進入洞窟之前必須宣誓效忠岳掌門。

只不過，書中又提供了另一種解釋，借任盈盈之口，說岳不群的主旨是要把各派高手吸引來，然後封閉洞口，一網打盡，以便岳掌門的統治地位再也沒有高手挑戰，從而更加鞏固。洞口是誰封閉的？就成了一個關鍵問題。

作者對此有些含糊其辭。從情理上說，收買人心的策略應該更符合岳不群的心思和利益，如果把各派高手一網打盡，不僅要擔自相殘殺的巨大風險，且是明顯的自毀五嶽派實力，作者五嶽派新掌門人，顯然得不償失。岳不群老奸巨猾，怎能做出如此得不償失的事來？書中還有一個小小疏忽，那就是再也沒有提及魔教長老留下的「五嶽劍派，無恥下流，比武不勝，暗算害人」字跡，是岳不群早已將這些字跡剷除了？還是五嶽派人士對此視而不見？沒做交代。

說華山秘檔增添了新的內容，是指五嶽派高手在觀看秘檔時，發現有其他人偷看本門功夫，引起了相互衝突。衝突的規模不斷擴大，弄得人人自危，洞窟裡的火把全部熄滅，更增混亂，為確保自己生存，人們不得不自相殘殺。就連令狐冲也是如此，在混亂而黑暗的局面中，多次動手揮劍殺人，且還殺了一個女子。

這段情節，有寓言價值。更出人意料的是，左冷禪率領林平之等一幫盲人，埋伏在洞窟深處，乘機將剩下的各派高手全部消滅，包括數十位原嵩山派高手在內。最後，令狐冲借助魔教長老屍骨磷光，才將左冷禪及其下屬全部殺死，將林平之手臂、大腿的筋絡斬斷。洞窟中新添的數百位五嶽派劍士的屍骨，成了華山秘檔中的新篇章、新內容，再次記錄了人類衝突的盲目和殘酷。

四、有關華山派的口述歷史

所謂口述歷史，是指口頭講述和傳播的歷史。有關華山派的口述歷史，是指由岳不群、方證大師先後講述的，有關華山派氣宗和劍宗分裂的歷史。

岳不群口述歷史，是在《笑傲江湖》第九回書中，發現令狐冲的武功沒有進展，怕他墮入劍宗魔道，就對令狐冲和在場的弟子講起了華山派氣宗、劍宗內訌的歷史故事。

岳不群口述歷史的重點之一，是廿五年前，華山派內曾發生過氣宗與劍宗之間的一場慘烈戰爭，氣宗和劍宗的大部分高手都戰死於是役中。重點之二，是要說明，氣宗是華山派武功正道，而劍宗則墮入魔道，岳不群說，按氣宗路徑練武，頭十年不如劍宗，二十年持平，三十年後氣宗必勝劍宗。

關於這段口述歷史，有幾個問題要討論。一，岳不群為何到此時才講述這段歷史？二，岳不群為何不說出全部歷史事實？三，岳不群口述歷史有何意義？

先說第一個話題：岳不群為何到此時才講述這段歷史？

這有好多個原因。首先，是情節安排的需要。因為接下來的故事中，即將出現華山氣宗領導人封不平等人挑戰岳不群，對華山派氣宗與劍宗的鬥爭史，不能不提前有所交代。進而，這一安排，其實也是一個伏筆，劍宗高手風清揚馬上就要出場，教授令狐冲獨孤九劍。進而，是教育的需要。因為岳不群看到令狐冲練功不勤，內功進步尤其不能讓他滿意，所以要對令狐冲及所有門下講述這段歷史，教育門下弟子一定要注重內功訓練，即練功先練氣。

問題是，岳不群過去為何不講這段歷史？答案是，家醜不可外揚。對華山派而言，內部分裂乃至自相殘殺，這段歷史並不光彩。所以，在過去數十年中，華山派對外宣稱，本派大批高手慘死，是因為瘟疫。既然對外如此說，對內當然也要保密。只有真正瞭解這段歷史，才能明白為什麼嵩山派有十三太保，泰山派更是人才濟濟，而華山派這一代居然只有岳不群夫婦二人。

再說第二個問題，岳不群為何不說出全部歷史事實？

岳不群口述歷史，是否說出了全部歷史事實？我們不得而知。直到本書第三十回，令狐冲出任恆山派掌門人，少林掌門方證大師和武當掌門冲虛道長前來祝賀，同時與令狐冲密議，方證大師也有一段口述歷史，事關華山派氣宗與劍宗之爭的起源，我們才知道，岳不群並沒有說出全部歷史事實。岳不群沒有說及華山派氣宗和劍宗之分，是源於華山派的岳蕭、蔡子峰，而且事關《葵花寶典》的傳播史以及《辟邪劍譜》的起源。

簡單說，就是莆田少林寺裡有一部《葵花寶典》，華山派掌門人派岳蕭、蔡子峰二人前往偷看這部經典，很快就被莆田少林寺的紅葉禪師發現，由於時間倉促，二人只是各看了一半，因此二人的見解大相徑庭。紅葉禪師派弟子渡元到華山派查詢究竟，岳、蔡二人承認了偷看《葵花寶典》的事實，並就二人的理解紛爭向渡元禪師請教。誰知道渡元禪師此前並未接觸過《葵花寶典》，反而是在岳、蔡兩人的口述中記錄下了這部經典的大要，此後並沒有回到南少林，而是改名林圖遠，還俗回到福州，開設了福威鏢局，以一套辟邪劍法打遍天下無敵手。而華山派中，岳、蔡兩人各執一詞，互不服氣，從此各行其道，岳肅成了華山派氣宗之祖，蔡子峰則成了華山派劍宗之祖。

仔細聽了方證大師的口述歷史，也就不難理解，為什麼岳不群沒有講出全部的歷史事實。原因很簡單，事關《葵花寶典》和辟邪劍法，若是講給弟子們聽，一來怕暴露了他本人覬覦林家辟邪劍譜的秘密，二來更怕暴露魔教東方不敗的武功、福州林家的武功、華山派氣宗與劍宗的武功，實際上有同一個來源。如果他講出全部事實，那麼華山氣宗與劍宗分野，就不過是可笑的一知半解之爭。

岳不群說廿五年前的那場比武，劍宗高手打敗而去，是不是全部實情？我們同樣不得而知。劍宗高手封不平、叢不棄、成不憂等人，對這段內訌的歷史顯然有不同的說法。封不平說，廿五年前那場戰役，並非劍宗技不如人，而是中了氣宗的陰謀詭計。封不平的說法同樣未必真實，但華山派大堂上的匾額上，如今有「以氣馭劍」，而廿五年前則是「劍氣沖霄」，卻是實情。由此可見，岳不群在口述歷史時掐頭去尾，只講中間一段，這正是口述歷史中常見的現象。

再說第三個話題，岳不群口述歷史有什麼意義？

岳不群口述歷史，並不是單純的歷史知識，也不是單純的學術思想分析，而是把這段歷史當成了道德教育和政治立場教育的工具。也就是說，岳不群口述歷史，主旨是要讓門下弟子把繼承氣宗傳統，當作一種政治立場和道德準則。證據是，在岳不群講述過程中，岳靈珊插嘴說：「最好是氣功劍術，兩者都是主。」岳不群竟然大怒，說：「單是這句話，便已近魔道……你這句話若是三十年前說了出來，只怕過不了半天，便已身首異處了。」由此可見，在華山派內部，氣宗與劍宗之爭，已經由單純的武術觀點之爭，演變成了政治權力之爭。

從方證大師的口述中，我們瞭解到，華山氣宗之祖岳蕭和劍宗之祖蔡子峰的觀點分歧，原因不過是他們都只是看到了半部《葵花寶典》，對這部經典都只有一知半解，只有將他們的觀點綜合起來，才算是知曉全貌。也就是說，岳靈珊的觀點實際上是有道理的，而岳不群竟然因此大怒，這說明什麼呢？要麼是岳不群堅持氣宗立場，並形成了立場偏見，因而見識受限；要麼是岳不群故意混淆是非，將學術問題政治化，讓女兒及門下弟子不假思索地聽信長輩的意識形態宣傳。

有意思的是，令狐冲聽了岳不群的口述歷史，雖是認認真真地聽了，但卻基本上沒往心裡去。證據是，雖然知曉氣宗與劍宗之爭，但在風清揚傳授獨孤九劍時，明知道這與氣宗觀點不一致，但他卻感到十分親近，也更能領悟，壓根兒沒想什麼氣宗與劍宗之爭。更有意思的是，後來封不平再度向岳不群挑戰，令狐冲與封不平比武，竟比出了「劍宗師叔內功好，氣宗弟子劍法高」的奇妙結果。

綜合這些，就應該知道，氣宗與劍宗只不過是練武的思路不同而已，把不同思路上升為意識形態之爭，那只不過是爭權奪位者的說法。歷史真相是：爭權者的路線鬥爭，讓華山派內訌，以致元氣大傷。而岳不群口述歷史，只不過是掐頭去尾的歷史剪輯版，目的不是傳授知識，而是宣傳教育。有趣的是，岳不群苦心經營的政治道德教育，明顯沒什麼實際效果。

五、平一指的人生留白

平一指是《笑傲江湖》中的「殺人名醫」，醫術極其高明，性格極其古怪。在第十四回書中，岳不群夫婦路過開封府時，岳夫人寧中曾與華山派弟子談及此人的種種古怪處；岳不群補充說，平大夫十指俱全，他自稱「一指」，意思說，殺人醫人俱只一指。要殺人，點人一指便死了，要醫人，也只用一根手指搭脈。

繼而，岳不群夫婦親眼見證了平一指治療桃實仙的手術，當真稱得上是有起死回生之能。緊接著，平一指主動給令狐冲看病，一搭脈就診出令狐冲體內有桃谷六仙、不戒和尚的真氣，可謂神乎其神。再後來，在五霸崗上，平一指發現令狐冲吃了婦科藥、喝了五毒酒、心理萎靡不振，無法醫治，瞬間白頭，自殺身亡。

小說中，平一指的故事就是這些，醫術神乎其神，個性怪乎其怪，他的人生留下了大片空白，需要讀者想像和推測。關於這個人，有幾個問題可以討論。一是，平一指的個性為何如此古怪？二是，他治不好令狐冲，為何要自殺？三是，作者寫這樣一個人物的目的是什麼？

先說第一個問題，平一指的個性為何如此古怪？

平一指的古怪性格，江湖中早有傳言。岳夫人寧中則就聽說過有關他的古怪傳言。平一指說，世上人多人少，老天爺和閻羅王心中自然有數。如果他醫好了許多人的傷病，死的人少了，難免活人太多而死人太少，對不起閻羅王。日後他自己死了，就算閻羅王不加理會，判官小鬼定要和他為難，只怕在陰間日子很不好過。因此他立下誓願，只要救活了一個人，便須殺一個人來抵數，又如他殺了一個人，必定要救一個人來補數。所以他在醫館內掛了一幅中堂，寫明：「醫一人，殺一人。殺一人，醫一人。醫人殺人一樣多，蝕本生意決不做。」

耳聽為虛，眼見為實。平一指在給桃實仙手術過程中，還在不斷地與桃谷五仙吵架，繼而重申了醫一人、殺一人的老規矩。他大喝一聲「拿針線來！」屋內的桃谷五仙、屋外的岳不群夫婦，無不大吃一驚。他在桃實仙頭頂百會穴上重重一擊，桃實仙立即活了過來：「你奶奶的，你為什麼打我頭頂？」平一指竟然回罵：「你奶奶的，老子不用真氣通你百會穴，你能好得這麼快麼？」無獨有偶，在給令狐冲診治時，桃谷六仙在一旁胡說，平一指大呼：「放屁，放屁！」進而大罵不戒和尚：「武功雖強，卻毫無見識，他媽的，老混蛋！」

平一指的個性為何如此古怪？書中沒有作交代。要討論這個問題，只有兩條路徑可走。一是比較路徑，參照《倚天屠龍記》中的名醫胡青牛的故事加以理解，一個是「殺人名醫」，一個是「見死不救」，兩人的古怪程度可有一比。胡青牛所以「見死不救」，是因為妹妹胡青羊被華山掌門人鮮于通欺騙，以及魔教出身的金花婆婆所逼。平一指成為「殺人名醫」，是否也有類似的環境原因？

另一條思路，是考據路徑，即在書中尋找蛛絲馬跡。

當平一指發現令狐冲為情所傷，曾對令狐冲說：「其實天下女人言語無味，面目可憎，最好是遠而避之，真正無法躲避，才只有極力容忍，虛與委蛇。你怎地如此想不通，反而對她們日夜想念？」這就是一條重要線索。平一指夫妻肯定談不上是神仙眷侶。

此外還有一條線索，那就是老頭子為求平一指為他女兒老不死治病，將平一指的岳母一家殺了。老頭子對令狐冲說：「平一指生平最恨之人是他岳母，只因他怕老婆，不便親自殺他岳母，也不好意思派人代殺。老頭子跟他是鄉鄰，大家武林一脈，怎不明白他的心意？於是由我出手代勞。我殺了他岳母全家之後，平一指十分喜歡，這才悉心診治我女兒之病。」

老頭子沒有任何理由欺騙令狐冲，他的話應該可信。如此我們就知道了：平一指的日常生活實在糟糕，勢必影響他的個性。

接下來的問題是，平一指治不好令狐冲，為什麼要自殺？

在五霸崗上，平一指再度為令狐冲診治，他已想出治療方案，只因令狐冲的內傷在這幾天內又有種種變故，平一指是真的無法醫治了。桃根仙說：「他是『殺人名醫』，他醫好一人，要殺一人，倘若醫不好一人，那又怎麼辦？」本是隨口無心之言，卻成了平一指的催命咒語，平一指的回答是：「醫不好人，那便殺我自己，否則叫什麼『殺人名醫』？」說罷自殺身亡。看起來，他是與桃根仙賭氣而死。當然也可以理解為殉道而死，平一指自殺，是以死維護「殺人名醫」的聲譽，以死維護醫道尊嚴。平一指的死讓令狐冲震驚，也讓人肅然起敬。

只不過，問題似乎沒有那麼簡單。平一指雖無法根治令狐冲的內傷，但卻有把握將令狐冲的生命延長一到二年，前提是，令狐冲必須戒酒、戒色、戒鬥。沒想到令狐冲非但不從，反而哈哈大笑，說：「人生在世，會當暢情適意，連酒也不能喝，女人也不能想，人家欺負到頭上不能還手，還做什麼人？不如及早死了來得爽快。」這話震撼人心，平一指想必也被震撼，殺人名醫本是率性之人，但他的生活卻談不上暢情適意，若按令狐冲的邏輯，是不如早死來得爽快。

平一指自殺，可能還有更加隱晦、更加難與人言的原因。在他臨死之前，不斷喃喃自語：「醫好一人，要殺一人，醫不好人，我怎麼辦？」在這一自我追問中，讀者能感受到他的心理壓力。那是什麼壓力？我們不得而知。但有一條線索可以追問，即平一指曾說過，他給令狐冲治傷是受人之託。

細心的讀者肯定能猜到，他為令狐冲治傷，應該與魔教聖姑任盈盈有關。這有兩種可能，一是平一指本人就是魔教中人，自然要接受魔教聖姑的指令行事；二是平一指雖非魔教中人，只是接受了魔教聖姑的重託。無論是哪一種情況，他既不能治好令狐冲，勢必要承受巨大的心理壓力：魔教殘酷無情，那是有目共睹。「殺人名醫」既然治不好令狐冲，除了以死相報，還能有什麼其他選擇？

最後一個問題，作者寫這樣一個人物的目的是什麼？

如果說平一指是一個古怪的名醫，那麼令狐冲也是一個古怪的病人。令狐冲的古怪之處，是他非但不怕死，反而視死如歸，寧可早死，也不願遵守醫囑，即戒酒、戒色、戒鬥，苟且偷生。作者寫平一指這一人物，就是要讓古怪的名醫和古怪的病人相互映照、相互影響。他們都是率性之人，只不過殺人名醫平一指的心性已經扭曲，在給令狐冲治病的過程中，無形中受到影響，甚至也受到醫治。而殺人名醫平一指卻治不好令狐冲，只能自殺以報，這無疑會影響令狐冲：讓他知道自己命不久長、危在旦夕，且看他在生命的最後時段如何繼續率性而為？

殺人名醫平一指死了，令狐冲是否還能活下去？這又給小說故事情節留下了最大的懸念。在這一意義上說，平一指是個功能性人物，他的存在只是要傳達一個資訊：他不能救治令狐冲，且看世間還有何人能救？

六、岳不群為何要開除令狐冲？

岳不群將令狐冲開除出華山派，是令狐冲人生中的一個重大轉折，也是小說《笑傲江湖》中的一個重大而驚人的事件。

開除令狐冲的理由，岳不群在寫給少林寺方丈方證大師的信裡，已說得很明白，即令狐冲「秉性頑劣，屢犯門規，比來更結交妖孽，與匪人為伍。」這些都有事實依據，不殺淫賊田伯光一事就足以受罰，在五霸崗上，公然表示要與一群邪門外道有福同享、有難同當。堅持原則的君子劍岳不群，不能容忍如此門徒，不惜暴露家醜，將他開除。

但上述原因並不是岳不群開除令狐冲的真正原因。如果令狐冲僅僅是犯了這點錯，岳不群多半是不會開除他的。岳不群足智多謀，比余滄海、左冷禪等人更加工於心計，早早將岳靈珊、勞德諾派遣到福州，就是最好的證明。

如此工於心計的岳不群，當然應該知道令狐冲在江湖上有巨大影響力，他華山派將他開除，弄不好就會讓魔教得利，此消彼長，絕對不利於華山派及五嶽聯盟。這樣說的證據是，在少林寺之戰中，令狐冲果然被任我行當作助手，而岳不群則用華山派「蒼松迎客」等劍術語言，試圖讓令狐冲重歸師門。早知今日，何必當初？這就可以證明，岳不群開除令狐冲一事，決不像表面看起來的那麼簡單。

岳不群為何要開除令狐冲？在我看來，這個看似理性的決策，實際上有深刻的無意識情緒動機，具體說：一是憂懼心，二是嫉妒心，三是蒙昧心。

先說憂懼心。自從桃谷六仙出現於華山，岳不群及華山派就開始厄運當頭。桃谷六仙將華山劍宗的成不憂撕成碎片，雖說解了氣宗困境，卻也成了岳不群夫婦的噩夢。岳夫人寧中則重傷了桃實仙，擔心桃谷兄弟報復，堂堂華山派掌門人，不得不帶著弟子逃離華山。在此過程中，岳不群必然十分鬱悶、十分憂懼。

進而，又遭遇說瘋不瘋、說傻不傻的不戒和尚，岳不群斬殺田伯光的飛劍，竟被不戒和尚的兩隻鞋所阻，而不戒還說是因為給令狐冲療傷而內力受損。假如不戒和尚的內力沒有受損，岳不群豈不是更加難以企及？

這兩件事還只是鋪墊，真正可怕的是，在逃難路上，十五個來歷不明的蒙面人公然勒逼岳不群交出辟邪劍譜，竟將岳不群夫婦及全部華山派弟子打敗並點了穴道；而華山氣宗領袖封不平在嵩山勢力支持下，再度前來逼迫岳不群讓出華山掌門之位。若不是令狐冲拼死戰鬥，先打敗封不平、後刺瞎十五人的眼睛，岳不群及華山氣宗的歷史必將就此終結。

既然令狐冲立下頭功，打敗了來犯之敵，使得岳不群夫婦及華山派弟子轉危為安，那還有什麼憂懼可言？我說岳不群的憂懼心，並不是對桃谷六仙、不戒和尚的憂懼，甚至也不是對蒙面人、封不平等人的憂懼，而恰恰是對令狐冲的憂懼。

大家肯定還記得，蒙面人的領袖在率人圍攻令狐冲之前，當著岳不群的面對令狐冲說：「岳不群的功夫和你差得太遠，照理說，早就該由你來當華山派掌門人才是。」這才是岳不群真正憂懼所在。這麼說，是假定岳不群必能看出令狐冲的劍法是獨孤九劍。假定的證據，是少林寺方生大師能認出獨孤九劍，魔教向長老問天也能認出獨孤九劍，華山派掌門人岳不群自然也能認出獨孤九劍。身為華山派弟子，岳不群接觸風清揚、熟悉獨孤九劍的機會，肯定比方生、向問天更多。

認出獨孤九劍，就不難推測出傳劍人風清揚必然還在人世。既然知道風清揚還在人世，岳不群就不能不心懷憂懼：風清揚為什麼要傳劍給令狐冲？是不是要令狐冲來爭奪華山派掌門人之位？甚至，風清揚是不是要來爭奪華山派掌門之位？如此推理，是因為在陰謀家的心裡，一切超常規的人和事中都可能包含陰謀。岳不群當然不會貿然行事，還要對令狐冲作進一步的觀察和考驗。

再說嫉妒心。令狐冲在內力盡失的情況下，居然還能憑絕妙劍法刺瞎十五名敵手的眼睛，這樣的武功足以令岳不群嫉妒不已。但這還不算，偏偏令狐冲這小子還不告訴他，這武功從何處學的，岳不群對令狐冲的疑慮憂懼，自是可想而知。正因如此，在洛陽王家子弟冤屈令狐冲竊取辟邪劍譜時，岳不群就故意不出面為令狐冲辯護。沒想到的是，令狐冲不乏擁戴者和支持者，在華山派師徒離開洛陽時，綠竹翁專程送禮給令狐冲，對大名鼎鼎的岳不群竟視若無物。這還不算什麼，更讓岳不群難以忍受的是，在從河南到山東的水路上，專程給令狐冲送禮的人竟是接二連三、絡繹不絕，沒人把岳不群放在眼裡。

說岳不群嫉妒令狐冲，證據是，岳不群練成辟邪劍法並奪得五嶽派掌門後，在岳靈珊的葬身之地附近與令狐冲相逢，要以辟邪劍法與令狐冲比武，殺死令狐冲。岳不群的一番話，終於道破天機，他對令狐冲說：「你還裝腔作勢幹什麼？那日在黃河舟中，五霸崗上，你勾結一幫旁門左道，故意削我面子，其時我便已決意殺你，隱忍至今，已是便宜了你。」

這段話說明，岳不群嫉妒令狐冲已到要殺他而後快的程度。

在從洛陽到東明的這段路程中，岳不群感到自己面子盡失，這是不爭的事實。問題是，他丟了面子，那不過是虛榮心受損，為何說到嫉妒心，又為何說是嫉妒令狐冲？

要論證這一點並不難。在他眼裡，令狐冲是個登不得大雅之堂的浪子劣徒，在江湖上竟被當作王子、鳳凰，令狐冲有面子，就是岳不群丟面子；岳不群丟面子，是因為令狐冲有面子。他當然要對令狐冲產生嫉妒心，繼而產生無意識的怨恨。這就是無意識活動的特點，即非理性惱怒導致錯誤歸因，而錯誤歸因又會進一步刺激非理性惱怒。岳不群修養極好，能夠自控，但壓抑得越久，反彈力就越強。

再說蒙昧心。所謂蒙昧心，是說岳不群不瞭解令狐冲，更不理解令狐冲。雖說岳不群將令狐冲養大成人，名為師徒，情同父子，知曉令狐冲成長過程的點點滴滴，但隨著令狐冲長大成人，有了自己的認知和個性，師徒間的差異和隔閡就越來越明顯。

簡單說，一個是君子劍或偽君子，另一個是放任不羈的浪子，他們倆壓根兒就不是一路人。岳不群善於按照社會劇本表演，時時、處處、事事都希望能做到符合社會規範，以便博得社會好感和敬重；他希望令狐冲也這麼做，並且要求令狐冲這麼做，但令狐冲無法做到，因為令狐冲更喜歡按照自己的性情做事。

對此，岳不群不是不瞭解，問題是，他不明白，令狐冲雖然調皮搗蛋，對師父和師娘卻不敢有意欺瞞。在令狐冲的心裡，師父和師娘的養育之恩天高地厚，而他對師父和師娘也始終懷有赤子真情。令狐冲不告訴師父獨孤九劍的秘密，那是因為對風清揚承諾守信在先，他也如實告訴了師父，但在岳不群眼裡，這小子的劍法高明，做戲的本事更加高明。岳不群一生都在做戲，他就以為令狐冲也會做戲。岳不群不輕易相信任何人，對「會作戲」的令狐冲，當然更不相信。

憂懼心、嫉妒心、蒙昧心相互交織，點燃了岳不群的無明之火。在無明之火的燒烤下，特立獨行的令狐冲完全就是眼中釘、肉中刺。不開除他，岳不群就無法安心，更無法開心。結果必然是，他把令狐冲逐出華山派。

七、令狐冲為何拒絕加入少林派？

令狐冲的內傷連殺人名醫平一指都無法治好，生命垂危之際，得知修煉少林秘笈《易筋經》，可以徹底治癒內傷。更可喜的是，少林寺方丈方證大師說令狐冲有緣，可以修煉《易筋經》。只不過，按少林寺規矩，《易筋經》只能傳給少林門下，不能傳給外人。說來也巧，岳不群已將令狐冲逐出師門，令狐冲成了自由人。方證大師答應收令狐冲為徒，給他改名為令狐國冲。方生說，方證師兄上次收徒已是三十年前事，能成為少林掌門的關門弟子，無疑是莫大榮耀。

另一面，由於岳不群將令狐冲逐出師門，正派人物將要追殺令狐冲；而魔教聖姑任盈盈也已發出指令，讓所有下屬都追殺令狐冲。若能拜在方證大師門下，非但生命能獲救，還能提升江湖地位；更不必說，一旦成為少林寺弟子，正派武林人士非但不會追殺，反而會敬愛有加。處在絕望境況中的任何人，面對這種天賜良機，都會毫不猶豫地答應。但令狐冲卻出人意料，一口拒絕了。

令狐冲為何拒絕加入少林派，拒絕做方證大師的關門弟子？書中寫道：令狐冲「胸中一股倔強之氣，勃然而興。心道：『大丈夫不能自立於天地之間，靦顏向別派托庇求生，算什麼英雄好漢？江湖上千千萬萬人要殺我，就讓他們來殺好了。師父不要我，將我逐出了華山派，我便獨來獨往，卻又怎地？』言念及此，不由得熱血上湧，口中乾渴，只想喝他幾十碗烈酒，什麼生死門派，盡數置之腦後，霎時之間，連心中一直念念不忘的岳靈珊，也變得如同陌路人一般。」拜謝了方生、方證大師的救助之恩後，朗聲說：「晚輩既不容於師門，亦無顏改投別派，兩位大師慈悲，晚輩感激不盡，就此拜別。」

書中所寫，當然是知人之論。令狐冲的確是與眾不同，他一口拒絕少林寺方丈的好意，固然是由於一時衝動，卻也符合他的一貫作風。按此理解令狐冲的行為動機，自然不會有錯。

只不過，在倔強之氣的背後，還有若干無意識原因，值得探究。具體說，一是，絕望與輕生的衝動；二是，無意識逆反心理；三，不受約束的無意識衝動。

先說第一點，即令狐冲的絕望心理與輕生衝動。早在小師妹岳靈珊移情別戀之際，令狐冲就已產生了絕望心理。一生所愛，竟轉向了他人，他就已經落落寡歡；此後受到師父疑忌，更覺前途渺茫，人生無味；加上身負沉重內傷，就更加心神俱頹。此生還有什麼意義？有什麼理由要繼續活著？這類問題勢必朦朦朧朧地飄上心頭。

證據一，在祖千秋「論杯」那段戲中，作者就寫到過令狐冲的內心念想：「似乎反而盼望酒中有毒，自已飲下即死，屍身躺在岳靈珊眼前，也不知她是否有點兒傷心？」證據二，在給老不死姑娘灌藥時，書中也寫到令狐冲的心理，「……何況我本就不想活了，以我之血，救她之命，贖我罪愆，有何不可？」證據三，平一指要他戒酒、戒色、戒鬥，以便延長其壽命時，他斷然拒絕，說與其如此，那還「……不如及早死了，來得爽快。」

上述證據足以證明令狐冲確有絕望心理和輕生念頭。之所以說是一種無意識，是因為，令狐冲並不是思想者，也不見得明白自己的心。此刻岳靈珊移情別戀的事實毫無改變，而師父岳不群竟寫信給各大門派，公開將他逐出師門，毫無疑問會讓令狐冲的絕望心理走到極端，而輕生念頭亦會在暗地裡推波助瀾。最好的證據是，令狐冲剛剛離開少林寺，就站在路上，等待被人來殺他；進而，又幫助素不相識的向問天對抗數百位正邪兩派高手，這足以證明他想死、且主動找死。

接下來的問題是，令狐冲的無意識逆反心理。

令狐冲的逆反心理，說來話長。

他之經常受罰，是因違背門規，而他之違背門規，正是由於無意識逆反心理。典型的例證，是無故招惹青城派弟子，把「英雄豪傑，青城四秀」說成是「狗熊野豬，青城四獸」；進而還嘲弄青城派武功「屁股向後平沙落雁」云云，可能他自己也不知道，他這樣做，正是逆反心理做怪。他更不知道，越是為此受罰，心理和行為越壓抑，逆反衝動就越強。他當然也不會知道，逆反心理是每一個青少年在成長過程中的必然現象。從少年向成年的心理發展的過程中，有點逆反心理並不稀奇。令狐冲年齡不小，心理卻還年輕。

在事發現場，令狐冲心理最突出的支配性力量，就是這種逆反心理，並不是衝著方證、方生或少林寺，而是衝著不在場而將他逐出師門的師父岳不群，他的倔強之氣正是由此而發。

正當此時，方生大師看了岳不群寫給方證大師的信，看到令狐冲淚流滿面，非但沒有安慰，反而教導他說：「少俠，你與黑木崖上的人交往，原是不該。」所謂黑木崖上的人，當然是指聖姑任盈盈。方生大師的勸告，當然是出於善意，且心平氣和，沒有厲色。在意識層面，令狐冲當然能理解方生大師的話，感激他的好意；但在無意識層面，卻不可能接受不能與聖姑交往的任何理由。也許正是這句話，觸動了令狐冲的逆反心理，從而拒絕加入少林寺。

最後，說令狐冲不受約束的無意識衝動。

也就是說，令狐冲拒絕投入少林門下，最深一層的原因，應該是擔心自己受不了少林寺的清規戒律。雖然書中沒有一個字提及令狐冲拒絕加入少林派與此有關，但若真正瞭解令狐冲，瞭解他向來不把世俗禮法規矩放在眼裡，瞭解他的自由天性和放浪本能，就很容易明白，害怕太多約束早已是令狐冲的心理無意識。

令狐冲是性情中人，這種人常常不受理性支配。而在任性而為之際，也必然常常會受無意識心理的影響。令狐冲性格的最大特點，是放浪不羈，最怕受各種規矩約束。令狐冲人生的最高理想，就是自由自在，暢情適意。不必思考，就會拒絕接受約束的生活。而要當少林寺弟子，尤其是拜在方證大師門下，必然會約束重重，讓他不得自由。不說別的，在少林寺練武肯定不能喝酒，僅僅這一點，令狐冲就無法忍受。更何況，少林寺還有其他各種各樣的清規戒律？

令狐冲在被華山派逐出之後，不僅拒絕加入少林寺，也拒絕加入朝陽神教，雖是個人選擇，卻是凸顯個人自由與組織約束的矛盾衝突主題。

八、令狐冲四次拒絕任我行

令狐冲與任我行的關係非常特別，任我行是任盈盈的父親，說起來也就是令狐冲的岳父大人。

作為個人，他們相互欣賞，甚至相互敬重。但任我行作為日月神教的兩任教主，曾四次邀請令狐冲加盟，而令狐冲每次都拒絕了。第一次是在杭州孤山梅莊，第二次是在少林寺附近的山洞裡，第三次是在魔教總壇黑木崖，第四次是在華山朝陽峰上。令狐冲拒絕任我行，每次的理由都有所不同，真正的原因是什麼？有怎樣的意義？值得專題分析研究。

以下分別說。

先說令狐冲第一次拒絕任我行。

那是在任我行被營救出獄不久，來梅莊營救被他拿來頂包的令狐冲。令狐冲自行脫困後，恰好也來到了梅莊，與任我行相遇。此時，任我行對令狐冲非常客氣，而令狐冲也欣賞任我行的風度氣質，但當任我行邀請令狐冲加盟時，令狐冲斷然拒絕了。理由是，他還想重入華山師門。任我行默認了，只說自己目前還是孤家寡人，復辟大業也不知道成與不成，所以能理解令狐冲的選擇。

實際上，任我行並不理解令狐冲。令狐冲之所以拒絕加盟，最主要的原因是五嶽劍派與日月神教勢不兩立，令狐冲的心裡有正邪之分，他當然不會加入魔教。此外，還有更隱秘的原因，那就是任我行把他玩弄於股掌之間，令狐冲不甘成為他的玩物。

再說令狐冲第二次拒絕任我行。

第二次是在少林寺比武後，令狐冲為了感謝任盈盈的捨身救命之恩，率領江湖好漢到少林寺營救聖姑，同時為任盈盈洗刷「落花有意，流水無情」的尷尬。任我行把令狐冲算計成比武主力，令狐冲沒有拒絕。在比武勝利後，任我行再次邀請令狐冲加盟，令狐冲卻拒不答應。公開的理由是，一，看到魔教中侮辱岳靈珊，行為卑鄙無恥，不願與這樣的人為伍。二，他已答應了定閒師太，要做恆山派掌門人。

第一條理由還有辯說的餘地，第二條理由讓任我行、向問天和任盈盈目瞪口呆。然而，卻是事實。令狐冲確實是答應定閒師太的遺囑在先，這也充分證明了定閒師太高瞻遠囑，讓武林正派多一個精英，魔教少一個幫手。

令狐冲第二次拒絕任我行，除了上述兩條正當理由外，實際上還有一條沒有公開說出的隱秘原因。任我行不瞭解令狐冲，居然威脅令狐冲說：「你習了我吸星大法之後，他日後患無窮，體內異種真氣發作，會求生不得，求死不能。若不加入日月神教，就不傳你化解之道。」這一席話，非但不能嚇住令狐冲，反而激發了令狐冲的天生傲氣，寧死不受拘束，更不受威脅，才是令狐冲的天性本色。

再說令狐冲第三次拒絕任我行。

令狐冲就任恆山掌門之際，由於任盈盈出手挫敗了東方不敗的陰謀，為投桃報李，主動要去黑木崖幫助任我行，攻擊東方不敗。戰勝東方不敗後，任我行重新登上教主寶座，第一件事就是邀請令狐冲加盟，不料又一次遭令狐冲拒絕。

令狐冲第三次拒絕任我行，理由是，他已答應了方證、沖虛兩位武林前輩的重託，要在五嶽劍派聯盟大會上投反對票，事關五嶽劍派的前途命運，此時此刻，他當然不能加盟日月神教。這個理由不僅真實，而且十分正當。

但這並不是唯一的理由。還有沒有說出的理由，仍然是，任我行不懂得令狐冲。他先對令狐冲許願說：「這個位子遲早都是你坐的。」而後又威脅令狐冲說：「不聽我吩咐，日後會有什麼下場，你該知道！」如此利誘而後威脅，對別人或許有用，而對令狐冲卻只能適得其反。在無意識中，他也會拒絕任我行。

令狐冲第三次拒絕任我行，還有進一步原因，那就是看到日月神教徒眾對任我行跪拜禮敬，大呼「中興聖教，澤被蒼生」、「文成武德，仁義英明」，讓他感到反胃噁心。書中有一段令狐冲的心理活動描寫，大意是，任盈盈對他情恩俱重，假如盈盈動之以情，要他加盟，他多半會順從盈盈的意思入教；日後娶了盈盈為妻，對岳父大人跪拜也是情理之常，但若是像魔教徒眾這樣滿口諛詞，當真是玷污了英雄豪傑的清白！

進一步的結論是，這樣一群豪傑之士，身處威逼之下，每日不得不向一個人跪拜，口中念念有詞，心底暗暗詛咒，言者無恥，受者無禮。其實受者逼人行無恥之事，自己更加無恥。這等屈辱天下英雄，自己又怎能算是英雄好漢？這一番思索，讓令狐冲拒絕任我行的行為，更加理由充足。

再說令狐冲第四次拒絕任我行。

任我行率領數萬日月神教徒眾來到華山，原以為會有一場惡戰，不料五嶽劍派內訌，死傷殆盡，只有令狐冲及其恆山門下獨存，但因被囚日久，大多萎靡不振。此時任我行第四次邀請令狐冲加盟，不過不再是邀請，甚至也不是商量，而是直接發佈命令，說「這恆山下院，算是你副教主的一支親兵」，說罷仰天長笑，聲震山谷，顯然是志得意滿，根本就不會想令狐冲敢於拒絕。

卻不料令狐冲猶豫過一小段時間之後，還是拒絕了任我行的任命。令狐冲拒絕任命的直接原因，恰恰是聽到上官雲的諛詞，說「副教主壽比南山，福澤無窮」，覺得十分滑稽，忍不住笑出聲來。隨後作出決定，對任我行說：第一，他和恆山派決不能加入日月神教。第二，希望任教主准許他和任盈盈成婚。

關於是否要加入日月神教，令狐冲曾認真想過。開始時是因為正邪不能兩立，決不肯與魔教同流合污，後來看到左冷禪、岳不群等正派中人的行為，比魔教有過之而無比及，遂不以此為念。有時候想，假如任我行定要他入教才肯許婚，那他就馬馬虎虎入教算數。他向來隨遇而安，什麼都不認真，入教也好，不入教也罷，並不是什麼原則性的大事。

讓他心神不安的是，那日在黑木崖上聽到魔教徒眾言不由衷的肉麻奉承，實在是反感，甚至噁心。若自己入教之後也須過這等奴隸般的日子，當真枉自為人。依照他的天性，大丈夫生死有命，偷生乞憐之事，決計不幹。此刻見到任我行作威作福，排場比皇帝還大，他顯然無法適應。而魔教徒眾對副教主的奉承祝禱，讓他在噁心之餘，更覺得可笑復可悲。

令狐冲並非思想中人，而是行動中人，他的天性是嚮往自由率性，希望人生適意而不失尊嚴，與任我行及其權力儀式、排場聲勢水火不相容。他之所以拒絕任我行，說到底，是拒絕過極權體制下無恥與骯髒的生活。不自由，毋寧死。

九、令狐冲與恆山派的奇緣

《笑傲江湖》的主人公令狐冲，成了華山派的棄徒，卻被恆山派掌門人定閒師太選為繼任掌門人，是書中最讓人目瞪口呆的情節。人們很難理解，令狐冲浪子聲名遠播，如何能當由尼姑和俗家女性組成的恆山派掌門人？更難以理解的是，令狐冲向來追求自由隨性，少林寺邀請他入門，被他拒絕；岳不群邀他重歸師門，他也沒答應；任我行多次邀他加入日月神教，並許以高位，他同樣是一次又一次地加以拒絕，為何竟答應定閒師太的邀請，加入恆山派、去做掌門人？

令狐冲與恆山派的緣分，似乎早已註定。他還沒有正式露面時，就傳出與恆山派小尼姑一起喝酒的緋聞；真相卻是，他為拯救恆山小尼姑儀琳而與田伯光纏鬥，卻在與正派弟子的打鬥中受傷，得到魔教長老曲洋拯救，而恆山派小尼姑儀琳又幫他療傷。令狐冲的故事，從一開始就與恆山派有緣，難解難分。

關於令狐冲與恆山派的奇緣，要討論三個問題。一是，作為俠義心腸的拯救者。二是，作為不稱職的政治領導人。三是，作為贖罪的守護人。

先說第一個話題，令狐冲作為俠義心腸的拯救者。

令狐冲與恆山派的奇緣，一開始是以俠義拯救者的身分與之關聯。著名採花大盜田伯光抓住了恆山派小尼姑儀琳，令狐冲遇見此事，不能不做拯救者。一方面，五嶽劍派早已結成了同盟，五派間有相互救助的責任和義務；另一方面，令狐冲俠肝義膽，眼見弱女子被欺侮，雖危機重重，也不可能不出手拯救。那時候令狐冲的武功不高，好在他機智過人，拯救儀琳的方式和過程非常特別，以至於正派武林對他誤會重重。好在由受害者儀琳口述歷史，澄清了事實真相。

拯救儀琳的經歷，只不過是令狐冲與恆山派奇緣的開端，此後還有更加精彩紛呈的故事。一段是，在去福州的路途中，定靜師太帶著恆山派弟子，遭遇扮成魔教的嵩山高手伏擊，令狐冲假扮軍官吳天德，以插科打諢的喜劇方式，把伏擊者打得落花流水。

令狐冲這樣做，理由仍然是，作為武林人，不能見死不救；作為曾經的華山派弟子，更有拯救恆山派的義務。

還有一個不可忽略的細節，令狐冲聽到儀琳為他辯護，想起儀琳助他療傷的情形，心底升起一股柔情：「這高坡之上，伏得有強仇大敵，要加害於她。我便自己性命不在，也要保護她平安周全。」令狐冲這股柔情，為他的拯救行為增加了更大動力，也有更充分的理由。定靜師太臨死時，託令狐冲把恆山弟子護送到福州，令狐冲不能不答應。由於要避嫌，他始終不以真面目與恆山弟子相對，只是在暗中護佑恆山弟子平安抵達。

定閒、定逸等人的後援隊伍在浙南被困，恆山派弟子請求岳不群前往救助，岳不群以堂皇理由拒絕。再度蒙冤的令狐冲，再度挺身而出，再度做恆山派的保護者和拯救者。由於難抑心中憤懣，令狐冲教恆山弟子武力化緣，是雙重意義上以真面目出現。由於支援及時，終於在浙南龍泉將定閒師太和定逸師太等人救出火海，同時揭露了嵩山派的可恥陰謀。不但恆山派弟子對令狐冲更加親近，定閒師太充滿感激，愛恨分明的定逸師太也對令狐冲刮目相看，誇他「很好」。由此，令狐冲與恆山派，幾乎成了一家人。正因如此，定閒、定逸兩位師太前往少林寺時，才會放心地將門下女弟子全都交給令狐冲照看。

接著討論第二個話題，靈狐者作為不稱職的政治領導人。

定閒、定逸兩位師太在少林寺罹難，定閒師太臨死前，要令狐冲做恆山派掌門人。這一請求匪夷所思，但令狐冲不能不答應，否則定閒師太會死不瞑目。其實，就是定閒師太不請求，即不當恆山派掌門，令狐冲也會繼續保護恆山派。出於他的天性，由於他的責任擔當，也由於他與恆山派弟子有了家人般的感情。

只不過，作為掌門人，令狐冲卻明顯是不稱職。證據是，正式接任掌門人的第一天，就疏於防範，差一點讓魔教教主東方不敗的使者的陰謀得逞。要不是任盈盈及時趕到，少林寺方丈、武當派掌門冲虛及恆山派的新掌門，命運將不堪設想，要麼戰死，要麼成為魔教俘虜。另一個證據是，出於對任盈盈的感激之情，這位恆山派的新掌門，繼任當天就捲入魔教內部爭鬥，隨任盈盈上黑木崖，參與任我行的復辟之戰。這樣的作風，哪裡有正派掌門人的味道？

僅僅是經驗不足，或是任性而為倒也罷了。在五嶽劍派併派大會上，令狐冲的表現更是讓人大跌眼鏡。岳不群對他做出親近姿態，他就熱淚盈眶，想要重歸師門，毫不猶豫地宣布要以岳不群馬首是瞻，全然忘卻他此刻的身分是恆山派掌門。

他這樣做，毫無疑問是違背了定閒師太的遺願，出賣了恆山派的利益。由於他完全沒有政治經驗和政治智慧，還以為岳不群也會反對併派，一旦岳不群說他同意併派，令狐冲頓時陷入尷尬，跟隨岳不群同意併派，徹底違背了定閒師太堅決反對併派的立場。進而，在比武奪帥的過程中，為了博取岳靈珊高興，而當眾玩起了師兄妹逗趣的把戲，惹得岳靈珊的丈夫林平之大為不滿。進而，他還不惜故意自傷身體，讓岳靈珊獲得比武勝利，除了要討好岳靈珊，還有更深的心理動機，那就是絕不爭五嶽派掌門職位。為此，不惜將方證、沖虛兩位前輩的親切期望和諄諄告誡全都丟到耳後。作為恆山派政治領導人，令狐冲絕不稱職。

再說第三個話題，作為贖罪的恆山派守護人。

岳不群如願成為五嶽派掌門人後，一面通知衡山、泰山、嵩山劍客前往華山觀摩武功秘檔，一面派人將恆山派弟子俘虜去華山。岳不群這樣做，是要以恆山弟子要脅令狐冲，間接要脅任盈盈，交換三屍腦神丹的解藥。身為掌門人，令狐冲不能確保恆山弟子安全，無論能說出什麼理由，都是明顯的嚴重失職。所以，令狐冲要尋找並救出恆山弟子，就不再是俠義拯救者，而是瀆職後的贖罪行為。好在他的贖罪出自真心，尋找恆山弟子的行為也算盡心盡力。好在借助田伯光的聞香識女人的專業特長，終於找到了被囚禁的恆山派弟子。

令狐冲的贖罪心理，更充分地體現在拒絕帶恆山弟子加入日月神教的言行中。其時，華山朝陽峰上有數萬魔教精英，而恆山派弟子不過百人，且因被囚禁而身體虛弱，不堪一戰，但令狐冲仍拒絕投降。他對任我行說：「晚輩受定閒師太重託，出任恆山派掌門，縱不能光大恆山派門戶，也決不能將恆山一派帶入日月神教，否則將來九泉之下，有何面目去見定閒師太？」當任我行威脅他時，令狐冲又說：「恆山派雖然大都是女流之輩，卻也無所畏懼，教主要殺，我們誓死周旋便是。」次說引起了恆山弟子共鳴，紛紛表示「死無所懼」。令狐冲維護了恆山派的尊嚴，可謂是恆山派的精神守護人。

十、令狐冲的情感之謎

《笑傲江湖》的主人公令狐冲，是個至情至性之人，他的情感真摯熱烈，而且單純透明。首先是對岳不群、寧中則夫婦心懷感恩，把師父、師母當作父親、母親。其次是愛岳靈珊、又被任盈盈、儀琳所愛，用儀琳的話說，他先是愛岳靈珊，心裡只有一個岳靈珊；後是愛任盈盈，心裡只有一個任盈盈。說起來，令狐冲的情感世界，似乎既明白，也簡單，哪裡有什麼「情感之謎」？

如果我們看得更仔細，對令狐冲的情感世界瞭解得更多、更深，那就還有疑問：其一，為什麼他對小師妹岳靈珊愛得如此死心塌地？其二，他對任盈盈的感情究竟是恩情還是愛情？其三，他對儀琳小師妹的單戀為何始終視若無睹？

下面分別說。

先說第一個話題，為什麼他對小師妹岳靈珊愛得如此死心塌地？

令狐冲對岳靈珊的愛，令人印象深刻，可謂至矣盡矣，蔑以加矣。在思過崖上面壁，只要岳靈珊送飯來，他就感到人生至樂；岳靈珊沒有送飯來，他就若有所失，精神不振。得知岳靈珊與林平之經常在一起練劍，他會苦惱不安；聽到小師妹唱福建山歌，他更是失魂落魄。

在洛陽，因為小師妹成天與林平之在一起，他墮落成酒鬼和賭徒，被尋常地痞流氓痛毆；被洛陽王家人說他偷了辟邪劍譜，冤屈到極點，卻不離開，只因每日能見到小師妹，受盡冤屈也心甘。在黃河的船上，岳靈珊與林平之半夜下船幽會，令狐冲從此有了輕生的念頭。在福州，岳靈珊冤枉他偷了辟邪劍譜、傷了林平之，他只能把滿懷痛苦鬱憤發洩到當地財主白剝皮身上。聽到岳靈珊和林平之成婚消息，他只能獨自奔跑二十餘里，躲到荒涼之地大哭一場。在併派大會上，看到小師妹作新娘打扮，但卻並不顯得快樂，為了讓岳靈珊快樂起來，他在比武時故意輸給小師妹，不惜身負重傷。當岳靈珊被林平之殺害時，令狐冲覺得整個世界都死了。這就是令狐冲的愛。

或許有人問：岳靈珊哪有那麼可愛？她曾喜歡令狐冲，只不過把他當成玩伴，或是當作親哥哥，並沒有把他當作愛人。也就是說，岳靈珊從未與令狐冲真正兩情相悅，對岳靈珊的美好記憶都不過是令狐冲的單相思。更何況，岳靈珊還有典型的公主脾氣，一次小小誤會就翻臉不認人。更難以讓人接受的是，她竟懷疑令狐冲偷盜劍譜、傷害林平之，這說明，她不僅不愛令狐冲，不瞭解令狐冲，也絲毫不尊重令狐冲。在岳靈珊成婚後，儀琳奉命告訴令狐冲岳靈珊結婚消息，怕令狐冲傷心過度，就勸告令狐冲，儀和、儀清都說，任小姐容貌既美、武功又高，哪一點都比岳小姐強上十倍。但這些都無法改變令狐冲對岳靈珊的愛戀，只因為，情人眼裡出西施；換句話說就是：愛情使人盲目。

令狐冲對岳靈珊愛得如此死心塌地、執迷不悟，是否有更深的原因？或許有，那就是鄉愁。令狐冲是個孤兒，師父、師母就是他的父親、母親，華山就是他的家鄉。浪子本有鄉愁，被家鄉驅逐的浪子則會鄉愁固結成疾。而小師妹岳靈珊就是他鄉愁的象徵，他對岳靈珊的愛，實際上是鄉愁驅使，無論如何都不能改變他對童年及少年生活的懷思和依戀。甚至岳靈珊死了，也不能改變，直到令狐冲回到華山，回到家鄉，回到岳靈珊的閨房，看到當年岳靈珊的那些小玩具，流下最後一串眼淚，決心與任盈盈開始新的情感和人生之旅，鄉愁才會淡化。

再說下一個話題：令狐冲對任盈盈的情感是恩情還是愛情？

對岳靈珊，令狐冲是愛者；與任盈盈，令狐冲是被愛者。在很長時間內，令狐冲都不知自己被任盈盈所愛，黃河船中爭相送禮，五霸崗上群雄歡聚，令狐冲莫名其妙，岳不群嫉妒如狂，當時不知真實原因，是由於聖姑看上了令狐冲。

令狐冲對任盈盈始終感恩。第一階段，是感謝婆婆教他撫琴、安撫他失落的心、聽他說情傷。第二階段，是在他傷重昏迷後，任盈盈不顧自身風險，更不顧落花有意、流水無情的委屈，背著他去少林寺療傷，令狐冲聽說後，震驚之餘，更是感激涕零。第三階段，是令狐冲為了讓岳靈珊高興，與小師妹當眾表演比武遊戲，林平之妒恨溢於言表，而任盈盈卻假裝瞌睡，視而不見。第四階段，當林平之和岳靈珊遇險，任盈盈主動提出跟蹤救護岳靈珊；岳靈珊被林平之殺害，她又陪伴令狐冲安葬岳靈珊，並為岳靈珊守墓。第五階段，陪令狐冲去救護恆山派弟子，先是奔黑木崖，後去華山，直到令狐冲在心裡埋葬岳靈珊。任盈盈對令狐冲體貼入微，恩重如山；令狐冲至情至性，如何能不心悅誠服、終生報答？

尤其值得注意的是，任盈盈主動當起了令狐冲的情感代言人。當令狐冲為救助岳靈珊而躊躇時，任盈盈說「你心中另有顧慮，生怕令我不快，是不是？」在救助岳靈珊途中，任盈盈又說：「直到此刻我才相信，在你心中，你終於是想著我多些，念著你小師妹少些。」至於「千秋萬載，永為夫婦」口號，毫無疑問是任盈盈的傑作。

當儀琳的母親逼迫令狐冲娶儀琳時，令狐冲表示非任盈盈不娶，並與任盈盈「心意相通」，可能是令狐冲的真實情感，也可能是他感激任盈盈並接受任盈盈不斷暗示、誘導的結果。對任盈盈，令狐冲的情感並非單純的愛，還有感激，有尊敬；在內心最深處，還有幾絲莫名的懼怕。在小說最後，任盈盈說：「想不到我任盈盈，竟也終身和一隻大馬猴鎖在一起，再也分不開了。」嫣然一笑，嬌柔無限，但作者卻沒有寫出當時令狐冲是什麼表情、什麼心情。

最後一個話題：令狐冲何以對儀琳的愛始終視若無睹？

令狐冲始終回避儀琳對他的感情，這是事實。原因也很簡單，是由於身分顧慮，即儀琳是小尼姑，不能與她產生男女之情；後來令狐冲做了恆山派掌門，男女之情就更成了雙重禁忌。雖說令狐冲是任性浪子，但他的行為和心理中還是有許多不可逾越的規則底線。對儀琳的單相思不予回應，就屬這一類。所以，他儘量少接觸儀琳，要接觸時，也有意地回避儀琳的情感，視而不見，聽而不聞。

令狐冲對儀琳是否友情？這一問題，沒有確切答案。只有一點點蛛絲馬跡，那是在前往福建的路上，令狐冲假扮軍官吳天德，為恆山派弟子解圍過程中，見到儀琳，書中寫到：令狐冲「心底升起一股柔情：『這高坡之上，伏得有強仇大敵，要加害於她。我便自己性命不在，也要保護她平安周全。』」此後，就再也沒有類似的描寫。令狐冲對儀琳的柔情消失了嗎？還是有情卻不能表達？抑或是，連他自己都不知道自己對儀琳小師妹是否有情？抑或是，因為禁忌產生蒙昧，以至於令狐冲無法知曉他對儀琳情有多深？

十一、缺少靈性的岳靈珊

岳靈珊是華山派掌門人岳不群的女兒，是華山派的小師妹，也是令狐冲傾心相愛的戀人。可是她愛上了林平之，後來成了林平之有名無實的妻子，她對林平之的愛看起來似乎至死不渝。岳靈珊是生物學上的美人，社會學上的角色扮演者，心理學上的未成年。她之未成年，是因為她只懂得角色扮演，缺少生命靈性。

在她第一次出場時，就是裝扮成一個醜女出現在福州城外的小酒店中，是個典型的角色扮演者，演技不見得高明。此後恢復真面目，仍然是角色扮演者，只不過，對此她並不自知。也正因為不自知，才會把角色扮演當作人生的實際內容。

她的一生，主要扮演三個角色：爸爸的乖女兒、師兄的公主小師妹、林平之的女友和賢妻。所以，只要仔細分析岳靈珊與岳不群、令狐冲、林平之三個男人的關係，就知道這是怎樣的一個人，如何進行角色扮演，以至於心理無法成年。

先說她與岳不群的關係。

岳不群是岳靈珊的父親，也是她的心中偶像。說是戀父情結或許有些過分，也容易讓人誤解；說父親是她心中男子漢大丈夫的樣板，也是她的人生楷模，應該更準確。岳靈珊愛他爸爸、敬她爸爸，這是人之常情。

不尋常的是，她爸爸是個更高級的角色扮演者，博得了「君子劍」的稱號，把女兒岳靈珊當作其政治雄心的棋子，而岳靈珊也心甘情願地按照爸爸的指引或暗示去行動。例如，到福州去執行任務，看起來似是岳靈珊主動申請的，實際上卻是岳不群精心布局的結果。只要岳不群暗示說福州很好玩，岳靈珊自然會興致勃勃地請命出征。

岳靈珊不可能知道監視余滄海針對福威鏢局的行動，只不過是表面任務；真正任務目標，是熟悉福州風情、學習福州話，以便籠絡林平之。又如，林平之進入師門後，岳靈珊與令狐冲漸行漸遠，而與林平之愈來愈近，看起來是岳靈珊的自主選擇，實際上還是在岳不群的算計中。

讓令狐冲去思過崖面壁，就是給岳靈珊和林平之的交往創造方便條件，因為岳靈珊耐不住寂寞，身邊必須有玩伴。又如，岳不群夫婦為了逃避桃谷六仙而不得不逃難，只須看看岳靈珊、再看看林平之，岳靈珊就主動插嘴說，說要出去玩，不如越遠越好，何不去福州？

岳靈珊的行為，並非每一步都是按照父親的指引或暗示去做。有些事是她自主的產物，例如疏遠令狐冲、愛上林平之。只不過她不知道，這其實也是父親影響的產物，是長期潛移默化的結果。

林平之一心復仇，專心練功，心無旁鶩，不苟言笑，顯得老成持重，看起來就像岳不群的複製品。也就是說，岳靈珊的心裡早已有個範本，只有性格作風像爸爸的人，才配做她的丈夫。在五嶽聯盟併派之戰中，岳靈珊成了岳不群麾下的先鋒打手，先以泰山派和衡山派劍法，打敗這兩派的掌門人；後以恆山派劍法，讓令狐冲甘心讓招認輸；最後以嵩山派十三招，讓嵩山派掌門人左冷禪「三招見分曉」的預言落空。岳靈珊不僅是父親的棋子，也是父親的打手，這些都是她心甘情願的，因為她是爸爸的乖女兒。因為爸爸是她的最愛，而爸爸也最愛她，當爸爸的乖女兒，難道有什麼錯？她並不知道，長期習慣了乖女兒角色，難免會失去獨立思考能力，在心理上無法長大成人。

再說岳靈珊與令狐冲的關係。

令狐冲對岳靈珊的愛，是小說《笑傲江湖》的沉重主題之一。因為愛岳靈珊，令狐冲經歷了無數等待和煎熬，做過無數美夢噩夢；因為愛岳靈珊，他對恆山派小尼姑的愛視若無睹，對魔教聖姑也是若即若離。

岳靈珊是否也愛令狐冲？準確地說，岳靈珊是否愛過令狐冲？這是一個問題。岳靈珊喜歡令狐冲，關心令狐冲，從小就願意和令狐冲一起玩，這是事實，沒有任何疑問。只不過，她喜歡和令狐冲在一起，是因為令狐冲不僅長得帥、武功好，更重要的是令狐冲對這個小師妹情有獨鍾，千依百順，變著法子哄她開心。她想看星星，令狐冲就設法抓來成千上萬的螢火蟲，掛在她的帳子裡，讓她躺在床上看星星。她想自創武功，令狐冲就想出「冲靈劍法」，滿足她一心想做「武林高手」的虛榮心。說穿了，她喜歡和令狐冲在一起，是因為令狐冲是她的最佳玩伴，能滿足小公主的一切想像。

說岳靈珊不愛令狐冲，只是把他當作最好的玩伴，證據是，當令狐冲是思過崖上，破了岳靈珊新學的「玉女劍法」，且把她的劍彈下懸崖，傷了小公主的面子和虛榮，岳靈珊從此以後就不再和令狐冲一起玩。令狐冲之所以如此，是因為嫉妒林平之，情緒衝動之下做出無意識表達，平生第一次沒有把呵護岳靈珊的虛榮心作為遊戲的首要原則，岳靈珊就心生芥蒂，從此翻臉，不再與令狐冲扮演小情人。岳靈珊所以如此，當然是因為她有了林平之這個新玩伴，和林平之一起更好玩。

說岳靈珊不愛令狐冲，不知道令狐冲的真實品性，也不尊重令狐冲的情感，更好的證據是，在林平之家的辟邪劍譜失蹤時，岳靈珊疑心令狐冲盜取了劍譜，竟然追到大路上，當眾向令狐冲追索。這表明她從來就不是令狐冲的知心人。

再說岳靈珊與林平之的關係。

岳靈珊與林平之親近，有客觀因素，也有主觀因素。客觀因素是，岳不群的精心布局，讓令狐冲獨自面壁，從而給懂得福州話的岳靈珊與林平之創造了相互接近的機會。更重要的是，華山派師徒逃難到洛陽王家，也就是林平之的外公外婆家，受到隆重接待；王家人對岳靈珊更是另眼相看，說白了，是把她當作了林平之的女朋友、未婚妻，而岳不群夫婦似乎也默許了，於是越弄越親，越弄越真。

主觀因素則有幾層。一層是，林平之長相俊美，具有生物學上的吸引力，這是岳靈珊喜歡林平之的基礎。更深的一層是，與林平之在一起，她能指點對方，最大限度滿足她的虛榮心。受令狐冲呵護的滋味固然很好，但畢竟是技不如人，終究不如憑自己的真本事獲得小林子由衷讚嘆。在小林子面前，她是貨真價實的巾幗英雄。最深的一層是，如前所述，小林子很像她父親，符合丈夫的標準。

有意思的是，當他們舉行正式結婚典禮時，林平之已經自宮，開始練習辟邪劍法，夫妻關係有名無實。岳靈珊仍然初心不改，繼續扮演賢妻角色，開始倒不是因為她喜歡扮演或習慣扮演有名無實的妻子，而是因為她把「嫁雞隨雞、嫁狗隨狗」當成了自己的宿命，在她的年代，這是不可違抗的倫理，作為岳不群的女兒，當然要當道德楷模，因而她不得不扮演，不得不習慣。

很多讀者都無法明白，當林平之的醜惡靈魂暴露無遺，對岳不群的痛恨絲毫不加掩飾時，岳靈珊為何仍不醒悟？甚至，當林平之為了投奔左冷禪，而凶殘地殺害無辜的妻子，岳靈珊為何仍不改初衷？為什麼還要讓令狐冲關照林平之，說小林子一生很可憐？這些疑問的答案是：此時的岳靈珊不得不繼續扮演想像中的賢妻角色，不得不對真實的林平之視而不見，寧願把對方想像成需要別人關心的可憐人。若非如此，岳靈珊就要承認自己的人生一敗塗地，而她不願承認這一點，就只好在想像中獲得心理滿足和自我平衡。此時的岳靈珊，已是精神官能症患者，分不清現實與想像的邊界。而這，也正是他缺少靈性，心理未成年的確切證明。

十二、任盈盈的多面性

任盈盈是魔教聖姑，是日月神教教主任我行的女兒，也是主人公令狐冲的愛侶，最終成了令狐冲的妻子。在《笑傲江湖》中，這一人物的重要性不言而喻。此人十分美貌，武功詭異，謀略過人，更讓人記憶深刻的是，她至愛令狐冲，卻又十分害羞。若因為害羞，把她當作一個尋常女子，那可就大錯特錯。

任盈盈有多面性。關於這個人物，需要討論三個話題。其一，作為魔教聖姑的任盈盈。其二，作為深愛令狐冲的任盈盈。其三，作為令狐冲師父的任盈盈。

先說第一個話題，作為魔教聖姑的任盈盈。

作為魔教聖姑的任盈盈，擁有巨大權勢，對魔教教眾有巨大影響。令狐冲受傷時得到當世名醫平一指的醫治，得到藍鳳凰、黃河老祖等人的主動獻醫獻藥，以及黃伯流、司馬大等人貢獻營養品及美酒佳餚等諸多事實，即是證據。若不是衝著聖姑任盈盈，誰會來主動巴結令狐冲？

進一步的證據是，五霸崗上的魔教徒眾一旦得知聖姑生氣了，頃刻間就走得乾乾淨淨，聖姑的威勢可見一斑。進而，當任盈盈和令狐冲在一起，與一些魔教徒眾相遇，立即有三個人刺瞎自己的眼睛，令狐冲於心不忍，任盈盈才赦免其餘的人，讓他們到海外荒島上去度過餘生。進而，任盈盈還讓老爺子、計無施等人通報江湖，誰見到令狐冲須立即把他殺了。進而，任盈盈還毫不猶豫地殺了幾位少林僧，不是因為他們不敬，而是因為他們見到她和令狐冲在一起。

任盈盈為什麼不願讓別人知道她與令狐冲在一起？不僅是因為害羞，更因為害怕別人譏笑她落花有意、流水無情，也就是，為了自己的面子不惜濫殺無辜。這些事實證明，任盈盈不僅有威勢，且有殘忍魔性。細心的讀者肯定注意到，書中交代說，令狐冲在內心深處對任盈盈有強烈的恐懼。恐懼什麼？當然是恐懼聖姑的魔性。不僅是恐懼她的任性殘忍，更恐懼的是她有深不可測的權謀。

如果我們真想瞭解任盈盈，那就必須考慮到，即使是在東方不敗時代，她在魔教中的地位仍然保持不變。為什麼能保持不變？不僅是由於東方不敗要籠絡人心，也因為任盈盈有過人的心機和權謀。

任盈盈第一次露面雖在洛陽東城小巷中，如同隱士；但她從小生活在權力鬥爭中心，耳濡目染，精通政治謀略。證據是，在挫敗東方不敗針對恆山派陰謀的過程中，任盈盈應對有方，指揮若定，在賈布被誅後，立即收買上官雲，為任我行復辟行動減少了阻力，增加了生力軍。

更好的證據是，令狐冲打敗岳不群，她立即背著令狐冲將一顆三屍腦神丹投入岳不群口中，讓岳不群從此不敢對令狐冲暗下殺手。令狐冲恐懼任盈盈，正是因為這聖姑心機過人，手段殘忍，隨身帶有三屍腦神丹。

再說下一個話題：作為深愛令狐冲的任盈盈。

如果說作為魔教聖姑的任盈盈可怕，那麼作為愛情中人，任盈盈就非常可愛且可欽佩。從洛陽初見時起，她就愛上了令狐冲，只不過令狐冲並不知道，一直以為她是一位好心婆婆。為了掩人耳目，任盈盈有過上述惡行。但她對令狐冲的愛卻是出自真心。證據是，書中說：「盈盈本來自大任性，但想到令狐冲每一刻都會突然死去，對他更加意溫柔，千依百順的服侍，偶爾忍不住使些小性兒，也是立即懊悔，向他陪話。」更重要的證據是，當令狐冲昏迷不醒，任盈盈將他背到少林寺，寧可自己身陷囹圄，換取令狐冲獲得救治的機會。只有真正的愛，才能把對方的生命置於自己的一切利益之上。

任盈盈的真正非凡之處，是她為了真愛而願意改變自己，並且有靈性也有能力指導自己改變，以便她配得上令狐冲，從而讓令狐冲對她產生真情。書中曾提及，任盈盈說自己有邪氣，不但有一點，而且還有不少。自從她主動投身少林寺，尤其是令狐冲率領群雄迎接聖姑之後，任盈盈的人生出現了明顯的轉捩點，邪氣漸消，靈氣漸長，不斷變化、成長、進步。少林寺之前的任盈盈，和少林寺之後的任盈盈是兩個不同的人。

走出少林寺後，任盈盈陪伴令狐冲就任恆山派掌門，為避免他人譏笑，就下令讓千餘名江湖好漢主動投身恆山門下，成立恆山別院；進而暗中留意，挫敗賈布等人針對令狐冲、方證、冲虛等人的陰謀。

更難得的是，她學會了隱忍和寬容。令狐冲對岳靈珊念念不忘，任盈盈是什麼滋味？雖不得而知，卻也不難推測。但任盈盈卻始終是想令狐冲之所想，急令狐冲之所急。在嵩山集會中，令狐冲與岳靈珊比武時故意受傷，任盈盈假裝瞌睡，假裝沒注意，假裝平靜如水，對令狐冲不僅溫柔如昔，而且體貼加倍。當岳靈珊遇到青城派圍攻，林平之置之不理，令狐冲有心無力，是任盈盈出面替岳靈珊解圍。當林平之瞎眼、岳靈珊受屈時，又是任盈盈主動向令狐冲提出要暗地跟蹤護衛岳靈珊。當岳靈珊被林平之殺害，令狐冲傷心欲絕，她毫無怨言地和令狐冲一起安葬了岳靈珊，並且和令狐冲一起為岳靈珊守墓。若不是真愛令狐冲，任盈盈絕不可能這樣做。正因為深愛令狐冲，任盈盈才如此寬容大度，面目一新。

再說第三個話題，作為令狐冲師父的任盈盈。

任盈盈與令狐冲相識，是因為令狐冲身懷《笑傲江湖》曲譜，被洛陽王家當作辟邪劍譜，王家師爺帶著令狐冲等人來小巷竹舍中找綠竹翁鑒定。綠竹翁認出是曲譜，但卻不能演奏，只得請師姑任盈盈撫琴、吹簫。從此，任盈盈就成了令狐冲的師父，教他撫琴。

自從劉正風、曲洋死後，任盈盈的琴簫絕技，當世不做第二人想。令狐冲雖然從零開始，但卻進步神速，很快就學會了《碧霄吟》，綠竹翁誇他琴中意象比自己更高，還說琴中高遠意象來自豁達胸襟。日後令狐冲專心學琴，在西湖梅莊與任盈盈合奏《笑傲江湖》，成了劉正風和曲洋的優秀傳人。這一線索，正是小說的主題所繫。

任盈盈不僅是令狐冲學琴的師父，在感情和人生方面，她也是令狐冲的老師。證據是，在第一次聽過令狐冲傾訴之後，她就對令狐冲說，陸大有不是他殺的，為令狐冲搬開了一塊心頭大石。

任盈盈學識更淵博，心思更細密，眼界更開闊，靈氣更充盈，不像令狐冲那樣疏懶成性、有腦子不用。所以，在任盈盈與令狐冲的情感發展過程中，任盈盈也是老師，指引、啟發、甚至誘導令狐冲情感發展方向。證據是，當令狐冲為救助岳靈珊而躊躇時，任盈盈說：「你心中另有顧慮，生怕令我不快，是不是？」在救助岳靈珊途中，任盈盈又說：「直到此刻我才相信，在你心中，你終於是想著我多些，念著你小師妹少些。」這些話既是對令狐冲心思的推測，也是對令狐冲情感的啟發和誘導。任盈盈提出「千秋萬載，永為夫婦」這一口號，也同樣是啟發令狐冲：要世世代代都與她相愛。

好在，任盈盈對令狐冲確實是真心相愛，既然如此，有這樣的女友兼老師，兩個人一起成長，對令狐冲而言，算得上是人生幸事。

十三、儀琳的煩惱及其命運

儀琳是恆山派的小尼姑，是定逸師太的弟子，是不戒和尚的女兒。不戒和尚愛女心切，將採花淫賊田伯光閹割了，逼其剃頭出家，取名「不可不戒」，要他拜儀琳為師，所以，儀琳的另一個身分，是不可不戒的師父。

在這部小說中，儀琳最主要的身分，是深情單戀令狐冲的人。儀琳十分美貌，更有十二分溫柔善良，光彩照人，心地單純透明，情真且深。無奈令狐冲另有所愛，且礙於二者的身分禁忌，對儀琳的片面相思不能做任何回報。儀琳愁腸百結，日漸消瘦，讓多情的讀者倍加愛憐，不斷唏噓，有人為她打抱不平，說：「令狐冲不懂愛情！」

關於儀琳，有三個問題需要討論。一是，儀琳煩惱的真正原因是什麼？二是，假如儀琳嫁給了令狐冲，會發生什麼？三是，儀琳煩惱的根源究竟是什麼？

先說第一個話題：儀琳煩惱的真正原因是什麼？

答案看起來很簡單，儀琳煩惱的原因，不就是她愛令狐冲，而令狐冲卻不愛她嗎？這一答案當然不錯。儀琳當眾對師父回顧衡陽回雁樓上，與田伯光、令狐冲相處的經歷時，對令狐冲的愛就溢於言表；在為令狐冲療傷的過程中，為令狐冲偷瓜、願意為令狐冲下地獄的情形，她的愛情更是心跡昭彰。

令狐冲被岳不群逐出華山派，她為令狐冲辯護，定靜師太罵她固執，當然也是證明。最確鑿的證據是，令狐冲男扮女裝時，她還曾當面對令狐冲說過自己的心事。若不是她經常向父親、母親提及令狐冲，不戒和尚也不會多次派人去找令狐冲，甚至親自出馬，逼迫令狐冲做和尚、娶儀琳；她母親也不會逼迫令狐冲要麼做太監、要麼娶儀琳。

人人都知道，儀琳對令狐冲一往情深，看不到這一點，那簡直就是盲目。另一方面，令狐冲也確實沒有回應儀琳的感情，原因之一是他另有所愛，先是華山派小師妹岳靈珊，後是魔教聖姑任盈盈。原因之二是他顧忌身分，儀琳是個小尼姑，與她有情感關係，不僅會誤導儀琳，更有損於恆山派的聲譽；後來做了恆山派掌門人，更有雙重禁忌，他要為恆山派著想，就只能對儀琳的感情視而不見。

只不過，問題沒有那麼簡單。儀琳當然愛令狐冲，但她的煩惱卻不僅是因為愛情得不到回報。回顧儀琳在衡陽和衡山城的經歷，不可忽略事情的起因，即田伯光覬覦儀琳的美色，這導致儀琳身體意識的覺醒。不僅是對容貌的自覺，更重要的是身體欲望的覺醒，尤其是在衡山城群玉院內，為令狐冲療傷，接觸過令狐冲的身體；進而躲進令狐冲的床被中。這樣聞所未聞的經歷，刺激了她的身體或生理無意識。

證據是，她抱著令狐冲逃出群玉院、逃出衡山城，在郊外荒野中，發現令狐冲在看她，她頓時慌亂，雙手發顫，失手讓令狐冲跌落在地。所有這些經歷，都會成為儀琳的深刻記憶，並成為她煩惱的根源。但她長期生活在佛門之中，提及私人情感已是犯戒，更何況有關身體欲望的隱秘？所以，她的這一身體意識或生理欲望的無意識，從未對人提及。

正因為不能啟齒，才會更加煩惱。

儀琳的煩惱，還有更深的根源，那就是內心深處的矛盾衝突，即情欲與戒律的紛爭。儀琳身為佛門弟子，向來無比虔誠，而今卻為令狐冲神魂顛倒，想一想已是犯戒；要遵守戒律卻有情不自禁；更何況還有更加不能啟齒的身體欲望，因為是無意識，根本就超出個人信念與意志控制能力之上。情感欲望與佛門戒律的衝突，把儀琳的心理世界造成衝突的戰場，而單純的儀琳完全無力解決這樣的矛盾，以至於形成無法解開的心理死結。這，才是儀琳煩惱的真正根源。

再說第二個問題，假如儀琳嫁給了令狐冲，會發生什麼？

這是個虛擬的問題，但要理解儀琳的煩惱處境，提出這樣的虛擬問題會有很大的輔助作用。假如儀琳的父親或母親不顧令狐冲的意志，強迫令狐冲娶儀琳為妻，那會發生什麼，應該可想而知。

讓我們退一步說，假設令狐冲真心實意地娶了儀琳，那會發生什麼？毫無疑問，儀琳會陷入另一種煩惱中，那就是因為破戒，覺得自己的婚姻是一種罪孽。這樣說的證據是，在令狐冲想吃瓜時，儀琳沒有錢，而瓜農又不在，伊琳不得不偷瓜，她是懷著下地獄的決心去偷瓜的。偷瓜不過是一件區區小事，在虔誠守戒的儀琳而言，卻如下地獄那樣罪孽。假如犯了色戒，公然與令狐冲結為夫妻，欣喜如願之餘，儀琳又會有怎樣的罪孽感？

再退一步說，就算儀琳克服了心理障礙，為了與令狐冲在一起，她也願意冒著將來下地獄的風險，但也不見得從此萬事大吉。儀琳的純真固然十分可愛，但純真的另一面是幼稚無知，根本就不具有世俗夫妻生活的經驗和智慧。單相思是一回事，真的嫁作人婦是另一回事，做慣了尼姑的儀琳，多半無法適應世俗人妻的身分。證據是，儀琳父母的夫妻生活就是前車之鑑，不戒和尚如願娶妻生女，結果卻是好景不長，只因不戒與一個陌生女子說話，尼姑妻子就覺得丈夫是「負心薄倖，好色無厭」，從而離家出走。雖然儀琳深愛令狐冲，也願意與令狐冲生活在一起，但她如何能適應令狐冲胡鬧衝動、浪子行徑、機變經驗？

所以，這一虛擬問題的答案是：即使儀琳如願嫁給了令狐冲，也很難獲得單純的幸福快樂，反而可能會煩惱更多，更加無法適應。

再說第三個話題：儀琳煩惱的真正原因是什麼？

從上面的討論和分析看，無論儀琳是單相思，還是如願嫁給令狐冲，她都無法擺脫煩惱，也就是說，無法過上真正幸福快樂的生活。

儀琳煩惱的真正原因，並不是令狐冲是否願意娶她，而是她的小尼姑身分。正因為她從小就出家為尼，所以，若繼續留在佛門，她無法克服思念令狐冲的煩惱；若當真走出佛門，如願嫁給令狐冲，又勢必無法克服違犯色戒、背叛佛祖的罪孽感。更何況，因為她從小虔誠向佛，對世俗生活及人性心理幾乎一無所知，在複雜而骯髒的世俗生活裡，她很可能無法應付，甚至完全無法適應。儀琳的煩惱來自她的宿命。

儀琳的宿命，根源又是什麼？是她的父母生下了她，卻沒有一起養育她，由於母親自顧自地離家出走，父親又自顧自地將她留在佛門中，讓她從小就成為尼姑。她的文化習得，是尼姑的身分和戒律，若從未走出尼姑庵，她或許能陪伴青燈黃卷，度過寂寞的一生，問題是，她走出了尼姑庵，遭遇了田伯光，也見到了令狐冲，從此不得安寧，煩惱纏身。若要追究命運之責，首要責任人，當是她的父親和母親。而儀琳只能留下美麗而愁苦的形象，讓我們感嘆和懷念。

十四、任我行是怎樣的一個人？

任我行是《笑傲江湖》中的重要人物，是日月神教教主、任盈盈的父親，令狐冲的岳父，此人的經歷充滿傳奇。

身為日月神教的教主，因屬下東方不敗篡權政變，被關入杭州梅莊的地牢中。幸得忠心下屬向問天帶著懵懂無知的令狐冲，設局騙過梅莊地牢看守江南四友，將令狐冲關入地牢，任我行成功脫困，繼而復辟成功。重新執掌日月神教後，便向五嶽劍派聯盟發起進攻，要用武力一統江湖。

任我行是怎樣的一個人？這就是我們要討論的話題。在這裡，我想將他一分為三，即：作為梟雄，作為霸主，作為病夫。

先說第一個話題，作為梟雄的任我行。

任我行第一次露面，是在杭州梅莊的地牢中，令狐冲走向地牢時，對關在這裡的人充滿了同情。從同情的視角看，被關押的任我行像是受難的英雄。此人眼光犀利，對丁堅、丹青生等人的劍法破綻，言必中的。此人武功高強，內力驚人，更難得的是此人個性剛毅凶悍，且見識超絕，豪氣沖天。一陣大笑，就將令狐冲和江南四友震得昏了過去，醒來時，仍不知道他已經偷梁換柱，他自己逃脫，而將令狐冲束縛在地牢的鎖鏈之中。

任我行的梟雄本色，在他帶著向問天去少林寺營救盈盈時，有更充分的體現。

當時他們是以三對十，正派中人有方證、沖虛、左冷禪、岳不群、余滄海、莫大等十大高手。面對強大敵手，任我行仍然談笑風生，說自己佩服三個半人、不佩服三個半人。佩服的人中，半個是沖虛，另兩個是方證、風清揚，而第一佩服的竟是奪他權位、將他關入地牢的東方不敗。五嶽盟主左冷禪則在他不佩服的名單中。

左冷禪威脅說，不惜倚多為勝，即使留不下任我行，也要殺了他女兒。任我行一席話就解決了這一難題：「那妙得很啊。左大掌門有個兒子，聽說武功差勁，殺起來挺容易。岳君子有個女兒，余觀主有幾個愛妾，還有三個小兒子……」一口氣將在場正派人物的親人子弟都說了出來，意思是，你們若不講武林規矩留下我女兒，我脫困後必將大施報復，讓你們吃不了兜著走。於是，左冷禪等人不得不按規矩行事，與任我行約定雙方三戰決勝。

任我行一方明明只有他和向問天兩位高手，但他卻似乎勝券在握，原來他早已發現令狐冲在匾後偷窺，並且把令狐冲納入自己一方，結果三戰兩勝，帶著女兒任盈盈安全離開了少林寺。

再說第二個話題，作為霸主的任我行。

所謂霸主，有兩層意思，一層意思是霸道的主人，另一層是一心想要稱霸武林的人。任我行二者都是。在復辟過程中，他使用恐怖駕馭下屬，逼迫下屬吃下「三屍腦神丹」，確保下屬對他忠心不二，否則就拿不到解藥，必發瘋慘死。

在他的前一個任期中，與教內下屬都是兄弟相稱，相見時不過是相互抱拳拱手而已。而在他復辟成功的第一天，情況就變了。由於東方不敗統治多年，興起一套禮儀規則，下屬見教主都要下跪，且還要高喊口號，說：「參見文成武德、仁義英明的聖教主」，繼而高喊：「教主中興聖教，澤被蒼生，千秋萬載，一統江湖！」對此禮儀，任我行有些不適應，本能地說：「不必……」但話還沒有說完，突然轉念：「無威不足以服眾，當年我教主之位為奸人篡奪，便因待人太過仁善之故，這跪拜之禮既是東方不敗定下了，我也不必取消。」這麼著，就保留了這一禮儀，再有下屬向他跪拜，他就不再起身，只是點頭而已。東方不敗創制的禮儀範式，從此就成了霸主任我行統御下屬的常規。

任我行要當武林霸主，並不只是說說而已。復辟教主之位，只是他的第一步，其後，他就開始布局，要征服五嶽劍派聯盟，以便用武力一統江湖。作為胸懷大志的政治領袖，他也說到做到，聽說五嶽劍派的精英在華山聚會，他就帶著數萬人前來伏擊圍攻。若不是五嶽劍派自相殘殺、傷亡殆盡，肯定也會被如月神教聚而殲之。令狐冲拒絕副教主職位，任我行立即翻臉無情，說一個月後要讓恆山雞犬不留。頃刻之間，他就設計出連環之計，乘兵發恆山之際，順便將少林、武當的勢力一舉消滅。若不是任我行病發猝死，整個江湖必將改變格局。

接下來的話題是：作為病夫的任我行。

在第三十九回書結尾，任我行在華山之巔志得意滿，哈哈大笑，說：「但願千秋萬載，永如今……」，話還沒有說完，就突然中斷，任我行死了。他如何會死？他有什麼病？就成了一個值得思索的問題。

任我行是個病夫，傷病纏身，身體有病，心理也有病。身體的病，是因為他長期修煉吸星大法，將他人的內力吸為己用，不僅為武林詬病，江湖不齒，也給他的身體帶來了嚴重的隱患。由於他的內力充沛而蕪雜，即存在難以調和的隱性危機，如果找不到根治的辦法，隨時有走火入魔的風險，甚至可能致命。

除此之外，在復辟之戰中，他還被東方不敗刺瞎了右眼，只能以左眼看世界。他之所以被東方不敗刺瞎，是因為他不願放過東方不敗的男寵楊蓮亭；他之所以不願放過楊蓮亭，則是由於復仇的怒火燒得他五陰熾盛，也就是由於心病。

任我行更大的心病，是精神上自我膨脹，心理失調，有明顯的精神官能症或精神妄想。心理和精神疾病本來沒有傳染一說，多是由遺傳或心理病變所致，但任我行的這個心理病症，卻是由傳染而得。「教主中興聖教，澤被蒼生，千秋萬載，一統江湖」的口號聽得多了，難免滋生妄想。天天聽著下屬高喊文成武德、仁義英明，更難免會信以為真。更不用說，上有所好，下必甚焉，見教主喜歡這一口，自然會有人不斷創新。

在日月神教徒眾佔領華山時，有人高呼，任教主英明偉大，比諸葛亮、關雲長、孔夫子等人更高明。而「任我行聽著屬下教眾諛詞如潮，雖然有些言語未免荒誕不經，但聽在耳中著實受用。心想：『這些話其實也沒錯。諸葛亮武功固然非我敵手，他六出祁山，未建尺寸之功，說到智謀，難道又及得上我了？關雲長過五關、斬六將，固是神勇，可是若和我單打獨鬥，怎能勝得過我吸星大法？孔夫子弟子不過三千，我屬下教眾何止三萬？』」如此妄想，病象十分明顯。

任我行自我膨脹超過了極限，在精神上已經走火入魔，再加上吸星大法導致的內力混亂衝突，共同形成了他的死因嗎？沒有確切證據，我們不敢下結論。可以下結論的是，任我行是個病夫，他的病與死，有深刻的象徵意義。

十五、東方不敗的真相和寓言

東方不敗是日月神教的教主，只在《笑傲江湖》第三十一回書中出場一次，卻是這部書中最重要的人物之一。他雖出場很晚，但卻早已名聲在外，在劉正風金盆洗手的儀式上，有人提及「魔教教主東方不敗」八個字，在場的正派人物無不震驚，無不恐懼。東方不敗篡奪了任我行的教主之位，任我行對他顯然恨之入骨，但任我行卻說東方不敗是他佩服的當世三個半人中的第一位。江湖傳言，東方不敗的武功天下第一，而此人的才幹和威名也不做第二人想。

任我行、向問天帶著令狐冲、任盈盈等人上日月神教總壇黑木崖去找東方不敗的情節，是這部小說中最神秘、最具傳奇性的段落之一。黑木崖又高又險，需多次使用絞盤吊籃才能登頂，這還不算什麼。令人驚奇的是，大家以為看到了東方不敗，坐在教主寶座上的竟是一個替身。更令人驚奇的是，讓江湖中人聞名喪膽的霸主梟雄東方不敗，竟是身穿彩衣，塗脂抹粉，在閨房裡繡花！

關於東方不敗，有幾個問題需要討論。其一，他如何變成了人妖？其二，他當年為什麼要篡權？其三，東方不敗的文化傳承及象徵符號。

先說第一個問題：東方不敗為何變成了人妖？

在回答這個問題之前，對「人妖」概念要作一個界定。這裡所說的人妖，固然是說揮劍自宮之後，變得不男不女之人；但更是說此人的行為和心理，看起來像人，實際上近妖。例如，東方不敗說，他因為喜歡男寵，而將自己的七個小妾全殺了。就算喜歡男寵不算不道德，但無故殺害七條無辜的人命，顯然是妖孽行為。

又如，東方不敗一邊回憶童百熊對他的恩情，諸如「我那時家境貧寒，全蒙你多年救濟。我父母故世後無以為葬，喪事也是你代為料理的」等等；一邊卻又說，你得罪了楊蓮亭，他要你死，你就該死。於是親手將恩友殺死。這算是什麼邏輯？只能說是妖孽邏輯；這種行為是妖孽行為，這種心理也是妖孽心理。

東方不敗為何變成了人妖？答案似乎很簡單，那是因為他揮劍自宮，把自己變成了人妖。具體一點說，是因為他修煉《葵花寶典》武功，毫不猶豫地將自己的雄性生殖器閹割了，於是變成人妖。他不僅閹割了雄性，也閹割了自己的雄心，但他又不是真正的女性，因而就成了不男不女的人妖。

問題是，他修煉《葵花寶典》之初，為什麼沒有變成人妖？小說中岳不群、林平之、左冷禪、勞德諾等人也都修煉過辟邪劍法，為什麼沒有變成人妖？

東方不敗修煉《葵花寶典》武功後，曾一度雄心勃勃，不但篡奪了教主權位，而且還為日月神教制定了一連串目標、規劃、口號、禮儀。他自己也說：「我初當教主，那可意氣風發了，說什麼文成武德，中興聖教，當真是不要臉的胡吹法螺。直到我後來修習《葵花寶典》，才慢慢悟到了人生妙諦。其後勤修內功，數年之後，終於明白了天人化生、萬物滋長的要道。」這段話裡有一個錯誤，他並不是「後來」才修習《葵花寶典》，只不過是後來才悟到所謂「人生妙諦」。所謂天人化生要道，不過是同性戀而已。

想要準確回答這個問題，我們須知道東方不敗是怎樣的一個人。這就涉及下一個問題，即：東方不敗為何迫不及待地要篡位？

答案似乎很簡單，權欲薰心而已。可是，東方不敗對任我行說：「任教主，你待我的種種好處，我永遠記得。我在日月神教，本來只是風雷堂長老座下一名副香主，你破格提拔，連年升我的職，甚至連本教至寶《葵花寶典》也傳給了我，指定我將來接替你為本教教主。此恩此德，東方不敗永遠不敢忘。」這就是問題所在：既然任我行已經指定東方不敗為接班人，他為何不能等到正常接班？既然做出了恩將仇報、搶班奪權的惡行，為什麼還要說永不忘記對方的恩情？

真正的答案，是在東方不敗與童百熊、任我行的對話中。這包括：一，他自幼家境貧寒，從而對富貴充滿饑渴。二，在富貴欲望驅使下，他毫不猶豫地發起了對恩人教主任我行的宮廷政變，將恩人任我行關入暗無天日的地牢中。三，此人罔顧倫理道德，或許是魔教文化薰陶所致，或許是他個人野心太大。四，做事不講道德，並不見得完全沒有道德感，道德感讓他內疚於心，因而才沒將任我行處死，且事後還對任我行表示不忘其大德大恩。五，此人文化水準不高，思想邏輯混亂，怎麼對自己有利就怎麼說，很可能他自己還信以為真。

總而言之，這個大名鼎鼎的東方不敗，其實是徹頭徹尾的無知小人。他想要富貴，也得到了富貴，到頭來卻發現手握大權索然無味，中興聖教更是大吹法螺；唯一能讓他感到樂趣的，只有與楊蓮亭的性愛關係，以及在性愛關係中的角色扮演。更可悲的是，他明明是欲望的囚徒，卻偏要說明白了所謂天人化生、萬物滋長的要道。

接下來的問題是，東方不敗的文化傳承及象徵符號。

東方不敗的武功來自《葵花寶典》，而《葵花寶典》由太監所創，太監只有皇宮裡才有。這一線索，能夠解釋東方不敗的文化傳承。具體說，可用人類學家羅伯特 ・雷德菲爾德在《農民社會與文化》一書中提出的「大傳統」、「小傳統」概念，所謂大傳統，是指皇家為代表的經典文化傳統；所謂小傳統，則是指農民為代表的世俗文化傳統。民間小傳統與廟堂大傳統之間，一方面有明顯的差異，另一方面卻也有內在關聯性和相似性。世俗文化常常模仿經典文化，有些模仿很精緻，有些模仿很拙劣。

辟邪劍譜是葵花寶典的另一種版本，岳不群、左冷禪、林平之、勞德諾等人修煉這種功夫，呈現了文化傳承的各種不同樣態。從東方不敗到岳不群，無不是熱衷權力之人，也就是帝制傳統及其經典文化的拙劣的仿製品。這一文化的根本特徵，是閹割人性，摧毀尊嚴，把人變成可怕的人妖。當權者成了自己欲望的囚徒，非但不自知，反而洋洋得意。

這就是說，《葵花寶典》及《辟邪劍譜》都是權力工具和象徵。進而，也就不難理解，書中黑木崖、東方不敗等等，其實是象徵符號。所謂黑木崖，其實是「黑幕」崖，任我行復辟的過程，其實是揭露權力的內幕。日月神教的總壇，不過是皇權宮廷的仿製品，從「文成武德」和「仁義英明」的對聯，到「澤被蒼生」的牌樓；從黃布聖旨，到「教主千秋萬載，一統江湖」的祝詞，無不是模仿和象徵。東方不敗之名，是權力話語也是權力符號，更是千年帝制的別稱。

十六、左冷禪的陰、冷、盲

左冷禪是《笑傲江湖》中的重要人物，是嵩山派掌門、五嶽劍派聯盟的盟主，一心推動五嶽劍派併為一派，為當上五嶽派掌門，無所不用其極。不料螳螂捕蟬，黃雀在後，華山派掌門人岳不群在五嶽併派大會上大顯身手，打敗了左冷禪，當上了五嶽派掌門。左冷禪枉擔了惡名，到頭來，竟是為他人做嫁衣。

左冷禪的性格和作風，是以霸道盟主著稱。在劉正風金盆洗手儀式上，他派人不許劉正風退出江湖，並把劉正風一家大小都殺戮殆盡，這是他霸道作風的第一次呈現，給讀者留下了深刻印象。在令狐冲就任恆山派掌門的儀式上，左冷禪又派人前來阻止，不讓令狐冲擔任掌門，霸道依舊，只不過這次沒有得逞。

作為一個政治野心家，左冷禪的個性決不僅僅是霸道強悍而已。在他的個性中，還有陰險、冷酷、盲目三大特徵。下面就分別說。

先說第一個特徵，即左冷禪的陰險。

作為一個政治人物，尤其是作為一個政治野心家，僅靠霸道無法成事。左冷禪的霸道事業之所以能順理推進，一半靠霸道實力，一半靠陰險權謀。左冷禪不僅是政治野心家，而且是政治陰謀家。例如，是他在多年前就讓自己的弟子勞德諾投入華山派掌門岳不群的門下，做起了臥底奸細。他在衡山、泰山乃至恆山門下，是不是也早早布下了暗子，小說中雖未細說，大可以此類推。

又如，在少林寺中他第一次露面時，魔教教主任我行冒險打敗了少林寺方丈，左冷禪立即用車輪戰手段對付任我行，表面上是為方證大師鳴不平，實際上是要造成任我行打敗方證大師、左冷禪打敗任我行的局面，讓自己的聲譽凌駕於少林寺方丈之上。

左冷禪的作風，是能霸道時就霸道，需陰險時就陰險。證據是，他對付華山、恆山、泰山的手段，就不是強蠻霸道，而是陰險行為。為了對付華山派掌門岳不群，他先是找到華山派劍宗高手封不平、成不憂、叢不棄等人，挑唆他們向岳不群挑戰，奪回華山派掌門。由於桃谷六仙攪局，他的陰謀無法實現，但他一計不成，又施一計，派出十五個非嵩山派出身的超級打手，協助封不平，再次圍攻岳不群。這一次是由於令狐冲學得了獨孤九劍，讓封不平鎩羽而歸，讓十五個打手的眼睛全部被刺瞎。當然也讓岳不群對令狐冲起了憂懼嫉妒之心。

進而，為了對付恆山派，他先是下令讓對方派人去福建堵截魔教，後派出大批打手假扮魔教高手堵截恆山派徒眾；一面挑撥恆山定靜師太搶班奪權，另一面綁架恆山派弟子討價還價。進而，為了對付定閒、定逸師太，他們採取了同樣方式，一部分人扮成魔教進行攻擊，另一部分人以嵩山弟子身分出現，與定閒師太討價還價。定閒師太不同意併派，他們就要將恆山派一網打盡。幸而令狐冲救援及時，嵩山派的陰險謀略無法得逞。對付泰山派的手段也是如此，他知道天門道人不願併派，因而在暗中收買玉璣子、玉磬子、玉音子等人，讓他們公然搶班奪權；而且讓非嵩山派的青海一梟突然出手，制服泰山派掌門人天門道人，釀成驚人血案。

再說第二個特點，即左冷禪的冷酷。

左冷禪的名字中有個冷字，他的武功也超出了嵩山派範疇，練成了「寒冰真氣」和「寒冰神掌」等冷門功夫，在少林寺之戰中，他就是用寒冰真氣出其不意地打敗了魔教教主任我行。以至於戰後向問天、令狐冲和任盈盈三人，為幫助任我行療傷，四個人全都凍成了雪人。

金庸小說的特技，是以武功作為人物性格的刻畫手段，每個重要人物的獨門武功，多是其獨特個性的表現。左冷禪的冷酷，同樣也是在其寒冰真氣、寒冰神掌等武功中體現出來。

左冷禪的冷酷，在現實生活中也有充分表現。他對付衡山派高手劉正風、對付岳不群、對付恆山定閒師太等人的手段，不僅陰險，而且冷酷。左冷禪是五嶽劍派的盟主，以如此殘酷手段對付屬聯盟中的重要人物，何其冷酷？

左冷禪的冷酷，還有進一步的表現，那就是在嵩山併派大會上，他被岳不群打敗時，他的兩個弟子史登達、狄修見他眼睛被打瞎，上臺去扶他，竟被他當場劈成兩段。那是在他極度震驚和憤怒之時，肯定不是有意為之，但也正因為是下意識，我們才能看到他的冷酷本能。

更好的例子是，在華山秘檔洞窟中，他率領林平之等人，將在場的五嶽高手屠戮殆盡，其中有數十位原嵩山派高手，原是左冷禪的直系下屬，而左冷禪非但不留情面，反而變本加厲，說他們是叛徒。因為這些嵩山派弟子口頭答應效忠岳不群，左冷禪就毫不留情地殺無赦。其冷酷本性，於是充分暴露。

再說第三個特徵，即左冷禪的盲目。

在五嶽併派大會上，左冷禪被岳不群刺瞎了雙眼，不可一世的霸道盟主變成了一個盲人。實際上，在他的雙眼被刺瞎之前，他早已目盲。最好的證據當然是他壓根兒就沒有看穿岳不群的真面目，也沒有意識到自己是捕蟬的螳螂，而岳不群卻是身後黃雀。他更沒有想到，自己苦心經營併派的行為，暴露了其司馬昭之心，人人皆知，只有他自己看不見。

莫大先生給令狐冲通風報信，定閒師太讓令狐冲當掌門人，少林寺方丈和武當派掌門與令狐冲密談，全都是針對左冷禪的狼子野心。人人都知道他併派之後，就要號召武林攻打魔教，從而將五嶽派凌駕於少林、武當及武林各派之上。左冷禪不知道，在他併派陰謀得逞之前，他本人就已經成了武林公敵。這，才是他最大的盲點或盲區。

左冷禪為何如此盲目？病因值得深究。答案應該是，政治使人冷酷，權力使人盲目。在通往權力的道路上，通常會瞻前顧後、左顧右盼、小心謹慎，且會聽取各方不同觀點和意見，從而很少會留下盲區。一旦大權在握，很容易志得意滿，甚至自高自大，不僅不會小心翼翼地左顧右盼，也不再傾聽來自不同角度乃至不同立場的意見，從而會留下盲點或盲區。更何況，面對位高權大而霸道自滿的當權者，誰還敢提出與他不同的觀點和意見？權力使人膨脹，而膨脹之人視點受限，且聽不到不同的聲音，因而必然會出現程度不同的眼盲和耳聾。在個人權威至上的專制體制下，即便是曾經英明睿智的政治領袖，也會變成可憐的盲者。

不僅左冷禪是如此，書中霸權人物，任我行、岳不群、東方不敗等人，無不如斯。這是人性的弱點，也是政治體制的通病。

十七、岳不群形象及其心理盲點

岳不群是《笑傲江湖》中最重要的人物之一，他的重要性超過了左冷禪，也超過了任我行和東方不敗。不僅是因為他以華山派掌門人的身分，於不動聲色間坐收漁人之利，當上了五嶽派的掌門人；而是因為他是主人公令狐冲的師父、岳靈珊的父親、林平之的岳父，在小說中，此人的故事和形象有更全面的呈現。

岳不群的外號是「君子劍」，書中有許多人都說他是偽君子，作者在本書的後記中也說他是偽君子，於是所有讀者都知道此人是偽君子。他也確實是偽君子，但若我們把「偽君子」作為標籤，形成刻板印象，對這一人物形象和心理特徵的認知就難免過於簡單。岳不群這樣一個人物，不能作如此簡單化的理解。

關於岳不群，要討論幾個問題。其一，岳不群是個謀略家。其二，岳不群是個超級表演者，其三，岳不群的心理盲點。

先說第一個話題，岳不群是個謀略家。

岳不群與左冷禪實際上是同一類人物，同樣權欲薰心，同樣野心勃勃，同樣殘酷無情，同樣不擇手段。不同的是，左冷禪霸道成性，野心外露，雖也陰險，但算不上真正的謀略家；而岳不群深謀遠慮，勃勃野心深藏不露，反而以君子劍的言談舉止博得武林同道的好感和讚譽，這才算得上是真正的謀略家。

謀略家的特點，是有深謀遠慮，懂得精心布局。正如棋盤上的低手與高手之別，在於前者只顧眼前利益，而後者則從全域著眼，到收官時才見分曉。岳不群正是謀略高人。

小說開頭，青城派掌門人余滄海為了強奪辟邪劍譜，率領門下弟子對福州福威鏢局展開滅門圍剿，岳不群只派岳靈珊、勞德諾這兩枚小小棋子，到福州買下一個小酒店，當時，誰也不明白岳不群為什麼要這麼做。余滄海手段殘忍，凶名遠播，結果卻是勞而無功。進而，當林平之來到衡山城，木高峰得知他的身分後，試圖用武力逼迫林平之拜他為師，兇相畢露，結果同樣功虧一簣。而貌似偶然路過的岳不群，卻在不動聲色中，讓林平之自覺自願地投入他的門下。等到岳不群取得辟邪劍譜時，我們才意識到，岳不群當時派岳靈珊去福州，不僅是監視福威鏢局、監視余滄海，同時也監視勞德諾，此外還有更深遠的布局，即讓岳靈珊熟悉福州生活、學習福州話，以便日後能將林平之套牢。

岳不群的深謀遠慮，並不是為了獲得僻邪劍譜而已。他要獲得辟邪劍譜，為的是提升他的武功；而他要提升自己的武功，則是要當五嶽派掌門人。只不過，不看到故事的進展和結局，對他的陰謀無法知曉。岳不群成為五嶽派掌門後，我們回頭看，才明白岳不群指派岳靈珊、勞德諾去福州，實際上是為奪得五嶽派掌門人之位布下第一枚棋子。當左冷禪為了併派而無所不用其極時，岳不群態度曖昧，扮豬吃老虎。

證據之一，是在劉正風金盆洗手儀式上，岳不群非但沒有出手阻止嵩山派的霸道行為，反而勸劉正風與魔教長老曲洋斷交，其真正的目的，一層是不願公開得罪左冷禪，更深的一層是，鼓勵左冷禪胡作非為，以便時機成熟時，他可以從中牟利。左冷禪之所以看不穿岳不群的真面目，岳不群應對劉正風事件的表現肯定是一個重要原因。

證據之二，在少林寺比武中，當武當派掌門人沖虛道長公開承認自己不是令狐冲敵手，任我行一方三戰兩勝局勢已定，岳不群卻要挑戰令狐冲。表面上是要為正方出力，因住任我行等人，真正的目的，卻與左冷禪在方證敗後出戰任我行完全相同：沖虛不是令狐冲對手，岳不群若能戰勝令狐冲，其武功豈不是在武當掌門人之上？進而，一旦發現無法戰勝令狐冲，岳不群立即改弦更張，腳踢令狐冲，讓令狐冲的內力震斷了他的腿。這一招，一是表明他為正派盡心盡力，更深的目的是迷惑左冷禪，讓左冷禪以為岳不群武功不過如此，不足為慮，從而在併派大會上對他掉以輕心。

再說第二個話題，岳不群是個超級表演者。

偽君子的突出特點，是說的是一套，做的是另一套。如俗話所說，滿嘴仁義道德、滿肚子男盜女娼。作為超級表演者，岳不群獲得了君子劍的稱號，由於他常常言行不一，自是難逃偽君子的評價。不說岳不群是偽君子，而說他是超級表演者，不是說他不是偽君子，而是說他的表演固然有假，卻也有真。

美國有個社會學家，叫歐文・戈夫曼，寫了一部書，叫《日常生活中的自我呈現》，發現人類社會中人，大多是按社會角色要求表演，說該說的臺詞，做該做的動作。也就是說，我們每個人在社會生活或多或少有表演成分。只不過，有些人的表演接近於自我真實，有些人的表演離自我真實很遠。說岳不群是個超級表演者，是說他的表演功夫爐火純青，以至於人們根本就無法分清，什麼時候他是在表演，什麼時候是真實自我呈現。進一步說，不能因為他是偽君子，就想當然地判斷，他的一生都是在做虛假的表演。

為什麼要這麼說？是因為他對妻子寧中則、徒弟令狐冲、女兒岳靈珊等人，應該有過真心真情。否則，妻子寧中則也不會自始至終都被他蒙蔽，聰慧敏感的首徒令狐冲也不會對師父的養育之恩始終心存感激，女兒岳靈珊更不會甘心做父親的棋子和打手。甚至可以推測，岳不群博得君子劍的名號，也不見得是從一開始就想要欺世盜名，更可能是真心想要按社會身分規範說話做事，希望得到社會的好評，希望成為君子。只不過，由於權欲膨脹、野心滋長，才會將表演作為自己謀取政治利益的重要手段。也就是說，在日常生活中，或許仍有若干真心對待自己的親人；只有當政治需要時，他才會有意識地進行超級表演，殘酷無情。

再說第三個話題，岳不群的心理盲點。

如左冷禪一樣，岳不群也有其心理盲點。只不過，不僅是權力導致盲目，而是權欲淹沒真情、扭曲真情。證據是，他無法理解令狐冲的情感、個性，更無法理解令狐冲的人生理想。他不瞭解，令狐冲對他有一份父子之情，對他始終心存感恩之心。那是因為，他把自己的人生經驗當作普遍人性，從而對與他截然不同的令狐冲，產生嚴重的誤解和偏見，而他對令狐冲的誤解，是因為他的心理盲點，即對自由浪子和至情至性之人，完全無法接受，也無法理解。

具體說，他自己權欲薰心，就以為人人都權欲薰心；他自己善於演戲，就以為人人都在演戲；他自己不懂得也不重視情感，就以為人人都殘酷無情。練習辟邪劍法之後，身體殘損，心理大變，就更是與人類正常情感越來越遠。證據是，他戰勝了左冷禪，卻無法戰勝令狐冲，原因恰恰是，他不知令狐冲根本就不可能向他下殺手，不可能當著與他兩敗俱傷。岳不群人生的真正可悲之處，正在於他情感扭曲，有了盲點。

十八、誰是莫大先生的知音？

令狐冲曾經想到，五嶽劍派的掌門人，個個都是心機深沉的人物。這話不錯。衡山派掌門人莫大先生，看起來其貌不揚，似是五嶽劍派掌門人中最不起眼的一個，實際上卻是非同小可。說及「瀟湘夜雨」莫大先生，都知道他「琴中藏劍，劍發琴音」，無人敢輕視。只不過，這位莫大先生行蹤飄忽，神出鬼沒，江湖中沒幾個人真正理解他，甚至也沒多少人瞭解這位莫大先生。他像是個謎。

關於莫大先生，有幾個問題需要討論。一是，他為什麼不出席同門師弟劉正風的金盆洗手儀式？二是，他為什麼要給令狐冲通風報信？三是，他的琴音為什麼總是那麼悲哀淒涼？

先說第一個問題，莫大先生為什麼不出席劉正風的金盆洗手儀式？

簡單的答案是，他與師弟劉正風關係不好，所以不來。江湖上有傳言說，莫大先生嫉妒劉正風武功高過自己，莫大一劍只能刺落三頭大雁，而劉正風一劍能刺落五頭大雁。莫大先生第一次露面，就是在江湖流言的現場，對多嘴的人說：「你胡說八道！」繼而一劍削去七隻茶杯的杯口。這說明，傳言不可信。

但，莫大先生與劉正風的關係確實不怎麼好。在嵩山派高手傳左盟主令，不許劉正風金盆洗手時，劉正風甚至懷疑，這是師兄莫大先生告狀的結果。劉正風是當事人，與掌門師兄莫大先生的關係，他應該最有發言權。劉正風臨死前，還和曲洋說，莫大家庭貧寒，而劉正風富甲一方，所以莫大先生從來不登劉家門。兩個人完全沒有私交，關係自然不好，否則，劉正風怎麼會懷疑莫大告狀？

問題沒有那麼簡單。否則，當嵩山派高手費彬要殺劉正風、曲洋時，莫大先生及時出現，突然出手殺死費彬，保護了劉正風，又該如何解釋？

莫大與劉正風的關係好不好？莫大為何不出席劉正風的金盆洗手儀式？實際上是兩個問題。這兩個問題雖有關聯，其關聯性卻不是人們猜想的那樣。莫大先生與師弟劉正風沒有私交，應該是事實；但對莫大先生而言，私交是私交，同門之誼是同門之誼。也就是說，沒有私交，並不等於他不愛護師弟劉正風。

進而，他之所以不出席劉正風的金盆洗手儀式，或許是因為他和恆山定逸師太一樣，不希望劉正風金盆洗手；又或許是因為，他知道五嶽盟主左冷禪不許劉正風金盆洗手，儀式現場勢必發生血案，而他既不願服從左盟主對付師弟劉正風，又不願公開對抗左盟主，左右為難之下，只能選擇暫時逃避。不敢公然對抗，私下裡卻是另一回事，所以在劉正風危難之時，莫大先生挺身而出，殺死凶手費彬。

接下來的問題是，莫大先生為何會給令狐冲通風報信？《笑傲江湖》中最出人意料的情節，是第廿五回書中，堂堂衡山派掌門人莫大先生，竟親自出面去給華山派棄徒令狐冲通風報信，說魔教聖姑任盈盈是為了救令狐冲的命而身陷少林寺，要令狐冲去領導群雄、營救聖姑。

說此事出人意料，是因為這事看起來太不尋常，明顯不合常規。具體說，第一，莫大先生與令狐冲只見過一面，未交一言，談不上有任何交情。此次前來報信，未免交淺言深。第二，令狐冲是不是去救任盈盈，這完全是令狐冲的個人私事，與莫大先生沒有半點關係，莫大先生專門來報信，未免越俎代庖。第三，若任盈盈是某個正派人物的女兒也還罷了，偏偏任盈盈恰是魔教聖姑，莫大先生讓令狐冲去救任盈盈，甚至還鼓勵令狐冲大膽示愛，未免正邪不分。

那麼，莫大先生為什麼要這麼做？要回答這一問題，必須考慮莫大先生的身分和處境。他的身分是衡山派掌門，也是五嶽聯盟的一分子；他的處境是，五月聯盟的盟主左冷禪霸道專權，衡山派獨木難支，必須未雨綢繆，聯絡江湖中的一切有生力量，擴增反對派勢力。他給令狐冲通風報信，也有三條理由。其一，如他自己所說，五嶽劍派，同氣連枝，他關心恆山派弟子的聲譽和命運，聽說定閒師太要令狐冲照應恆山弟子，他不放心，自然要不請自來，暗中照應。

其二，他在暗中發現，令狐冲心地光明，作風正派，劍術驚人，而又頭腦簡單，出於私情和公義，都要與之結交，向令狐冲表達敬意和友情，讓令狐冲成為自己人。

其三，既知五嶽盟主左冷禪為達到併派專權目的，無所不用其極，眼見大難將臨，不能不用險招，那就是，希望令狐冲成為江湖上閒散好漢的領袖，將來能夠成為抑制左冷禪霸道勢力的一支生力軍。如此，他給令狐冲通風報信，可謂深謀遠慮。

最後一個問題是，他的琴音為什麼總是那麼悲哀淒涼？

曲洋和劉正風臨死前，曾評論莫大先生。一個說：「他劍法如此之精，但所奏胡琴一味淒苦，引人下淚，未免太也俗氣，脫不了市井的味兒。」另一個說：「是啊，師哥奏琴往而不復，曲調又是儘量往哀傷的路上走。好詩好詞講究樂而不淫，哀而不傷，好曲子何嘗不是如此？我一聽到他的胡琴，就想避而遠之。」從音樂專業上說，這倆個人的評說應該是中肯到位。只不過，這兩位仁兄未免有些單純，只懂得琴，不懂得人；只懂得藝術，不懂得政治。

莫大先生與劉正風、曲洋的不同之處，在於他既是喜歡拉琴的音樂愛好者，又是現實中衡山派掌門人；既是藝術中人，又是政治中人。莫大先生「琴中藏劍，劍發琴音」，是因為他處在理想與現實、藝術與政治的多重矛盾衝突中。面對左冷禪霸道專權，他是既不可能贊成，但也無力反對。

典型證據是，在三十二回書中，五嶽併派大會上，他率先對左冷禪的併派之說公開表示質疑，反對併派立場鮮明，態度堅決。當左冷禪提出費彬之死疑案，暗示若莫大同意併派，此事就不再追究；如果不同意併派，嵩山派就要為費彬報仇，莫大先生就只能不置可否。左冷禪立即宣布：衡山派莫大先生同意併派。在此大是大非面前，莫大先生如此態度曖昧，難道他是個貪生怕死之人？恐怕不能這麼說。那麼，他為什麼會這樣？

莫大先生所以如此，原因之一，是他不僅要考慮自己的身家性命，更要考慮衡山派的生死存亡。假如與左冷禪硬抗，自己被殺事小，衡山派安危事大，因此，他不能不妥協，不敢不妥協。原因之二，細心讀者應該還記得，任我行在少林寺中曾說「莫大先生有老父、老母在堂。」這就意味著，莫大先生要奉養自己的父母，若因一時血氣之勇而雞蛋碰石頭，那他就會成為不孝之人。也就是說，莫大先生不但要保護衡山派，而且不能拿自己的生命去冒險，即便有天大的委屈，也只有忍辱偷生。如此一來，他的琴聲怎麼可能哀而不傷？

十九、「恆山三定」的藝術形象

所謂「恆山三定」，是指恆山派三位高人，即掌門人定閒師太、師姐定靜師太、師妹定逸師太。

本書的主要情節線索，是五嶽劍派的命運之爭，是保持聯盟還是併為一派？是五嶽各派地方自治，還是併派且由掌門人中央集權？無疑是五嶽各派掌門人面臨的頭等大事。

其中，嵩山左冷禪以霸道手段推進併派，華山岳不群不動聲色地坐收漁人之利，衡山莫大先生反對併派卻畏首畏尾，泰山天門道人反對併派但頭腦簡單，只有恆山定閒反對併派最為旗幟鮮明、不惜犧牲。

「恆山三定」都是尼姑，巾幗不讓鬚眉，讓五嶽男子汗顏。之所以要把「恆山三定」放在一起說，是因為作者對這三人的形象作了整體設計，讓她們分別出場，定逸師太是俠道中間，定靜師太是佛門大德，掌門人定閒師太則融俠道義氣與佛門智慧於一體。若說定逸、定靜如兩儀，則定閒師太就是太極。下面分別說。

先說定逸師太。

定逸師太是「恆山三定」中最早出場者，那是在衡山城中，對華山派弟子大喝一聲：「令狐冲，出來！」當真是先聲奪人。定逸身材高大，聲音也不小，用時下流行的話說，是一條女漢子。定逸師太為人耿直，作風正派，眼睛裡揉不得沙子，聽說華山派弟子令狐冲和她的徒弟小尼姑儀琳在一起喝酒，當然會大大的生氣，立即要找令狐冲算帳。雖然脾氣火爆，但這位師太卻不固執己見，聽儀琳說明與令狐冲在一起的事實真相，知道令狐冲是為了保護儀琳，而與淫賊田伯光周旋，她很快就改變了對令狐冲的觀感和評價。

更讓人刮目相看的是，在劉正風金盆洗手的儀式上，最不願看到劉正風金盆洗手的是她，所以她多次勸說劉正風不要金盆洗手。但當嵩山派欺人太甚，試圖用武力逼迫劉正風，甚至以殘酷手段對付劉正風家人時，她是在場數千人中唯一的一個公開反對嵩山派，大罵殺人凶手狄修為「禽獸」，並向狄修出手的人。如此挺身而出，反抗強權，「雖萬千人吾往矣」的英雄氣概，令人心折。不幸的是，定逸師太向狄修出手，沒有用全力，而嵩山派高手丁勉卻乘機出手，讓定逸師太嚴重受傷。這一細節也表明定逸師太有慈悲之心，是丁勉殘酷無情。

定逸師太在書中兩次出現，第二次是和掌門人定閒一起出現在浙江龍泉，被嵩山派高手圍攻數十天，當弟子要說事情的經過時，定逸師太說「有什麼經過？水月庵中敵人夜襲，乒乒乓乓的一直打到今日。」這句話即表現她痛快爽利的個性。最值得一說的是她對令狐冲態度的改變，一句「你很好啊」，即表明這位師太對令狐冲的全面評價，願意隨掌門人赴少林寺，為令狐冲說情。不料此去，竟與掌門人定閒一起在少林寺中被人殺害，讓人無限悲憤。

次說定靜師太。

定靜師太在書中只出場一次，那是奉五嶽盟主之命，受恆山掌門人定閒的委派，率領恆山弟子前往福建截擊魔教。不料有關魔教要劫奪僻邪劍譜事其實是假消息，左冷禪的真正目的，是要借此次機會，消滅恆山派有生力量，並挑撥恆山派內訌。她不知魔教徒眾其實是由嵩山弟子所扮，雖猝然遇襲，挫折多多，定靜師太始終心神不亂，一旦發現獨力難支，便一面發信求救，一面與敵人誓死周旋。

讓人印象最為深刻的是，當嵩山派高手挑撥離間，說要推舉定靜師太執掌恆山派時，定靜師太說：定閒師妹當掌門，正是由她力薦和力勸的結果。在這個很多人都追求權力、爭當掌門的武林中，定靜師太高風亮節，實在難得一見。

定靜師太作為恆山派大弟子，卻不願當掌門，一方面是知道自己缺少政治智慧，不如師妹定閒有行政管理能力；另一方面則是由於她神定心靜、一心向佛，完全沒有權力欲望。雖然她缺乏政治才幹，卻還是識破了嵩山派陰謀，明確告訴對方，以這種卑鄙手段併派，她堅決反對。更可貴的是，她慧眼識珠，既知令狐冲武功高強，也認定令狐冲俠義心腸和善良品質，所以在臨終前，託令狐冲保護恆山派門下弟子到福州，一直到死，也是淡定從容，讓人難忘。

最後說掌門人定閒師太。

定閒師太是「恆山三定」中最後一個出場的，定逸、定靜先出場，可以說是為這位恆山掌門人的出場鋪墊。在龍泉水月庵拼死打鬥了數十人，當她第一次正式露面時，竟是衣衫上既無血跡、亦無塵土，手中不持兵刃，只左手拿著一串念珠，面目慈祥，神定氣閒。她的個性氣質，當真是人如其名。

進而，她一眼就認出裝扮成魔教徒眾的三人，是嵩山派的趙、張、司馬，過目不忘，心細如發，充分表現了她的政治天賦。進而，她對三人說：「天網恢恢，疏而不漏。多行不義，必遭惡報。你們去罷，相煩轉告左掌門，恆山派從此不再奉左掌門號令。敝派雖然都是孱弱女子，卻也決計不屈於強暴。」這是她的正義立場。進而，她命令弟子對參與圍攻而受傷的嵩山派弟子救死扶傷。這是她的慈悲心腸。

在短短篇幅中，通過準確的細節描寫，刻劃出定閒師太的氣質、才幹、勇氣和慈悲，這還不算什麼，定閒師太還有驚人之舉，在聽說江湖好漢要去少林寺營救魔教聖姑任盈盈時，這位恆山掌門人毅然將門下女弟子全都交給令狐冲照管，而她和定逸師太兩人則去少林寺為任盈盈求情。定閒師太的這一舉動，決不僅僅是為了報答令狐冲對恆山派多次救援之德，更重要的是從整個武林大局著想，既不希望少林寺因任盈盈一人與魔教及江湖好漢開戰，更不希望看到江湖草莽英雄破壞了少林寺。最後，定閒與定逸師太慘遭毒手，實際上是為整個武林做了犧牲。

定閒師太最大的驚人之舉，是在臨死之前，居然要令狐冲擔任恆山派掌門人！

表面看來，是因為她已生命垂危，只有令狐冲等人在場，除了令狐冲，沒有其他人可以託付。令狐冲名聲不佳，是江湖上有名的無行浪子，而恆山派中全都是女性，定閒師太竟作出如此出人意料的決定，把女弟子交給這樣一個人，看起來不可思議。而這正是定閒師太的過人之處，以她心細如髮的作風，此前勢必對令狐冲的品行作過仔細調查和充分評估。進而，令狐冲是華山派棄徒，說他品行不端，結交邪魔，敗壞門風，正派中人所不齒，讓這樣的人當恆山掌門，實在匪夷所思。但定閒師太閱人無數，慧眼識珠，相信令狐冲的高貴品質。

實際上，她讓令狐冲擔任恆山派掌門人，一來令狐冲劍法高強，對嵩山派素無好感，可以確保恆山派不至於遭到嵩山派毀滅性打擊報復；二來令狐冲個性散淡，可以在五嶽劍派併派鬥爭中布下一顆重要棋子；三來令狐冲身分特殊，當了恆山派掌門，就等於預先堵住了他加入日月神教的門路。由此可見，定閒師太遺命令狐冲做恆山派掌門人，不是昏聵決定，而是真正的高瞻遠矚，其大智大勇，超乎普通人想像。

二十、天門道長與泰山三玉

天門道長是泰山派掌門人，所謂泰山三玉，是說天門道長的三位師叔，泰山派三位玉字輩人物，即玉璣子、玉磐子、玉音子。

書中五嶽劍派的領導人，我們講過嵩山派的左冷禪、華山派的岳不群、衡山派的莫大先生、恆山派的「三定」師太，泰山派的領導人也不能不講。之所以要把天門道長與泰山三玉放在一起說，是因為，在五嶽劍派併派大會上，天門道長的掌門人身分被玉璣子劫奪；玉璣子當上泰山掌門人不到一個時辰，四肢被斬斷三肢，成了廢人一個，玉磐子、玉音子為爭奪泰山之長，又搞得不亦樂乎。也就是說，天門道長與泰山三玉都與泰山派領導層有關，於是放在一起說。

下面就分段討論。先說天門道長，次說玉璣子，最後說玉磐子和玉音子。

先說泰山派正式掌門人天門道長。

天門道長是泰山派的正式掌門人，在書中出現過兩次，一次是出席劉正風金盆洗手儀式，另一次是出席五嶽派併派大會。出席劉正風金盆洗手儀式，是天門道長在書中第一次露面，此人身材高大，臉色紅潤，看上去氣度不凡。當師弟天松道人被田伯光所傷，徒弟遲百城被田伯光所殺，二人抬到他面前時，情況就不一樣了。

有趣的是，他不怪田伯光，卻怪與田伯光在一起喝酒的令狐冲。劉正風說要查明真相，若令狐冲真有不是，就要好好勸導一番。天門道長說：「什麼好好勸他，清理門戶，取其首級！」當劉正風說：「令狐賢侄也太過分了些。」，他更是怒不可遏，說：「你還稱他『賢侄』？賢，賢，賢，賢他個屁！」僅是這兩句話，就暴露出這位泰山派掌門人實在是脾氣暴躁，而且頭腦簡單。

當嵩山派弟子拿著五嶽劍派盟主的令旗，阻止劉正風金盆洗手，說「劉正風結交匪人，歸附仇敵，凡我五嶽同門，出手共誅之。請接令者站到左首。」天門道長第一個站起身來，大踏步走向左首，更不向劉正風看上一眼。他這樣做，是因為他的師父當年命喪魔教女長老之手，對魔教恨之入骨，他當然要毫不猶豫地站到左首反魔教隊伍中去。然而他不看劉正風一眼，則怕不僅是因為劉正風結交匪人，也因為劉正風稱令狐冲為「賢侄」有關。由這一細節可以看出，此人立場堅定，愛恨分明，未免有些心智不足。

天門道長的優點和缺點，在併派大戲裡，有更加充分的呈現。首先，天門道長旗幟鮮明地反對併派，表現出不畏強權的道德勇氣。其次，當本門師叔玉珠璣子公開挑釁，說他有私心時，他就腦袋發熱，為表明自己沒有私心，竟將掌門人令符交給了對方。等到對方以掌門人自居時，才知道是受騙上當。進而，當青海一梟向他挑戰，他又準備不足，讓對方一招制住，受盡屈辱。最後，他又毅然咬舌通穴，與敵人同歸於盡。天門道長之死，雖然壯烈，卻也窩囊。作為一派掌門人，他對玉璣子等人圖謀不軌竟一無所知，遇到刺激時非但沒有良策，反而迅速自墮陷阱中，心智不足，頭腦簡單，算不上是合格的政治領導人。

再說奪權派玉璣道長。

玉璣子道長是天門道長的師叔。他第一次出面，是在併派大會上突然出現，質疑掌門人天門道長不願併入五嶽派，是出於私心，貌似言之有理，但卻把他自己的私心暴露無遺。當他用激將法拿到掌門令符，而青海一梟突然對天門道長出手，就連頭腦不大清楚的桃谷六仙都看得出，是玉璣子想當泰山之長，被左冷禪收買或挑撥，從而將個人權欲置於泰山派利益之上，在併派大會上公開上演奪權醜劇。證據是，在泰山派參加併派大會的代表中，支持天門道人的人少，而支持奪權派的人多。這當然是早有安排，只可惜天門道長未能及時發現這一點。

說玉璣子被左冷禪收買，進一步證據是，在玉璣子奪取掌門之位時，立即被左冷禪承認。誰都看得出，兩人是上演雙簧，聯手陰謀欲蓋彌彰。最後一個的證據是，成功奪權之後，玉璣子感激左冷禪，要搶立頭功，報答他支持奪嫡之恩。桃谷六仙在現場說怪話攪局，人人都覺得好笑，除左冷禪及嵩山門下，沒有其他人出面阻止，只有玉璣子迫不及待地跳出來，試圖讓桃谷六仙閉嘴，確保併派大會順利進行，並且堂而皇之。結果卻被桃谷六仙抓住，眼見就要被撕成四塊，左冷禪不得不出手，斬斷玉璣子四肢中的三肢，雖然救了玉璣子性命，卻也讓玉璣子從此成為廢人。玉璣子奪權不過一個時辰就落得如此下場，是命運對他的辛辣諷刺，還讓他卑下人格充分現形。

再說權欲驅使的玉磬子、玉音子。

左冷禪斬斷玉璣子兩臂一腿，固然是當機立斷，卻也體現了左冷禪冷酷無情，其中有寓言深意，只可惜泰山派對此少有人知。玉璣子奪權幫凶玉磬子、玉音子，眼見掌門師兄玉璣子成了廢人，玉音子出面挑戰桃谷六仙，似為外禦其侮，顯得氣宇軒昂、風度儼然。但當桃谷六仙問他「是否能代表泰山派」時，玉磬子竟跳出來說，玉音子不能代表他人，只能代表自己。而當玉磬子要師弟玉音子退下，由自己代表泰山派時，玉音子立即調轉矛頭，對準玉磬子。師兄弟之間互不相讓，爭奪本門代表資格，露出爭權奪位的狼子野心。

泰山派掌門人向來由長門嫡系大師兄擔任，這一傳統或有不公之處。但無論如何，這都是泰山派內部事務，當由泰山派內部協商解決。而今在五嶽劍派聯盟大會上，泰山派上演爭權奪位的醜劇，一幕接著一幕，一幕不如一幕。玉磬子的武功不如師弟玉音子，既不敢與師弟比武見真章，卻又要擺師兄架子，這就形成了深刻的自我諷刺。當真要講長幼之序，他們就不該公開奪取長門嫡系的權位。更具諷刺意味的是，當玉磬子、玉音子相持不下之際，華山派岳不群的弟子林平之跳出來說：泰山派武功精要，這對師兄弟根本就沒有摸到半點邊。接下來，岳不群的女兒岳靈珊出手，用泰山派武功，將玉磬子、玉音子打敗。

泰山派領導層在權欲驅使之下，篡權奪位，而後兄弟鬩牆，不能外禦其侮，反而暴露內醜，讓人震驚，更讓人感嘆。泰山派內部爭權的醜劇，在五嶽聯盟大會上公開上演，是作者的精心安排。天門道長、玉璣子、玉音子、玉磬子等人一個不如一個，實在可笑，而且可悲。

值得注意的是，作者寫泰山派奪權醜劇，只是要揭露權欲薰心的骯髒，並不是要貶低泰山派。在華山秘窟五嶽群雄相互殘殺之際，泰山派玉鐘子出面呼籲罷鬥，表明泰山派內仍有高人。

廿一、田伯光形象及其身分變化

在《笑傲江湖》中，令狐冲任性放浪，朋友卻不多。六師弟陸大有對他尊崇有加，親如兄弟，但算不上真正的朋友。向問天與他結為兄弟，算是朋友，但情誼不深，畢竟道不同不相與謀。真正的令狐冲之友，算起來只有一個田伯光。田伯光原有外號「萬里獨行」，後來被不戒和尚收為徒孫，給他另取法號「不可不戒」，隨不戒和尚投入恆山派令狐冲麾下，最後因有聞香識女人絕技，為恆山派立下大功。此人的故事極為傳奇，形象和身分變化匪夷所思，值得專題討論。

關於田伯光，有三個問題要討論。一是，他如何能成為令狐冲的生死之交？二是，他如何甘心做了和尚？三是，他是個怎樣的英雄好漢？

先說第一個話題，田伯光如何能成為令狐冲的生死之交？

田伯光原是個採花淫賊，猥褻並強姦婦女，為江湖人所不齒。令狐冲雖然放浪無行，按理說不可能把田伯光當作朋友，更不用說不可能成為生死之交。

在小說一開始，令狐冲和田伯光帶著小尼姑儀琳在衡陽酒樓飲酒的消息一傳出，恆山定逸師太就勃然大怒，聞言的江湖正派中人也都對令狐冲嗤之以鼻。直到當事人儀琳口述自己的親身經歷，才知道此事的真相與傳言大相徑庭，田伯光要對美貌尼姑儀琳非禮，令狐冲出手相救，因為技不如人，才與田伯光耍賴纏鬥。

田伯光確實是淫賊。但在與令狐冲的纏鬥中，卻也表現出特立獨行、說到做到、爽朗硬氣、天不怕地不怕的獨特風采。開始時令狐冲的武功遠不是他的對手，若不是田伯光有幾分真性情，表裡如一，直率磊落，令狐冲就無法對他耍詭計、出花招，無法救出儀琳小師妹。除了好色貪淫，田伯光的作風氣質，與令狐冲有些氣味相投。但田伯光是採花大盜，令狐冲與他勢不兩立，當然不可能結交。

當田伯光被不戒和尚所迫，到華山做邀客使者時，他的光明磊落的個性有更加充分的體現。且不說他輾轉上千里挑來兩罈好酒，要與令狐冲同飲；他的武功明明高過令狐冲，但卻沒有強迫令狐冲就範，更沒有讓令狐冲不堪。在他內心，早已把令狐冲當作好友，明知道令狐冲對他不屑一顧，但也不改初衷。好幾次把令狐冲打倒在地，大可將令狐冲抓了就走，但他沒有這麼做。當令狐冲學得獨孤九劍，他再也不無法用武力賭賽時，他也沒有死纏爛打，更沒有奴顏婢膝地哀求，而是轉身就走，寧可獨自毒發身死。他的表現，算得上是好漢行徑。此時，令狐冲仍沒有把他當作朋友，因為田伯光名聲太惡，不堪為伍。

當兩人第三度相逢，令狐冲生命垂危，而田伯光也因邀不到令狐冲而在獨自等死，兩人的手才握在一起。不料嵩山派狄修突然出現，說令狐冲與淫賊田伯光關係曖昧，讓令狐冲冷汗淋漓。但也提供了兩相比較的機會，與狄修相比，田伯光更加心地光明。更重要的是，令狐冲對田伯光說：若他仍做採花惡行，交情就不會長久；而田伯光也答應令狐冲，從此以後只嫖妓，不再侵犯良家婦女。正因如此，當岳不群要令狐沖殺了田伯光時，令狐沖寧可自傷，寧可事後受罰，也不願親手殺死田伯光。令狐沖觀念和個性與眾不同，而田伯光也當得起這份友情。

再說第二個話題，田伯光如何會甘心做和尚？

不戒和尚是田伯光命中剋星，先是要他邀令狐沖來安慰儀琳，後來更閹割了田伯光，給他取名「不可不戒」，一起投奔恆山派。不戒和尚的做法，原是根據田伯光和令狐沖的賭約，如果田伯光輸招，就要拜儀琳為師；而田伯光是著名淫賊，若不閹割了他，如何能讓他與師父儀琳相處？在作者而言，不戒和尚的這一奇招卻是另有深意，田伯光雖答應不再侵犯良家婦女，但他畢竟犯下過無數罪孽，不如此嚴厲懲罰，就無法讓田伯光洗白身分。不戒和尚是自由人，但人的自由不能沒有邊界，因而給徒弟取名「不可不戒」，表明人間有些紅線不能逾越。

問題是，從小說情節中看，田伯光似乎甘心接受了不可不戒的名號、身分和命運。如果是因被迫而不心甘情願，為什麼不找機會逃走？

為什麼會這樣，小說中沒作詳細交代，需要讀者思索、想像和補充。思路之一是，不戒和尚雖然是他的剋星，卻也是他的救命恩人，岳不群飛劍斬殺田伯光時，正是不戒和尚救了他。所以，他對不戒雖有憤恨之心，卻也有感激之情。思路之二是，田伯光十分重視與令狐沖的友情，否則他就不會答應對方不再侵犯良家婦女；而要保持與令狐沖的友情，前提就是痛改前非，如今被閹割，恰好是釜底抽薪，從新做人的好機會。思路之三是，不戒和尚、儀琳、令狐冲都是至情之人，既讓田伯光自慚形穢，也讓他懺悔前塵，誠心悔悟，當然就會甘心謹守「不可不戒」的人生命運。

再說第三個話題，田伯光算是個英雄好漢嗎？

由於男女有別，不可不戒等人只能住在別院中，很少有露面機會；且因為他有採花淫賊的惡名，在恆山派集體活動中他也不能多露面。因此，自從投奔恆山派，田伯光就沒有多少表現自己的機會；已成不可不戒，即不再有萬里獨行的風采。直到岳不群將恆山派弟子全部擄到華山，田伯光才再一次令人刮目相看，當令狐冲和任盈盈在華山尋找華山弟子勞而無功時，田伯光卻憑著聞香識女人的絕技，將被岳不群囚禁的恆山女弟子全部找到。說來好笑，他的這一獨門功夫，乃是他做採花大盜的專業技能，這也說明，一項技能既能作惡，也能用以做好事。

即便田伯光找到了恆山女弟子，雖有功勞，卻說不上是什麼好漢行徑。真正的好漢行徑，是在不戒和尚公開衝撞不可一世的任我行，任我行下令八位高手圍攻不戒和尚夫婦時，「不可不戒」田伯光勇敢地拔出單刀，與儀琳同時加入戰團。此時的情形，不僅是以四敵八，而是公開對抗在場的數萬魔教徒眾，結局必定是有死無生。在此關鍵時刻，田伯光不畏強暴，不懼死亡，挺身投入戰鬥，不僅是要維護他與不戒和尚的這一份奇妙的因緣，更是要維護自己和不戒之家的自由和尊嚴。此時的田伯光，無疑算得上是真正的英雄好漢，他的形象光彩照人。

廿二、不戒和尚的一根筋

在《笑傲江湖》的後記中，作者說，這部書的主題是權力鬥爭，書中絕大部分人物，都在權力鬥爭的漩渦之中。也有極少幾個例外，如不戒和尚、桃谷六仙等人，好像生活在權力鬥爭漩渦之外，他們不想爭權奪位，對當權者及其權力規範也不買帳。他們和令狐冲在一起，是因為令狐冲不謀求權力，更不以權力壓人，與大家以朋友和兄弟關係相處。

不戒和尚是儀琳的父親、不可不戒田伯光的師爺，與桃谷六仙有極大的不同，他算得上是情感中人，為了娶尼姑做老婆，竟去做了和尚；生了一個女兒，竟又做了尼姑。說起來，不戒和尚是一根筋。只不過，他這一根筋與世上其他的一根筋有所不同。這個和尚居然號稱不戒，看似好玩，實則危險。證據是，令狐冲的嚴重內傷，就是由於桃谷六仙胡鬧，加上不戒和尚亂來而造成的。

關於不戒和尚，要討論三個問題。一是，作為丈夫和父親的不戒和尚。二是，不戒和尚是怎樣的一個人？三是，作者為什麼要寫不戒這一人物？

先說第一個話題，作為丈夫和父親的不戒和尚。

不戒的故事十分傳奇。有兩個版本。版本一，一個屠夫愛上了一個尼姑，為了娶尼姑為妻，屠夫去做了和尚，於是成了夫妻。版本二，一個屠夫向一個尼姑求婚，尼姑不答應，說這樣做會下地獄，屠夫說，那我去做和尚，如果要下地獄，該我先下，於是兩人成了夫妻。

在第一個版本中，屠夫十分無知，以為和尚能娶尼姑；在第二個版本中，屠夫很有擔當，為了情感，不怕下地獄。兩個版本的共同點，是這個屠夫真做了和尚，法號不戒，不但與尼姑結了婚，色戒也犯，自然就不戒葷、不戒酒，什麼都不戒。有意思的是，不戒要還俗，師父竟不准，說他有慧根，竟默許他以和尚身分結婚。在不守規則這一點說，不戒與令狐冲有些相似，只不過，不戒更極端。

不戒故事的有趣之處，在於他結婚生女後，只因在家門口與一個過路女子口角幾句，妻子就憤怒離家出走，留下字條說他「負心薄倖，好色無厭」。此後不戒滿世界尋妻，因為帶女兒不方便，就把女兒交給恆山派定逸師太照料，一直到女兒長大，不戒和尚也沒有找到妻子。更有意思的是，突然有一天，不戒和尚被人吊起，給他掛了一個布條，說他是「天下第一負心薄倖、好色無厭之徒。」不戒和尚非但不恨抓他、吊他的人，反而承認自己確實負心薄倖、好色無饜，並且要自殺贖罪。若不是怕女兒儀琳傷心絕望，不戒肯定要自殺。從這一點看，不戒和尚稱得上是一個至情之人，愛妻子忠貞不二，且終生不渝，不含任何雜質。

作為父親，不戒和尚的想法和做法，讓人刮目相看，又感慨唏噓。抓到採花淫賊田伯光，他並不殺他，反而誇他有眼光，因為田伯光覬覦他女兒美貌。得知女兒喜歡令狐冲，就逼迫田伯光到華山邀客，請令狐冲到恆山來見儀琳，以慰女兒相思之苦。田伯光邀客未成，又和桃谷六仙打賭，讓桃谷六仙去華山邀客。桃谷六仙邀客也沒成功，他就親自出馬，帶著女兒來到華山。

見到令狐冲後，先是看不上眼，接著是幫他療傷，實際上是讓令狐冲受傷更重；接下來是不由分說，就要令狐冲剃頭做和尚，以便與女兒儀琳成婚，儀琳生氣，他才罷手。令狐冲答應定閒師太遺命，做恆山派掌門人，不戒和尚大為欣喜，以為令狐冲終於改變主意，要娶儀琳了，否則，他來恆山當掌門人為了什麼？但令狐冲似乎沒有要娶儀琳的意思，不戒就對田伯光說，他女兒就命不久長，說話間流淚雙行，令人感動不已。接下來要田伯光勸令狐冲娶儀琳，田伯光說令狐冲與魔教聖姑要好，不戒說，那就把任盈盈殺了，讓令狐冲非娶儀琳不可；田伯光說，不能殺聖姑，令狐冲肯定不答應。不戒說，那就讓令狐冲兩個人都娶，結果仍然是無法如願。

再說第二個話題：不戒和尚是怎樣的一個人？

答案很明顯，他是個心地單純但任性幼稚，至情至性但蒙昧無知的人。進一步說，他缺少智慧，沒有理性，心理不成熟，用一個流行的概念說，就是巨嬰。不戒和尚身材高大，心理上卻如嬰兒，是巨嬰的典型形象。

做和尚而與尼姑結婚，看起來是勇敢打破規則，事實上是不瞭解規則的莽夫，不知道無規矩不成方圓，任何社會都不能沒有規則。佛門雖然光大，豈能容得下不戒？在俗世中，不戒夫婦也無法長期生活，原因很簡單，是因為他們缺少俗世生活經驗，於俗世規範一無所知。所以，當人們驚詫不戒和尚抱孩子而不戒說孩子是自己生的，他還不懂得對方為什麼說是調戲；而同樣無知的妻子，竟又認為不戒是「負心薄倖、好色無饜」，並離家出走。他們的夫妻生活十分短暫就結束了，不戒和尚找遍佛門與俗世，也無法找到妻子的蹤影。有意思的是，他們夫妻團圓，還是得益於令狐冲的一個餿主意：讓不戒點妻子的穴道，放在床上。

不戒夫婦對女兒真情，雖然感人，卻也荒唐。首先，他們並不真正懂得女兒的心思，以為女兒的愁苦僅僅是少女懷春，只要嫁了所愛，就能幸福地生活。這對儀琳其實是簡單化的誤解。其次，他們不懂佛門規矩，卻要強行推廣自己的經驗，自以為是地認為令狐冲做了和尚就可以與尼姑結婚。再次，他們完全不顧令狐冲的感受，一個要用武力殺了任盈盈，另一個用武力逼迫令狐冲在做太監、娶儀琳之間做出選擇。他們還不知道，其行為已嚴重侵犯了他人的自由和尊嚴。

再說最後一個話題：作者為什麼要寫不戒這一人物？

最簡單的答案是：為了好玩，為了傳奇。深一層答案是，為了醒世，為了寓言。自由誠可貴，卻不能以為自由就可以忽視規範乃至踐踏規範，更不能為了自己的自由而去侵犯他人的自由邊界。世上竟有不戒和尚這樣的渾人，愛上尼姑就去做和尚，女兒喜歡什麼人就將對方抓來配婚，他的行為是典型的反面教材。

不戒和尚形象和故事，既好玩又醒世，既傳奇又寓言，所以要兩面兼顧。心理不成熟的人，其實是社會化不充分的人，只不過其中部分人會害怕社會並拒絕社會，而另一部分人則若無其事地廝混在人間社會中，製造傳奇與笑談。不戒和尚的形象很可愛，甚至很感人，但他的故事卻是既荒唐，更可悲。

法國啟蒙思想家盧梭曾說：人是生而自由的，卻無往不在枷鎖之中。限制自由的枷鎖有多種，其中最隱秘的一種就是：無知識，不自由。

廿三、桃谷六仙形象的功能價值

桃谷六仙，是六兄弟的合稱，具體是桃根、桃幹、桃枝、桃葉、桃花、桃實六人。他們是《笑傲江湖》中的傳奇人物。由於兄弟六人總是一起出現、一起消失，所以六人一體，自稱桃谷六仙。

江湖中人看法有所不同，稱他們為桃谷六怪。六仙或六怪中，除了桃實仙因為年齡最幼而有些膽小、且因為膽小而被寧中則刺傷之外，在長相和個性上沒有太大區別，同樣醜陋，同樣纏夾不清，同樣心理不成熟。桃谷六仙的特點，一是遇到任何話題都要展開辯論，對外人是如此，兄弟之間也是如此。二是在打鬥時，喜歡出動四人抓住對方，將其撕裂。

關於桃谷六仙，要討論幾個問題。一是，作為怪物和麻煩製造者；二是作為丑角和喜劇營造者；三是作為奇人和資訊傳播者。最後是小結。

先說第一個話題，桃谷六仙作為怪物和麻煩製造者。

桃谷六仙第一次出現，是在華山尋找令狐冲。背景是他們和不戒打賭，明明是輸了，他們說是贏了，總之是根據不戒的要求，來華山找令狐冲去見儀琳。令狐冲正要下思過崖去拯救師門之難，在下山路上遭遇了桃谷六仙，見他們長相相似，臉上凸凸凹凹，且滿是皺紋，甚是可怖，如同怪物。桃谷六仙將令狐冲擠在狹窄的山路上，有的要嚇，有的要勸，弄得令狐冲哭笑不得，卻是難以脫身。後來發現這六人淺薄幼稚，不明世務，令狐冲誇他們的名字取得好，他們就覺得令狐冲是天下第一好人。

雖說桃谷六仙生性純樸，不是壞人，但他們頭腦不清，成了麻煩製造者。令狐冲被華山劍宗的成不憂打傷，他們將成不憂撕成數片。雖說是幫了令狐冲，卻給他帶來了更大的麻煩，他們自不量力地要為令狐冲療傷，每個人又都自以為是，結果將六股真氣灌注到令狐冲體內，讓他痛苦不堪，從此內力盡失。

令狐冲關心師門安全，要桃谷六仙帶著他重上華山，令狐冲謊稱華山掌門人夫婦都佩服桃谷六仙，結果是，不明究竟的岳不群夫人寧中則刺傷了桃實仙，若不是令狐冲威脅說要自斷筋脈，他們必將寧中則撕成碎片。桃谷六仙華山之行，不僅給令狐冲帶來了災難，也迫使岳不群、寧中則夫婦不得不離開華山。

桃谷六仙製造了麻煩，卻也因此推動了小說故事情節的發展。作者寫桃谷六仙，首要目的，正是要借他們製造麻煩，讓令狐冲失去內力，讓華山派離開華山。

再說第二個話題，桃谷六仙作為丑角和喜劇營造者。

桃谷六仙不但有推動故事情節的功能，也有獨立的審美價值，那就是通過他們的醜劇喜劇表演，給讀者帶來讀書之樂。例如，他們要找令狐冲，見到田伯光時就問：「是不是見到了那個人」，田伯光反問：你們要找誰？桃谷六仙就生氣了，堅持說，是他們抓住了田伯光，他們有權提問，而田伯光沒有權力反問。因為田伯光不知道他們到底要找誰，自然也就無法給出回答，為此當然免不了受苦。幸而田伯光富有江湖經驗，說自己煉了臭屁功，不僅臭不可聞，而且熏人即死。

又如，他們找殺人名醫平一指為桃實仙治療，害怕平一指要他們殺自己的兄弟，所以與平一指頂嘴，五個人居然都不說話，這在他們的一生中也極為少見。又如，抵達朱仙鎮時，岳不群夫婦陪岳靈珊、林平之遊覽楊再興廟，竟又遭遇桃谷六仙，這六個活寶在不斷爭論，有的說是楊再興廟，有的說是楊七郎廟，有的竟說是「楊公再（興）廟」，爭吵得不亦樂乎，讓岳不群夫婦大氣也不敢出。

這一場景既滑稽又幽默，有更好的喜劇效果。進而，平一指讓他們照顧令狐冲，這幾個人就乖乖地坐在華山派的船上一動也不動，岳不群夫婦對這幾個人害怕得要命，卻又不敢對他們有絲毫不敬，深怕他們會製造更大的麻煩。毫無心機的桃谷六仙竟讓智謀過人的岳不群束手無策，這一場景的諷刺意味和冷幽默效果，是這部小說中讓人最為難忘的段落。在任何時刻，任何地點，只要桃谷六仙出現，就必然有好戲可看，或搞笑，或幽默，或滑稽，就不必一一細說了。

再說第三個話題，桃谷六仙作為奇人和訊息傳播者。

桃谷六仙不僅會表演喜劇，營造喜劇，而且也會演正劇。例如在五嶽派併派大會上，桃谷六仙反對併派的辯論，就給人留下了非常深刻的印象。尤其是針對左冷禪的那些話，層層推進，句句在理，處處揭露左冷禪的狼子野心。最後說他「不仁、不義、不智、不勇，五嶽派的掌門人，豈能由這樣的人來充當？」更是一針見血。

左冷禪恨得咬牙切齒，卻也不敢當眾處死異議者。令狐冲與桃谷六仙相處日久，深知他們的為人說不出這種觀點鮮明正確、邏輯嚴絲合縫的話，立即想到這些話是有人教他們說的。那個教他們如此說話的人，竟然是化了裝的任盈盈，令狐冲興奮不已，說桃谷六仙還有個妹妹，叫桃萼仙。

桃谷六仙作為訊息傳播者，還有一場精彩表現。那是在小說的最後一回，任我行去世，任盈盈繼任日月神教教主，為了儘量挽回任我行的負面影響，加上任盈盈特別害羞，於是帶著部屬來到恆山與令狐冲密談。既然是密談，談話內容當然就無從而知，好在有桃谷六仙躲在一旁偷聽了任盈盈和令狐冲的談話，然後加以傳播。那一場景，令人忍俊不禁。

傳播到要緊處，冲虛道長怕令狐冲不高興，嚇唬桃谷六仙說令狐冲會點「終生啞穴」。桃谷六仙問：日月神教改了「千秋萬載，一統江湖」的八字經，這話能不能說？令狐冲不許說，於是留下懸念。

有趣的是，三年後，令狐冲和任盈盈在梅莊舉行婚禮，桃谷六仙又躲在他們的洞房中，若非任盈盈心細且機警，桃谷六仙必然會偷聽並傳播更多訊息。儘管被任盈盈趕出洞房，桃谷六仙還是公開了日月神教的新八字經：「千秋萬載，永為夫婦。」

最後說幾句結語。桃谷六仙形象，可能脫胎於《書劍恩仇錄》中的忽倫四虎，只不過遠比忽倫四虎形象更加鮮活生動，更加深入人心，當然也更好玩。而且，在好玩之外，似乎還有深意，那就是桃谷六仙不是權力中人，顯然也不是自由人的榜樣或典範，原因很簡單，因為他們太過淺薄幼稚、不明世務。這樣的人，與令狐冲在一起可能很好玩，一旦離開好心領導人，就會變成麻煩和災難製造者。因為無知蒙昧，桃谷六仙並不真正自由。

廿四、林平之的悲劇人生

林平之是福州福威鏢局的少主人，是華山派岳不群的弟子和女婿，是岳靈珊的丈夫，也是青城派掌門人余滄海的大仇家。林平之的人生故事，貫穿《笑傲江湖》始終，但也只是在小說的開頭和結尾部分才有正面表現；在小說中間，他一直存在於空白或陰影中，只是在某些關鍵時刻偶爾露峥嶸。作為主人公令狐冲的情敵，他與令狐冲交集不多，但卻對比鮮明：一是愛情天使，一是仇恨魔頭。

有關林平之形象和他的人生，有幾個問題需要討論。一是，林平之的心理變態是從什麼時候開始的？二是，林平之與岳靈珊的關係是什麼性質？三是，為什麼林平之最後要殺害岳靈珊？

先說第一個問題：林平之的心理變態是從什麼時候開始的？

這個問題有兩個參考答案，一是，從開始修煉辟邪劍法的以後逐漸心理變態；一是，從福威鏢局慘遭橫禍時起，即開始了心理變態。我選擇後一種參考答案。理由是：藕發蓮生，必定有根。林平之從陽光少年變成復仇狂，正是從福威鏢局慘遭青城派圍殲之日開始。此前，他雖有紈褲氣，卻也有俠義心，見余人彥欺負酒店女，他會仗義打抱不平。

他一直生活在父母的悉心呵護中，生活在幸福中。幸福感有多強，仇恨就有多深。經歷滅門慘禍，不僅有強烈的震驚、傷痛，更有無法清除的自責和內疚，一開始，他以為家門慘禍是由自己殺余人彥而起，為此內疚；後來，當他知道了事情真相，他仍然內疚，已不是為了殺人，而是因為自己能力低下，無力殺人，無法完成報仇雪恨的使命。當他出現在衡山城時，他把自己裝扮成一個醜陋的駝子，這一細節大可看作是象徵，故意讓自己身體變形，象徵著此人心理變態：復仇成了唯一的人生目標，為了復仇，他將不計一切。

從那一刻開始，紈褲子弟林平之只有一個人生目標，那就是復仇。

證據是，為了復仇，他願意向聲名狼藉的木高峰磕頭。又如，在衡山城中，當余滄海向令狐冲動手時，他在外面喊話「以大欺小，好不要臉」，令狐冲認定這是林平之的英雄壯舉，是林平之一言救了他的命；實際上，林平之這樣做，只不過是對余滄海痛恨到無以復加，武力上無法戰勝他，也要在言語上刺激對方。進一步的證據是，在五霸崗附近的小店中，張夫人、仇松年、桐柏雙奇等七位邪門人物圍攻余滄海，林平之竟出面為余滄海解圍，說「這不公平」。余滄海立即明白，林平之所以要這麼做，是不想他死於別人之手，因為他要親手報仇。

仇恨之心，也是人之常情。復仇之人，不見得個個都會心理變態。林平之雖然復仇心切，卻非從一開始就成了復仇狂。假如在他復仇過程中，師父岳不群能真心相待，為他著想，為他設計復仇路徑，為他指點人生，林平之的心理可能不會如此變態。遺憾的是，岳不群並不是良好的人生導師，他是為了取得林家的辟邪劍譜才收林平之為徒，為了劍譜，不惜冤枉令狐冲，不惜殺死自己的徒兒。幸而林平之會裝死充愣，才躲過了一場生死大劫。

岳不群的虛偽和殘忍，將他導向人生歧途，從那一刻起，林平之的世界觀、人生觀才徹底改變。從那時起，林平之成了絕對的孤獨復仇者，仇恨之火愈旺，心理變態愈甚。若不是報仇心切，又怎麼會在拿到辟邪劍譜之後，毫不猶豫地揮劍自宮？

再說下一個問題：林平之與岳靈珊的關係。

從林平之進入華山派，成了岳靈珊的第一個師弟，他們倆的關係就有些特殊。林平之畢竟曾為她仗義殺人，因而岳靈珊投桃報李，對這個師弟格外關心；又因為岳靈珊的武功的確高出林平之太多，林平之當然也會誠心誠意地想師姐請教。這樣一來，更是投合了岳靈珊的虛榮心，雖然教導中不免夾帶譏嘲，卻也是真心教林平之練武，因而林平之肯定會真心巴結這個師姐。

進而，岳靈珊不僅是師姐，而且是師父和師母的獨生女兒，不失時機地與岳靈珊親近，肯定是林平之的首要行為目標。小說中沒有直接寫到林平之與岳靈珊交往的具體過程和細節，我們只能按照常理和常情推斷，當林平之發現岳靈珊喜歡他時，他一定受寵若驚，也必定會小心翼翼地維護這份天賜良緣，他要報仇，離不開岳靈珊的幫助。

林平之是否真心愛過岳靈珊？小說中沒有明寫，我們不得而知。從常理和常情推測，應該有這個可能，岳靈珊雖然有點公主脾氣，本性上卻是善良而且純真，加上她的美貌，加上她是掌門人女兒的身分，林平之或許有過愛心。

有一點是可以肯定的，自從發現師父岳不群的殘酷真相，林平之與岳靈珊的關係就有了本質上的改變。無論岳靈珊是否真心愛他，他對岳靈珊只能是虛與委蛇，情侶也好，夫妻也罷，都只是表面文章。證據是，他在復仇之日大罵岳靈珊：「無恥賤人！你父女倆串謀好了，引我上鉤。華山派掌門人的岳大小姐下嫁我這窮途末路、無家可歸的小子，那為了什麼，還不是為了我林家的辟邪劍譜？」

這當然是林平之的真心話。之所以與她結婚，只不過是要把她當作護身符，以免岳不群得知他開始練習辟邪劍譜的真相。對岳靈珊本人，林平之早已是全無愛心。

最後一個問題是：為什麼林平之要殺害岳靈珊？

林平之仇恨填膺，為復仇而活，殺余滄海，殺木高峰，殺青城派弟子，都很容易理解，甚至痛恨岳不群，也在情理之中。但岳靈珊對他賭咒發誓，真心剖白，發誓願意跟著他去天涯海角，他也相信岳靈珊沒有絲毫虛偽做作。他還公開評價說，岳靈珊像她媽媽，不像她父親岳不群。如此，為什麼要殺害岳靈珊？

對此，林平之本人有個解釋，說是「要向左掌門表明心跡！」因為他被勞德諾誘動，要與左冷禪結成反岳不群同盟。問題是：即便是要與左冷禪結盟，殺不殺岳靈珊又有多大關係？進一步的問題是：林平之的解釋是否真確？

但書中有一個細節，勞德諾問岳靈珊，是幫父親岳不群、還是幫丈夫林平之？岳靈珊回答說，「兩個都不幫，我是個苦命人，明日去落髮出家。」林平之插話說：「你到恆山去出家為尼，正是得其所哉。」說完這句話，立即殺了岳靈珊。

岳靈珊只說她要出家，但沒有說要到恆山出家，恆山出家之說，是林平之脫口而出，原因是，令狐冲是恆山派掌門人，他不願岳靈珊再見令狐冲。這說明，林平之殺害岳靈珊，是出自下意識衝動，即對令狐冲充滿妒恨。林平之殺害岳靈珊，是要打擊令狐冲，並非因為令狐冲是他的情敵，而是因為令狐冲是正常人，有正常的身體、正常的心理、正常的人類情感，而林平之卻永遠都不會有了。這才是林平之最大的人生悲劇。

《鹿鼎記》

一、《鹿鼎記》：武俠與文化的哈哈鏡

《鹿鼎記》是金庸最後一部長篇武俠小說，開筆雖早於《越女劍》，但結束卻遠在《越女劍》發表之後。

說《鹿鼎記》是武俠小說，其實有點不恰當，稱它為「反武俠」小說可能更合適些。實際上，它是文化小說，且是文化批判之書。

小說從一場文字獄開始，莊廷瓏《明史》案，許多文化精英牽涉其中。一部武俠小說，為什麼要從文字獄開始？文字獄與小說的內容、主題有什麼關係？關聯是，黃鐘毀棄、瓦釜雷鳴。在一場文字獄之後，主人公韋小寶才正式登場，前者是後者的邏輯起點，也是參照系，從而可以充分顯現韋小寶故事的強烈反諷性。

早在一六四四年，也就是滿清王朝正式建立的那年，英國大詩人兼思想家彌爾頓曾在英國國會發表演講，題目是《論出版自由》，這是人類近代史上重大事件。有出版自由，才會有思想自由、言論自由，才會有啟蒙運動，才會有科學思想創新，才會有工業革命，才會有西方社會全面的現代化變遷。這也是參照系。

說《鹿鼎記》是武俠與文化的哈哈鏡，首先當然是說，這部書不是歷史、社會和文化的尋常的鏡子，而是一面讓歷史場景的文化人事變形的鏡子，逗樂搞笑，嘻嘻哈哈，幽默反諷，解構莊嚴肅穆。

比如書名《鹿鼎記》，按照小說第一回中大學者呂留良的解釋，首先自然是逐鹿、問鼎的意思，鹿、鼎自然是江山社稷的象徵。鹿、鼎也有另一重意思，那就是「人為鼎鑊，我為麋鹿」，意思與「人為刀俎，我為魚肉」相通。這是《鹿鼎記》的正解，但小說所寫，卻是別解，一是奪寶故事，即八部《四十二章經》中的藏寶圖碎片，拼接起來就是通往鹿鼎山大寶藏的地圖，在這一意義上說，小說是《鹿鼎山記》；二是，主人公韋小寶飛黃騰達，後來被封了一等鹿鼎公，從這一角度說，小說是《鹿鼎公記》。

從小說的故事情節看，這部書應該是《鹿鼎公傳奇》，也就是《韋小寶歷險記》。說的是揚州鳴玉坊麗春院妓女韋春芳的兒子韋小寶，跟隨草莽英雄茅十八進北京，被太監海大富抓進皇宮，從此開始一連串的歷險。這傢伙鴻運當頭，一路遇難呈祥，從假太監變成首領太監，進而升級為皇宮侍衛副大臣、驍騎營正黃旗都統、賜穿黃馬褂、賜巴圖魯稱號，並且由子爵、伯爵、侯爵一路攀升，最後是一等鹿鼎公爵。

韋小寶升官進爵，並不是憑空而來，他在短短的從政經歷中，立下了赫赫功勳，包括一、擒殺鼇拜；二、尋訪並救護順治皇帝，代康熙出家盡孝；三、在五臺山保護康熙的生命安全；四、救出真太后。五、探明吳三桂企圖叛亂的消息。六、聯繫俄羅斯、蒙古、西藏三路盟軍，化敵為友。七、活捉叛臣吳應熊。八、顛覆神龍教。九、擒殺假太后。十、舉薦良將施琅、張勇、趙良棟、孫思克等，為平復吳三桂叛亂、收復臺灣間接立功。十一、堅決抵制放棄臺灣的主張，維護國家對臺灣的主權。十二，親自指揮中俄邊境自衛反擊戰，主持簽訂了中國近代外交史上的第一個外交條約《中俄尼布楚條約》。

上面所說，還不是韋小寶歷險的全部。韋小寶不僅在皇宮中得康熙之寵，在其他社會團體中，也總是能逢凶化吉，甚而如魚得水。例如，他是江洋大盜茅十八的好友和兄弟；他是反清組織天地會總舵主陳近南的弟子、天地會青木堂堂主；他還是前明公主獨臂神尼的弟子；他還是神龍教的白龍使；他還是西藏喇嘛桑結、蒙古準噶爾王子噶爾丹的結義兄弟。他在宗教界也很吃香，曾擔任少林寺的「高僧」晦明；他還曾揚威異域，在俄羅斯發動政變，成為俄羅斯公主的情人，並被封為俄羅斯伯爵。在康熙時代，在中國歷史上，沒有人比得上韋小寶。

在韋小寶好運的故事中，最神奇的經歷，是康熙要他去滅天地會，韋小寶不願幹，若是旁人，早已被殺頭了。但韋小寶居然平安無事，在通吃島賦閒期間，每天與妻妾賭錢作樂，還能升官進爵，被封為「通吃伯」。這一封號，或許是思考韋小寶故事的關鍵，韋小寶確實是四海「通吃」，在皇宮政壇是如此，在社會民間也是如此。讀韋小寶故事實在開心莫名。而開心之餘，也不得不問一個問題：這一切怎麼可能發生？韋小寶憑什麼能四海通吃？

假如韋小寶才華蓋世，武藝超群，那倒也是一種解釋。問題是，韋小寶的文才武功，卻不值一談。他沒上過學，沒讀過書，識不得幾個字，即便是他自己的名字「韋小寶」，也只認得其中的小字而已。在武功方面，他雖然拜了諸多名師，例如獨臂神尼、天地會總舵主、神龍教主等等，但他的武功水準，最多不過是九流而已。唯一值得一提的，無非是腳底抹油的逃跑功夫而已。韋小寶屢建奇功，四海通吃，除了作者賦予的神奇好運之外，應該別有因由。「韋小寶成功的奧秘」或「韋小寶神功」，應該是思考和研究《鹿鼎記》的關鍵性課題。

所謂韋小寶神功，說起來也不稀奇，從俄羅斯歸來時，他曾說過，之所以揚威異域，「全憑老子聽的書多，看的戲多。」也就是說，韋小寶的文化資源，來自書場、戲院、賭館。韋小寶神功的基礎，雖能羅列出許多條，基礎功夫不過是阿諛逢迎、溜鬚拍馬八個字。韋小寶花樣百出，真正拿手的功夫，不過是撒石灰、捏陰囊、剁腳板三招，加上所謂「隨身四寶」，即匕首、寶衣、蒙汗藥、俏丫鬟。

韋小寶的功夫不高，用得恰到好處，往往能出奇制勝。舉個例子說，韋小寶撒石灰救了茅十八，茅十八非但不感激，反而很生氣，說他是下三濫的做法，不是英雄好漢的行徑。英雄好漢的規則，應該是真功夫比輸贏，不能用下三濫的手段取勝。可是，到了皇宮之中，韋小寶改撒石灰為撒爐灰，擒殺了鼇拜，卻被康熙皇帝、滿朝文武，乃至天下英雄所讚揚。

人類學家把農民文化分為大傳統和小傳統，《鹿鼎記》不僅揭示了大傳統和小傳統的相通性，而且講述了小傳統顛覆大傳統的奇觀。思想家吳思將傳統文化分為顯規則和潛規則，《鹿鼎記》不僅揭示了顯規則和潛規則的相通性，且講述了潛規則對顯規則的成功改寫。只不過，顛覆和改寫用的是逗樂幽默的方式，如同哈哈鏡。在這一哈哈鏡裡，任何武功高手和文化大師都比不上韋小寶，所以可笑，所以可悲。

二、韋小寶與康熙的奇緣

一部《鹿鼎記》，實際上是一部韋小寶傳奇。而韋小寶這個出身卑微而又不學無術的小傢伙，能夠上演絕世傳奇，最重要的原因，就是他與康熙皇帝有緣。他們倆能相遇而且相識，本身就是奇緣。重要的是，那時他們都還年輕，康熙親政不久，年齡不過十五歲，而韋小寶更小，最多不過十三四歲。韋小寶與康熙結緣的過程和特點，值得專門研討。

韋小寶與康熙的奇緣，概括起來說，可分為三個階段，或三個層面。其一，韋小寶作為康熙的玩伴，即摔跤之友；其二，韋小寶作為康熙的走卒，即皇帝替身；其三，韋小寶作為康熙的弄臣，即高級馬屁精。下面分別說。

先說第一個話題，韋小寶作為康熙的玩伴。

韋小寶跟隨茅十八進入北京，第一天就被太監海大富抓進了皇宮。茅十八逃脫，但韋小寶一時不得脫身，只好暫時留在那裡，等待逃亡時機。

有一天，韋小寶奉命去與溫氏兄弟等太監賭博，回程路上肚子餓了，路過一間房子，聞到了點心香氣，就老實不客氣地進去偷吃。這是韋小寶的老習慣了，在揚州麗春院裡，他經常這麼幹，不僅輕車熟路，而且手法高明，每一碟只取一點，誰也不可能發現有人偷食。也是湊巧，韋小寶剛剛偷吃了幾塊點心，就有人來了，是個比他略高的少年，進來就拿點心吃，然後就獨自練拳腳，韋小寶以為是同道，就從桌子底下鑽出來，試圖有福同享。於是兩人練起了摔跤。

韋小寶年齡較小，個子也較小，力氣當然也較小，但他的實戰經驗十分豐富，兩個人各有所長，算得上是棋逢敵手，將遇良才，摔跤摔得不亦樂乎。然後互通姓名，韋小寶說自己叫小桂子，那少年說自己是小玄子，兩人相約，明日再來，死約會，不見不散。後來韋小寶向海大富學招，小玄子也學新招，兩個人不打不相識，越打交情越深。

值得注意的是，韋小寶不知道這裡是皇宮，以為這裡是一家高級妓院。他當然也不知道小玄子是當今皇帝，只當他是和自己一樣的偷食少年。原因很簡單，韋小寶是個假太監，完全不懂得皇宮的規矩，看不出皇帝的服裝與眾不同。但也正因如此，才能成為少年康熙的跤友和玩伴。

在這個皇宮中，任何一個長眼睛的侍衛和太監，誰敢當真和皇帝摔跤？更不必說，沒有人敢於和皇帝當真拗手臂，當真踢屁股，當真拳打腳踢，百無禁忌。就這一點說，蒙昧無知而又糊塗膽大的韋小寶相當於上蒼給少年康熙送來的一份珍貴大禮，求之不得，因而倍加珍惜。

為什麼陪少年康熙摔跤如此重要？書中有一段非常精彩的議論。大意是說，皇子從出生開始，就受百般呵護，也就是時時刻刻都有人盯著，怕他冷了，怕他熱了，怕他餓了，怕他吃多了，行動坐臥都有人服侍，言行舉止都要按規矩訓練，說到底就是完全沒有自由。不能像老百姓家的孩子那樣亂叫亂跳，到處撒歡，更不能像平常人家的孩子那樣隨意交朋結友。所以，在歷史上，皇帝從小就受束縛，大多有一肚子戾氣，登基之後常常會心理變態。康熙少年時能找到韋小寶這樣一個敢於和他真打鬧的夥伴，稱得上是百世奇緣。所以，韋小寶與康熙的這段摔跤摔出來的交情，實在是非同小可，他們倆的關係由此而與眾不同。

再說第二個話題，韋小寶作為康熙的走卒和替身。

喜歡玩，喜歡冒險，喜歡刺激，是大多數少年的共同特性，康熙也是這樣。但他是皇帝，行動受限，最多不過是和韋小寶兩人一起在皇宮內「探險」而已。書中說：「康熙學了武功之後，躍躍欲試，一直想幹幾件危險之事，但身為皇帝，畢竟不便涉險，派韋小寶去幹，就拿他當作自己替身，就算這件事由侍衛去辦可能更好，他也寧可差韋小寶去。他想小桂子年紀和我相若，武功不及我，聰明不及我，他辦得成，我自然也辦得成，差他去辦，和自己親手去幹，也已差不了多少，雖然不能親歷其境，但也可想像而得之。」

恰好韋小寶也十分湊趣，且運氣奇好，總是遇難呈祥。例如，在雲南沐王府武士進宮行刺，有一個武士倒在韋小寶窗前，韋小寶順手在死者身上戳了幾刀，於是他就成了與刺客作戰的勇士，這傢伙聰明伶俐，從不居功自傲，康熙問他是用什麼招式與敵打鬥時，他說是用康熙曾用過的招式，康熙當然非常高興。

韋小寶甘心充當康熙的走卒，康熙要他做任何事他都願意去做。韋小寶冒險成功，不僅能完成康熙的功利目標，且讓他的好奇心得到滿足。例如，進宮行刺的刺客堅持說自己是吳三桂下屬，打死也不說真話，康熙想出放線釣魚之計，讓韋小寶設法放走刺客，然後跟蹤。韋小寶圓滿完成了任務，放走了刺客，證實了刺客身分分別是沐王府武士搖頭獅子吳立身、敖彪、劉一舟，而且還找到了沐王府武士在北京的藏身之處。又如，當康熙得知父親順治還在世，立即派韋小寶去探訪，這既是保密需要，也是替身把戲。康熙讓韋小寶當自己的替身的事，舉不勝舉。

再說第三個話題，韋小寶作為康熙的弄臣。

這一點很好理解。韋小寶出身於妓院，為了生存，不得不討好每一個人，從小習得，加上平時訓練，加上天賦奇才，韋小寶的溜鬚拍馬的功夫稱得上是無師自通的高手，而他臉皮之厚，當世更是無人能及。所以，康熙與韋小寶在一起，當然就非常開心，即使有什麼不痛快，只要韋小寶出現，總能轉憂為喜，總能開心地哈哈大笑，甚至還能說出「他媽的」這種痛快的語言。

韋小寶作為弄臣的經典之作，是編造雲南沐王府小王爺對康熙的評價，說康熙是千年來難得的好皇帝，是「鳥生魚湯」——即堯舜禹湯——康熙知道韋小寶不學無術，絕對杜撰不出這個詞，自然要信以為真。弄臣和其他的馬屁精不同之處就在於此。

又如，韋小寶被建寧公主打得遍體鱗傷，連辮子也燒了，但韋小寶非但沒有向康熙抱怨，反而說：「師父，徒兒丟了您老人家的臉，只好苦練三年，再去找回這場子，替你老人爭光。」韋小寶本是康熙的玩伴和朋友，但此刻卻抓住康熙的一句「師徒」的戲言，稱康熙為師父，正是韋小寶拍馬屁的新創作，康熙豈能不高興？

韋小寶與康熙的關係，是由玩伴進化到走卒和替身，又由走卒和替身進化到弄臣。三個階段完成之後，三種身分自然而然地疊加在一起，使得康熙和韋小寶的關係牢不可破，韋小寶和康熙也如影隨形，既是傳奇，也是寓言。

三、擒殺鼇拜與韋小寶的社會資本

鼇拜是真實歷史人物，被順治皇帝任命為輔政四大臣，排名在索尼、蘇克薩哈、遏必隆之後，但因功勞卓著，個性突出，最為跋扈囂張。他被逮捕下獄，是康熙親政後的第一件大事。

在歷史上，輔助康熙清除鼇拜的另有其人，謀劃及行動實施當然有歷史事實版本。《鹿鼎記》是傳奇小說，以歷史事實為原材料，重組為簡明生動的文化傳奇，其中有更深更細的文化真相。在擒殺鼇拜的傳奇版中，首功歸於韋小寶，是他政治生涯的第一桶金，且換得豐饒的社會資本。雖非歷史真實，卻展示了人性的真實性，進而揭示出文化的可能性。

韋小寶參與擒殺鼇拜，並立下首功，其過程分為三步，第一步是喝斥鼇拜，第二步是逮捕鼇拜，第三步是刺殺鼇拜。三步各有重點，呈現了韋小寶個性的不同側面，一面是政治賭徒，一面是無賴同謀，一面是儒夫壯舉。

先說第一個話題，作為政治賭徒的韋小寶。

作者把擒鼇拜的地點從朝堂改為上書房，為的就是方便韋小寶這個小太監。韋小寶進入康熙的上書房，原是奉老太監海大富之命，要竊取《四十二章經》。溫氏兄弟欠了韋小寶賭債，不得不帶韋小寶到上書房開眼。三人一同來，一同離開，然後韋小寶偷偷返回，恰好皇帝到了上書房，不久鼇拜也來了。韋小寶萬萬沒想到，皇帝竟是天天和自己摔跤的小玄子！於是一聲驚呼，暴露了自己。

太監擅入上書房，可是死罪。面對生命危機，韋小寶心念電轉，小玄子武功比他高，鼇拜號稱滿洲第一勇士，武功肯定更高，想逃命完全不可能；韋小寶隨即決定押寶賭上一把，通殺通賠，於是出面喝斥鼇拜：「鼇拜，你幹什麼？你膽敢對皇上無禮麼？你要打人殺人，須得先過我這一關。」韋小寶賭贏了。

康熙對鼇拜不滿，固然是因為鼇拜橫行不法、肆無忌憚地巧取豪奪，更主要的原因卻是專權，康熙已經親政，輔政大臣繼續專權，侵犯皇帝的權威。而最主要的原因，卻還不止於此，而是輕視皇帝，即看康熙年幼，嚴重傷害了小皇帝的自尊心。鼇拜說：「皇上年紀還小，於朝政大事恐怕還不十分明白。」這還算是客氣的。進而說：「皇上，你這幾句話可是小孩子的話了。」輕視小皇帝之心就更明顯了。進而說：「皇上只知其一，不知其二」云云，簡直是把小皇帝當成尋常的小孩子。最後，當康熙問及：「你一定要殺蘇克薩哈，到底自己有什麼原因？」觸及鼇拜隱秘，說話聲音越來越響，語氣也越來越凌厲，雙手還握緊了拳頭。正是在這個時候，韋小寶進行豪賭，跳出來喝斥鼇拜。

韋小寶之所以能賭贏，是他阻止了鼇拜得意忘形，維護了皇家禮儀，護佑了康熙的安全，更維護了康熙的自尊。

歷史學家只注意康熙除鼇拜的政治理由及邏輯證據鏈，只有小說家金庸才注意到在政治邏輯之上，小皇帝的權威和自尊心，才是更隱秘但更重要的動機。韋小寶對政治一竅不通，但他顧及了康熙的生命安全和心理自尊，無意中抓住了問題的真正要害。所以，這場危機過後，康熙非但沒有責怪韋小寶擅入上書房，反而把他當成護駕功臣，甚而當成了知己。

再說第二個話題，韋小寶作為無賴同謀。

說康熙把韋小寶當作知己，是在逮捕鼇拜這件事上，因為他們是少年跤友，心思相通。歷史上的康熙為了逮捕鼇拜，確實培訓並利用了一批年輕武士，作者把武士改為小太監，正是為了方便太監小桂子，即韋小寶加入其中。

有意思的是，康熙和韋小寶以為憑他們兩人的武功足以拿下鼇拜，再加上十二個小太監就更加十拿九穩，卻不料鼇拜的武功氣力超出了他們的預料，一幫小孩子根本就不是鼇拜的對手。這既是寫鼇拜身經百戰的武勇，也是寫少年知識的局限。若不是康熙時不時地提醒說，這只是一場遊戲，讓鼇拜不好意思全力以赴，否則他們的行動早已失敗，結局就不堪設想。即便如此，擒拿鼇拜的行動也隨時可能失敗。

在此緊要關頭，康熙自己動手，從背後捅了鼇拜一刀。此事雖非歷史事實，但卻符合康熙的性格，尤其符合當時的情境，有了這一細節，歷史更加鮮活，也更加真實。康熙的這一刀未能殺死鼇拜，反而讓鼇拜認清了形勢，為了保命而狂性大發。在這關鍵時刻，是韋小寶起了關鍵作用。他被鼇拜甩開，恰好碰上了香爐，本能和經驗同時發揮作用，先是大撒爐灰迷住鼇拜雙眼，緊接著是舉起香爐砸向鼇拜的頭，終於將鼇拜砸昏。逮捕鼇拜的行動到此勝利結束。

說韋小寶是無賴同謀，是指他撒爐灰的行為曾遭到江湖好漢茅十八的嚴厲批評，說這是下三濫的做法，會為英雄好漢所不齒。康熙在鼇拜背後捅刀子的做法，當然也是不光彩行徑。從當時的實際情況看，若非如此，這一幫少年想要擒住鼇拜，只能使用這種下三濫的手段，否則不但無法逮捕鼇拜，且會有生命危險。此事的要點是，被江湖好漢所不齒的行為，在宮廷裡卻成了可取且合理的手段。當然，這樣的行為畢竟不光彩，只能作為康熙和韋小寶的政治機密。

再說下一個話題，韋小寶刺殺鼇拜，是懦夫的壯舉。

逮捕鼇拜後，康熙讓康親王、索額圖等大臣做後續工作，處理案件的人當然都是與鼇拜關係不好，甚至有仇的人。審理結果，給鼇拜定了三十條罪狀，建議處死。但康熙沒有這麼做，只批准把鼇拜關押起來。這些都是歷史事實。

與歷史事實稍有不同的是，鼇拜這傢伙不識相，更不感恩，每日大罵小皇帝，說他背後捅刀。這讓康熙英明而寬厚的明君形象嚴重受損，康熙當然不能容忍，於是又找知己同謀韋小寶商量，韋小寶心知肚明，說鼇拜活不過一天。

韋小寶這麼說，當然是有把握的，他的計畫是用毒藥殺害鼇拜。只可惜這小子不識字，也不懂毒藥，對鼇拜下毒的手段雖然高明，卻沒有毒死鼇拜，而是讓鼇拜發瘋。也是機緣湊巧，天地會青木堂的好漢恰好這時攻入康親王府，目的就是刺殺鼇拜。韋小寶身處極度危機之中，幸而他身材小，心思靈活，及時鑽入囚籠中，躲開了天地會英雄的刀劍。與此同時，由於鼇拜瘋狂亂打，韋小寶為了保命，不得不冒險向鼇拜背後捅刀。就這樣，韋小寶殺了鼇拜。

韋小寶本來是個怕死的懦夫，卻完成刺殺鼇拜的英雄壯舉。這既是韋小寶的好運，也是歷史的古怪因果。韋小寶的行為，本是為討好康熙，不料贏得了一大筆社會資本，不但當了天地會青木堂堂主，且得到了天下人的普遍讚譽。韋小寶的手段雖然不怎麼光明正大，但歷史只問結果，誰管那些不相干的細節？

四、索額圖及其官場秘訣

索額圖也是真實歷史人物。他是康熙首席輔政大臣索尼的兒子，因父親去世，鼇拜專權，索額圖鬱鬱不得志，只能韜光養晦。康熙決定清除鼇拜勢力，索額圖終於有了用武之地，從此飛黃騰達，成為康熙朝廷的紅人，參與過康熙朝早期和中期幾乎所有重大事件。直到晚年，因參與皇太子之爭，才被康熙逮捕下獄，最後餓死在獄中。

索額圖與韋小寶的關係，當然是小說家言，只有《鹿鼎記》讀者才得瞭解。因為他是道地的官二代，對官場十分熟悉，身通為官之道，並把其中若干官場秘訣傳授給了韋小寶。他不僅是韋小寶的結義兄弟，同時也是韋小寶的官場老師，而在這方面，韋小寶學業成績優異，算得上是天賦其才。

索額圖的官場秘訣很多，這裡只能說幾條。一是首要或唯一原則：揣摩上意。二是貪污術。三是索賄術。下面分別說。

首先說第一個話題，即索額圖官場秘訣的首要原則：揣摩上意。

在康熙和韋小寶及十二名小太監聯手制服鼇拜之後，立即命人召來康親王和索額圖。索額圖來到上書房，按禮儀給康熙磕頭後，特別注意韋小寶。雖然沒有與韋小寶打招呼，但卻已經注意到韋小寶的存在，這是索額圖的聰明之處。

此後不久，康熙命索額圖去抄鼇拜的家，並讓韋小寶陪同前往，說是要讓他去拿太后喜歡的《四十二章經》。索額圖立即明白了康熙的用意，對韋小寶大獻殷勤。甚至把韋小寶當作正使，而他甘願做韋小寶的副手。他似乎與韋小寶一見如故，有如親人，讓韋小寶從鼇拜的寶庫中隨便挑選喜歡的寶物，進而提議與韋小寶結拜兄弟。韋小寶非常意外，卻也非常感激，當然願意與這位大官結拜。

索額圖此前並不認識韋小寶，更談不上有什麼交情，他是官二代，且是大名鼎鼎的首席輔政大臣索尼之子，本人也是高官，先是禮部侍郎，後是一等侍衛，為什麼對韋小寶這位無名的小太監如此親密，如此巴結？

書中對此有明確而詳細的解釋。首先，他知道皇帝讓韋小寶陪同抄家，名義上是取佛經，實際上是監視他。其次，皇帝讓韋小寶隨行，還有一個目的，是要給韋小寶好處，鼇拜當權多年，家裡肯定有很多金銀財寶，抄家是個肥缺，主持抄家的人當然有好處。

更重要的是，他生長在官宦之家，又在官場混跡多年，知道做大官的首要原則，也可以說是唯一訣竅，就是「揣摩上意」，也就是及時瞭解皇帝的心思，以便讓龍顏大悅、事半功倍；最低限度，也能確保不做錯事，不認錯人，更不站錯隊。這件事最為重要，但也最為困難。而眼前的韋小寶——當時還叫「小桂子」——正是康熙身邊的第一紅人，與皇帝朝夕相處，若能與他暗中結拜兄弟，有他經常能在皇帝面前替自己美言，做官自然能一帆風順。更不用說，遇到某些大關鍵，有小太監通風報信，隨時瞭解皇帝的意圖，豈不是有贏無輸？因此，索額圖大人才會放下身段，以高官身分與少年太監小桂子結拜兄弟。

再說第二個話題，官場貪污術。

索額圖與韋小寶結拜兄弟之前，就讓韋小寶在鼇拜家隨意取寶。韋小寶缺少鑑寶眼光，他還幫助韋小寶選擇寶物。有意思的是，只要韋小寶或索額圖拿起一個寶物，專管登記造冊的小吏就停筆不錄，或者是把已登錄的寶物名稱刪除，直到韋小寶或索額圖放下，才重新登錄寶物名稱。這說明，此類現象早已成為官場通例，凡為官吏，對此莫不心知肚明，因而操作熟練。

對鼇拜家產統計結果出來，共折銀二百三十幾萬兩。索額圖建議，保留所有零頭，而拿出其中一百萬兩，哥兒倆二一添作五，私吞了。這一建議，讓韋小寶大吃一驚，在他的一生中，雖然喜歡貪占小便宜，同樣雁過拔毛，但所得最多也不過是幾個銅板而已，一次能得五十萬兩銀子的好處，做夢都不敢想。但看索額圖的神情，完全是若無其事，彷彿這樣做只不過是小事一樁。索額圖這樣做，既是揣摩上意，給了韋小寶好處；又表現了哥兒們義氣，利益均霑有財一起發。同時還惠而不費，不用自己花一文錢。他這樣做，還有一個附帶作用，那就是教韋小寶做官發財之道。

有意思的是，索額圖後來又說，會賺錢，還要會花錢，因而建議哥兒倆各拿出五萬兩來打點各自的關係戶，索額圖打點官場，韋小寶打點侍衛和太監。怕韋小寶不熟悉路徑，索額圖說一切都由他來包辦。花錢打點術，這也是一個官場秘訣。只可惜索額圖如何打點，書中沒有明寫，只有原則，沒有技術細節。

再說第三個話題，官場索賄術。

有一次康親王請客，主賓是韋小寶，索額圖作陪。得知平西王吳三桂的兒子吳應熊要來拜會康親王。索額圖立即對韋小寶耳語，說吳三桂差兒子來京進貢，朝中大官個個都不會落空。緊接著又教導韋小寶：「待會吳應熊不論送你什麼重禮，你都不可露出喜歡的模樣，只淡淡的說：『世子來到北京，一路上可辛苦了。』他如見你喜歡，那便沒了下文。你神色冷淡，他定然當你嫌禮物輕了，明天又會重重地補上一筆。」

韋小寶立刻領悟，哈哈大笑，說：原來這是敲竹槓的法子。索額圖說：雲南竹槓，不砰砰砰砰的敲他一頓，那就笨了。他老子坐了雲貴兩省，不知刮了多少民脂民膏。咱哥兒倆如不幫他花花，一來對不起他老子，二來可對不起雲南、貴州的老百姓哪！索額圖的這幾段話，不僅教授了索賄妙法，而且還教授了索賄後自我安慰的妙方，只要想到這是民脂民膏，若不敲竹槓就是對不起老百姓，就會心安理得。

在這方面，韋小寶算得上是好學生。證據是，後來雲南沐王府武士假扮平西王吳三桂屬下入宮行刺，被康熙發現真相，康熙讓韋小寶將寫有山海關總兵字樣的證據交給吳三桂之子吳應熊，吳應熊送了韋小寶十萬兩銀票。韋小寶果然是不動聲色，老實不客氣地接受了。其後立即二一添作五，自己拿了五萬，只上交一半給康熙。

更妙的是，當康熙要獎勵韋小寶一萬兩時，韋小寶表示自己只忠君、不愛財，建議將所有銀兩都獎給大內侍衛。進而，大內總管多隆從中取出一萬兩給韋小寶，韋小寶再次拒絕，說侍衛的辛苦錢，自己不能要。韋小寶不貪財，從此傳為佳話。這樣的行為，與師父索額圖相比，當真算得上是青勝於藍。至於逢迎上意，阿諛皇帝，討康熙歡喜，即使是才高博學的索額圖，恐怕也無法與韋小寶相比。如此，韋小寶的人生，才能成為傳奇。

五、韋小寶當和尚

韋小寶有過一段當和尚的經歷。原因是康熙要讓韋小寶到五臺山清涼寺去保護行癡，即出家的順治。為了兼掩人耳目，名正言順，外加籠絡武僧，讓他先到少林寺剃度出家。

宗教遇到皇權，只有屈服，但少林寺方丈晦聰不愧為高僧，應付得十分得體。親自給韋小寶剃度，並取法號晦明，在少林寺只在一僧之下，千僧之上，給足了皇帝的面子，又讓韋小寶沒有師父，因而不用教他武功，少林寺武功不至於外傳。好在韋小寶也只是奉命行事，無心為僧，更無心學武，所以也就相安無事。韋小寶是傳奇主人公，即便是當和尚，也有令人驚訝的傳奇。

韋小寶當和尚的經歷，有三點可說。一是，韋小寶遭遇美女阿珂；二是，韋小寶在少林寺建立聲譽；三是，韋小寶奇謀救行癡。

先說第一個話題：韋小寶遭遇美女阿珂。

韋小寶一向喜歡熱鬧，而在少林寺當和尚的生活卻是平靜寂寞，看僧人練武不懂門道，聽僧人念經更是頭痛，這讓小高僧晦明有些百無聊賴。這一天來到少林寺門口，忽然聽到有人吵架，有熱鬧好看，韋小寶立即來了精神。吵架的，一方是少林寺幾個知客僧，另一方是兩個美女，這就更讓韋小寶興奮。兩個美女中，有一個更是美得驚人，讓韋小寶如遭電擊，目瞪口呆，癡心妄想，賭咒發誓，一定要娶這個美女為妻。

韋小寶垂涎三尺，一副輕薄無賴相，讓美女阿珂既鄙視又厭惡，脾氣火爆的阿珂當然要動手，教訓這個不守僧規的好色和尚，不料反而被韋小寶摸胸，阿珂急得要自殺，好在少林寺僧有好生之德，救下了阿珂。

韋小寶犯規，方丈晦聰當然不能不調查，派人來找韋小寶，韋小寶要看美人，嫌傳話的和尚囉嗦，惱羞成怒說：「他媽的，我說要去瞧那個美貌小姑娘，你沒聽到嗎？」看罷美人，韋小寶也接受了調查，晦聰方丈和戒律院高僧得知韋小寶是在掙扎中摸了姑娘的胸，也就釋然，不作任何處分。

這正是晦聰方丈的高明之處。韋小寶是代替皇帝出家，無論怎樣犯戒，少林寺都不好按規處理；但少林寺戒律森嚴，對寺僧違規犯戒行為，又不能不調查處理，既然韋小寶是無心之過，自然要原諒則個。既給了皇帝的面子，又維護了寺規戒律的尊嚴。

韋小寶此後的種種行為，更加不堪。專門到寺外妓院去賭博、召妓，號召大批妓女堵截阿珂等兩位美女的追殺，繼而還讓澄觀和尚將阿珂抓進少林寺，名義上是要研究武功路數，實際是韋小寶要飽餐秀色，摸臉猥褻。如此行為，全不像僧人樣子，更無高僧氣象。晦聰方丈是否知道韋小寶的所作所為？我猜他知道，只是裝作不知道而已。若是少林寺其他和尚這樣做，方丈和戒律院肯定要嚴加處置；但犯戒違規的是替皇帝出家的韋小寶，就只好睜一隻眼閉一隻眼了。

再說第二個話題，韋小寶在少林寺建立聲譽。

韋小寶雖然不修佛法，且好色無賴，但卻並非一無是處，關鍵時刻，他居然維護了少林寺尊嚴，也因此建立了個人聲譽。

這一天蒙古王子葛爾丹、西藏喇嘛昌齊、雲南總兵馬寶連袂來到少林寺，要見識少林寺七十二項武功絕技。晦聰方丈不願這樣做，一是不想逞能，二是不願武功外流。但葛爾丹咄咄逼人，此時韋小寶挺身而出，他的鬥嘴功夫十分了得。

葛爾丹指著韋小寶說：「小和尚，你也是狗屁不如，一錢不值之人麼？」

韋小寶嘻嘻一笑，說：「大王子卻是有如狗屁，值得一錢，這叫作勝了一籌。」

眼見葛爾丹憤怒，韋小寶又說：「殿下不必動怒，須知世界上最臭的不是狗屁，而是人言。至於一錢不值，還不是最賤，最賤的乃是欠了人家幾千萬、幾百萬兩銀子，抵賴不還。」

晦聰方丈及時插話，稱讚韋小寶說：「師弟之言，禪機淵深，佩服，佩服。」澄觀和尚也跟著說：「晦明師叔年少有德，妙悟至理。」葛爾丹盛怒之下，對韋小寶發動突然襲擊，晦聰方丈拂袖阻止，韋小寶驚恐之下，根本來不及作出反應。晦聰卻繼續稱讚韋小寶：「師弟，你定力當真高強，外逆橫來，不見不理。」澄觀和尚更是歡呼：「晦明師叔竟已修到了這境界，他日必得證阿褥多羅三藐三菩提。」

葛爾丹一不做二不休，命令手下發出九枚金鏢，分別襲擊晦聰、澄觀、韋小寶。晦聰用袍袖捲起三鏢，澄觀合掌接了三鏢，韋小寶來不及作出反應，三枚金鏢都打在身上，好在他身穿寶衣，並未受傷，顯得若無其事。這樣一來，人人都對韋小寶這位高僧刮目相看，從此建立了精通禪機、武功深不可測的崇高聲譽。

書中解釋說，晦聰方丈一生參禪，看什麼都是禪機，稱讚韋小寶是發自內心之言，而不是故意與韋小寶演雙簧。實際上，晦聰這麼幹，固然是闡述禪機，卻也是智慧謀略。大和尚不便出口傷人，卻誇獎韋小寶罵人不帶髒字，損了狂妄的葛爾丹，捧了胡說的韋小寶，維護了少林寺的聲譽。大和尚稱讚韋小寶不起妄心，既掩蓋了韋小寶無能，又嚇唬了葛爾丹，貌似少林武功深不可測，讓他知難而退。更重要的是，讓韋小寶處在聚光燈下，而自己則置身幕後，萬一有什麼麻煩，他們會衝著韋小寶，也就是衝著指派韋小寶出家的康熙皇帝。

再說第三個話題，韋小寶奇謀救行癡。

康熙讓韋小寶到少林寺出家，目的是要他名正言順地接掌五臺山清涼寺，帶著三十六位少林寺武僧，保護法號行癡的順治皇帝。韋小寶到五臺山之後不久，果然出事了。

這一天，數千黃教喇嘛出現在五臺山上，包圍了清涼寺。少林寺武僧雖然功夫了得，但也無法戰勝數千人。韋小寶以推為進，好不容易售出了「三十六計，走為上計」；偏偏行癡本人不願讓人因保護自己而濫傷無辜，決心當眾自焚，玉林大師立即稱讚行癡已悟大道。面對這一情況，誰都束手無策。

唯獨韋小寶胸有成竹，他讓少林寺武僧俘虜幾十名喇嘛，大家換上喇嘛服裝，不由分說潑滅行癡自焚之火，擄了行癡、行顛、玉林三僧，乘夜色衝下山去。這樣做，既救了行癡，又不傷一條人命，真可謂上上之策。

說穿了也不神秘，這條妙計，韋小寶在少林寺外妓院裡早就積累了經驗，如今妙計重施，不過是活學活用而已。韋小寶等人救出行癡，恰逢康熙率兵上了五臺山，後面的故事不必細說，總之是韋小寶為保護老皇帝建立了頭等功勳。

韋小寶當和尚，雖說名不副實，卻又實至名歸。名與實之間，是和尚遇到美女、宗教遭遇政治、武士遭遇潑皮，這段精彩傳奇，內涵幽默諷刺，是大好文章。

六、韋小寶之伯樂奇聞

《鹿鼎記》的主人公韋小寶是傳奇人物，他的故事都是奇聞。其中最出人意料的是，他竟然能做識別千里馬的伯樂，慧眼識英雄，向康熙舉薦人才。

韋小寶在通吃島上做賦閒的通吃伯時，康熙王朝平復了吳三桂叛亂，並且收復了臺灣，而這兩場重要的戰爭中，大將張勇、趙良棟、王進寶、孫思克和施琅等人紛紛建功，而這些人都是由韋小寶舉薦的。所以，韋小寶什麼也沒做，也能升官進爵。韋小寶當伯樂，具體情形非常特別，不僅可見他的個人形象，也可見文化的真相。

有關韋小寶當伯樂的故事，情形各不相同，要分題討論。首先要說韋小寶與施琅的關係；其次要說韋小寶慧眼發現趙良棟；最後說韋小寶大膽啟用張勇、王進寶、孫思克等三位將軍。

先說第一個話題，韋小寶與施琅的關係。

施琅原本是鄭成功父親鄭芝龍的部將，因得罪於鄭成功夫人，全家被拘禁，施琅逃出後投降滿清，鄭成功殺了他全家。施琅投降後，被封為靖海將軍、福建水師提督。這一天施琅給韋小寶送禮，韋小寶知道他曾是鄭克塽的師父，怕施琅不懷好意，第一反應是不見此人。

聽索額圖說明施琅的經歷，知道此人一心一意要打臺灣，為家人報仇；之所以要到處送禮，是想朝廷中有人幫他說話；之所以給韋小寶送禮，是他知道韋小寶是當朝第一紅人。據索額圖介紹，施琅曾與鄭成功打過一仗，居然將鄭成功打敗了。在確保安全的前提下，韋小寶接見了施琅。

在見施琅之前，康熙要韋小寶帶兵剿滅神龍教，韋小寶有自知之明，知道自己不是指揮作戰的料，又知道神龍教主洪安通武功超群，內心早已作出決定：神龍教決計不能去，小玄子待他再好，也犯不著為他去枉送性命。自己做官到了盡頭，不如到黑龍江北鹿鼎山去掘了財寶，再到雲南去娶了阿珂，從此躲開朝廷，每天賭錢聽戲，逍遙快樂。韋小寶決定接見施琅，倒不是因為施琅送他金碗厚禮，而是因為聽說施琅會打仗，竟然打敗過鄭成功。韋小寶下意識決定，要好好利用施琅的軍事才幹，去完成自己原本不想去完成的消滅神龍教重任。

韋小寶要利用施琅，完全是因緣巧合，是他下意識的一閃念。他對康熙說要帶施琅去剿滅神龍教，康熙不但大力贊同，而且還誇獎韋小寶有眼光、有頭腦、用心籠絡人才。這麼著，韋小寶平生第一次當了伯樂。

施琅果然能幹，帶著大軍加重炮，將神龍教一舉轟垮。小小都統韋小寶竟做了堂堂靖海將軍的上司，而靖海將軍施琅本人還對此感激涕零；施琅後來率兵收復臺灣，康熙仍要他感謝韋小寶的舉薦之恩，這都是專制制度下的怪現象。韋小寶當伯樂，半是順水推舟，半是皇恩浩蕩，容易之極，他人沒法模仿。而韋小寶嘗到了甜頭，自然要把這種惠而不費的特種伯樂技能發揚光大。

再說第二個話題：韋小寶慧眼發現趙良棟。

如果說施琅這個人才是自己送上門的，天津副將趙良棟則是實實在在由韋小寶慧眼發現。而且，這一發現還源於韋小寶創建的一個重要政治理論，即凡是會溜鬚拍馬的人，多半沒有真本事；凡是不願溜鬚拍馬的人，多半有真本事這一理論，雖然沒有英國阿克頓動爵的「權力導致腐敗，絕對的權力導致絕對地腐敗」定律那樣出名，但也絕對不可小覷。因為這一人才定律，結合了韋小寶本人的私密經驗，他知道自己沒有什麼真本事，因而只能溜鬚拍馬。他不僅有自知之明，而且還能由此作出驚人的推理，對這種能力不能不點讚。

韋小寶發現趙良棟，背景與提攜施琅很相似，那是康熙派寵臣韋小寶到揚州去主持修建忠烈祠，順路到河南王屋山剿匪。雖然王屋山只有一千來人，而康熙讓他帶五千大軍，韋小寶還是沒有頭緒。根據他發現的人才理論，記得去炮轟神龍教路過天津時，有個大鬍子副將對他愛理不理，認定此人有些真本領。可惜他不記得這個大鬍子的名字，於是讓兵部把天津這個大鬍子找來。結果兵部下令，讓天津部隊裡的大鬍子全都到北京來見韋小寶。在這群大鬍子中，韋小寶終於再次見到了趙良棟，這個趙良棟果然不會拍馬屁，果然有些真本事。

奇妙的是，趙良棟對韋小寶也是感激涕零，韋小寶說：「你不肯拍馬屁，一定是有本事的。」讓趙良棟感到：「生我者父母，知我者韋大人」；而跟著韋小寶這位少年上司，不用拍馬屁而照樣升官，更是人生一大樂事。趙良棟雖然不讀兵書，但卻久經戰陣，經驗豐富，王屋山剿匪戰不過是小菜一碟。就趙良棟的例子而言，說韋小寶是康熙時代的伯樂，還真不是瞎吹牛。後來在平復吳三桂叛亂過程中，趙良棟戰功顯赫，為韋小寶人才理論增添了更多證據。

再說第三個話題：韋小寶大膽啟用張勇、王進寶、孫思克三位將軍。

韋小寶與張勇等人的結識，既非當事人送上門來，也不是韋小寶費力發掘，而是在十萬火急的情境下，韋小寶勇於賭博的結果。

事情是這樣的，當吳三桂公開造反時，吳三桂的兒子吳應熊還在北京，而張勇、王進寶、孫思克三人都是吳三桂的部屬。吳應熊逃出北京，韋小寶採取的第一個行動，就是將這三個人捆起來。三個人大呼冤枉，說他們並不是吳三桂的親信，而是為朝廷當官，忠於皇上；又因王進寶善於養馬，帶著他去追吳應熊必有事半功倍之效。

在此緊急關頭，韋小寶並沒有以刻板印象取人，而是決定以賭博方式決定這幾個人的命運，可見韋小寶的決策方式確實與眾不同。妙的是，王進寶隨身帶著骰子賭具，說他喜歡賭博，沒有人賭的時候，就左手與右手賭。韋小寶由此認定，王進寶肯定不是壞人。何以喜歡賭博者不是壞人，並沒有成熟的系統理論解釋，但事實證明，韋小寶具有非凡直覺，賭博也能慧眼識英雄。更難得的是，當朝紅人韋小寶竟在追捕吳應熊的路上，與張勇、王進寶、孫思克等人結拜兄弟，大家先後發誓，要有福同享、有難同當。

後來的事實證明，張勇、王進寶、孫思克三人，不僅有軍事才幹，且都是有血性、有擔當的大丈夫。當韋小寶帶著天地會群雄逃出北京，王進寶、孫思克等人奉命追趕，他們不僅不抓捕韋小寶，反而資助銀兩和戰馬。此後在平復吳三桂的戰爭中，這三人都因戰功顯赫而升官進爵，足以證明韋小寶不僅有伯樂的眼光，更難得的是，他還有伯樂所不具備的膽識，敢用自己頭顱豪賭對方忠貞。

七、韋小寶的「忠」和「義」

有一次韋小寶和康熙聊天，韋小寶說自己對皇上是盡忠，對朋友是盡義，對老娘是盡孝，康熙哈哈大笑，說你這傢伙若是忠義雙全，世上就沒有奸猾之人了。康熙顯然不相信韋小寶忠義兩全，《鹿鼎記》的讀者恐怕也都不信。不過，韋小寶卻也不是沒有做人的底線，例如，天地會中人要他幫忙去殺康熙，他就堅決不幹；而康熙要他去殺陳近南、消滅天地會，他也堅決不幹。韋小寶有沒有忠、有沒有義？是怎樣的忠、怎樣的義？這個問題值得專題討論。

我們討論幾個問題。一是，他為何不願讓歸辛樹夫婦去殺康熙？二是，他為何要帶陳近南等人逃出北京？三是，他為何不願去剿滅天地會？

先說第一個話題，韋小寶為何不願讓歸辛樹夫婦殺康熙？

本書第四十二回，天地會、沐王府、歸辛樹夫婦等人在韋小寶的伯爵府中，商量刺殺康熙大計。

在此之前，師父陳近南專門叮囑韋小寶，不能通知皇帝，讓他有了準備。韋小寶答應了師父，讓他放一百二十個心。心裡想的是：放一百一十九個心吧，我自己就有點不大放心。天地會是以反清復明為目標，與滿清皇帝康熙不共戴天，韋小寶雖是天地會的香主，但對天地會的這一目標卻無真心認同。所以，他對自己要不要或會不會通知康熙，就有點不大放心。另一方面，說韋小寶對康熙有多麼忠誠，顯然也說不上，最直接的證據就是，如果當真忠於皇帝，就不該加入天地會，更不該做天地會的香主，並且長期隱瞞天地會的消息。

說穿了，韋小寶沒有明確的政治立場，無論是做清朝的官，還是做天地會的香主，都不是出於政治動機，而不過是因緣際會，不得不按規定情境演戲。他既不真心反對康熙，也不真心擁護康熙，只是不願意對康熙不利，更不願意看到別人殺康熙。

這是為什麼呢？如果我們真正瞭解韋小寶，就該知道，此人既不從政治角度考慮問題，更不從道德角度考慮問題，而是從人情角度確定言行。他與康熙的交情，是由摔跤玩伴而來，在韋小寶的心裡，這交情有極重的分量。兩人的關係，名義上是君主和大臣，但論緣分卻比君臣關係重要得多，也複雜得多。

這麼說吧，在韋小寶內心深處，康熙如同兄長之親。韋小寶有很多的結義兄弟，與索額圖、多隆是結義兄弟，與平西王府武士楊溢之是結義兄弟，與張勇、趙良棟、王進寶、孫思克是結義兄弟，與桑結、葛爾丹也是結義兄弟，這些結義有真有假，情分有深有淺，但所有結義加起來，都比不上他與康熙之親。雖然他從未與康熙結義，甚至還曾半真半假地拜康熙為師，但沒有儀式，並不等於沒有兄弟情誼。雖然隨著年齡增長，他和康熙的關係有明顯變化，親暱漸少，而畏懼漸增，但從少年開始的兄弟情誼，在韋小寶心裡仍然是至寶至貴。正因為有這份內心深處的情誼，當然不願去殺兄弟，也不願別人殺他兄弟。

再說第二個話題，韋小寶為何要帶陳近南等人離開北京？

本書第四十三回，康熙突然向韋小寶攤牌，要韋小寶去反天地會、殺陳近南，韋小寶與康熙討價還價，說做人不能不講義氣云云。康熙大怒，威脅韋小寶，韋小寶只有磕頭，但也並不讓步。實際上，康熙早就已經安排好了，要炮轟韋小寶伯爵府，並且繪成圖畫，讓韋小寶看，韋小寶直冒冷汗。隨即，康熙命大內侍衛總管多隆親自看管韋小寶，不許韋小寶離開皇宮去通風報信。韋小寶回到原先曾住過的太監宿舍，竟從背後刺殺了多隆，帶著建寧公主和陶紅英離開了皇宮，趕在軍隊開炮前回到伯爵府，讓陳近南等人迅速換上前鋒營士兵服裝，迅速離開伯爵府，離開北京城。就在他們離開不久，韋小寶的伯爵府即被炸毀。

問題是：韋小寶為什麼要這麼做？最簡單的答案是：因為不願讓陳近南被炸死。如果那天陳近南不在，韋小寶是否還會刺殺多隆、冒殺頭危險回到伯爵府？雖然無法獲得確切答案，但從韋小寶的性格來看，很可能不會與康熙鬧翻，他會把伯爵府被炸、天地會和沐王府武士的犧牲當作不可抗拒的宿命。

有陳近南在，情況就大不一樣了，因為陳近南不僅是天地會總舵主，而且是韋小寶的師父，更重要的是，在韋小寶內心深處，陳近南像是他的父親。韋小寶雖然不懂得大義，也不重視大義，但與陳近南有父子親情，那就是另一回事了。說韋小寶把陳近南當作父親，證據之一，是他將八部《四十二章經》中的地圖碎片全部交給陳近南。證據之二，在陳近南被殺時，書中作了明確表述，說韋小寶有喪父之痛。在陳近南被殺之前，韋小寶未必意識到自己把這個師父當作父親，但內心下意識仍然會起支配作用，讓韋小寶無論面對怎樣的風險，都要拯救師父／父親的生命危機。

接下來的問題是：陳近南死後，他為何不願去剿滅天地會？

在通吃島上，陳近南被鄭克塽殺害。此後，韋小寶與七位夫人一起在通吃島上避難。後來，康熙派王進寶、溫有方等找到了韋小寶，說：「我要大婚了，你不來，老子不開心。」康熙答應赦免韋小寶的罪行，還答應將建寧公主正式許配給韋小寶，但有一個條件，就是要韋小寶去剿滅天地會。韋小寶探明康熙並不是要抓他進京，就放心了，他不願去剿明天地會，於是和康熙耗上了，看誰先投降。

前面說過，康熙要炮轟伯爵府那天，如果陳近南不在，韋小寶很可能不會冒險營救。

如今陳近南死了，韋小寶為什麼仍然不去剿滅天地會呢？答案是，其一，是康熙要炸死天地會眾是一回事，韋小寶親自去剿滅天地會是另一回事。其二，韋小寶雖然也殺人，但他殺人多屬迫不得已，讓他主動去剿滅天地會上萬會眾，這是濫殺無辜，就遠遠超出了他的心理承受能力。其三，韋小寶雖然不明大義，小義氣還是有的，天地會中有很多他的好友，青木堂中更有很多和他一起出生入死的玩伴，如果去剿滅天地會，殺害這些好友和玩伴，那豈不是王八蛋？為了保命，韋小寶可能什麼都願意去做，但讓他主動去做王八蛋，卻是不願意。

總之，韋小寶絕不是什麼忠義兩全的道德英雄，卻也不是完全沒有底線的混帳王八蛋。他所希望的，是能夠長期腳踏兩隻船，因為這很好玩；假如不能腳踏兩隻船，就像書中所寫的那樣，康熙要他去滅天地會，而天地會又要他去殺康熙，他就只有一種選擇，那就是：老子不幹了。

八、韋小寶之危機公關

韋小寶是個奇人，一生經歷豐富，建樹驚人。有人或許以為這不過是因為他是康熙的紅人，滿朝文武都巴結他，即便是個白癡也能建功立業。

這樣說，對韋小寶不夠公平，因為韋小寶經常要面對敵對勢力，例如神龍教主洪安通，例如曾刺殺康熙的獨臂神尼，例如他的情敵鄭克塽和馮錫範，被這些人抓住，沒有危機公關能力，肯定無法脫險過關。

最典型的危機公關案例，是在揚州麗春院中，面對專程前來刺殺他的西藏喇嘛桑結和蒙古王子葛爾丹。背景是，韋小寶和獨臂神尼一起，曾殺掉了桑結十二個師弟，且讓桑結中毒並自斷十指；葛爾丹也曾在少林寺被韋小寶羞辱，韋小寶看到了他的窘態，這兩人對韋小寶的痛恨可想而知。此時韋小寶只帶了雙兒、曾柔和八個親兵，這些人很快就被桑結拿下，或被葛爾丹打死，孤零零的韋小寶沒有任何援助，只能靠自己進行危機公關。

此次危機公關過程，共有幾個步驟。一是吹捧對方以便沖淡明顯的敵意；二是故作神秘和誇張以便擾亂對方思想；三是找準對方弱點提出恰當交易。

先說第一個話題，即吹捧對方以便沖淡明顯的敵意。

桑結對韋小寶恨之入骨。眼下獨臂神尼又不在，韋小寶在他的掌握中，因而他不免得意洋洋，說：「韋大人，當日我見你小小孩童，不知你是朝中大大的貴人，多有得罪。」韋小寶立即回應說：「不敢當。當日我只道你是一個尋常喇嘛，不知道你是一位大大的英雄，多有得罪。」由此展開危機公關的第一階段。

說人家是大英雄，這話人人都愛聽，桑結當然也不例外。聽聽對方為什麼說自己是大英雄，再殺韋小寶也不遲。韋小寶不說別的，專說桑結斷指事，為搶奪《四十二章經》而手上中毒，不得不斷指，本來是桑結的恨事，也是他要殺韋小寶的重要理由。但在韋小寶嘴裡，這一恨事卻變成了英雄壯舉，韋小寶說：自己抹脖子自殺容易，自己斬去十根手指，古往今來，從來沒有哪一位大英雄幹過。如此一來，桑結陰沉的臉上，也不自禁地多出了幾絲笑意。

危機公關不能僅靠溜鬚拍馬，於是韋小寶立即使出第二招。韋小寶知道桑結、葛爾丹都是吳三桂的盟友，於是編造康熙的話，說吳三桂的兒子在他手中，韋小寶有什麼三長兩短，他就把吳應熊弄得兩短三長，也就是說，如果有人截斷韋小寶一根手指，康熙就截斷吳應熊一根手指。這樣一來，對方自然要謹慎從事。

接著，韋小寶有使出第三招，即針對對方對康熙的忌憚，說出康熙審問罕帖摩的消息。罕帖摩是葛爾丹派往吳三桂處的聯絡人，葛爾丹一直不知道罕帖摩的去向，聽韋小寶提及康熙審問了罕帖摩三天，會深感震驚，不會立即殺人。

緊接著，韋小寶使出第四招，編造假消息，說康熙準備派兵攻打蒙古和西藏。韋小寶的原話是：「皇上，蒙古、西藏，地方太冷，你要派兵去打仗，奴才跟你告個假，到揚州花花世界去逛逛罷。」桑結和葛爾丹聽說康熙要打蒙古、西藏，必然震驚憂慮，而聽韋小寶的口氣，他對攻打蒙古、西藏不積極，自會減少敵意。與此同時，其中似乎還有轉圜的餘地：可以利用韋小寶讓康熙改變主意。

再說第二個步驟，即故作神秘和誇張以便擾亂對方思想。

四招一過，對方的仇恨情緒穩定了下來，暫時不會殺人了。但韋小寶知道，自己的這些話，對方有可能信，也有可能不信。於是展開危機公關第二階段。

首先，當然還是迷魂湯。這回是對準葛爾丹和他的情人阿琪，韋小寶發現阿琪對葛爾丹有情，於是就說自己曾告訴康熙，阿琪是葛爾丹的良配。而且還說，阿琪的武功天下第三，第一自然是桑結，第二就是葛爾丹，他還專門解釋說，本來天下第三是獨臂神尼，但獨臂神尼被桑結打散了內功，阿琪就替補為第三。這樣一來，阿琪高興了，桑結和葛爾丹分別獲封第一和第二，自然也高興。

接下來，韋小寶使出了奇招，猛誇陳圓圓的美貌。說他當賜婚使去昆明時，昆明城裡人山人海，為了見到美人陳圓圓，有數千人被踩死。諸如此類一段話，有多種傳播效果。其一，是讓阿琪姑娘對陳圓圓的美貌十分忌憚，深怕情郎葛爾丹去見了陳圓圓。其二，韋小寶還解釋說，自己之所以要抓捕吳應熊，是因為在他見陳圓圓時，吳應熊事先給他戴了一副黃金手銬，以至於他無法去摸美人，留下終生遺憾云云。其三，最為重要的作用，是「揭秘」康熙與吳三桂反目的真正原因，就是為了陳圓圓。也就是說，康熙要吳三桂把陳圓圓送到北京，而吳三桂死也不願意，於是兩人勢不兩立。這樣一來，桑結、葛爾丹就會覺得自己上了吳三桂的當，他們對陳圓圓沒有什麼興趣，何必去幫吳三桂保住陳圓圓？

韋小寶的話，有真有假，真中有假，假中有真，因而真假難辨。這是危機公關的重要技能，韋小寶對此，可謂爐火純青。康熙要出兵攻打吳三桂的目的，並不是由韋小寶嘴裡說出，而是出自阿琪的猜想，由韋小寶「驗證」，這樣一來，即便是覺得韋小寶的話不全真實，但也不能不信。人人都知道吳三桂衝冠一怒為紅顏，韋小寶大肆渲染陳圓圓美貌，作用於人的本能，桑結等人如何能不信？

再說第三個步驟，即找準對方弱點提出恰當交易。

若僅僅是前兩個步驟，最多只能讓桑結和葛爾丹暫時不殺韋小寶而已，危機還不能真正解除。要真正脫險，必須化危機為生機。於是開始第三階段危機公關。

第三階段的第一招，韋小寶明白：「小丈夫不可一日無錢，大丈夫不可一日無權」。於是大膽編造康熙的話說，如果葛爾丹幫他打吳三桂，就封葛爾丹為蒙古國王。這讓葛爾丹喜出望外，桑結解釋說，蒙古沒有國王，封準噶爾汗就好。雖然韋小寶不知道什麼是準噶爾汗，立即說：「那就封『整個兒好』。」

接下來又編造說，如果桑結立功，那就封他為管理整個西藏的大官，因為他不知道西藏管理者頭銜是什麼，所以不敢亂說。桑結說全藏歸達賴活佛管，還有班禪活佛，韋小寶立即說，一日不過三，什麼都要有三個才是道理，請皇上封一個桑結活佛。

在桑結和葛爾丹十分驚喜，患得患失之際，韋小寶又使出了最後一招，也是他最熟悉的一招，那就是建議：「咱三個不如拜把子做了結義兄弟，此後咱們有福同享，有難同當，不願同年同月同日生，但願同年同月同日死。」韋小寶的第一目的，是要保住自己的小命，結拜兄弟，如果對方要殺自己，就等於自殺。而打動桑結和葛爾丹的，則是「朝中有人好做官」，於是一拍即合。

於是危機解除，韋小寶不但保住了性命，且為康熙再建奇功：拉攏桑結和葛爾丹兩股勢力，讓吳三桂失去強援。韋小寶危機公關，雖是小說家言，卻也符合人性，且符合中國傳統文化的基本邏輯。

九、韋小寶當臺灣地方官

奇人韋小寶，不但在宮廷政治、軍事、外交和宗教領域聲名顯赫，在地方行政方面也有奇功。他曾在臺灣擔任過短期代理行政長官，雖然到任的第一天就貪污了白銀一百萬兩，但卻深得臺灣人民崇敬和喜愛。證據是，當他離開臺灣時，臺灣父老出於由衷的感激之情，給他送了無數的萬民傘、護民旗，還有兩名長者脫下自己的靴子，高高捧起，說是留為去思。這「脫靴之禮」，只有清正愛民的地方官才能獲得，韋小寶也享此殊榮，實屬空前絕後，值得研討分析。

關於這一題目，有三個話題。一是，他為什麼要想方設法去臺灣？二是，他在臺灣做了什麼？三是，為何能得到臺灣人民的崇敬？

先說第一個話題：韋小寶為什麼要想方設法去臺灣？

原因很明白，也非常簡單，那就是韋小寶在通吃島上度日如年，實在是膩了，想要去臺灣散散心。此事的背景是，康熙要韋小寶去滅天地會，韋小寶不願幹，於是康熙就把韋小寶軟禁在通吃島上。雖然照常晉升爵位，僕役齊全，還有五百兵守衛，但這些軍人其實也是獄卒，什麼都好說，就是不讓韋小寶離島一步。雖有七位夫人作伴，也可以和官兵賭博，但卻沒有戲看，沒有書聽，沒有熱鬧可觀，更沒有意外刺激，讓韋小寶悶得發黴，只能在夢裡尋熱鬧、找刺激。

這一天，韋小寶正在夢中與豬八戒、牛魔王等四位神魔，張飛、李逵、牛皋、程咬金四位大將，商紂王、楚霸王、隋煬帝、明正德帝四位帝王，這十二位古往今來天上地下兼海底中最糊塗的大羊牯賭博，被一陣炮聲驚醒。守護韋小寶的彭參將看見臺灣兵船，說是臺灣人找麻煩來了，卻是虛驚一場。

來的是韋小寶的老部下施琅，他收復了臺灣，鄭克塽投降了，來向韋小寶報喜。韋小寶從不懂得滿漢之分、國族之仇，但對鄭克塽投降滿清卻不歡喜。所以，在接待施琅時，韋小寶對這位朝廷有功之臣百般刁難，一開始，還以為是韋小寶心裡不爽，故意找麻煩發洩。直到最後才明白，韋小寶所以如此，是讓施琅請他到臺灣去看看。

為什麼選擇臺灣？老實說，並不是韋小寶特別喜歡臺灣，而是因為韋小寶沒多少選擇。他想去任何地方都會被彭參將阻止，而施琅的軍階和爵位遠高於彭參將，他不敢阻止。如果說還有其他原因，那可能是，臺灣天高皇帝遠，走水路去，康熙抓不到他。進而，韋小寶這樣做，也是嘗試改變他與康熙僵持多年的局面，如果康熙決意要繼續軟禁他，那是一回事；若康熙會因此而改變心意呢？那就是另一回事。總而言之，韋小寶逼迫施琅請他去臺灣，是一舉多得。

再說第二個話題，韋小寶在臺灣做了什麼？

韋小寶到臺灣遇到的第一件事，就是聽到朝廷通知，要放棄臺灣，讓施琅負責此事。將全臺灣的軍民全都遷入內地，不許留下一家一口。因為臺灣孤懸海外，易成為盜賊窩，朝廷控制不易，派大軍駐守又費錢糧，所以要放棄。對此類事，韋小寶並無知識謀略，只是聽施琅說，數十萬臺灣人民早已在此安居樂業，如果被迫搬遷，不僅不易，且還容易激化矛盾，產生事端。更重要的是，若朝廷放棄臺灣，此地很快就會被外國海盜所佔領，將中國人苦心經營之地拱手讓人，如何能夠甘心？

如此一來，韋小寶就有主意了。先是嚇唬施琅一頓，說之所以要放棄臺灣，說不定是有朝中大員懷疑施琅想在臺灣稱王。其次是指點施琅親自去北京為民請命，一來消除誤會，二來可以據理力爭，三來可以疏通門路。這樣一來，韋小寶就可以受施琅之託，當上臺灣代理行政官，大權在握，過過官癮。

韋小寶的真正特長，是懂得官場潛規則。問施琅準備給朝廷官員送多少禮，施琅先是說，收復臺灣，朝廷官員可沒有什麼功勞。韋小寶教導說，老施啊，你一得意，老毛病又犯了，你打平臺灣，獨得金山銀山，朝廷中哪個不眼紅？施琅發誓說，他若私自取了臺灣一兩銀子，就千刀萬剮。韋小寶教導說，你要當清官，可不能人人都跟你當清官哪！你越清廉，別人就越要講你壞話，說你收買人心，意圖不軌。施琅說，他此次去北京，帶了一些土產。韋小寶哈哈大笑，施琅終於醒悟，決心補過。

韋小寶上任的第一件事，是召集官員，讓大家攤派「請命費」。侍郎走後，他又對官員們說，他自己也墊了一百萬兩銀子，也要由大家攤派。

韋小寶在臺灣做的第二件事，是到鄭成功祠堂去祭拜。看到祠堂中鄭成功塑像旁，左右各有一人，韋小寶問那人是誰？人說左邊是鄭夫人董太妃，右邊是嗣王爺鄭經。韋小寶立即下令，把董太妃塑像拉下來，趕緊叫人去塑陳軍師像，讓陳軍師陪伴國姓爺。韋小寶不喜歡董太妃，因為她是鄭克塽的保護傘，所以要以自己師父陳近南的塑像替代，這本是假公濟私，要讓自己師父永垂不朽，由此改寫臺灣歷史文化傳統。沒想到，「除董塑陳」的舉措，大受臺灣人民歡迎。

再說第三個話題，韋小寶為何能得到臺灣人民的崇敬？

韋小寶當臺灣代理行政官，第一天就貪污了一百萬兩銀子，毫無疑問是個貪官，但他卻比清官施琅更受臺灣人民的崇敬。其中緣由，有社會文化心理的奧妙。其中原因有多重，值得仔細分析研究。

首先，當然是因為韋小寶為民請命，成功改變了朝廷決策，保住了臺灣，免除了臺灣人的遷徙之苦。此事雖是由施琅去北京請命的，但人人都知道這是韋小寶的主意。韋小寶要錢雖有些厲害，換來了長久安居，所以臺灣人民感謝他。

其次，韋小寶下令「除董塑陳」，大快人心。又聽說韋小寶是陳軍師的徒弟，在祭拜陳軍師時不但磕頭，而且流淚，顯得情深且真。陳近南在臺灣屯田辦學，興利除弊，有遺愛於臺灣，臺灣人民愛屋及烏，自然會推愛韋小寶。

再次，施琅收復臺灣，有大功於朝廷，但卻是延平王的叛徒，滅了漢人在海外的最後一片江山，即使為官清廉，臺灣人也不喜歡。相比之下，韋小寶不僅對師父有情有義，而且對百姓和藹可親，是個有人情味的官員，自然更受歡迎。

最後，韋小寶貪贓，卻不吃獨食，而是利益均霑。攤派「請命費」時，說所有官員都墊付了「請命費」，須收回成本，不收利息，這叫愛民如子。這一舉措受到臺灣全體官員的歡迎，韋小寶體貼下情，有財大家發，是個好上司。下級官員的認知議論，直接影響民心民情，臺灣百姓崇敬韋小寶，最終奧秘在於此。

十、韋小寶搞外交

韋小寶雖說不學無術，但卻屢建功勳，他所取得的輝煌成就，他人難以望其項背。這位不學無術的奇才，不僅在內政、軍事、宗教、公共關係等領域中作出了突出貢獻，在外交領域，竟也有驚人的建樹。

韋小寶搞外交，總共扮演了三種角色。一是作為非正式政治顧問，二是作為中國皇家撫遠大將軍，三是作為尼布楚和約的中國首席談判代表。下面分別說。

先說第一個角色，韋小寶作為非正式政治顧問。

這是在韋小寶政治生涯的中期。由於他奉康熙之命，率兵炮轟了神龍教大本營，神龍教主洪安通對他自然恨之入骨，追到天涯海角也要抓捕韋小寶。韋小寶和雙兒騎著野鹿，逃到了雅克薩城堡，不料在這裡又遇到了洪安通。好在韋小寶有危機公關的天賦，與在這裡消閒找樂的俄羅斯公主蘇菲亞勾搭上了。洪安通要與俄羅斯勾結，當然不敢對蘇菲亞公主的情人動手。這麼著，韋小寶跟著索菲亞去到了莫斯科。他去莫斯科，不是旅遊觀光，更非國事訪問，而是為逃命。

索菲亞回到莫斯科時，適逢沙皇西奧圖三世去世，太后專權，擔心蘇菲亞鬧事，就將蘇菲亞和韋小寶等人被困在莫斯科郊區的獵宮別墅裡，說是要等新沙皇慶祝登基五十年時，才會讓她自由。蘇菲亞心急如焚，火冒三丈，卻是無法可施。蠻不講理地要韋小寶幫助她想辦法，這麼著，韋小寶就成了蘇菲亞的非正式政治顧問。

韋小寶雖然並不是那種受人所託就會忠人之事的人，但事關他自己的生命安全，就不得不盡心竭力，開動腦筋。韋小寶回顧了他所知的所有戲文和說書故事，得出一個結論，「要做皇帝，非打不行。」於是韋小寶連出三招，幫助蘇菲亞公主解決了政治難題。一是，讓蘇菲亞鼓動看守她的火槍隊打進莫斯科，搶錢搶女人，搞得天下大亂，以便蘇菲亞渾水摸魚。二是讓雙兒點了隊長穴道，讓副隊長取而代之，副隊長恰好與隊長不和，當然願意就地升職，率兵打進莫斯科，並鼓動其他十九個火槍隊一起搶錢搶女人。人同此心，心同此理，大事可成。三是，當政變成功，但俄羅斯貴族不同意蘇菲亞掌權，因為俄羅斯從來沒有女沙皇，此事雖然超出了韋小寶的政治經驗，但他還是想起垂簾聽政故事，讓蘇菲亞做俄羅斯女攝政王，為俄羅斯創新了政治體制。

這就是韋小寶作為非正式政治顧問的成功案例，蘇菲亞覺得韋小寶智慧如神，韋小寶只是微微一笑，心裡說：說到殺人放火，造反作亂，我們中國人的本事，比你們羅剎鬼子可大上一百倍。這些計策有什麼稀奇？我們向來就是這樣的。看起來，韋小寶為俄羅斯政壇解決了一場政治危機，心裡為中國歷史和文化感到無比自豪。

韋小寶離開莫斯科時，韋小寶覺得，這次死裡逃生，不但保住小命，還幫羅剎公主立了一場大功，全靠他平日聽得書多，看得戲多。這一經歷，為韋小寶的外交生涯奠定了基礎，被蘇菲亞封為伯爵，為康熙爭得了友好鄰邦。

再說第二個角色，韋小寶作為撫遠大將軍。

莫斯科政變，並沒有立即改變俄羅斯的遠東政策，更沒有改變遠東地區俄羅斯軍官的作風。俄羅斯人在中俄邊界無人管轄之地，築起了雅克薩、尼布楚等城堡，占了土地不算，還隨便欺負乃至殺害當地的中國人。於是康熙派索額圖到臺灣，通知在臺灣當代理地方行政官的韋小寶立即進京，封他為撫遠大將軍，要他帶兵前往雅克薩，教訓俄羅斯人，保衛中國邊疆。對康熙的任命，有許多大臣暗自擔心，他們知道韋小寶是個市井無賴，領兵出征，多半要壞大事。只因為康熙寵幸韋小寶，大臣們敢憂不敢言。但韋小寶的行為，再次出人意料。

韋小寶當撫遠大將軍，建樹很多，功勞不小。大部分是按康熙及大本營的既定主張行事，算不上特別稀奇。值得一說的，是韋小寶的軍事政治創新。例如，抓住十二名羅剎兵，與他們擲骰子，羅剎兵輸了，就拉出去砍頭；羅剎兵不擲，也拉出去砍了頭；羅剎兵的數字比韋小寶大，還是拉出去砍頭。羅剎兵問為什麼？韋小寶將軍回答說，這是中國地方，就要依中國規矩。中國的規矩，是誰官大就由誰說了算，所以，有時候是點子大算贏，有時候是點子小算贏。這一創新手段，大長了中國人的志氣，大滅了羅剎鬼子的威風。可謂可歌可泣。

又如，韋小寶讓清兵誘敵，讓羅剎兵進入包圍圈中，這些都是大本營的既定方針，不必細說。值得一說的是，韋小寶命令羅剎兵脫光衣服，不脫衣者不得生。這一創舉，讓羅剎兵指揮官圖爾布青尊嚴盡失，不再威風。進而，韋小寶讓羅剎兵投降，凡投降者立即就有酒喝，不投降者就立即作成「霞舒尼克」，即烤肉串。結果，除圖爾布青外，所有羅剎兵都投降了。圖爾布青堅持不投降，韋小寶竟然將他釋放了。部屬問韋小寶為何這樣做，韋小寶說這是學習諸葛亮七擒孟獲。

又如，清兵進攻雅克薩城堡，圍城、挖地道等手段用盡，仍然不能成功。最後，韋小寶竟然從羅剎兵撒尿澆清兵的行為中獲得靈感，讓清兵趕製三千門救火水龍，燒火化雪水，同時射向雅克薩城，被澆到的人頓時成了冰雕。羅剎兵再也無法可施，只好向中國撫遠大將軍投降。雅克薩之戰至此大獲全勝。

再說第三個角色，韋小寶作為和議談判中方首席代表。

韋小寶腦瓜靈活，伶牙俐齒，打仗居然都行，談判就更加不在話下。進入雅克薩城堡後，發現臥室地道中有人，立即佈置抓捕，捕獲了齊洛諾夫和華伯斯基，這二人是蘇菲亞公主當年的衛士，一直留在雅克薩冒險。韋小寶知人善任，立即好吃好喝招待，然後讓他們送信給蘇菲亞公主，希望兩國修好。那一封情書不像情書，公文不像公文的信，也是韋小寶的一大創舉。

數月後，韋小寶被正式任命為和議談判中方首席代表，與俄羅斯談判代表費要多羅鬥智鬥勇，更是精彩紛呈。簡要說，俄羅斯希望以黑龍江為界，江南為中國領土，江北為俄羅斯領土。韋小寶得知鹿鼎山在江北，當然不答應，說自己身為鹿鼎公，而鹿鼎山竟在俄羅斯境內，如何能說得過去？

一開始，韋小寶要和對方交換領地，費要多羅堅決不幹；後來韋小寶想出妙計，說要與瑞典聯合夾攻俄羅斯，並且說幹就幹，讓費要多羅膽顫心驚，深怕這個膽大妄為的小傢伙當真這樣做。這麼著，和議才順利進行，中國外交史上第一份的《中俄尼布楚條約》，中國並不吃虧。韋小寶這位「中國小孩大人」的功勞，值得讀者銘記。

雖說韋小寶搞外交與正史所記頗不相符，但如《人類簡史》的作者尤瓦爾・赫拉利所說，歷史不過是故事而已，《鹿鼎記》也是故事，大可相互比較，相互競爭。正所謂：假作真時真亦假，無為有處有還無。韋小寶搞外交，手段或許不登大雅之堂，有些傳奇搞笑，但卻也有思想借鑑價值。

十一、如何看韋小寶這個人？

《鹿鼎記》可謂韋小寶傳奇，如何看主人公韋小寶這個人？是理解這部小說的關鍵。韋小寶不僅是康熙王朝的第一紅人，在宮廷、內政、軍事、外交、臺灣地方政治等領域都有建樹，獲一等鹿鼎公封爵；同時，他也是天地會青木堂香主，曾任神龍教白龍使者，甚至還曾在少林寺出家、且擔任過五臺山清涼寺方丈。此人生長與揚州妓女院中，生性潑皮，機靈善辯，更善於溜鬚拍馬，見風使舵。說他是小流氓固然沒錯，但他也是康熙時代最具傳奇性的成功人士。對於這樣一個奇人，很難用一兩個概念說明，更不能以一兩張標籤解決問題。

要分析一個人物，通常是要討論此人的世界觀、人生觀、愛情觀等等。但對韋小寶卻很難這樣做，因為這傢伙是個混世蟲，並無系統而清晰的價值觀念。所以，關於韋小寶，我們只能討論：一，他的生活經驗和文化資源；二，他的人生態度和行為方式；三，他的婚姻現實和欲望追求。

先說第一個話題：韋小寶的生活經驗和文化資源。

韋小寶到北京開始他的傳奇人生之前，一直生長在妓院中。他的生活經驗，都是在揚州麗春院裡習得的。妓院是一個開放的場所，任何有錢的男人都可以到此尋開心，因而韋小寶也算得上是見多識廣，天南海北什麼人都遇到過。在這裡生存，當然就要學會基本的生存法則，那就是努力服侍好每一位顧客，無論是什麼人，都把他當作大爺看待。久而久之，韋小寶溜鬚拍馬和見風使舵的生存能力，自然就鍛煉得相當熟練，遠遠超過那些在富貴人家長大的小孩。

韋小寶沒有上過學，韋小寶三個字，也不過認識其中的「小」字。通常認為，這樣的人是「沒文化的人」，這實在是極大的誤解。韋小寶有非常豐富的文化資源，那就是書館、戲院、賭場和市井。在唆使俄羅斯公主索菲亞鼓動衛隊造反而勝利歸國時，韋小寶自豪地說，此次所以能夠逢凶化吉，全靠他看的戲多，聽的書多，這話雖然有點吹牛，卻並不過分離譜。如果說韋小寶有什麼價值觀，必如說忠、義、孝、俠等等，當然都是從說書與戲劇中學得。必如說，韋小寶最後用馮錫範替換茅十八，就是從《法場換子》這齣戲裡獲得的靈感。此外，在賭場和市井生活中，韋小寶也積累了相當豐富的文化修養，諸如「光棍劈竹不傷筍」、「花花轎子人抬人」等等，全都是賭場作風和市井文化的結晶。

再說第二個話題：韋小寶的生活態度和行為方式。

韋小寶的生活態度，一言以蔽之，是混世界。首要原則是生存，為了保住自己的性命，什麼事都可以做，什麼事都願意做，什麼事都會做。第二原則，就是搞好人際關係，因為這是自己生存以及更好地生存的前提條件。韋小寶聰明伶俐，又經過妓院和市井生活的長期薰陶，可以說是人際關係方面的大行家，甚至可以說，他的情商很高。如果需要，他可以與任何人拉上關係，或者拜師，或者結親，或者結拜兄弟，或者威脅，或者利誘，或者將心比心，總之能迅速建構人際關係。最低程度是轉危為安，最高目標當然是逢凶化吉。

韋小寶也有人生夢想，那就是想開一家妓院。如果有錢，就開一家比麗春院更闊氣的妓院；如果有更多的錢，就開更多妓院，麗夏院、麗秋院、麗冬院，等等。如果他不離開揚州，他的這一夢想很可能一輩子也無法實現，只能存在於夢中，或存在於吹牛時。而他離開了揚州，他取得的成就，要比開十家妓院大得多。雖然如此，他的生活態度和行為方式，仍與妓院老闆或妓院老鴇差不太多。

韋小寶雖然當了大官，但卻不懂什麼政治倫理，不在意滿族人做皇帝還是漢族人做皇帝，也不在意做貪官還是做清官。說白了，他是個不折不扣的貪官，但這位貪官，仍然比很多政治人物的品質好些，除了鼇拜等極少數例外，他不喜歡也不願意搞什麼你死我活。有人要殺康熙，他去通風報信，甚至以自己的身體保護康熙；康熙要殺陳近南、要滅天地會，他也不幹，為此不惜伯爵府被炸毀，不惜在通吃島上賦閒好幾年。

韋小寶當然貪財，但他也有大方的時候，太監溫有方兄弟欠了他許多賭債，他不追究；給大內侍衛的賞賜，動輒就是成千上萬兩銀子；更說明問題的是，臺灣人民受災，他一次就捐出一百五十萬兩銀子。雖說是羊毛出在羊身上，但有進有出，自己活得好，也讓別人能活，你就不能說他不是好人。更何況，為了不殺康熙、也不滅天地會，不做天地會總舵主，也不做什麼皇帝，他最後徹底放棄了自己的官場生涯，視一等鹿鼎公爵為浮雲，有幾人能做到？

再說第三個話題，韋小寶的他的婚姻現實和欲望追求。

韋小寶最得意事，是娶了七位美貌夫人，韋小寶說，皇上是洪福齊天，韋小寶是豔福齊天，哥兒倆是各齊各的。這話可不是吹牛，他的七位夫人，不僅個個美貌，而且還來歷不凡，其中有滿清的公主、前明郡主、神龍教主夫人、李自成和陳圓圓的女兒、沐王府女武士、王屋山女強盜，還有湖州莊家的丫環。七位夫人身分不同，韋小寶公平對待，每晚由七位夫人擲骰子，輸者就陪他過夜。

韋小寶的婚姻算得上圓滿，但卻說不上愛情。他對美女阿珂苦苦追求，疑似愛情，但與百勝刀王胡逸之對陳圓圓的愛情相比，就能清楚地看出，韋小寶追求阿珂並不是愛情，而是佔有美女的欲望衝動。七位夫人中，有的已有心上人，有的甚至有丈夫，韋小寶倒不計較，只要是美女，就照單全收。

七位夫人來之不易，有的是搶來的，有的是賭來的，有的是送來的，更有誘姦而得，阿珂和蘇荃就是因為懷了他的孩子，才不得不做了他的夫人。從小在妓院裡長大，要韋小寶談情說愛並不難，但要有真情感，卻是緣木求魚。假如某一天韋小寶真的沒錢了，會不會讓自己的七位夫人做妓女接客？雖然不能肯定，但也不能否定。

韋小寶算不上世界上最好的人，但也絕對不是世界上最壞的人。據他媽媽韋春芳說，她當紅時節，雖然接待過漢、滿、回、蒙、藏等多民族嫖客，但卻從未接待過洋鬼子。也就是說，韋小寶的父親可能是漢人，也可能是滿、回、蒙、藏等少數民族，但韋小寶肯定是中國人，這一點毫無疑問。總而言之吧，韋小寶是中國傳統文化的產物，據作者說，這樣的人雖然在傳統世界裡如魚得水，但卻不適合於現代世界。哪些不適合？還是留待各位去思考為好。

十二、反清復明與權力鬥爭

以清朝為背景的武俠小說，反清復明是個常見的主題。作者大多是漢人，站在漢人的立場上，自會將滿清入主中原當作漢民族的奇恥大辱，要在武俠小說中抒發心裡的悶氣。

在武俠小說中，反清復明的志士，自然被當作正面人物，反清復明的領導者，自然是大英雄。在《鹿鼎記》中，有多股反清復明勢力，其中最突出的有天地會、前明沐王府、臺灣延平王府等。只不過，在《鹿鼎記》中，故事情節主線不再是這些人如何反清復明，而是他們之間的權力鬥爭。

關於漢人志士間的權力鬥爭，書中有三個故事點。其一，天地會青木堂內的權力鬥爭，其二，天地會與沐王府的政治紛爭，其三，延平王府的權力鬥爭。

先說第一個話題，天地會青木堂內的權力鬥爭。

韋小寶謀殺鼇拜時，適逢天地會青木堂眾好漢打入康親王府，也要刺殺鼇拜。也是機緣湊巧，天地會英雄將韋小寶逼入鐵籠，韋小寶乘機殺了鼇拜。結果是，韋小寶被青木堂好漢抓作人質，順利離開戒備森嚴的康親王府。韋小寶在天地會青木堂聚會時，就親歷了一場關於誰當青木堂繼任香主的權力鬥爭。

簡單說，青木堂好漢分為兩派，一派支持臨時主事的李力世，代表人物是崔瞎子；另一派支持武功更高但脾氣暴躁的關安基，代表人物是關安基的小舅子賈老六。雙方爭執不下，以至於祁清彪當眾在尹香主靈前哭訴：「尹香主啊，除非你死而復生，否則我青木堂只怕要紛爭不休，成為一盤散沙，再也不能如你在世時那般興旺了。」

即便如此，雙方的爭執仍在繼續。有人提議拈鬮，有人提議比武，還是祁清彪提醒眾人，當年大家在尹香主靈前發過誓，誰殺死鼇拜，為尹香主報仇，就讓誰當青木堂繼任香主。鼇拜是韋小寶殺死的，但韋小寶此時的身分是皇宮太監小桂子，如何能讓一個清廷小太監做天地會青木堂香主？

結果還是總舵主陳近南解決了問題。青木堂香主之爭，必定讓天地會總舵主頭痛不已。剛剛發生的一切，說明青木堂內香主之爭愈演愈烈。陳近南在盤問了韋小寶之後，作出了一個大膽的決定，即收韋小寶為徒、讓韋小寶入會、且讓韋小寶擔任天地會青木堂香主。

陳近南的這一做法，不能說不好，一來是鼇拜確實是韋小寶所殺，讓他當香主算是名正言順；二來是他收韋小寶為徒，他的身分立即與眾不同，可以平息青木堂內的紛爭，證據是：李力世和關安基搶著表態，擁護總舵主高徒擔任香主。最後，陳近南讓韋小寶擔任香主，只不過是權宜之計，目的就是暫時平息青木堂內的紛爭。日後找到合適人選，再作新的打算。

如此一來，沒有政治觀念、更無政治理想的韋小寶，就成了天地會青木堂香主。韋小寶當香主，固然解決了青木堂內紛爭，三分傳奇之外，卻也增加了三分滑稽，三分荒唐，再加一分令人哭笑不得的諷刺與幽默。

再說第二個話題，天地會與沐王府的政治紛爭。

韋小寶擔任青木堂香主，遇到的第一件事，就是前明沐王府的白氏雙木將天地會青木堂的徐天川打傷。作為天地會在北京的最高領導人，韋小寶要帶領天地會找沐王府討回公道。他們當時還不知道，徐天川固然被白氏雙木打傷，而沐王府家將白寒松卻被徐天川打死，沐王府也要為他討回公道。雙方衝突的原因，不是私人恩怨，而是政治紛爭。簡單說，就是天地會擁戴明王朝的後裔唐王，而沐王府擁戴明王朝的後裔桂王，雙方都以為自己擁戴的才是「真命天子」，言語爭辯無法解決問題，就只好訴諸武力，結果是一死一傷。

天地會韋香主帶人到沐王府暫住地，想要討回公道，被白寒楓捏得疼痛流淚的丟醜情形，那也不必細說。此前沐王府武士入宮行刺的秘密，韋小寶奉康熙之命釋放刺客，試圖放長線釣大魚。韋小寶假公濟私，救出了沐王府武士吳立身、敖彪和劉一舟，不僅贏得了美人方怡，更贏得了沐王府的感激。在天地會與沐王府的政治紛爭中，算是贏了一場。

有意思的是，就在沐劍聲、柳大洪等沐王府頭面人物率人到天地會暫住地表示感謝時，雙方竟又因擁唐王還是擁桂王再起紛爭。最後陳近南不得不要求雙方擱置爭議，說「誰殺了吳三桂，大家都奉他號令。」這場爭鬥才暫告中場休息。最後，韋小寶作為康熙的賜婚使，送建寧公主到雲南昆明，與吳三桂之子吳應熊成婚，再次拯救了沐劍屏、沐劍聲、柳大洪等人，沐王府才對天地會徹底低頭認輸，不再因擁唐與擁桂而起紛爭。

再說第三個話題：延平王府內部的權力鬥爭。

擁唐與擁桂的政治紛爭得以解決，臺灣延平王府內部的權力鬥爭又拉開了大幕。鄭成功之子鄭經去世，延平王府內部出現了王位之爭。鄭經早已確定由長子繼位，但長子是庶出，鄭經夫人定要讓嫡裔次子鄭克塽繼位。馮錫範是鄭克塽的師父兼岳父，自然要保徒兒兼女婿鄭克塽登上王位，因此將支持長子繼位的陳近南視為眼中釘。鄭克塽權欲薰心，卻缺乏政治頭腦，竟不顧反清復明的大業未成，與岳父馮錫範商定，立即清除政敵陳近南。由馮錫範向陳近南發動偷襲，讓陳近南負傷，若非韋小寶大撒石灰迷了馮錫範的眼，陳近南當時就會死於非命。

韋小寶勸陳近南報復鄭克塽和馮錫範，陳近南不許。他要忍辱負重，是不希望兄弟鬩牆，耽誤了反清復明的大目標。問題是，鄭克塽和馮錫範並不這樣想，他們只顧抓住延平王的權位，一心要刺殺陳近南，最後，鄭克塽終於在通吃島上刺死了延平王府的柱石、天地會總舵主陳近南。陳近南臨死前，仍叮囑韋小寶不可傷害鄭克塽，那是把反清復明的政治目標置於個人恩怨之上。卻不料，鄭克塽登上王位幾年後，即被施琅率領滿清大軍擊潰，只好向滿清投降，使得所有反清復明的志士失去了最後一塊政治和軍事基地。

陳近南死於內訌，而鄭克塽投降滿清，這樣的結局，讓人欲哭無淚。實際上，這樣的結局早已註定。滿清二十萬鐵騎之所以能入主中原，正是因為中原漢人的內亂；清初反清復明事業無法開花結果，也正是因為漢人忙於爭權奪位，以及無謂的政治紛爭。德才兼備的陳近南死得窩囊，而鄭克塽卻活得滋潤，這雖不是歷史的全部事實，卻是中國歷史的深刻寓言。

十三、神龍教及其造神運動

神龍教神秘兮兮，當陶紅英第一次向韋小寶提及神龍教時，表情和內心都非常恐懼；當韋小寶等人在鬼屋裡遭遇章老三等神龍教中人時，他們的巫術更加令人恐懼。當韋小寶被方怡騙上神龍島，不時聽到「教主永享仙福，壽與天齊」的祝禱；走入神龍教的千人大廳，聽千人齊聲高呼「眾志齊心可成城，威震天下無比倫」的口號，看到洪教主滿是疤痕皺紋的醜臉，寡言冷漠，似乎深不可測。進而經歷了一場神龍教內亂，揭開了神話幕布，讓我們看到真相。

關於神龍教的造神運動，我們要討論三個話題。一是，神龍教主為什麼要打倒老幹部？二是，神龍教神話受挫與延續。三是，神龍教神話徹底破滅。

先說第一個話題，神龍教為什麼要打倒老幹部？

韋小寶還沒有走上神龍島時，胖頭陀就曾對他說過，他若去神龍島肯定會得勢，當時韋小寶完全不懂是怎麼回事，只當是哄騙之詞。走上神龍島才知道，神龍教當真處於老幹部倒楣、年輕人得勢的情境中。

證據是，武功驚人的胖頭陀帶著韋小寶參見教主，遇到一批紅衣少女，三名紅衣少女開口就問：「胖頭陀，這小孩是你的私生子麼？」恣意放肆，連最起碼的尊老禮貌都沒有，而胖頭陀竟毫無生氣的表現，似乎早就習以為常。再看集會時，年輕人趾高氣揚，年長者垂頭喪氣，即可更加清晰地感覺到，神龍教中的老幹部正在遭遇打擊和清洗。

神龍教主夫婦為什麼要打倒老幹部？答案其實很簡單，是為了造神運動的需要。要把神龍教主洪安通製造為神，就非打倒老幹部不可。理由是，老幹部是神龍教歷史的知情人，瞭解教主洪安通的經歷和為人，且很可能還會時不時地擺點老資格，嚴重不利於造神運動，只有徹底清除這些老人，造神運動才能順理開展。

說老幹部非清除不可，證據是，在神龍教集會上，赤龍門掌門使無根道人就公開說：「神龍教雖是教主手創，可是數萬兄弟赴湯蹈火，人人都有功勞。」白龍使鍾志靈也公開說：「我為本教拼命之時，這些小娃娃都還沒生在世上，為什麼他們才對教主忠心，反說我們老兄弟不忠心？」這些思想，對造神運動當然非常不利。說「人人有功」就等於削弱了教主的神話；而老幹部提及自己的功勞，同樣對教主締造神龍教的神話不利。鍾志靈不懂：為什麼教主以為老幹部不好，小娃娃才夠忠心？答案是，小娃娃不懂歷史，才能接受神話、相信神話，甚至參與製造神話。神龍教要搞造神運動，當然要依靠無知的小娃娃，要打倒知情的老幹部。

再說第二個問題：神龍教神話如何破碎、又如何延續？

人類的神話產生自蒙昧時代與野蠻時代之間，神話產生的根源，一半是人類的想像力，另一半是人類的恐懼心。在蒙昧與野蠻時代，人類受到大自然力量的控制，不知道什麼時候就會被一股大自然的災難性力量所侵害，因而人類就把恐懼的對象變成神話的圖騰。

進而，人類部落之間經常為生活資源而發生戰爭，強存弱亡，令人恐懼，在這一歷史過程中，凡有能力率領部族生存下來者，也都會成為神話符號。神龍教的造神運動，一半是蒙昧的想像，另一半是人造的恐懼。神龍教主正是用恐懼手段統治教眾，動輒被處死；不被處死者也要被迫吃藥，讓教眾始終處於對教主的恐懼之中。心懷巨大恐懼，最易成為神話傳媒。

哪裡有壓迫，哪裡就有反抗。神龍教的老幹部被逼無奈，只有鋌而走險。赤龍使無根道人用秘製「百花蝮蛇膏」，讓所有神龍教眾麻痹無力。神一樣的教主洪安通也不例外，倒地翻滾，狼狽不堪，跌下神壇。現場出現了驚人的一幕，大廳中數百位教眾全都倒地，只有韋小寶一人站著，身材矮小的韋小寶，變得高大出眾，鶴立雞群。

這是個充滿象徵性的場面，韋小寶沒有中毒，是因為他此前沒有服用過避免蛇咬的雄黃酒；真正的原因是，韋小寶雖然不學無術，但卻擁有常識，知道那些吹捧教主的神話口號，不過是儀式化的馬屁。神秘且神聖的神龍教的命運，竟要由韋小寶這樣一個人來決定，其中諷刺意味不言而喻。

當韋小寶準備殺教主夫婦時，沐劍屏突然發聲，讓韋小寶不要殺教主。並不是因為她忠於教主，而是因為「教主給我們服了毒藥，旁人解不來的。」韋小寶稍加權衡，即做出決定，要充當老幹部和教主加新勢力之間的調停人。為了保命，教主欣然答應了對叛亂者既往不咎。

有意思的是，韋小寶以自己編造的謊言，即陸高軒對五臺山寺廟古碑文的虛構，作為不殺教主的理由。陸高軒大急，說「碑文是假的，怎作得數？」韋小寶不以為然，繼續調停，讓一場精心策劃的政變無疾而終，卻也避免了一場大規模流血事件。而韋小寶也就成了神龍教神話的新傳媒，並參與了神話的創造。

在第二次聚會時，韋小寶說碑文中不但有教主的名字，還有教主夫人的名字，教主當然十分高興，說自己「上邀天眷」，而曾一度清醒的叛亂者，即「無根道人等老兄弟也自駭然：均想：『教主與夫人上應天象，那可冒犯不得。』」如是，全部神龍教眾齊聲高呼老口號：「教主永享仙福，壽與天齊！」韋小寶無意中成了神龍教神話的傳承人，教主神話得以延續。也正因如此，韋小寶被神龍教主破格提拔為神龍教白龍使。這也是一個神話。

再說第三個話題：神龍教神話的最終破滅。

神龍教神話的最終破滅，與幾件事有關。一是神龍教老巢被韋小寶率兵轟炸，年輕教徒風流雲散，只有陸高軒等老幹部繼續追隨教主。神龍教主抓住韋小寶重歸神龍島時，青龍使許雪亭要求教主賜予豹胎易筋丸解藥，洪安通迫於形勢，不得不從，但他賜予兩顆藥丸，一是解藥，另一顆是新毒藥百涎丸。陸高軒不服毒藥，被洪安通發現，不得不揭露百涎丸真相。洪安通統治神龍教的手段，一是毒藥，二是神話，二者相互作用；如果沒有毒藥，神話就難以延續。

百涎丸的秘密，引出了教主夫人蘇荃懷孕的秘密。教主年老且勤修武功，早已不與夫人做愛，導致夫人懷孕的另有其人，這是洪安通無法忍受的羞恥，若不將知道這一秘密的人全部消滅，神龍教神話就無法繼續。而此時，神龍教的最後幾位老幹部已經不再迷信洪安通，知道洪安通要下殺手，他們當然只能以命相博，最終與洪安通同歸於盡。洪安通臨死前說：「你們都不對，只有我對。」這就已經不是神話，而是辛辣的笑話了。洪安通死了，神龍教的神話也就最終破滅了。

值得注意的是，什麼也不信的韋小寶，竟成為神龍教神話的終結者。

十四、善良純真的沐劍屏

沐劍屏是前明沐王府的小郡主，是韋小寶的七位妻子之一，也是七位夫人中最早認識韋小寶的人。她是沐王府與天地會政治鬥爭的受害者，是被天地會俘虜後，裝在一頭「茯苓花雕豬」裡，送往皇宮韋小寶的。沐劍屏與韋小寶相見、相識和相知，具有強烈的戲劇性。在戲劇性故事中，沐劍屏的個性慢慢展現出來。

關於沐劍屏，要討論幾個問題。一是，韋小寶為什麼要戲弄沐劍屏？二是，沐劍屏為什麼喜歡韋小寶？三是，沐劍屏形象有什麼意義？

先說第一個話題，韋小寶為什麼要戲弄沐劍屏？

韋小寶雖然對唐王與桂王之爭完全無知，也不感興趣，但遇到一個同齡玩伴，而沐劍屏又被點了穴道，無法動彈，若不順手戲弄一番，那就不是韋小寶了。更何況，韋小寶要欺負沐劍屏，還有他說得出和說不出的理由。說得出的理由有兩點，一是當年進京路上，白寒松架子很大，不僅未理睬韋小寶，連茅十八的問話也是愛理不理，這算是與沐王府的舊恨。二是，在前不久，因為白寒松被徐天川打死，弟弟白寒楓無處出氣，險些把韋小寶的手腕涅斷，這算是與沐王府的新仇。

韋小寶欺負沐劍屏，還有說不明白的理由。在欺負沐劍屏的過程中，韋小寶曾說：「倒要瞧瞧是你郡主娘娘厲害，還是我這小流氓、小叫花子厲害。」這句話，暴露了韋小寶的心理，那就是對沐劍屏郡主的高貴身分十分嫉妒，同時對自己小流氓身分有隱秘但深刻的自卑，這是所謂階級嫉恨。韋小寶威脅說，要在她臉上雕些花樣，左邊雕烏龜，右邊雕牛糞。韋小寶要作弄沐劍屏，還有一個說不出的原因，那就是他命令對方睜眼，對方死也不睜開，等於是在遊戲中輸給了對方，這讓韋小寶惱羞成怒。好在韋小寶只是嚇唬她，只想與她玩遊戲。

值得注意的是，作為受害者，沐劍屏雖然飽經恐懼和窘迫，對加害者卻沒有怨恨之心。證據是，在自身穴道自解，韋小寶離開時，她沒有立即逃走，而是等韋小寶歸來。韋小寶問她為什麼不逃走，她說：「你好心給我買珍珠，我總得謝謝你，向你告別一聲。不聲不響的走了，不是太對不起人嗎？」她沒有怨恨天地會抓她當人質，也沒有怨恨韋小寶對她百般戲弄羞辱，而是感謝韋小寶沒有當真刻花她的臉，並且還為她買珍珠。沐劍屏這樣做，韋小寶以為她是傻瓜，這是因為他不懂得，沐劍屏的行為作風其實出自高貴天性和善良純真。

再說第二個話題，沐劍屏為什麼喜歡韋小寶？

最簡單的原因是，韋小寶很可能是第一個與沐劍屏如此親近的小男孩。而且，沐劍屏叫過韋小寶「好哥哥」，還睡過韋小寶的床，被韋小寶親過臉，有過肌膚之親，在沐劍屏的時代，這就算是與韋小寶有特殊關係了。對沐劍屏而言，韋小寶雖有戲弄她的惡劣表現，但他畢竟救過方怡，還救過吳立身、敖彪和劉一舟，有大恩於沐王府。更何況，她還向韋小寶潑過酒，坐實了「小老婆」身分。

僅僅是這些，或許能讓沐劍屏追隨韋小寶，但不足以讓沐劍屏有發自內心的愛情和喜歡。沐劍屏喜歡上韋小寶，當然還有更重要的因由。其一，是在神龍教發生政變時，韋小寶是唯一沒有中毒的人，當陸高軒唆使韋小寶殺害教主夫婦時，沐劍屏出聲阻止。沐劍屏告訴韋小寶：「教主給我們服了毒藥，旁人解不來的。」韋小寶當即做了順水人情，對沐劍屏說：「就算教主要殺我，我也非救你不可。」說完又親了她。這樣的行為和語言，當然會讓沐劍屏感動和喜歡。

其二，在雲南平西王府，韋小寶要營救刺殺吳三桂的阿珂出獄，不料對方交出了被囚禁的沐劍屏，韋小寶毫不猶豫地說她就是宮女「王可兒」，隨即將沐劍屏帶走，再次做了順水人情，沐劍屏對韋小寶的喜歡和感激肯定會繼續加深。其後，韋小寶又將沐劍屏的哥哥沐劍聲及一干沐王府武士全部救出，同樣是順水人情，但在沐劍屏心裡，這是韋小寶的恩愛表示，她對韋小寶的感激和喜歡又會加倍。

說沐劍屏喜歡韋小寶，不僅有理論依據，也有行為依據。具體說，蘇荃率領方怡、毛東珠、沐劍屏等神龍教女將裝扮成妓女，到揚州麗春院捕捉韋小寶時，沐劍屏向韋小寶眨眼示意。若不是真心喜歡韋小寶、關心韋小寶，她肯定不會當著教主夫人的面，冒著被嚴重懲罰的危險，做出如此貼心的舉動。

再說第三個話題：沐劍屏的形象有什麼意義？

首先是審美意義。在任何時代，任何地方，像沐劍屏這樣善良純真的少女形象，都會讓讀者怦然心動，怡情悅性之餘，會產生溫柔美好的情感。雖然是沐王府的小郡主，沐劍屏並沒有明確的政治理想和人生抱負，不以反清復明作為自己的奮鬥目標，也沒有參加沐王府的任何政治行動，這使得她沒有被政治所污染，更沒有被政治理念所綁架，而保持自己純真的天性和情感。也正因如此，在神龍教中，她沒有像方怡那樣被毒藥所嚇倒，也沒有被政治神話所迷惑，而是按照自己的觀察和體驗，不會盲目遵從教主夫婦的指示欺騙韋小寶，更不會自我欺騙。

其次是鏡鑑意義。簡單說，沐劍屏如同一面鏡子，照出韋小寶的卑微污點，也照出韋小寶虛而不實。沐劍屏的言行和心地如同明鏡，也映照出韋小寶的順水人情和逢場作戲。她對韋小寶的真摯情，說是幼稚也好，說是蒙昧也罷，真正的意義在於她的純真美好。正如古人所說：心裡有蓮花的人，看別人都如蓮花；心裡有牛糞的人，看別人都如牛糞。沐劍屏的意義還在於，與方怡形成鮮明對照。她和方怡在同一情境中與韋小寶相識，兩人對韋小寶的態度有很大不同。

最後是認知意義。沐劍屏的美好形象，可以說是純淨善良，也可以說是天真無知。因為她年紀小，世事經歷少，人生經驗欠豐，沒有形成獨立人格，因而不免於天真混沌，或者幼稚無知。證據是，她一直以為，女性生孩子是由於拜堂成親。這也就意味著，沐劍屏的成長有多種可能性。隨著生活經歷的豐富，社會化程度加深，沐劍屏可能會有很大的變化。不過，那不是《鹿鼎記》的讀者要考慮的問題，在這部書中，沐劍屏形象永遠定格在少女與少婦之間。

十五、方怡的命運及其心理變化

方怡是雲南沐王府家將的後代，是韋小寶的七位妻子之一。年輕的方怡，原本有自己的心上人，但被韋小寶巧取豪奪，被迫發誓終生與韋小寶在一起。中間有若干曲折，那是方怡對自己不幸命運的有意或無意的抗爭。抗爭的結果，是無法改變命運，更無法自主，仍然只能是做韋小寶的妻子。

關於方怡，有幾個問題需要討論。其一，方怡與韋小寶為什麼一見面就吵架？其二，方怡為什麼答應嫁給韋小寶？其三，方怡為什麼要欺騙韋小寶？

先說第一個話題：方怡與韋小寶為什麼一見面就吵架？

韋小寶和方怡從見面開始，就吵個不停，如同前世冤家。這讓沐劍屏很不理解。沐劍屏當然不懂，在方怡而言，她是扮演平西王府武士入皇宮行刺，不惜以生命代價扳倒平西王吳三桂。不幸受傷倒在韋小寶窗前，被韋小寶所救，她不感恩，反而要和韋小寶吵架，首要原因，是要表明自己的政治立場，與皇宮中人勢不兩立。

韋小寶正是皇宮中人，能有什麼好東西？其次，韋小寶穿著太監的服裝，且對她油嘴滑舌，嘴裡不三不四，這就讓方怡加倍厭煩，不僅討厭他油嘴滑舌，更討厭一個小太監嘴裡不乾不淨。再次，因為身體受傷，心裡當然煩躁，對韋小寶的厭惡和不耐煩，就要再增加一倍。最後，她是胸脯受傷，韋小寶雖然幫她治傷，但卻既看且摸，嘴上還要討便宜，方怡煩躁加倍再加倍，當然要吵個不停。

在韋小寶這方面說，見到可討的便宜如果不討，那簡直就不是韋小寶。進而，自己好心救人，對方非但不千恩萬謝，還要和他頂嘴，韋小寶當然很不高興。進而，與人吵架，尤其是與美女吵架，是韋小寶少有的真功夫之一。從小在妓院中就練得一身功夫，來皇宮後很少有施展的機會，此刻見到方怡回嘴，正所謂棋逢對手，豈有不吵個不亦樂乎之理？最後，沐劍屏被囚禁在自己的房間裡，韋小寶心裡有壓力；而此刻沐王府武士入宮行刺，韋小寶又救了方怡，房裡有兩個美女，雖說好玩，但心理壓力加倍，和方怡吵架，是他釋放壓力的一種方式。

再說第二個話題：方怡為什麼答應嫁給韋小寶？

方怡的年齡比沐劍屏大，身體發育成熟，已經是大姑娘了。而且方怡已經有了心上人，這對韋小寶是雙重刺激，一是方怡成熟的身體對他是一種吸引，也是一種刺激，何況他還給方怡療傷，見過她的胸脯。二是方怡已有心上人，對韋小寶是另一種刺激，好像眼前有一件寶物，卻不歸自己所有，讓韋小寶產生嚴重的失落感和嫉妒心。在雙重刺激之下，韋小寶下意識地要方怡做他的老婆。此時韋小寶不過十三四歲，還沒有真正發育，對男女性愛與婚姻等事只不過一知半解而已，他也不是真想要占有方怡的身體，或真要娶方怡為妻，只是模仿而已。

在方怡這一面，情況就完全不同了。因為她的心上人劉一舟是和她一起入宮行刺，如果雙雙犧牲當然沒有話說，現在自己得救了，自然要關心劉一舟的下落。要想獲得劉一舟的消息，就只能託韋小寶去打聽，韋小寶漫天要價，乘機奪人所愛，方怡鄙視他的為人，只能和他吵。當韋小寶說劉一舟還活著，且有辦法救劉一舟出去，條件是方怡必須改嫁時，方怡就陷入痛苦的矛盾窘境中，若不答應嫁給韋小寶，劉一舟就不能得救，必然會死在皇宮中；若答應嫁給韋小寶，心上人劉一舟或許還有獲救的機會。她能怎麼辦？想來想去，只能犧牲自己，答應韋小寶，救出劉一舟。在做出這一決定的時刻，方怡是為愛犧牲，讓人肅然起敬。

當方怡和劉一舟在宮外重逢時，方怡對劉一舟的態度有明顯改變，不再親近劉一舟。原因是，方怡曾對韋小寶發誓，而今劉一舟獲救，她當然要按誓言行事。那時候，方怡雖然不和劉一舟親近，但心裡肯定還是關愛劉一舟。直到劉一舟追趕韋小寶，欺負韋小寶，最後又被韋小寶反制；尤其是聽師叔吳立身說劉一舟在宮裡表現不佳時，方怡對劉一舟有些失望，因而心意有所改變，於是偏向韋小寶。到此時，方怡成了雙重受害者，劉一舟品格不端，韋小寶潑皮無賴。

再說第三個話題：方怡為什麼要欺騙韋小寶？

在鬼屋避雨時，劉一舟終於供出韋小寶的真實身分，以至於方怡、沐劍屏被神龍教抓去，被迫成了神龍教弟子。後來，方怡受神龍教委派，誘騙韋小寶上蛇島，即神龍島。若不是方怡出現，韋小寶不可能心甘情願地來到神龍島。

這就有一個問題：方怡為什麼要欺騙韋小寶？她不是答應要嫁給韋小寶了嗎？為了劉

一舟，她能犧牲自己愛情和幸福而違心答應嫁給韋小寶；既然答應要嫁給韋小寶，為什麼又要欺騙韋小寶上神龍島呢？

值得注意的是，方怡還不止一次欺騙韋小寶，在韋小寶炮轟神龍教時，是方怡將韋小寶騙上船，被教主夫婦抓住；後來在揚州麗春院中，方怡扮成懷孕的妓女，再次欺騙了韋小寶。為什麼？值得分析研究。

方怡欺騙韋小寶，直接的原因，當然是吃了教主夫人的毒藥，如果不能完成上級交代的任務，得不到解藥，就有性命之憂。在這一意義上說，方怡欺騙韋小寶，是被迫行為，不得不做。進一步的原因是，方怡知識有限，頭腦簡單，缺乏真正的主見。被迫加入神龍教之後，很可能被神龍教催眠或者洗腦，覺得執行神龍教的任務是理所當然之事，正如她當時執行沐王府的任務，冒險入宮行刺。

除此之外，方怡欺騙韋小寶，很可能還有她自己也不明白的無意識動機。其一，是她對韋小寶的誓約，實際上是被迫立下的，韋小寶的行為明顯是乘火打劫，是典型的無賴乃至惡霸行徑。當時雖然不得不答應，但這一印象會形成心理無意識，從而產生報復韋小寶的無意識動機。

其二，方怡一直不知道韋小寶其實不是太監。有意思的是，韋小寶曾有心對方怡說實話，說明自己不是真太監，但剛剛說到自己出身於妓院，方怡就臉色大變，厭惡和不屑溢於言表，這種表情讓韋小寶興味索然，只好改變口徑，說自己出身於大富大貴之家。不是太監的事，也就懶得和方怡說了。因此，方怡並不知道這一點，始終以為韋小寶是太監。

此事方怡肯定曾想過多次，實在無法面對，或不願面對，於是形成無意識情結。那就是，韋小寶是個太監，如果此生與一個太監在一起，哪有幸福可言？與其和一個太監結婚，還不如在神龍教裡與眾多同齡人一起生活和戰鬥，這才是方怡欺騙韋小寶的深層原因。

說到底，方怡是個受害者。她欺騙韋小寶的行為，只不過是一個受害者在無意識支配下小小的報復而已。這種報復，仍然是可悲而且可憐。

十六、建寧公主的變態與矯正

建寧公主是康熙的妹妹，假太后毛東珠的女兒，本來是許配給吳三桂之子吳應熊，卻成了韋小寶的七位妻子之一。歷史上有建寧公主其人，但小說裡的建寧公主與歷史上的建寧公主不是一個人，不可同日而語。我們在這裡，只說小說中的這個性格刁蠻、心理有些變態、行為潑辣兇悍的建寧公主。

關於建寧公主，要討論幾個問題。其一，她是不是施虐狂兼受虐狂？其二，她為什麼要閹割未婚夫吳應熊？其三，公主脾氣及其任性行為如何矯正？

先說第一個話題：建寧公主是不是施虐狂兼受虐狂？

從建寧公主的表現來看，的確有點像。她與韋小寶的見面禮，就是抬起一腳，差點踢掉了韋小寶的下巴。進而，她要哥哥康熙和她比武，康熙剛剛聽到父親在世的消息，沒有心情和她比武，於是推薦韋小寶陪她玩，還說韋小寶是他的徒弟。建寧公主就拎著韋小寶的耳朵走過長廊，讓侍衛和太監目瞪口呆。

這還不算什麼，一進比武的房間，她就突然襲擊韋小寶，差點將韋小寶的頭打破，同時還罵韋小寶不設防。此後，更是門門打，刀子刺，烈火燒，將韋小寶打得遍體鱗傷，以至於韋小寶懷疑她是受太后指派來殺自己。韋小寶被迫反擊，將建寧公主打倒，緊接著就發生出人意料的一幕，那就是建寧公主被韋小寶亂罵、亂打，非但不生氣，好像還非常享受，韋小寶打得越凶，她就越有快感。最後，她還將韋小寶弄到自己的房裡，要韋小寶扮演貝勒，她則扮演婢女，要服侍韋小寶。看起來，建寧公主的種種行為，確實很像是施虐狂兼受虐狂。

但是，我們不能給建寧公主貼標籤，把她的行為簡單地歸結為天生的施虐狂或受虐狂。建寧公主的行為，可以作也需要作具體分析。首先，建寧公主對韋小寶的粗暴行為，看上去有些匪夷所思，實際上不脫主子對奴才的行為常規，只不過這個公主未免缺乏修養，行為過於野蠻。

其次，建寧公主之所以如此，是因為她已到青春期，開始有了模糊的性意識和隱秘的性衝動，只不過沒有人教育她有關青春期的知識，因而她自己並不知道青春期的症狀而已。正因為有了性衝動而自己又不知道，沒有正常辦法滿足欲望衝動，就只能用替代方法，即施虐和受虐形式來滿足。

再次，建寧公主自幼生長在皇宮中，難免患有「公主病」，也就是從小到大受人照顧，被人呵護，但卻不能自由行動，連一個玩伴也難以找到。建寧公主再野，也還要顧及皇宮的基本體制，所以只能找哥哥康熙陪她玩。而康熙是皇帝，有太多公務要辦，不可能總有空陪她，如此，她的孤獨鬱悶與青春期煩躁形成併發症，才會做出如此叛逆、如此出格的施虐和受虐行為。

再說第二個話題，建寧公主為什麼要閹割未婚夫吳應熊？

這一問題的答案，比我們想像的要複雜得多。如果讓建寧公主本人來說，恐怕她自己也說不清楚真正的原因，最多只能說出點淺表緣由。直接原因當然是，她在出嫁路上，與賜婚使韋小寶發生了性關係。之所以如此，當然是由於建寧公主強烈的欲望衝動，遇到沒有什麼道德感的韋小寶，乾柴遇到烈火，結果可想而知。

這一性關係產生了多重後果，首先，在這種非法性關係中，建寧公主的欲望獲得了滿足，從而對性夥伴韋小寶產生了本能的依戀，從而本能地排斥吳應熊。

其次，建寧公主失身，即不再是處女，在她所處的年代，這可是一件嚴重的醜聞，建寧公主即使再膽大妄為，對此也不可能沒有顧慮和恐懼，但她並沒有解決問題的智慧，只能一直壓抑這種恐懼，被壓抑的恐懼也會反彈，產生強烈的無意識衝動，導致閹割吳應熊的行為。為什麼要這樣做？相信建寧公主本人也說不清，但學過心理學的人應該明白。

解釋之一，建寧公主性格暴躁，行動在思想之先，自己心裡不痛快，要讓別人有更大的不痛快才能緩解。雖然他人的不痛快並不能減輕自己的不痛快或恐懼感，但卻讓自己暫時擺脫心理恐懼的壓力。解釋之二，建寧公主心智低下，顯然缺乏理性，找不到心理恐懼的根源，也不願面對自己的錯誤，出於保護自己的本能，總是把自己的錯誤或痛苦歸因或歸咎於他人，明明是自己與韋小寶發生了不正當性關係而感到羞恥和恐懼，但卻歸咎吳應熊。

建寧公主閹割未婚夫吳應熊，還有更隱秘的原因。建寧公主與吳應熊的婚姻是典型的政治婚姻，皇家公主嫁給平西王世子，算是門當戶對，且是康熙對吳三桂和吳應熊父子的一種安撫手段。這一政治目的，當然不會告訴建寧公主，即使是告訴了她，她也不懂。

問題是，建寧公主不想遠嫁雲南，不僅是因為離家遠，其實也還有內心恐懼，這個刁蠻的公主一旦離開親人的呵護，在內心深處會產生無名的恐懼。當然她不知道這一點，最多只是意識到自己不想遠嫁，即壓根兒就不想嫁給吳應熊，但無論她怎樣反對，怎樣抗拒，都無法更改皇帝對這樁政治婚姻的安排。作為公主，她只能服從皇帝哥哥的命令，走上出嫁之路。但以她的性格，即使不能公開反抗，也一定會下意識地反抗，在前往昆明的路上與韋小寶發生性關係，固然是性衝動的結果，但也有反抗政治婚姻的無意識因素；在成親之日閹割未婚夫吳應熊，心理動機很複雜，其中包括反抗命運的無意識。

再說第三個話題，公主脾氣及其任性行為如何矯正？

簡單答案是，她遇到了剋星，即洪安通夫人蘇荃。洪安通死不瞑目，韋小寶有些害怕，建寧公主醋性大發，罵蘇荃是「不要臉的女人」，被蘇荃毫不客氣地地扇了一耳光。建寧公主三次憤怒衝擊，都被蘇荃摔了出去。當建寧公主再次踢打韋小寶時，蘇荃警告她：「以後你再打韋公子一下，我打你十下，你踢他一腳，我踢你十腳。我說過的話，從來算數。」當建寧公主大罵韋小寶，蘇荃又警告她：「以後你再敢說一句無禮的言語，我叫你一個人在這島上，沒一個人陪你。」從此，這位金枝玉葉的刁蠻公主，不得不乖乖的，不再惹事生非。

更深刻的原因，是建寧公主在與蘇荃等六位韋小寶夫人相處，這是一個重新社會化的過程，迫使她心智成長。她終於認識到，自己雖是金枝玉葉，但在韋小寶心裡，只怕地位反而最低。如書中所說，親厚不及雙兒，美貌不及阿珂，武功不及蘇荃，機巧不及方怡，天真純善不及沐劍屏，溫柔斯文不及曾柔。如果繼續橫蠻潑辣，肯定沒有好人緣，因而不得不對自己的心理和行為做自我矯正。

建寧公主並非魔女，只不過是頭腦簡單的壞脾氣女孩而已。

十七、雙兒可愛的秘密

雙兒是湖州《明史》案主要受害者莊家的丫環，後被莊家少婦當禮物送給了韋小寶，成了韋小寶的七位妻子之一。在七位妻子中，韋小寶與雙兒最為親近，而在許多讀者看來，雙兒也顯得最為可愛。《鹿鼎記》第一回，寫的是一場文字獄，即湖州莊氏《明史》案。這一回的內容，看起來與本書的故事情節沒有明顯的關聯，與主人公韋小寶更沒有關係，但雙兒的出現，在二者間建立了關聯。

關於雙兒，要討論下面幾個問題。一是，她對韋小寶忠貞不二。二是，她與韋小寶社會地位平等。三是，她與韋小寶若即若離。

先說第一個話題，雙兒對韋小寶忠貞不二。

雙兒是莊家的丫環，據她說，莊家對她家有恩，因而她對莊家感恩戴德。莊家把她當禮物送給韋小寶，雖然也捨不得離開，但她還是甘心聽從主人的安排，跟隨韋小寶踏上充滿未知的人生旅途。出於對莊家的報恩心，她才不得不跟隨韋小寶，且對韋小寶忠貞不二，把韋小寶的心願當作自己的心願，把服侍韋小寶當作自己的新工作，把照顧好韋小寶當作自己的新目標。如果韋小寶對她好，那是她幸運；如果韋小寶對她不好，那是她的不幸；按照她的個性，她仍會接受。

當莊家少婦將雙兒送給韋小寶時，韋小寶還有點猶豫，不是不想接受這份厚禮，而是怕帶著雙兒出差會是個累贅。很快就發現，雙兒不但會武功，而且武功遠在他之上，這才真正地喜出望外。雙兒不僅不是累贅，甚至是他的好幫手，實際上還成了韋小寶的保護神。在這部小說中，雙兒多次拯救過韋小寶，尤其是在廣西柳州的賭場上，當韋小寶即將喪生於馮錫範劍下時，是雙兒以身擋劍，保護了韋小寶，感動了天地會紅旗香主吳六奇。

由於雙兒武功高強而性格溫柔，韋小寶就更喜歡帶著雙兒走江湖。而由於韋小寶對雙兒是真心喜愛，所以雙兒對韋小寶才更加忠貞不二。韋小寶信守承諾，將陷害莊家的罪魁禍首吳之榮交給莊家處置後，雙兒對韋小寶更是死心塌地。雙兒溫柔文靜，靦腆害羞，多次救助韋小寶，從不居功自傲，而以為那是丫環應盡的職責。她始終不忘丫環身分，即使韋小寶來不及招呼，她也會緊緊跟隨。

再說第二個話題，雙兒與韋小寶的社會地位平等。

雙兒之可愛，當然是因為她年輕，如花蕾初綻，容顏美麗，更重要的是她性格溫柔可人。但對韋小寶而言，雙兒最可愛可親的關鍵原因並不是這些，而是他們倆的出身差距不大、社會地位平等。在與雙兒初見時，韋小寶說過一句話，說「我是太監，你是丫環，都是服侍人的。」這句話，是理解韋小寶與雙兒關係的一大關鍵。

韋小寶雖然沒有尊嚴感，且甘當奴才，好像不把自己的面子當一回事，但並不是沒有自尊心。在與沐劍屏和方怡相處的過程中，雖然也有胡鬧的快樂，但內心深處還是有一種不自覺的自卑感，倒不是因為自己是太監，而是因為自己的母親是妓女，從小生長在妓女院中，社會地位卑微低下。韋小寶出身卑微，社會地位低下，雖然沒有自覺意識，但內心深處卻有心結，不時會影響到他的言語和行為。證據之一，是他與沐劍屏初見時，沐劍屏的高貴出生和高貴氣質，就讓他下意識地反感，想方設法要打消沐劍屏的貴氣。之所以如此，就是因為卑微心理作祟。

證據之二，是方怡騙他去神龍島時，他曾想對方怡吐露真情，剛剛說到他長於妓院時，就發現方怡的臉色變了，立即轉了話題，開始自吹自擂，說自己的血統高貴。韋小寶之所以敏感到方怡的臉色，是因為他有自卑感。面對雙兒，韋小寶的感覺就不一樣了。因為雙兒是丫環，她的社會地位低微，在雙兒面前，韋小寶不會感到自卑。也正因為兩人社會身分相近，地位平等，他與雙兒相處時能以真面目相對，就非常輕鬆愜意。韋小寶對雙兒發誓說，拿金山銀山來，他也不會放棄雙兒，相信這是他少有的真心話。

廣東提督、天地會紅旗香主吳六奇在廣西見韋小寶對阿珂死纏爛打，深怕他陷入情欲迷宮而不能自拔，又見雙兒對韋小寶忠心耿耿，把韋小寶的生命看得比天還大，遂主動與雙兒結拜兄妹。這一情節，固然是要表現大英雄吳六奇的行為出人意表，表現吳六奇對天地會事業韋小寶的關心；同時也是要通過結拜，提升雙兒的社會地位，變身紅旗香主的妹子，可與韋小寶的社會身分相匹配。

再說第三個話題，雙兒與韋小寶若即若離。

書中寫到，雙兒花費水磨功夫，將八部《四十二章經》封皮中的碎片，拼成一幅完整的地圖，韋小寶欣喜若狂，大聲叫喊：「大功告成，親個嘴兒！」說著就要拉雙兒親吻，但雙兒躲開了，不是她不願意，而是少女本能的害羞。這種害羞的本能，使得雙兒變得倍加可愛，也讓韋小寶對雙兒倍加珍惜。

為什麼這麼說呢？韋小寶是個道道地地的粗漢，只懂得性關係，而不懂得愛情，也不重視愛情。對這樣的人而言，性關係就是男女關係的一切。進而，在男女關係中，有一個重要規律，那就是尚未滿足性關係之前，會覺得對方美麗無瑕，且十分珍惜；而一旦發生了性關係，滿足了欲望，對方的美麗和珍貴都會大大減色。滿足的次數越多，滿足的困難越小，珍貴程度就會越低；相反，在沒有達成欲望時，欲望越是難以滿足，對方的珍貴程度就會越高。本能害羞的雙兒與韋小寶若即若離，讓韋小寶的欲望對象近在眼前卻無法滿足，對韋小寶而言是一種全新的美好經驗，所以對雙兒愈加珍惜，雙兒形象也就愈加可愛。

雙兒的可愛，主要原因自然是她美麗純真，溫柔善良，且善解人意。但也還有一部分原因是她個性謙卑，始終不忘自己丫環身分，把韋小寶當作主子和上蒼，以服從主子的意志為天職，把博得主子歡心當作行為準則。這種價值觀念，實際上是傳統男權社會的產物，作者在無意中，也受到這種價值觀的影響。證據是，他曾說過，在《倚天屠龍記》中，他最喜歡小昭；而在《鹿鼎記》中，他最喜歡雙兒。小昭和雙兒有個明顯的共同點，那就是在男主人公面前以奴婢自居，總是十二萬分的溫柔體貼，好像自己的意志和尊嚴一點也不重要。

十八、阿珂的反抗與屈服

阿珂是陳圓圓和李自成的女兒，是獨臂神尼的徒弟，是臺灣鄭王府二公子鄭克塽的情人，最終卻是韋小寶的妻子。

在韋小寶的七位妻子中，阿珂最為美貌，但命運卻是最為不幸。生於富貴至極的平西王府，但卻未能享受富貴，兩歲多就被人盜走；師父是前明公主，收她為徒，卻並不教她高級武功，只是要訓練她去刺殺吳三桂。自從遭遇韋小寶，如同無法擺脫的夢魘，雖有過堅決而且激烈的長期反抗，但最終還是不得不向命運屈服。阿珂的人生故事，讓人感慨唏噓。

關於阿珂，要討論三個問題。其一，她為什麼如此討厭甚至痛恨韋小寶？其二，她為什麼會愛上鄭克塽？其三，她為什麼甘心做韋小寶的妻子？

先說第一個話題，阿珂為何如此討厭甚至痛恨韋小寶？

阿珂對韋小寶的態度，要分兩階段說，前一階段是討厭；後一階段是痛恨。阿珂之所以從第一次見面就討厭韋小寶，不僅與見面的場合及韋小寶當時的身分有關，更與韋小寶的態度和行為有關。那是在少林寺門口，韋小寶當時的身分是少林寺僧人，而且輩分還很高，韋小寶一見阿珂，就如遭電擊，對這位從未見過的美貌姑娘，他就發癡發呆，並且自己與自己賭咒發誓，一定要娶這個姑娘為妻。大姑娘不怕別人看，甚至喜歡被別人欣賞，但被一個賊兮兮的小和尚盯住不放，那可是全然不同的滋味，說白了，那滋味是有點噁心。

阿珂的脾氣當然也有點暴躁，立即抓住韋小寶，誰料這傢伙被抓之後不斷掙扎，竟然摸到了姑娘的胸部。阿珂立即要自殺，卻又被人奪了寶劍，進而被韋小寶抱進少林寺，名義上是為她療傷，實際上是要飽餐她的秀色。逃出少林寺後，阿珂當然不願善罷甘休，好不容易在鄉鎮妓院裡堵住了韋小寶，但這傢伙竟謊稱阿珂是他妻子，買通一批妓女向阿珂嬉笑怒罵，這讓阿珂更噁心。對韋小寶像鼻涕蟲一般的行為，單純的阿珂姑娘怎能不噁心、怎能不討厭？

阿珂對韋小寶，從討厭升級為痛恨，是韋小寶竟也成了獨臂神尼的徒弟，成了阿珂的師弟。進而，這傢伙很得師父的歡心，他對自己的種種噁心行為，師父竟然不相信，而自己卻不能殺他。最難以忍受的是，韋小寶明明知道阿珂有心上人，非但繼續糾纏，而且還想方設法，不斷譏諷，甚至陷害阿珂的心上人鄭克塽。如果僅僅是針對她本人，阿珂或許只是討厭，卻不至於痛恨；但韋小寶試圖釜底抽薪，想出種種惡劣手段，加害於鄭克塽，不但損害鄭克塽的名聲，還找人毆打鄭克塽，甚至將鄭克塽置於更加危險的困境中。是可忍孰不可忍？從此，阿珂對韋小寶的態度，由討厭轉為痛恨，而且是恨得咬牙切齒，定要將他置於死地而後快。阿珂心思單純，對鄭克塽的愛有多深，對韋小寶的恨就有多深。

再說第二個話題：阿珂為什麼會愛上鄭克塽？

這個問題不太好回答，因為書裡沒有直接寫到阿珂和鄭克塽相識和相戀的過程。好在每個讀者對此都有自己的想像和推理。

男女相識相愛，雖有千百種可能性，但首要條件，是互相看著順眼。阿珂美貌，鄭克塽也高大英俊，讓韋小寶自慚形穢，可見其相貌不凡。

在鄭克塽第一次正式露面時，身邊跟著一大幫衛士。由此不難設想，阿珂看中鄭克塽，除了長相，或許還因為對方的身世。鄭克塽喜歡擺譜，到哪裡都是眾星捧月，心智成熟之人或許覺得這小子華而不實，但在小姑娘阿珂眼裡卻是氣勢不凡，可愛倍增。希望嫁入豪門，是世俗美女的普遍心願，阿珂或許也不例外。更何況，鄭克塽來自臺灣延平王府，更符合阿珂的擇婿標準。阿珂是獨臂神尼的弟子，雖然沒有學到高深武功，卻可能習得師父的價值觀念，知道師父對滿清統治者沒有任何好感，找一個領導反清的小王子，豈不是皆大歡喜？

阿珂愛上鄭克塽，當還有更為隱秘的無意識動機。阿珂雖然美貌，但卻苦命，從小就被師父收養，但師父卻明顯地不怎麼待見她。阿珂雖然心智淺薄，但本能直覺卻不差，或許早已感受到師父的鄙視和敵意，因而有下意識的不安。早早選定戀愛對象，不僅是出自男女本能，更是無意識尋求安全感。鄭克塽雖然武功不高，但他手下能人不少，家世顯赫，可確保她安全而幸福的生活。

問題是，韋小寶設計陷害鄭克塽，讓他背負嫖娼、調戲婦女、不還賭債等種種惡名，阿珂為何對鄭克塽仍癡心不改？原因之一，可能是熱戀中人盲目，對心上人的一切弱點都忽略不計。原因之二，阿珂雖然不知道韋小寶搗鬼真相，但卻可能有隱隱約約的懷疑，是非難以判斷，只好疑罪從無。

再說第三個話題：她為什麼甘心做韋小寶的妻子？

阿珂對韋小寶十分厭惡，十二分痛恨，但最後竟然甘心做韋小寶的妻子，而且要與其他六位夫人分享一個丈夫。這一轉折十分驚人，卻也不難理解，原因很簡單，那就是在揚州麗春院中，韋小寶迷姦了她，讓她懷了身孕。

假如鄭克塽同情她的遭遇，能夠諒解她的苦衷，她當然會嫁給鄭克塽，且會死心塌地地追隨他一生。實際上，懷孕之後，她也確實一直在鄭克塽身邊，等待對方的同情和諒解。誰知道，在通吃島上，鄭克塽為了保命，毫不猶豫地將阿珂抵押給韋小寶，且說出阿珂懷孕的真相，讓阿珂當眾受辱。鄭克塽還說阿珂經常念叨韋小寶，不管此事是真是假，阿珂都已別無選擇，只好待在韋小寶身邊。

進而，阿珂雖然性情剛烈，脾氣暴躁，勇於反抗命運，但她畢竟是一個弱女子，武功不高，心智有限，在命運的強大壓力下，有時候不得不屈服。證據是，她曾當眾發誓，不認父親、不認母親、不認師父，但為了對付韋小寶，她很快就屈服於命運，認了父親李自成，目的是讓李自成殺了韋小寶。而今鄭克塽當眾拋棄她，作為一個懷有身孕的小姑娘，她能有什麼更好的選擇嗎？

進而，阿珂是傳統中人，因信奉男女授受不親的倫理，被韋小寶摸胸，竟然要自殺。而今不僅被韋小寶迷姦，且還懷了韋小寶的孩子，她再也不能自殺，除了嫁給韋小寶，還有什麼選擇？更何況，阿珂生活的那個時代，絕大多數世俗中人有都相信命運，阿珂自然也不例外。韋小寶是她命中魔星，初次見面就糾纏不休，辦了婚禮，且曾得父母許婚，而且還懷了他的孩子，這些都似命中註定。既然是命中註定，阿珂當然只能認命，只能嫁雞隨雞，嫁狗隨狗。

阿珂的故事，是性別研究的寶貴素材。

十九、蘇荃的性格與命運

韋小寶的七個夫人中，蘇荃來得最為出人意料。她原本是神龍教主洪安通的夫人，在神龍教中位高權重，風生水起，不可一世，最後竟心甘情願地嫁給了毀滅神龍教的韋小寶。好色之徒韋小寶雖然也曾對美貌的教主夫人垂涎三尺，但那只不過是隱秘的內心欲望而已，能夠娶蘇荃為妻，只怕韋小寶也萬萬沒有想到。然而韋小寶既是傳奇主人公，遭遇世上任何奇人奇事都不稀奇。

有關蘇荃的性格與命運，有幾個問題值得討論。一是，蘇荃為什麼要迫害老幹部？二是，蘇荃是怎樣的一個人？三是，蘇荃為何甘心做韋小寶的妻子？

先說第一個問題：蘇荃為什麼要迫害老幹部？

蘇荃第一次露面，是在第十九回書中。二十三四歲年紀，微微一笑，媚態橫生，豔麗無匹，韋小寶對她的評價是：「乖乖不得了！這女人比我那好姐姐還要美貌。皇宮和麗春院中，都還沒這等標緻角色。」可是她的行為，卻令人不寒而慄。黑龍使沒有如期獲得《四十二章經》，她就要逼對方自殺；白龍使為黑龍使辯解，她更是毫不留情地下令殺害了白龍使。很顯然，為了清除神龍教中的老幹部，訓練年輕殺手，教主夫人一定是花費了大量時間和精力。

問題是：蘇荃為什麼要迫害老幹部？看起來，蘇荃是神龍教造神運動的旗手，也是教主洪安通的殺手。換句話說，蘇荃是甘心為教主洪安通賣命，借此鞏固自己地位，並收穫其政治資本。這樣想好像很有道理，實際上卻似是而非。後來我們才知道，蘇荃與教主洪安通的關係，並不是看上去那麼親密恩愛；實際上，蘇荃嫁給洪安通，並非出於自願，而是由於洪安通強迫。韋小寶發現美貌的蘇荃竟是老邁醜陋的洪教主夫人時，曾暗呼可惜，以為這是一朵鮮花插在牛糞上，是「月光光，照茅坑！」韋小寶猜對了。進而，後來我們還知道，蘇荃被迫嫁給洪安通，竟又是徒有夫妻之名，卻無夫妻之實。因為洪安通年紀老邁，且要專心練武，與蘇荃並沒有夫妻生活。也就是說，在與洪安通的夫妻關係中，蘇荃有雙重壓抑。

製造新教徒，打倒老幹部，是神龍教造神運動的必然產物。因為老幹部對神龍教的歷史及教主本人的經歷知根知底，想要製造神龍教的歷史神話，要把教主洪安通製造成神，就非打倒老幹部不可。年輕人對神龍教歷史一無所知，對教主的任何說法都會盲目遵行，這樣才方便將教主洪安通推上神壇。

這一運動的策劃人和發起者，當然是教主洪安通，而蘇荃只是執行者而已。蘇荃之所以要執行教主的政治旨意，原因之一，是處在教主的巨大權威之下，不得不執行。原因之二，是神龍教中的宗教氛圍如此濃郁，身為教主夫人的蘇荃很可能也被催眠。原因之三，是她在精神上受到奴役，而她的情感和欲望都無法滿足，自然會產生欲望的扭曲和轉型，即把自己的壓抑和鬱悶轉化為迫害老幹部的殘酷行為中。這也就是說，神龍教駭人聽聞的政治災禍，部分源自一個當權者的性欲不能正常滿足。

再說第二個話題：蘇荃是怎樣的一個人？

從蘇荃的個性和整體人生看，她並不是個有明確的政治抱負的人，甚至並不是個有明確的人生理想的人，而不過是個心智尋常的女性，為了適應環境而不得不積累生存經驗，修煉生存技能。證據是，當青龍使許雪亭發動政變時，蘇荃本能地採取了嬌媚催眠術。她對青龍使說：「青龍使，你沒力氣了，你腿上半點力氣也沒了，你胸口鮮血湧了出來，快流光啦。你不成啦。坐下吧，疲倦得很，坐下吧，對啦，坐下休息一會。你放下長劍，待會兒坐到我身邊來，讓我治好你的傷。」

見青龍使再次搖搖晃晃地站起來，蘇荃的催眠話語更加露骨：「許大哥，你倦得很了，還是坐下來罷。你瞧著我，我唱個小曲兒給你聽。你好好歇一歇，以後我天天唱小曲兒給你聽，你瞧我生得好不好看？」

這些話，充滿了本能的誘惑，也出自她的本能。

有意思的是，當陸高軒鼓動沒有中毒的韋小寶刺殺教主夫婦時，蘇荃又對韋小寶說：「小兄弟，你說我生得美不美？」她的聲音銷魂蝕骨。韋小寶不得不閉著雙眼，蘇荃又說：「小兄弟，你瞧啊，向著是，睜開了眼。你瞧，我眼珠子裡有你的影子！」蘇荃並沒有學過精神病理學，也沒有練過催眠術，她的行為完全是無師自通。

利用自己的美色獲取生存本錢，是一種動物本能。蘇荃的能力，不過是把這種本能加以發揮。如果深究，我們還會看到，蘇荃的心智和行為，實際上也被自己的本能所操控。她本人並不知道，她參與迫害神龍教老幹部的行為，不僅是發洩自己的壓抑和鬱悶，假如能透過表面現象，就不難發現，她的行為，實際上是對被壓迫命運的無意識反抗。

她迫害老幹部，潛意識目的是要毀滅神龍教，以報復洪安通對她尊嚴的傷害。正因為是無意識，所以，如果沒有叛亂，她會繼續迫害老幹部；如果韋小寶沒有炮轟神龍教，她會繼續追隨洪教主；如果洪安通沒有自取滅亡，她也會繼續做有名無實的教主夫人，度過她的荒涼人生。

再說最後一個話題，蘇荃為何甘心做韋小寶的妻子？

最簡單的答案是，因為在揚州麗春院裡，韋小寶胡作非為，導致她懷孕，使得她不得不隨孩子的爸爸，去做韋小寶夫人。蘇荃的選擇，完全符合三百多年前的價值觀念，即與一個男人有了肌膚之親，就生是他的人，死是他的鬼。

進而，蘇荃這樣做，也完全符合她的生物本能：與老邁衰朽的洪安通相比，韋小寶正當青春勃發，生命力旺盛，能真正滿足生理欲望暨生物種群繁衍本能。

進而，韋小寶不但垂涎蘇荃的美色，且大肆公開讚揚，也是一個非常重要的原因。美麗容顏是蘇荃最重視的生存本錢，而神龍教中人對她的美貌不敢正視，更不敢公開讚賞，不能滿足她的虛榮心，更無法填補她內心的空虛。而韋小寶則敢於這麼做，且善於這麼做，跟隨韋小寶，可以獲得最大的心理滿足。

最後，也是最關鍵的一點，是在那個時代，像蘇荃這樣的女性，多半沒有獨立自主的人生觀，如同藤曼需要依附喬木，而不似良禽擇木而棲。把蘇荃當作一個擁有獨立意識和獨立意志的人，甚而當作一個政治謀略家或政治管理者，很可能是被表象蒙蔽了雙眼。蘇荃的那點政治才幹，恰好做韋小寶後宮佳麗的管理人。

二十、皇宮間諜毛東珠

毛東珠是前明總兵毛文龍的女兒，後加入神龍教，被派往滿清皇宮當間諜，以太后身分在皇宮中長期臥底。在皇宮工作期間，生了女兒建寧公主。韋小寶入宮後，一直與他為難，可以說是韋小寶的剋星。後韋小寶成了神龍教白龍使，情況才有所改變。毛東珠在皇宮臥底期間，殺害了順治的寵妃及其幼子，也殺害了康熙的生母，但不知情的康熙對這位假太后十分孝順恭敬。毛東珠與主人公韋小寶及康熙皇帝大有關聯，其重要性不言而喻。

關於毛東珠，要討論三個話題。一是，她與韋小寶的關係。二是，她與康熙的關係。三是，毛東珠形象及其間諜生涯。

先說第一個話題，毛東珠與韋小寶的關係。

作者創作毛東珠這一人物，當然是要發揮她的敘事功能價值。此人最重要的價值，是製造皇宮秘聞，讓讀者驚奇。

韋小寶與康熙摔跤比武，每次都有新招數，韋小寶的師父是太監海大富，而康熙的師父就是毛東珠。海大富所以要指點韋小寶，目的是要探明康熙的師父，進而探查宮中連環謀殺案的元凶。韋小寶不知道，他和小玄子康熙每天比武，竟然是海大富精心安排的探案奇謀的一部分。海大富終於得到確證，宮中連環謀殺案的凶手就是毛東珠。海大富不理解的是，一個皇太后怎麼會懂得蛇島的武功？海大富顯然只知其一，不知其二。

在海大富與毛東珠對質時，韋小寶跟蹤而至，聽到了駭人聽聞的消息。作者如此安排，可謂一石二鳥。其一，當然是要讓韋小寶成為皇宮秘密的知情人，並由韋小寶最終揭開毛東珠行為及身分秘密。其二，毛東珠既然發現韋小寶這個小太監知曉自己的秘密，當然不會放過他，從而讓韋小寶經歷一連串生死危機。

首先是派侍衛副總管瑞棟來抓韋小寶，瑞棟被韋小寶殺了。進而派四個小太監請韋小寶去見皇帝，又被韋小寶識破，用銀票戰術，將小太監變成勾結刺客的凶手，並被殺害。進而，毛東珠又派四個太監來傳韋小寶，又被韋小寶用蒙汗藥迷倒並殺害。進而，毛東珠養好傷後，親自出手。好在韋小寶有超強的危機公關能力，說他有《四十二章經》，毛東珠便派宮女柳燕押著韋小寶取經書，韋小寶在方怡和沐劍屏的幫助下又殺了柳燕。算來，總共四批次，韋小寶共殺了十人。

毛東珠要殺人滅口，與韋小寶勢不兩立，有多重作用。一是製造出一連串驚險情節，讓讀者無法喘息。二是這一連串危機，考驗韋小寶處置危機的能力，也讓韋小寶各種保命功夫得到呈現。三是更重要的一點，那就是讓韋小寶有嚴重的危機感，從而不敢死心塌地地留在皇宮中陪伴小玄子康熙摔跤作樂。如果沒有毛東珠的壓力，韋小寶或許就不會為自己留後路，不會那麼認真地履行天地會青木堂主的職責。韋小寶本人或許不知道這一點，但讀者對此不可不知。

再說第二個話題：毛東珠與康熙的關係。

毛東珠的身分是太后，對康熙關愛有加，康熙也對她恭敬孝順，但這種關係沒有保持太長時間。毛東珠要把韋小寶置於死地，韋小寶當然也不會客氣，發現毛東珠臥室內居然有男扮女裝的假宮女，立即告訴了康熙。康熙和韋小寶夜探慈寧宮，繼而打撈起被毛東珠命人拋入水塘的宮女遺體，證實為男性，也就證實了毛東珠與此人有不正當男女關係。康熙對太后的態度從此有所改變。

進而，韋小寶將毛東珠殺害其生母的消息告訴康熙，康熙對毛東珠的態度就有一百八十度大轉彎。進而，韋小寶又探明毛東珠為假太后，真太后其實還沒有死，康熙率人到慈寧宮搜查，毛東珠無法存身，和瘦頭陀一起逃出皇宮。康熙也找到了被毛東珠軟禁十多年的真太后，毛東珠從此成為欽犯。

韋小寶在揚州妓院裡抓住了毛東珠，並將她押回北京，交給康熙處置。人人都以為康熙會立即下令殺了這個可惡的間諜，但康熙卻沒有這樣做。書中描述的康熙心理活動，一層是此人罪行累累，不可饒恕。第二層是，自己幼年喪母，一直是她撫育自己長大，對自己頗有慈恩。第三層更是驚人：康熙隱隱覺得，若不是她害死了董鄂妃和董鄂妃之子榮親王，以順治對董鄂妃的寵愛，說不定會將皇帝大位傳給榮親王，那麼自己就非但做不成皇帝，反而會有性命之憂。

由此說來，毛東珠對康熙就非但無罪，反而有功了。此前，康熙年紀幼小時，覺得人間大恨無過於失去父母；親政數年後，深知皇帝大位若被人所奪，那就萬事全休。也就是說，在康熙內心，深深覺得皇帝權位比父母親的慈愛更重要。

毛東珠察言觀色，讓康熙親手殺了自己。康熙卻讓韋小寶將毛東珠送交太后處置。最終，毛東珠與瘦頭陀一起，被入宮刺殺康熙的歸辛樹夫婦打殺。因為毛東珠，康熙皇帝的深層心理得以揭示，是這部小說最深刻的筆觸。

再說第三個話題，毛東珠形象及其間諜生涯。

作者對毛東珠的身分設計，可謂深謀遠慮。在小說的前半部分，她是太后，讓韋小寶寢食不安，充分發揮了驅動情節發展的敘事功能價值。後來，韋小寶深入神龍教，才知道毛東珠竟然是神龍教派出的皇宮間諜，更讓人無比驚奇。再後來，隨著獨臂神尼入宮，迫使毛東珠揭露自己第三重身分，即前明平遼總兵毛文龍的女兒；她還進一步揭秘，說自己並沒有殺害太后，而是將太后軟禁在自己身邊，這就使毛東珠這一人物顯得更加神秘，也更加傳奇。

只可惜，作者對毛東珠的三重身分沒有更精彩的設計安排。作為神龍教間諜，毛東珠不算十分稱職。證據是，她已得到三部《四十二章經》，居然不及時送給教主，竟被韋小寶唾手而得。進一步的問題是，她既然假扮太后，且康熙對她十分孝順，為什麼沒有利用這一身分，為神龍教謀取更大的利益，卻只盯住《四十二章經》，且從頭到尾都勞而無功？更進一步的疑問是，她既然是假太后，為什麼要害死董鄂妃和她的兒子榮親王，如此積極地參與宮廷鬥爭？

此人的故事，算得上新奇而且完整，但此人的形象卻算不上鮮明生動。證據是，此人作為假太后、神龍教間諜、毛文龍之女的三種身分，必然有內在身分衝突和矛盾，她本人究竟重視和認同哪一種身分？毛東珠當真忠心於神龍教主嗎？作為毛文龍的女兒，她有怎樣的價值觀和個人目的？書中都沒有顧及。毛東珠女兒建寧公主的父親是誰？是鄧炳春，還是瘦頭陀？書中也沒有說明。

廿一、武林莽夫茅十八

茅十八是《鹿鼎記》中出現的第一個武林人物，此人是一個江洋大盜，已被官府抓獲，關押在牢房中。為了一場武林約會，竟從官府牢房裡打將出來，不得不到揚州麗春院養傷。一群私鹽販子來找天地會的賈老六，本來與他沒有關係，但他卻要替天地會出頭，與私鹽販子大打出手，結果負傷更重。若不是韋小寶幫忙，茅十八就要吃不了兜著走。

此人是個好漢，卻也是個莽夫。作者設計這一人物的主要目的，並不是要講述他的故事，而是讓他推動故事情節的發展。

茅十八在書中出現三次，功能各有不同。一是，要當韋小寶進京的領路人；二是，是要當韋小寶身分的證明人；三是，要當韋小寶良心的考官。

下面具體說。先說第一個話題，作為韋小寶進京領路人的茅十八。

茅十八躲到妓院裡養傷，雖然有點古怪，卻也說得過去。因為他是從監牢裡逃出來的，自然不能去住客棧，那容易被官府中人發現。作者安排他來到麗春院養傷，主要目的是讓他引領主人公韋小寶進京。

私鹽販子在衝突中，欺負了妓女韋春芳，那是韋小寶的媽媽，韋小寶當然要為媽媽出頭，打不過對方，卻有一番驚天動地的怒罵。敵人的敵人就是朋友，韋小寶當然要幫茅十八。打走私鹽販子後，韋小寶還要扮演英雄，要與茅十八有難同當。嘴裡是這樣說，私心卻是要跟著茅十八出走，以防私鹽販子去而復回，他可打不過人家。

茅十八與天地會中的吳大鵬、王譚比武，遇到黑龍鞭史松率官兵抓捕，結果三人聯手對抗官兵，過程不必細說。需要說的只有一點，那就是韋小寶撒石灰，乘機殺了史松，這是他第一次殺人，由於害怕而不敢承認。此後，茅十八吹牛，說要去北京找滿洲第一勇士鼇拜比武，韋小寶抓住機會，力促茅十八成行。

韋小寶這樣做，倒不是要去北京看熱鬧，更不是對鼇拜有什麼深仇大恨，而是因為他殺了官府中人史松，不得不逃亡，離家越遠越好。茅十八雖然武功高強，但卻說不過韋小寶，賴皮耍光棍就更非韋小寶敵手，只好被韋小寶牽著鼻子走。

一路上頗有些故事。一件事是，茅十八責怪韋小寶不該撒石灰，丟了他江湖好漢的臉。韋小寶雖然據理力爭，但也明白了，撒石灰、捏陰囊、剁腳板等市井潑皮的手段，都是江湖好漢的禁忌。另一件事是，茅十八心血來潮，讓韋小寶拜他為師，孰料韋小寶堅決不幹，理由很簡單，現在是兄弟朋友相稱，若是拜師就要比對方矮一輩，這種吃虧的事，韋小寶決不會做。其他的事都不必細說，茅十八和韋小寶終於來到了北京城，進城第一天，就被太監海大富抓進了皇宮。有意思的是，不是茅十八救了韋小寶，而是韋小寶創造了機會，讓茅十八逃走。韋小寶成了小桂子，開始了他的傳奇生涯；茅十八完成引領任務，暫時下場休息。

再說第二個話題，茅十八作為韋小寶身分的證明人。

茅十八第二次出現，是在天地會青木堂的一個秘密據點裡。其時，韋小寶被天地會青木堂的好漢捕獲。雖然韋小寶殺了鼇拜，但他的身分卻是清宮小太監，而且與康親王關係密切，青木堂好漢抓韋小寶來，當是要作祭奠尹香主的祭品。幸而韋小寶能言善辯，把自己要殺鼇拜的理由說得充分，竟說自己的父親死於「揚州十日」大屠殺。好在有人為他辯護，說死於鼇拜之手，不限於滿清入關時。

如何證明韋小寶不是死心塌地的漢奸，而是心懷國恨家仇的小英雄？韋小寶提到了茅十八，恰好茅十八在青木堂裡養傷，於是將茅十八抬出來，讓韋小寶與茅十八相認，證明韋小寶所說不虛。讓韋小寶從祭品變成了天地會的客人。

茅十八的這一次出場，不僅做了韋小寶身分的證人，實際上也做了韋小寶加入天地會的見證人。只不過，茅十八本人還沒有加入天地會，韋小寶被陳近南接見並收徒、入會、當香主等事，都不可能讓茅十八知道。更何況，茅十八正沉浸在見到陳近南的喜悅中，根本顧不到其他。

江湖上早有傳言：「為人不識陳近南，就稱英雄也枉然。」此前，茅十八因為沒有機會見到陳近南而深感遺憾，此後，他可就不枉在江湖中做英雄了。陳近南與韋小寶第一次見面就要收他為徒，並不是看上韋小寶的資質，更不是看上韋小寶的人品，而是因為韋小寶殺了鼇拜，又因為青木堂為誰當香主紛爭不斷，讓韋小寶入會當香主，可暫時消弭紛爭。

再說第三個話題，茅十八作為韋小寶良心的考官。

茅十八第三次出現，是在本書的第四十九回書中，其時韋小寶剛從雅克薩、尼布楚歸來，天天都被康熙召見。這一天康熙宴請有功之臣，韋小寶捧了御賜珍寶，得意洋洋地出宮回家，大街旁竟有人怒罵：「韋小寶，你這忘恩負義的狗賊！」罵人者，正是茅十八。

茅十八再次出現在北京街頭，當然是作者有意安排；而他罵韋小寶害死師父，殺害兄弟，卻不是沒有理由，要知道茅十八對天地會總舵主陳近南十分敬仰，把見到陳近南當作畢生光榮，而康熙聖旨卻說韋小寶「擒斬天地會逆首陳近南、風際中等」，茅十八如何不生氣？如何能不怒罵？

韋小寶的親兵抓住了茅十八，韋小寶吩咐親兵：將這人帶到府裡，好生看守，別難為了他，酒食款待，等一會我親自審問他。審問的結果，是由康熙的聖旨引起的誤會，但不論韋小寶怎麼解釋，茅十八都無法相信。

正當韋小寶要帶茅十八去找鄭克塽對質時，大內侍衛總管多隆來傳聖旨，要將茅十八帶走。韋小寶不敢阻攔，隨即去找康熙，康熙說明天就要將茅十八斬首，還要韋小寶親自監斬。這一次，任憑韋小寶怎樣討價還價，康熙說什麼都不鬆口，要麼殺茅十八的頭，要麼就提自己的頭來見。茅十八和康熙聯手給出這道難題，要考驗韋小寶的良心。

茅十八這傢伙居然跑到北京街頭來罵大臣，是自取滅亡；而韋小寶為救茅十八，也確實盡心盡力。遵照康熙的指示辦事，殺了茅十八，當然最簡單，但這樣做的後果，會讓韋小寶良心不安。韋小寶的良心雖然不多，但卻並不是全無心肝之人。當然，犧牲自己，用自己的頭顱換取茅十八，那更不符合韋小寶的一貫作風。極端鬱悶之際，韋小寶想起了《法場換子》這齣戲，在監斬時，用春宮畫誘惑了另一個監斬官多隆，以臺灣降將馮錫範替換了茅十八，斬首之後，立即將茅十八送出北京城，再令人向茅十八說明事情的原委，莽夫茅十八死裡逃生，也就不再去找韋小寶的麻煩了。韋小寶的那點良心，得到了大大的安慰。

但是，就因為韋小寶還有一點良心，無法繼續在北京混下去了。康熙要他去滅天地會，天地會要他去殺康熙，他都不願幹，只有逃之夭夭。

廿二、歸鍾：人到中年的巨嬰

歸鍾是華山派高手歸辛樹夫婦的獨生子，在小說《碧血劍》中首次出現，出生就有病；到《鹿鼎記》中再次出現時，他已是四十來歲的中年人了，歸辛樹夫婦對他寵愛如故。於是我們看到，在生理上，他是病夫；在心理上，他是巨嬰。此人兩頰深陷，顴骨高聳，臉色蠟黃，隱隱現出黑氣，走幾步就要咳嗽一聲，病夫的形象一目瞭然。而說他是巨嬰，則是因為他一見韋小寶，就要韋小寶陪他遊戲，把天地會徐天川等人當成陀螺轉著玩。歸鍾形象和故事，值得討論。

關於歸鍾，要討論幾個問題。一是：歸辛樹夫婦是怎樣的人？二是：歸辛樹夫婦為何要去刺殺康熙？三是：歸鍾的結局說明了什麼？

先說第一個問題：歸辛樹夫婦是怎樣的人？

之所以要討論這個問題，因為歸鍾是他們的兒子，也是他們的作品。只有瞭解歸辛樹夫婦是怎樣的人，才能明白歸鍾的命運、性格、心智是如何形成的。

要瞭解歸辛樹夫婦是怎樣的人，不僅要讀《鹿鼎記》，而且要熟悉《碧血劍》才好，因為歸辛樹夫婦是在那部小說中首次出現的。

歸辛樹是華山派掌門人「神劍仙猿」穆人清的二弟子，由於專心練武，不大過問世事，所以華山派武功練得十分精純，但對天下大勢卻很蒙昧，也不怎麼關心。妻子歸二娘性格強悍，心胸狹窄，成了夫妻生活的主導。女徒孫仲君號稱「飛天魔女」，恣意妄為，濫傷無辜，被師叔袁承志小小懲戒，不料歸辛樹夫婦護短，從此敵視袁承志。兒子歸鍾出生後，立即成了他們夫妻生活的中心。因為歸鍾身體有病，歸辛樹夫婦忙於為兒子尋找治病良藥，幸得袁承志幫忙，才暫時消除了師兄弟間的明顯隔閡。

到了《鹿鼎記》中，歸辛樹夫婦再次出現，個性仍然如故。如果說有什麼變化的話，那就是對兒子歸鍾的寵愛不斷升級。歸鍾雖然人到中年，仍如幼童般蒙昧無知，驕縱任性。歸鍾說自己沒病，歸辛樹夫婦就跟著說兒子沒病；歸鍾要韋小寶等人陪他玩，歸辛樹夫婦就把韋小寶等人抓來陪兒子玩。歸鍾聽送信的軍官說要打吳三桂，將軍官點倒，誇獎吳三桂是好人，歸辛樹夫婦任由兒子荒唐。簡單一句話，歸辛樹夫婦的生活是以兒子為中心，把兒子寵成了巨嬰。

再說第二個話題：歸辛樹夫婦為何一定要刺殺康熙？

歸辛樹夫婦並不關心世事，明朝滅亡也好，李自成敗亡也好，滿清入關也罷，都在他們的視野之外，兒子是他們的世界中心。這一對夫婦為何要刺殺康熙？

答案是：因為他們錯信了吳三桂，錯殺了吳六奇。吳三桂引清軍入關，抓捕並絞死明朝最後一位皇帝，是人所共憤的大漢奸，但歸辛樹夫婦卻不在意這些。只因吳三桂為歸鍾提供良藥，歸辛樹夫婦就把他當作大好人。卻不知，吳三桂如此善待歸辛樹夫婦，並非敬重他們的為人，而是因為要造反，需借重歸辛樹去刺殺廣東提督吳六奇。假如不是遇到陳近南，歸辛樹夫婦絕不會去刺殺康熙。

問題是，韋小寶用蒙汗藥，加上前五毒教主何惕守幫忙，迷倒了歸辛樹一家。陳近南及時趕到，告訴歸辛樹夫婦，吳六奇還有另一個身分，是天地會的紅旗香主。歸辛樹夫婦雖然不關心世事，但卻不像歸鍾那樣蒙昧無知，他們知道吳三桂的惡名，也知道殺害天地會紅旗香主，武林中會有怎樣的評說。所以，在得知吳六奇的身分後，歸二娘立即橫劍自刎。陳近南及時拯救，讓歸辛樹夫婦更加汗顏。從此，他們就打定主意，要去刺殺康熙。時當吳三桂造反，與康熙及滿清王朝形成鷸蚌相爭之勢，反清復明的義士大可旁觀兩虎相鬥，坐收漁人之利，所以，沐王府武士堅決反對此時刺殺康熙。但歸辛樹夫婦似乎打定了主意。

歸辛樹夫婦之所以要刺殺康熙，真相是，這對老夫婦已經打定主意要犧牲自己的性命，為自己殺害吳六奇的行為贖罪。如果能殺死康熙，那是為反清義舉立下頭功；如果不能殺死康熙，那也算是盡心盡力。關鍵是，無論能否殺死康熙，他們都將會犧牲。進入皇宮行刺，無論有多高的武功，勢必有去無回。他們這樣做，與其說是為自己贖罪，不如說是為兒子積分：他們與吳三桂交往、刺殺吳六奇，說到底都是為了歸鍾。他們去死，仍然是為了兒子歸鍾好好地活下去，希望人們能看在他們夫婦為刺殺康熙而死的情分上，能赦免甚至善待歸鍾。

再說第三個話題：歸鍾的結局說明了什麼？

歸鍾的結局絕對出人意料，細想，卻又在情理之中。具體情況是。歸辛樹夫婦帶著歸鍾前往皇宮行刺，結果全部被俘，歸辛樹重傷之下，仍奮力扯斷歸鍾身上的繩索，並將歸鍾提起來扔向門口，大呼：「孩兒快走，我和媽媽隨後就來。」歸辛樹夫婦為了救孩子，用盡力撞向康熙，最終雙雙中劍而死。

出人意料的是，沒過一會兒，歸鍾竟又回來了，竟不知閃避兵刃，伏在父母遺體上大哭：「媽，你不陪著我怎麼辦？我不認得路！」書中說，他一生和母親寸步不離，事事由母親安排照料，此刻離開了父母，竟是手足無措，雖然逃出了養生殿，終究還是回來依附父母，與父母死在了一起。一代巨嬰歸鍾，生命到此終結。

這樣的結局，可謂觸目驚心。有一個小小的疑問，歸辛樹夫婦為何要帶著歸鍾入宮行刺？把歸鍾留在伯爵府，或者留在某個客棧，豈不是更安全？答案其實很簡單，那就是，他們不放心。因為歸鍾自出生後，從未有一天離開過父母。也正因如此，最後的結局也就必然，既然歸鍾從未離開父母，單獨留在客棧都不放心，歸辛樹夫婦臨終拯救，歸鍾焉能獨自逃生？

歸鍾之死說明了什麼？我想所有讀者都有自己的答案。父母過度關愛嬌寵，雖是出於愛心，但這種愛心剝奪了孩子成長的機會，使孩子無法經歷正常的社會化歷程，以至於心智不能發育，從而成為徹頭徹尾的精神殘疾，既沒有獨立生活的意志，也沒有獨立生活的能力，離開父母就手足無措。

歸鍾的悲劇實際上早已形成，最後的結局不過是必然的顯現。歸鍾是巨嬰的典型，在現實生活中，這樣的人其實有很多。

廿三、前朝宮女陶紅英

陶紅英的身分非常特別，她是明朝的宮女，專門服侍崇禎皇帝的公主，也就是出現在《鹿鼎記》中的獨臂神尼。李自成佔領皇宮時，陶紅英受傷昏迷，無人過問，一直留在皇宮中，成了滿清皇宮裡的前朝宮女。不過，她不是尋常的宮女，不但學會了武功，而且還懷有特殊的使命。

滿清皇宮中，有兩個女間諜，第一大間諜是毛東珠，第二位就是陶紅英。前者是主人公韋小寶的對頭，後者是韋小寶的幫手，只可惜，作者沒有專門設計並展開皇宮間諜線索。雖然如此，陶紅英的作用仍不可忽視，她的身分和故事也值得一說。

關於陶紅英，要討論三個問題。一是，這個人物的敘事功能作用。二是，她與主人公韋小寶的關係。三是，未完成的陶紅英形象。

先說第一個話題，這個人物的敘事功能作用。

毋庸諱言，作者設計這個人物，首要目的是用於敘事功能。也就是說，這一人物的主要作用，是連結、鋪墊、推動故事情節的發展。

陶紅英的第一個作用，是當韋小寶的保護人，負責救韋小寶的命。此人首次出現，是在假太后臥室中，韋小寶送胖宮女柳燕的殘肢去嚇唬太后，順手偷盜《四十二章經》；陶紅英也出現在那裡，目的也是《四十二章經》，若不是她傷了太后、又與鄧炳春對敵，韋小寶就無法殺了鄧炳春，多半是無法脫身。更重要的是，當韋小寶奉旨去五臺山，由於缺少江湖經驗，不知道太后派出三名殺手跟隨，進而被對方用蒙汗藥迷翻，若不是陶紅英及時出現，韋小寶就不堪設想。

陶紅英的另一作用，是傳遞訊息。她知道假太后和鄧炳春的來歷，也知道神龍教咒語非常可怕，這實際上是為後面的情節做鋪墊。韋小寶、方怡、沐劍萍一行，即將遭遇神龍教徒眾，由她先作鋪墊，神龍教的神秘懸念自然更加吊人胃口。更重要的訊息是，陶紅英還知道《四十二章經》的秘密。

韋小寶進皇宮不久，太監海大富就讓他設法混入上書房，偷盜《四十二章經》；鼇拜被抄家，太后索要《四十二章經》，以至於康熙專門派韋小寶去取。與陶紅英相遇時，韋小寶已經取得了五部《四十二章經》，但它到底有什麼用？為什麼人人想得到它？韋小寶一無所知，只有陶紅英才會告訴他真相：事關寶藏，且關乎滿清王朝的龍脈。

陶紅英的第三個作用，是韋小寶身分的證明人。獨臂神尼刺殺康熙，韋小寶奮不顧身地替康熙擋劍，結果被獨臂神尼抓住。雖然韋小寶危機公關的功夫十分了得，但獨臂神尼決不會忘記韋小寶曾保護康熙。直到獨臂神尼來到皇宮，韋小寶請出陶紅英與她見面，陶紅英能證明韋小寶的身分，是天地會青木堂主，是值得信任的人。如此一來，獨臂神尼才對韋小寶有了徹底的信任。

陶紅英的第四個作用，是做韋小寶的幫手。當康熙要炮轟韋小寶的伯爵府，試圖將天地會、沐王府的反清首腦一網打盡，怕韋小寶通風報信，而命令侍衛總管多隆寸步不離地看住韋小寶。韋小寶借焚燒毛東珠、瘦頭陀屍體的機會，在焚物場留下暗號，讓陶紅英來幫忙。在建寧公主糾纏韋小寶時，陶紅英及時出現，制服了建寧公主，進而又幫韋小寶制服了負責炮轟伯爵府的前鋒營統領，讓韋小寶等人安全地抵達伯爵府，從而順利逃亡。

再說第二個話題，陶紅英與韋小寶的關係。

陶紅英和韋小寶有兩重關係。一重是反清同道的關係。陶紅英之所以要假扮車夫，跟蹤韋小寶，主要目的，就是要弄清楚：韋小寶為何出現在太后臥室內？為什麼要幫助她、殺假宮女？韋小寶也是要找《四十二章經》嗎？總之，陶紅英要弄清韋小寶是什麼人。陶紅英假扮車夫，很快就被經驗老到的徐天川所發現，但她的目的已經達到了，她知道韋小寶與天地會有關，是她的同道中人。

陶紅英和韋小寶的另一重關係，是結拜的姑侄關係。與人拉關係結親，是韋小寶的拿手好戲，但凡情勢需要，他可以和任何人結拜認親。只不過，這一回有所不同，並不是他提出要結拜乾親，而是陶紅英主動提出的。

另一點不同是，這次在結拜時，韋小寶頗為真心，一開始就把自己的真實身世告訴了陶紅英，說自己沒爹爹，娘在窯子裡當婊子，這讓陶紅英更加感動。在真心互動的情境下，韋小寶還真的有點動情。韋小寶的關係網中，只有在面對陳近南、康熙、陶紅英三人時，才會有不定期的動情時刻。陶紅英的重要性，由此可見一斑。

與韋小寶結拜姑侄關係，對陶紅英更加重要。因為她從十二歲起就離開家人，來到明朝皇宮，此後一直寂居深宮，從無親人，連捎帶情誼的言語都沒有聽過半句。而今結識韋小寶這個活潑可愛的小男孩，「姑姑」叫得如此親熱，這一時刻，可謂陶紅英一生中最重要的時刻。所以，她說「好侄兒，從此以後，我在這世上多了個親人」時，嘴上在笑，眼裡卻流出了熱淚。

如果不結拜姑侄，陶紅英恐怕不會把自己所知的秘密全都告訴韋小寶。更重要的是這一結拜本身，讓人想到，若陶紅英的人生不是寂寞到了極點，恐怕也不會被韋小寶的那點真情感動成這樣。

再說第三個話題：未完成的陶紅英形象。

陶紅英的故事並不完整。韋小寶最後一次找她來幫忙，讓她制服前鋒營統領阿濟赤，此後書中就再也沒見此人的蹤影。或許是因為這是一個次要的功能性人物，作者對她不甚重視，召之即來，揮之即去。或許是作者以為大家都熟悉這個人物，知道此人不可能在別的地方長期生存，肯定會回到熟悉的皇宮中。韋小寶此後再也沒有找過陶紅英，或許是因為他不再住在宮中，因而不方便找陶紅英；或許是因為他忙，忘記去找陶紅英；又或許是韋小寶寡情，忘了姑姑陶紅英。

陶紅英的形象也不完整。尤其是作為間諜，她除了到慈寧宮尋找《四十二章經》，並把有關消息告訴韋小寶外，此人就沒有任何自主活動。作者為此人設計的師承關係，即老宮女向小宮女傳授武功，三代宮女共同保守《四十二章經》的秘密，本來有很大的敘事空間，但陶紅英卻沒有很好地完成任務。

即便如此，陶紅英形象和故事，仍然給人留下了深刻印象。她的師承秘密和生活境況，讓人想起大詩人元稹的著名詩句：「寥落古行宮，宮花寂寞紅。白頭宮女在，閒坐說玄宗」陶紅英的落寞形象，讓人無限感傷。

《越女劍》

一、《越女劍》的講故事技巧

《越女劍》是金庸唯一的一個短篇武俠小說，寫作發表於一九七〇年初。

金庸非常喜歡清代版畫大師任渭長的《卅三劍客圖》，曾計畫要為每一幅圖都「配」一篇小說，小說《越女劍》就是從第一幅圖《趙處女》而來——這個故事的主人公，有些書中稱為「趙處女」。故事的原型，曾被《吳越春秋》、《藝文類聚》等多種文獻記載，《劍俠傳》及《東周列國志》（第八十一回）等書中也有這個故事。在這個意義上說，金庸的《越女劍》是故事新編，創新之處有不少。

小說篇幅很短，不到兩萬字，卻寫了越國勾滅吳的歷史，越女神劍的傳奇，以及阿青對范蠡、范蠡對西施的情感故事，內容極其豐富。在短小篇幅內講述這麼多內容，體現了作者精煉的講故事藝術技巧。小說講故事技巧主要體現在三個方面，一是精選場景；二是精煉細節；三是精心留白。

所謂精選場景，是說小說頭緒很多，場景卻只有幾個。包括越王宮（兩幕）、越國都城街頭、范蠡府邸花園、林邊牧羊草地、練武場、吳王宮。

第一個場景，是小說開頭，吳、越劍士在越國王宮裡比武。吳國的劍更鋒利，吳國劍士的技擊戰術更高，所以連勝四場，八名越國劍士當場殞命。越王勾踐採用大夫文種的滅吳九術，前八項都已落實，唯第九術即鑄造武器、訓練士卒、待機攻吳尚無著落。吳越劍士的這場比武，似是雪上加霜。越王勾踐情緒低落，大夫范蠡找大夫文種、鑄劍師薛燭來商議，情況不容樂觀。越王宮場景，是歷史場景，這一場景的功能，是欲揚先抑，為主人公出場作情緒鋪墊。

第二個場景，是吳國劍士橫行於越都街頭，醉酒高歌「我劍利兮敵喪膽，我劍捷兮敵無首……」，飛揚跋扈，不可一世，斬斷范蠡兩個衛士持劍的手，又將牧羊女的一隻羊劈為兩半。牧羊越女要討回公道，手持一根竹棒，將八名吳國劍士打回原形（**每個人都瞎了一隻眼**）。如此技擊與戰術，當真是神乎其神。這是傳奇的場景，主人公登場，讓讀者對這個神奇的劍俠充滿期待。

再說精煉細節。在第一個場景中，越王勾踐心情不爽，抓起一把利劍劈開座椅，大夫范蠡卻說：「恭喜大王，賀喜大王！」理由是：「大王既有此決心，大事必成。」這一細節，表現了范蠡的機智，將勾踐的消極情緒轉化為積極情緒。

在第二個場景中，范蠡問牧羊女：「姑娘尊姓？」姑娘聽不懂。范蠡又問：「姑娘姓什麼？」姑娘說：「我叫阿青，你叫什麼？」寥寥幾句對話，畫出阿青的純樸天真。第三個場景更有意思，是范蠡把阿青和她的羊全部請到自家花園中，看到羊群大嚼花園裡的牡丹、芍藥、芝蘭、玫瑰等名花異卉，「范蠡卻笑吟吟的瞧著，並不駭異。」這一細節，充分體現了范蠡「行事與眾不同，原非俗人所能明白」的性格特徵。他的目的是讓阿青高興，與滅吳大計相比，這點花卉算什麼?!

再說精心留白。短篇小說最重要的技巧，應該就是留白的技巧。滅吳九術只說最後一術，前八術都在留白之中，就是典型例證。在小說中還有更好的例子，例如第四個場景，即范蠡陪阿青牧羊，等待阿青的師父「白公公」出現，在等待過程中，范蠡在思念西施，而阿青則拔下了范蠡的鬍子，接著白猿出現，要刺殺范蠡，阿青把白猿雙臂打斷。這段故事就有大塊留白，只有細心的讀者，才能讀出阿青對范蠡的感情，以及白猿對阿青的感情。

第五個場景，是練武場，阿青教授越國劍士煉劍，這應該是《越女劍》的重中之重了，但小說所寫極其簡約，而且出人意料：阿青並不教授劍法，而是與越國陪劍士們實戰，將他們一一打敗。打敗了一批，再換另一批。而且，只練了三天，到第四天，阿青就不見了蹤影。為什麼要這樣？原因在留白之中，需要讀者仔細揣摩。

所以如此，當然有其理由，其一，阿青的劍法並非師父所教，而是與白猿的嬉戲中訓練出來的，沒有語言，自然也沒有任何理論、沒有任何套路名稱，只有實戰遊戲的訓練。《吳越春秋》中越女見越王，有關於「劍道」的長篇大論，說什「其道甚微而易，其意甚幽而深。道有門戶，亦有陰陽。」如此等等，那些說法當然有道理，而且道理很深，問題是：阿青「生於深林之中、長於無人之野」，恐怕說不出那些大道理。

其二，為什麼阿青只教了三天就離開了？答案並不複雜，阿青是個純樸的牧羊女，固然喜歡技擊遊戲，但不見得喜歡與人打架，不見得喜歡傷人，更不見得喜歡戰爭；那個時代的阿青，也不見得有什麼愛國主義思想立場。她教越國劍士技擊，只不過是因為受范蠡所託而為；只不過是因為她喜歡范蠡，願意聽范蠡的話，願意為范蠡做些事。但是專門教人擊劍，對她來說並非正業，所以三天之後離開，完全符合阿青的性格和行為習慣。只教三天，是寫真傳神的巧妙設計。

更有意思的是，書中卻說：「八十名越國劍士沒有學到阿青的一招劍法，但他們已親眼見到了神劍的影子。每個人都知道了，世間確有這樣神奇的劍法。八十人將一絲二忽勉強捉摸到的劍法影子傳授給了旁人，單是這一絲一忽的神劍影子，越國武士的劍法便已無敵於天下。」這劍法有多麼神奇？

小說的最後一個場景，是吳王宮。小說中沒有寫勾踐滅吳的戰爭場面，因為那些故事人們很熟悉，那些場面也不難想像。《越女劍》的吳宮場景是要說什麼呢？是隨著戰爭勝利，范蠡與西施結束了苦苦相思，終於在吳宮重逢。

戰爭是君王的賭博遊戲，但對於范蠡而言，卻是要拯救情人。然而，阿青突然出現了，她愛范蠡，因而要殺西施，這是小說最後的波瀾。有意思的是，阿青被西施的美貌征服了，因而沒殺西施，但她的殺氣還是傷了西施，為世間留下了「西子捧心」的美麗形象。阿青到哪裡去了？這是小說最後的留白，也是最大的留白。

二、《越女劍》的言情之妙

《越女劍》是歷史傳奇，重點是范蠡借助阿青神奇劍術，幫助越王勾踐滅吳。可是真正讓人印象深刻的，卻是它的情感故事。小說中有多條情感線索，明線是范蠡與西施；暗線是阿青對范蠡；還有一條若有若無的輔助線，那是白公公對阿青。手法多樣，特色鮮明，成就卓越。下面具體說。

例如，在與阿青一起放羊，等待「白公公」出現的過程中，書中有一段范蠡在思念西施，而阿青在玩范蠡鬍鬚的情景，十分精彩：

他抬頭向著北方，眼光飄過了一條波浪滔滔的大江，這美麗的女郎是在姑蘇城中吳王宮裡，她這時候在做什麼？是在陪伴吳王麼？是在想著我麼？

阿青道：「范蠡，你的鬍子很奇怪，給我摸一摸行不行？」

范蠡想：她是在哭泣呢，還是在笑？

阿青道：「范蠡，你的鬍子中有兩根是白色的，真有趣，像我羊兒的毛一樣。」

范蠡想：分手的那天，她伏在我肩上哭泣，淚水濕透了我半邊衣衫，這件衫子我永遠不洗，她的淚痕之中，又加上了我的眼淚。

阿青道：「范蠡，我想拔你一根鬍子來玩，好不好？我輕輕的拔，不會弄痛你的。」

范蠡想：她說最愛坐了船在江裡湖裡慢慢的順水漂流，等我將她奪回來之後，我大夫也不做了，便是整天和她坐了船，在江裡湖裡漂游，這麼漂游一輩子。

突然之間，頦下微微一痛，阿青已拔下了他一根鬍子，只聽得她在格格嬌笑，驀地裡笑聲中斷，聽得她喝道：「你又來了！」（白猿出現了）

這一場景，把小說中的幾條情感線索巧妙地交織在一起。

范蠡和阿青雖然在一起，處於同一時空之中，但他們倆的情感心理卻相隔遙遠。范蠡的心神是在遙遠的姑蘇城吳王宮中，在思念、想像和回憶西施；而阿青則是在現實時空裡，她的全部心思都放在范蠡的鬍子上，放在范蠡身上。范蠡對西施的思念，是心理想像，卻是明寫，其中不僅有強烈而深刻的思念，也有為國士身分而犧牲個人情感的傷痛，還有對未來的計畫安排——那就是勝利後絕不留戀榮華富貴，要與西施一起泛舟五湖。

阿青不知道范蠡心裡在想些什麼，此刻，她對范蠡的鬍子產生了強烈的興趣。覺得范蠡的鬍子很好玩，想摸一摸。進而，她發現了范蠡有兩根白鬍子，並且告訴了范蠡。最後，她要拔下范蠡一根鬍子。這一連串的言語和動作，非常有意思。更有意思的是，此刻，她實際上並不知道自己的情感心思。阿青不知道，她對范蠡的鬍子感興趣，實際上是對范蠡這個人感興趣；她要拔掉范蠡一根鬍子，很可能是拔掉白鬍子，固然是無意識地希望范蠡變得更年輕；同時還有一種潛意識衝動，是要對范蠡心不在焉加以懲戒。

在上述場景中，范蠡在想心事，阿青對范蠡說話，沒有得到范蠡回應，所以要拔他鬍子，讓他疼痛，讓他回到現實中來。此時阿青完全不知道，自己不僅喜歡范蠡，而且愛上了范蠡。讀者此時也不知道，阿青的這一連串頑童式的言語和動作，是一種無意識的情感表達。

就在阿青拔下范蠡的鬍子時，白猿出現了。這正是范蠡和阿青等待的對象，於是阿青激射而出，與白猿對打。對打的過程並不長，在范蠡看來，只不過是一團綠影（**阿青綠裙子**）、一團白影（**白猿**）纏鬥在一起而已，戰鬥很快就結束了。阿青告訴范蠡，說白猿一連三次要衝過來刺殺范蠡，她將白猿的兩隻胳膊都打斷了，恐怕白猿從此之後再也不會來陪她玩了。范蠡當然無法與白猿交流，無法從阿青的師父那裡找到訓練越國劍士的方法或方案。

這一段情節，范蠡的功利目的落空了，但作者的敘事目的卻實現了，因為這段情節的目的不在武打技擊，而在對無意識情感作巧妙表達。也就是說，白猿對阿青是有情的，而阿青對范蠡的情感更深；只不過，白猿和阿青都未必能意識到自己的情感。

讀者要理解作者的敘事目的，需要問以下三個問題：其一，白猿為何幾天不出現，偏在阿青拔范蠡鬍子的時候出現？其二，白猿為什麼要一而再、再而三地衝過來刺殺范蠡？其三，阿青為什麼要打斷白猿的兩隻胳膊？

白猿為什麼在那個時候出現？可以有兩種解釋，一是純係偶然，也就是白猿想什麼時候出現就在什麼時候出現；另一種解釋是並非偶然，在過去幾天白猿沒有出現，是因為阿青與陌生人在一起；白猿在這一天出現，則是阿青在摸范蠡的鬍子、拔范蠡的鬍子，與范蠡太親近了，白猿嫉妒了，於是出現了。

後一種解釋之所以成立，是因為白猿出現後，曾三次衝向范蠡，要刺殺范蠡。如果不是出於嫉妒，白猿為什麼要刺殺范蠡呢？白猿要刺殺范蠡，是因為嫉妒范蠡；嫉妒范蠡，則是對阿青有情。否則，他在過去若干年間，就不見得有那麼大的興致陪阿青練習技擊；當然也可以反過來理解，即正是因為在過去幾年間陪阿青練習技擊術，漸漸地對阿青產生了親近感、依戀感。

阿青對白猿當然也是如此，只不過，她稱白猿為「白公公」，說明她對白猿，只有晚輩對長輩的親近感和依戀感，而沒有男女愛情。但對范蠡就不一樣了，雖然她還不知道自己愛上了范蠡，但當她發現白猿要刺殺范蠡的時候，自然要保護范蠡，而不惜傷害「白公公」。

白猿對阿青的感情，阿青對范蠡的感情，和范蠡對西施的感情，是三種性質不同的感情。范蠡對西施的感情，是我們所熟悉的文明人之間的感情，是有意識的感情，也是建構性的感情；而白猿對阿青的感情，則是自然生物之間的感情，是無意識的，純粹出自本能的感情；而阿青對范蠡的感情，則在文明人之間的感情和自然生物之間的感情中間，即半是自然、半是文明，或者說半是無意識、半是有意識的感情。因為，阿青這個人生在深林之中、長於無人之野，是成長於自然和文明的邊界線上。正是由於這個原因，小說中白猿對阿青的感情線索，才被稱為情感的輔助線，只有理解了白猿的純自然的本能情感，才能理解阿青對范蠡的發乎自然本能、又被人文薰染，連自己都沒有意識到的特殊感情。

說阿青對范蠡的情感半是自然、半是人文，證據是，在小說結尾處，越國劍士佔領吳王宮，范蠡與西施重逢時，阿青在宮牆外高喊：「范蠡，范蠡！我要殺了你的西施，她逃不了的！」這一行為，突出了她的自然性即本能性。其一，當她喜歡上范蠡，就要把范蠡身邊的競爭者殺掉，並沒有考慮范蠡的情感態度，只是讓自己的欲望或願望得到滿足。其二，她當眾大聲喊叫出自己的行動目標，顯然並不知道、也不認為自己的行為有什麼不妥。這是阿青所特有的行為方式，而不是文明社會中人所習慣的行為方式。

小說的結局出人意料，阿青並沒有殺害西施，並不是她沒有機會，也不是因為她沒有這個能力，而是因為她被西施的絕世容顏所震撼。按作者的說法，是她臉上的殺氣，一變而成失望和沮喪，再變為驚奇、羨慕，最後變為崇拜、景仰。「天下竟有這樣的美女！范蠡，她比你說的還要美！」阿青被西施的美貌征服了，讓阿青自慚形穢，於是知難而退。由此可見，美貌的力量，可以震撼人心，可以傾國傾城。西施被阿青的殺氣所傷，「西子捧心」，竟也成為人間最美的形象。

後記

陳墨

這個集子裡的短文，原本都是講稿。起因是，有出版家朋友從國營出版社退休，出任民營傳媒機構總裁，約我做一檔音訊節目，專講金庸小說及其相關話題，講什麼、怎麼講，都由我自己決定。我是勉為其難，任風動、幡動，卻不想行動，直到金庸逝世的噩耗傳來，這才真正心動，想為金庸先生做點什麼。於是重讀金庸小說，帶著對金庸先生的深切懷念，列出若干題目，陸續寫出這些講稿。

我寫作金庸小說評論，迄今已整整三十年，陸續出版過十幾部評說金庸小說專著，算來已經不少。有人指點說，只須在已出版過的書中找出若干題目，把文字變成口述即可。但我不願這樣做。炒冷飯雖然省事，畢竟沒什麼味道。要繼續說金庸，總要有所出新才好，或是新形式，或是新角度，或是新題目，或是新思想，這樣才對得住聽眾，也對得住自己。好在，我與金庸小說傾蓋如故，金庸小說與我卻白頭如新，每次重逢都有新發現、新收穫，過去如此，這回也不例外。

音訊節目製作，實際操作與原初設想不一樣。怎麼說固然有具體規則，說什麼也不由我定，是編輯選擇題目與我商量，還要播出平臺審查通過。最終確定的幾十講，與我自選的題目、準備講述的內容大多不一樣。寫好的講稿失了用武之地，只能置身於電腦文件庫中。此後一段時間，我要為電影史學年會準備論文，專心於一九五〇年代新中國銀幕上的婚戀風情與社會變遷，沒時間去想這部文稿。

金庸小說給我帶來過無數歡樂時光，通宵達旦讀金庸，興致勃勃談金庸，長篇大論論金庸，往事歷歷，無不值得追憶。我曾多次拜謁過金庸先生，聆聽過他的人生故事，談論過他的小說創作，參與過他的小說修訂及其影視改編。無論如何，我都應該感謝金庸先生，感謝他講述的精彩故事，感謝他為我們留下如此珍貴的精神遺產。遺憾的是，我的這份謝意，從未向金庸先生直接說出。金庸先生逝世後，我才意識到，我欠他這一聲感謝，再無機會當面表達了。

如此，我想把《陳墨品金庸》這部書稿，作為金庸先生逝世一周年的一份小小祭禮，以感謝金庸先生對我的肯定、寬容和厚愛！

這部書稿得以在臺灣出版，首先要感謝陳曉林先生！七月的某一天，風雲時代出版社的陳曉林先生給我打電話，說《武俠評論名家精選系列》出版事，我順便提及，我手頭有一部《陳墨品金庸》書稿。曉林先生說：太好了，什麼時候把書稿發過來？過幾天，我就把電子版書稿發給他了。

最後，要感謝我的妻子朱俠。我讀武俠小說，寫作武俠小說評論，一直離不開她的支持。錄製音訊說金庸，是受她唆使；把講稿變成書稿，也是由她策劃。更不必說，我的整個生活都是由她領導和照顧。

陳墨品金庸(下)

作者：陳墨
發行人：陳曉林
出版所：風雲時代出版股份有限公司
地址：10576台北市民生東路五段178號7樓之3
電話：(02) 2756-0949
傳真：(02) 2765-3799
執行主編：朱墨菲
美術設計：吳宗潔
行銷企劃：林安莉
業務總監：張瑋鳳

初版日期：2020年3月
版權授權：陳墨
ISBN：978-986-352-795-4

風雲書網：http://www.eastbooks.com.tw
官方部落格：http://eastbooks.pixnet.net/blog
Facebook：http://www.facebook.com/h7560949
E-mail：h7560949@ms15.hinet.net
劃撥帳號：12043291
戶名：風雲時代出版股份有限公司

風雲發行所：33373桃園市龜山區公西村2鄰復興街304巷96號
電話：(03) 318-1378
傳真：(03) 318-1378
法律顧問：永然法律事務所 李永然律師
北辰著作權事務所 蕭雄淋律師

行政院新聞局局版台業字第3595號 營利事業統一編號22759935

定價 ：380元

國家圖書館出版品預行編目資料

陳墨品金庸 / 陳墨著. -- 初版. -- 臺北市：風雲時代,
2020.02 冊； 公分

ISBN 978-986-352-795-4 (下冊：平裝). --
1.金庸 2.武俠小說 3.文學評論
857.9 108022145